读创

creadion

阅读创造生活

竹书谣

Game of Plots

文简子 | 作品 |

肆 天下卷 列国纷争

北京联合出版公司
Beijing United Publishing Co.,Ltd.

◇第十章　愿言思子——93
◇第十一章　中心养养——107
◇第十二章　春临冰释——119
◇第十三章　风云再起——133
◇第十四章　莫知我哀——145
◇第十五章　唏声惊梦——153
◇第十六章　故国故人——163
◇第十七章　长夜未央——179

/ 目 录 /

◇第一章 浮生若梦 1
◇第二章 白云苍狗 11
◇第三章 暗流复涌 21
◇第四章 天枢之主 33
◇第五章 迷魂之门 41
◇第六章 淂遇旧识 51
◇第七章 引虎入笼 61
◇第八章 花结传信 69
◇第九章 山楼锁心 79

◇第二十六章　北风其凉——287
◇第二十七章　乱生不夷——297
◇第二十八章　绛都之难——307
◇第二十九章　及尔同死——321
◇第三十章　故梁残月——329
◇终　章——341
◇番　外——355

◇第十八章　予归予归——189
◇第十九章　畏子不宁——197
◇第二十章　桑之落矣——211
◇第二十一章　椒结子兮——229
◇第二十二章　缟衣綦巾——239
◇第二十三章　鸾鸣哀哀——253
◇第二十四章　三子同归——265
◇第二十五章　麃丘会盟——277

日落西山，倦鸟归巢，当我拖着沉重的步伐回到扶苏馆时，两层青瓦朱楼早已火烛高照，内里酒客如云。可热闹，永远是别人的热闹。于我，这依旧是一个落寞悲伤的夜晚。我累了，累得没力气哀伤，只想闭上眼睛好好睡上一觉。

◇ 第一章 浮生若梦

十五岁的夏末，我离开了他。

但在我心里，他却从未离开。

我每日倚坐在扶苏馆的木栏上看着枝头夏花落尽，看着长空秋雁成行，我疯狂地想念着他。有时候，我甚至会忘了，当初是我先离开了他。

喝了扶苏馆里的残酒，我总会傻傻地站在那条黄土飞扬的官道上，想象着他青衣长剑，策马扬鞭，朝我飞驰而来。有的人醉了，就管不住自己的心。我醉了，便再也耐不住日日夜夜蚀骨的思念。

为什么不来寻我？为什么不来接我？任你怨我，恼我，骂我，打我，只要你来，我就随你走，从此天涯海角，生死不离……

在这条宋国通往晋国的官道上，我不知醉了多少次，哭了多少回，一个人对着漫天流云疯言疯语了多少遍。

可我终究不是个疯子，当夕阳落谷，酒意散尽，当宋国萧索的秋风吹干我脸上的泪痕，我便会清楚地记起盟誓成婚后的第二日，我在他耳边说过的每一句话。

“红云儿，别来寻我，一夜恩爱权作还了你往昔的情分。我心里藏的人终究是他，不是你……”

安眠香，所中者，半刻之内形如安眠而神志清明。所以，他听见了，也听信了我含泪编织的谎言。夏花落了，秋雁去了，当寒冷的冬日飘下第一片鹅羽般的雪花，我便知道，他是真的不会再来寻我了。

在离开无恤后的第一百零六天，我最后一次去了城外那条寸草不生的官道。那一天，天空飘着雪，高烧不退的我在扶苏馆门前熙熙攘攘的酒客里见到了一个故人。

“你是来杀我的吗？”我问。

他凝眸，摇头，他说：“我没想到会在这里遇见你。”

“哦。”我恍恍惚惚行了一礼，转身往暗夜里走去。他蓦然拉住我的手臂，指着灯火通明的酒堂说：“请我喝一回扶苏馆里的玉露春，我们之前的恩怨就一笔勾销。”

以酒换命？我即便高烧不下昏了头，也知道这是一笔划算的买卖。

扶苏馆，宋都商丘最负盛名的酒楼，一壶十金，一夕千觞。亡国的曹女抚琴鼓瑟，北地来的胡姬展袖媚舞，雕花的朱栏、涂椒的香壁，来往客商抛金舍银的极乐天地。我住在扶苏馆，不舞不唱，不举杯，不卖笑，十指淘米和曲，满月焚香祝祷，酒娘所司，酿水为酒。

那一夜，我同他喝了许多酒——玉露春、朱颜酡、压愁香、青莲碎，醉眼惺忪，我抚上他右眼的眉梢，心叹：这里为什么没有一片红云？

此后，每隔十日，陈逆都会来扶苏馆找我喝一次酒。

入暮来，夜深去，不论风雪，从无违例。

周王三十九年冬，晋国赵氏储粮备军，齐国陈氏诛尽异己，宋国扶苏馆的小院里，两颗跳出棋盘的棋子，扫雪生炉，烫酒温杯。一个游侠儿和一个酒娘，偌大的天下自然不会因为两个小人物的缺席而寂寞失色。

陈逆饮尽红漆鸭首杯里的朱颜酡，轻轻地把杯子放在了我身前的竹木矮几上："明日，我要护送一支商队去晋国，要想再讹你的酒，恐怕要等到岁末之后了。"

"哦。"我轻应一声，侧身用四方葛布垫着手，取过浸在热水中的长柄铜勺，洗杯烫杯，替他又满斟了一杯白浮，"再试试这杯吧，六年的烧酎加了白芷、白芨、干姜，酒辣，意长，雪天喝正当时。"

"好。"陈逆颔首谢过，一手接过热酒却迟迟不饮。两片相接相连的六瓣雪花从他面前袅袅飘落，距杯口三寸处，化雪为水，滴落杯中。

"此番商队要进新绛城，到时……可要我为你打听一二？"他踌躇了半晌，待头顶的黑漆笼纱小冠上积了一层薄薄的白雪，才开口探问道。

新绛城……

我心中揪痛，脸上却漾起一抹淡笑："这里是扶苏馆，从这扇小门出去，过两道垂帘就可以听到南来北往的消息。我若想知道什么天下大事，每日只消在垂帘后站上一刻，便都知道了，哪里用得着你千里迢迢替我传什么消息回来？"言毕，我撩起夹衣的袖摆俯身从右手边的木柴堆上取了一小截松木，轻轻地放进脚边的铜炉。

陈逆看了我一眼，闷声道："是我多言了。"

这几月，我从不问他为何离齐，他也从不问我为何离晋。今日，他的确多言了。

陈逆低头不语，我也只望着脚边那只两耳生了绿锈的铜炉发呆。铜炉里的松木块被火舌烧焦了丑陋的外皮，噼里啪啦兀自响着。

"我今日要早些走，以后两月不能来，今晚就替你多劈几块木柴过冬吧！"陈逆仰头一口饮尽了满杯火辣辣的白浮酒，挺身站了起来。

我低垂眉眼，伸手取了他搁在地席上的杯子，捋袖沉进了一旁的热水："扶苏馆有劈柴的仆役。”

“无妨，喝了你的酒总是要干些活儿的。”他疏朗一笑，解下佩剑，撩起了袖摆。

这一夜，风雪大作。陈逆冒着鹅毛大雪，硬是给我劈了两垛半个人高的木柴，才悄悄出了酒园。

我支起木窗看着柴堆上越积越厚的白雪，空了许久的心忽然生出一丝情绪。

收了他的柴，若想不承他的情，总是要干些活儿的……

第二日清晨，雪霁。我留书扶苏馆馆主后，出门雇了一辆牛车、一名车夫，一路摇摇晃晃地离了宋都，往东去了齐国艾陵。

艾陵郊外，冬日无雪，枯草丛生。荒野之上，黄土皲裂，累累白骨随地散落。远远望去，竟似寒日平原上一堆堆未融的残雪。

这十万白骨在这里任凭风吹雨打，凄凄哭号了一千多个日夜，是该有人来送一送了。

我点燃送魂灯，吟唱着古老的巫词，绕着荒原走了一圈，又一圈。

天寒野阔，万物肃杀，仅一日，我便冻裂了面颊，唱破了双唇。

艾陵十日，我唱了整整十日的巫词。

第十日，朔风乍起，天降大雪。

苍茫天地，众骨销形。

我抹去唇上的血珠，吹灭了手中的送魂灯。

十二岁的我，第一次在密报上读到了艾陵；十四岁的我，遇到了引起艾陵之战的端木赐；十五岁的我，答应陈逆要送走这十万齐兵的亡魂；十六岁之前，我终于实现了自己的诺言。

我站在茫茫雪原之上，心中忽生一念。

也许，当年我的魂灵真的在梦里踏足过这片土地。也许，我这一路从孤女到巫士，一切因缘际会，都只为了能来这里，为这十万白骨唱一支送魂曲。

世间万物，皆有始，皆有终，就像我心里的那段情。

从齐国到宋国，天寒难行，历时一月半，再到商丘时，岁末已过。

城外冰雪初融，青山吐翠，离开时空无一物的树梢此时也爆出了颗颗豆大的新芽。冬去春来，又是一年。世间不公平事十有八九，可岁月待每个人都是公平的，不管你愿不愿意，它总会拖着你义无反顾地往前走。

岁后，宋国最重要的事便是新一年的春祭。商丘的城门口，一辆辆牛车载着礼器和美酒缓缓通过中央的大门往城外走去，熬过了一个寒冬的人们则挑着担，领着孩子欢天喜地地从一旁的偏门挤进城。苍老的、稚嫩的、美丽的、丑陋的，环绕在我身边的一张张笑脸让此刻疲惫不堪的我愈加觉得落寞，我感觉不到欣欣向荣的春意，也笑不出来。

进了商丘的城门，我低头避开热闹的人群，一路去了宋太史府。

去年，一场失败的战争最终导致了宋国向氏一族的没落。向魋、向巢兄弟离开宋国后，宋太史子韦成了宋公最器重的大臣。昔日在晋国，史墨和尹皋都同我提起过此人。尹皋说，子韦善占星演卦之术，有半神之称；史墨则说，子韦有才，亦喜财，成不了大器。而我到了宋国后才知道，宋太史子韦竟还是闻名天下的扶苏馆的馆主。半年多前，将我困在宋国的人也正是他。

那日，我茫茫然离开了无恤，原想一路往南方的楚国去，却不料在途经宋国时病倒在了商丘的大街上。病中数日，昏昏沉沉，等我再度醒来时，人已经进了太史府。在宋国有条不成文的规矩——庶民出身的人，若是受了贵族的大恩惠，是要卖身为奴作为报答的。我是个没有身份的庶人，施药救了我的子韦又恰好是宋国数一数二的权贵，所以病好之后，太史府的人就理所当然地将我视作了府里的奴隶。

那时候，我还怕无恤会来找我，即便不来，也总会派密探四处寻访我的下落，所以就干脆签下了卖身契，以奴隶的身份躲进了太史府。

为了一个根本不在乎自己的人而把自己卖了，如今想来，实在愚蠢可笑。

幸而子韦这人爱财却也守信，只要府里的奴隶有生之年为他挣得百金，他就会烧毁丹图①，随那奴隶来去。这半年来，我替子韦赚的钱早已不止百金。今天，我就要取回那份卖身的丹图，启程去楚国了。

我站在太史府门前，深吸了一口气，抬手叩响了眼前高大乌黑的柏木大门。

不一会儿，门开了。开门的男人名叫散，是太史府里的家宰，也是扶苏馆的常客。我不喜欢这个人，因为他喝了酒以后的眼神总叫我不由自主地想起那个令人作呕的蒯聩。

“家宰安好，太史今日在府上吗？”我站在门外行了一礼。

“哦，是拾娘回来啦！”家宰散笑着打量了我两眼，双手合力推开了左边的半扇木门，“家主现在正陪两位贵客在园子里说话，你先进来吧！家主前两日还在问你有没有回来呢！”

“劳太史记挂了。”我提起裙摆抬足跨进身前半尺高的门槛。襦裙一起，右脚绣

①丹图，先秦凭证、契券载体的一种。《周礼》：“凡大约剂书于宗彝，小约剂书于丹图。”约剂，古代作为凭信的文书契券。

鞋的鞋面便露了出来。茜色的底绢染了黑黑黄黄的泥水，绣了木槿花的鞋尖儿上破了一个指甲盖大小的洞，洞口破丝拉线，从洞里又露出灰黑色脏兮兮的袜子。

我脸一热，忙把脚从门里收了回来。

“哎哟，你还没回过酒园吧？”家宰散用他昏黄浊滞的眼睛在我身上扫了一圈，扯着嘴角笑道，“你也不用这么急，你那份丹图，家主早就命我找出来了，一准是要给你的。今日，家主与赵世子聊得正畅快，一时半会儿也没空儿见你。你不如先回酒园梳洗一番再来见礼不迟。”

“你说这会儿在府里的客人是谁？”家宰散的话如一道惊雷在我耳边炸响，我两耳轰鸣，心头一阵剧麻。

“晋国赵氏，听说过吗？他们新立的世子带了世子妇来拜会家主。家主这回可真是——算了，跟你说了你也不懂。你还是赶紧回去梳洗干净，换身衣服再来吧！这个样子若叫贵人撞见，有失礼仪。”

他在太史府里，他和他的新妇现在就在太史府里！

我攥着衣袖举目朝太史府里望去，两只脚却不自觉地往后退。

太史府的台阶比寻常人家的足足高出一倍，我慌乱之下右脚未踩稳，左脚已经抬了起来，两下一起踩空，整个人连滚带爬地从台阶上摔了下去。碎石蹭破了手掌，右膝盖在石阶上连撞了两下，剧烈的疼痛让我眼前一片漆黑。

“拾娘，你没事吧？怎么这么不小心啊！”家宰散跑下台阶半抱着将我扶了起来。

“没事，让家宰见笑了。”我咬着牙站了起来，等眩晕感稍退便挣扎着躲开了家宰散一直扣在我右胸上的手。

“唉，别逞能了，看着叫人心疼。拾娘啊，晚上替我留个门吧，我给你送膏药去？”家宰散俯身在我腿上拍了拍，末了又在我腰间不轻不重地捏了两把。

我知道他在暗示什么，我也明白这是每个无亲无故的孤女迟早都会遇上的问题。如果我此刻还能思考，如果我此刻还没有濒临崩溃，那么，我想我可以妥善地处理这个问题。可现在，我的心痛得几乎要炸开了，我脑子里只有一个声音在不停地回响着——无恤来了，他另娶新妇了！

我要离开这里，我不能让他看见我现在这副模样。我转身要走，家宰散却不依不饶地拉着我的手臂：“拾娘，你点个头吧！我家就一房妻室，你要是从了我，以后也不用孤苦无依地住在酒园里，有个病痛也没人照顾……”

“你放开我！”我回头一把推开拉扯不休的家宰散，他一时不备往后踉跄了两步，一屁股坐在了地上。

这时，原本站在一旁看热闹的几个樵夫全都笑出声来。

家宰散的脸瞬间涨成了猪肝色，他一骨碌爬起来冲着几个樵夫大骂了一句："笑什么笑？！烂泥，通通都是扶不上墙的烂泥！装什么贞洁清高？破烂货，还真拿自己当回事了！"

几个樵夫被他的样子吓住了，挑着木柴一溜烟就跑了。

我默默地转身，十指的指甲深深地抠进了掌心的伤口。痛，却还不够痛。阿拾，这是你自己的选择，当初既然决定舍弃他，舍弃神子的身份，那么此后一切的痛苦你都必须咬牙扛下来。

忍耐思念是痛，被人折辱是痛，听他另娶新妇、继位世子亦是痛，可我不想被这痛苦击倒，因为如果我喊痛，如果我落泪，那我便是承认自己后悔了。我害怕后悔，后悔是这世间最毒的药，它化在你的骨血里，什么时候想让你痛，你就得痛。

我在车水马龙、人潮如织的大街上漫无目的地走了整整一日。我想买一壶酒把自己灌醉，可我怕自己醉了就会哭着跑进太史府里去找他，告诉他——我痛，我等了你二百零四天。我害怕有朝一日你会忘了我，我会忘了你。我害怕有朝一日，我再也不是阿拾，不是子黯，只是宋国扶苏馆里一个爱醉酒的酒娘，独自苍老了岁月，却再无可忆。

我从来不是一个坚强的人，我知道自己软弱，才咬牙学着坚强。

日落西山，倦鸟归巢，当我拖着沉重的步伐回到扶苏馆时，两层青瓦朱楼早已火烛高照，内里酒客如云。可热闹，永远是别人的热闹。于我，这依旧是一个落寞悲伤的夜晚。我累了，累得没力气哀伤，只想闭上眼睛好好睡上一觉。

可当我穿过扶苏馆西侧的竹林回到酒园，我才发觉，原来睡觉于我而言，也是奢望。

酒园的门被人从里面关上了，门缝里隐隐透着火光——有人在等着我。

是那个秃眉浊目的家宰散吧，现在除了他还会有谁在这里等着我呢？我今天叫他当众难堪，他现在是等着我送上门吗？他要做什么？羞辱我，打骂我，还是干脆撕破脸皮强占了我？

我盯着眼前紧闭的竹门，耳边是扶苏馆里的歌女唱到几欲断气的、尖锐细薄的高音，我转身往回走了两步，提起裙摆一脚踹在了竹门上。

"为什么这么对我，为什么？！你给我滚出来，我就算是堆烂泥也轮不到你来羞辱！你躲在里面做什么，给我滚出来！"我忍了一整天，本以为自己还可以继续忍下去，可临到最后，居然被一根落在头顶的羽毛压垮了。半年多来的隐忍、委屈、痛苦，在这一刻突然像地底的烈焰冲破岩层喷涌而出。

我对着竹门又踢又嚷，泪水如决堤之水滂沱而下。多少年了，自答应伍封要抛掉自己的一身恶骨后，我就再也没有这样疯狂过。现在，我什么都没有了，没有阿娘，没有四儿，没有无邪，没有伍封，也没有无恤，到头来我又回到了最初的起点。可如今的我要到哪里找回自己被拔掉的尖刺呢……

在我被自己惶恐的泪水淹没前，竹门“吱呀”一声开了。门后，是一脸惊愕的陈逆。

“是你……”我看着陈逆的脸，僵硬地收回了拳头。在他眼里，我这会儿的模样一定与疯妇无异。从齐国到宋国一路行了一个多月，两颊的皮肤早已在寒风的摧残下开裂红肿。如今，那些裂缝被泪水填满，烧得我整张脸火辣辣地痛。

“你怎么了？你去哪里了？”陈逆焦急地跨出竹门。

“我去了艾陵。”我低头抹了一把眼泪，避开他探究的视线跨进了酒园，“你怎么会在这里？你不是去晋国了吗？怎么这么快就回来了？”

“半月前就回来了。”陈逆阖上竹门，两步走到我面前挡住了我的去路，“有人欺负你了？”

“陈爷，我现在没有力气说话，放我去睡觉吧，我好累。”

陈逆闻言一动不动，他低头看着我，像一座永远不会移动的高山伫立在我面前。

我仰头无奈地看向他，我知道自己刚刚的行径很失常也很可怕，可我现在真的没有力气再同他解释什么了。

黑暗中，我们就这样一言不发地注视着对方。他目光如炬，我一片死灰。半晌之后，他终于移开了身子，随手拎起了放在台阶旁的木桶。

“你要做什么？”我无力地问道。

“去给你打桶水，你看起来很糟糕。”他的视线落在我开裂的面颊上，我讪笑一声把背上的包袱甩在房门口的蒲席上，兀自脱鞋迈上了台阶：“陈爷，你不用待我这么好，我对赵家而言已经不重要了，我也永远不会为陈氏所用。如果是陈盘派你到宋国来找我的，那你可以走了。”

“朋友需要帮助的时候，我绝不会走开。”

我闻言转过头，东山之上皓月初升，陈逆脸上真挚的表情伴着微蓝的月光清晰地落在我眼中。我看着他，有片刻的愣怔，而后冷冷道：“你错了，我不是你的朋友，也不需要你的帮助。”

我以为寡言如他会选择沉默地离开，可我忘了他是被世人叫作“义君子”的男人，他根本没有理会我冰冷的孩子气的拒绝。

“街市之上颔首一笑便是朋友，酒肆里同桌举杯就是朋友，你救过我的命，你遵守约定替我送走了艾陵的十万兄弟，即便你不愿与我为友，我也依旧认你是朋友。你的腿受伤了，如果不想承我的情，就当我是个多事的闲人吧！”

他拎桶转身，我不自觉开口叫住了他：“陈逆，你为什么要离开齐国？”

“因为这把剑。”陈逆按剑回首，“齐侯死后，相爷要肃清朝堂上所有与右相一派有关的大夫。我这剑杀人可以不沾血，离开齐国前我已经杀了二十七个人。世子不想我留在临淄城继续替相爷杀人，就给了我三年自由。世子没有给我什么命令，只说我路过新绛时若能遇见你，就替他和阿素说一声谢谢。”

谢我，谢我什么呢？

朋友、敌人，在我每一次坠入深渊的时候，伸手接住我的总是我的“敌人”。或许，正如阿素当日所言，这世间本就没有永远的朋友和永远的敌人吧！

我轻叹了一声，抬头对陈逆道：“他们不用谢我，你也不欠我什么。对不起，我今天过得很糟糕，现在也不知道该说什么。”

“不想说就不用逼自己说了，我明白的。”陈逆朝我微一颔首，拎着木桶转身离开了。

我望着他的背影，把到了嘴边的两个字咽了回去。

上了台阶，推开房门，三个月不在，我的房间却异常整洁。微暖的空气中弥漫着淡淡的芳芷香。床铺、书案，房间里的一应摆设都和我离开时一模一样。唯一的区别只是临窗的矮几旁多了一床淡蓝色的被褥。

陈逆端着水盆进屋时，我正盯着那床被褥发呆。我在想，他是不是离开临淄后就和我一样无家可归了。

陈逆把水盆放在我身前，迅速走到墙边把那床略有旧色的被褥卷了起来：“我今晚就会搬出去，你放心，你的东西我都没有动。”

“我不在的时候，你一直住在酒园吗？”我问。

“商队里没有酒，喝惯了你酿的酒，新绛城里那些掺了水的酒就咽不下去了。我在晋国待不住，岁前就赶回来了，本想喝你酿的郁金酒守岁，没想到你去了齐国。”

“今秋，我没酿郁金酒。”我从怀中掏出绣帕，一点点地浸入水中。

“嗯，我回来以后就知道了。那时候你不在，馆里又正好缺人看守酒园，我就住进来了。没有工钱，一日半壶浮白酒只够解馋。”陈逆从怀中取出一条灰黑色的布带，几下就把卷好的被褥捆成了一只可以背负的包袱。

“你是喝惯了阿素的酒，离了临淄城又找不到能入口的酒，才找到扶苏馆来的吧？”

陈逆轻笑了两声没有否认，我背对着他洗去脸上的泪痕，随手把拧干的帕子挂在窗口：“今晚留下吧！我去把放香料和空坛子的夹间收拾出来。现在岁末已过，就不喝郁金酒了。酒窖里还有一小坛我私藏的压愁香，如果你不嫌它味苦，今晚就陪我喝光它吧！”

“有酒喝，我怎么会嫌弃？”他笑着拎起卷扎好的被褥，大步走到了房门边，“你腿上有伤，就在屋子里坐着吧。酒藏在哪里？我去拿来。”

“藏在东北角的粟秆堆里。”

“好。”陈逆一点头，转身打开房门却又收回了迈出去的脚，“阿拾，压愁香为什么要酿得那么苦？”

“苦才可以压愁啊。”我轻笑一声，低下了头。

是夜，陈逆陪我一杯一杯地喝着压愁香。他这个人大多数时候是不说话的，即便喝了酒，他的话依旧很少。赵氏新立世子，世子新娶狄女，既然到了新绛城，这么大的事情他不可能不知道。可今晚，关于赵氏的话，他一句都没有说。

我喝了酒靠在窗边看着月亮发呆，陈逆坐在我身旁又满饮了一杯压愁香，他说：“如果你是个男人，也许我知道该怎么劝慰你。”我咽下口中的苦酒，转身笑着夺了他手中的耳杯：“陈爷，别喝了，我知道你不喜欢压愁香。”他是个不善言辞的好人，他不知道，我此刻由衷感激的，正是他如金的沉默。

如果，银月爬上中天的时候，竹门外没有响起敲门声，我想陈逆一定已经听到了我发自内心的感谢。

“有人在吗？”一个清朗的男声打破了夜的寂静。

听到这个声音时，我洒光了杯中的压愁香。

这辈子，总该为自己活一次。这句话像是一句破咒的密语，在我晦暗的胸膛里点燃了一簇火苗。我挣扎着从地上爬了起来，引火烧了那份写着我名字的丹图。

◇第二章 白云苍狗

天下

我有多久没有听见这个声音了？当他的声音穿过竹门传到我耳边时，我几乎以为这又是一场令人沉醉却终将醒来的美梦。二百多个日夜，我的夜晚永远比白天幸福，因为只有在梦里，我才能重新见到他，才能肆无忌惮地感受他的温存。可今晚，他真真实实地出现在了我的世界里，而我却痛苦地想要从这场噩梦中醒来。

无恤来了，带着他娇艳得如同三月初阳的妻子敲开了酒园的大门。

陈逆替我开的门，我捂着嘴像个见不得光的窃贼偷偷地藏在窗后。

“夫君，扶苏馆的朱颜酡可真好喝。我要买五坛带回去，三坛我们留着自己喝，还有两坛送给长姐和代王可好？”他的新妇一袭红衣似火，蜜色的脸庞、高耸的鼻梁，她的雅言说得还有些生疏，却意外地为她野性的面庞添了几分软糯的娇态。

无恤旁若无人地揽着他娇妻的纤腰，他看着她笑，笑得飘然欲醉，仿佛他身边的美人便是他此刻所有欢乐的源泉。“长姐不喜欢这样甜腻的酒，你若喜欢就都自己留着喝吧！只是喝了酒，就不能出府骑快马了，小心从马上摔下来。”他轻点她的鼻尖，就像他曾经无数次用他温暖的指尖触上我冰凉的鼻。

往昔，若在人前，我总不习惯他这样放肆的亲昵。可他的妻却是欢喜的，她紧依着他的肩，两颊的笑窝里仿佛能沁出蜜来：“夫君，你待我这般好，我什么都听你的……”她仰头看着无恤，无恤低头在她耳边轻语了两声，她便羞赧地埋首在他怀里，像一只归巢的乳燕。

黑暗中，我的心骤然间裂开一道细缝，“咔”的一声脆响。我以为他会听见，但是有笑声的时候，男人总听不见心碎的声音。

无恤轻抚着狄女微曲的长发，笑着看向一旁的陈逆：“陈兄好雅兴，舍下千乘之军不领，撇下三座采邑不要，竟住到这扶苏馆的酒园里来了。怎么，难道这酒园里还藏着神女仪狄[1]不成，叫陈兄这样难舍难离？”

窗外，陈逆按剑而答，我十指紧扣着窗棂想要听清他们的声音，却什么也听不见。

①仪狄，传说为夏禹时善酿酒者。

我只听到一颗心开裂的声音，哗啦啦，裂得满地碎片。

酿酒六月有余，那个骄阳一样的女人却几乎只用了一刻钟就搬空了我的酒窖。当陈逆把一箱冰冷的珠玉摆在我面前时，我疯妇一般抱起那只嵌螺钿的黑漆小箱狠狠地砸向了墙壁。

“为什么他娶妻了？为什么他不来找我？为什么他要相信我的谎言？他明明知道我心里的人是他，他明明知道我是为了他才离开的……他明明说过他已经娶了我，就不能再另娶新妇了……他才是骗子，他才是大骗子！”我蹲在地上大声嘶喊着，等那些撕心裂肺的话说出了口，我才发觉，原来我心里竟有这样深的怨恨。

原来，我一直期盼的，竟是分离之后他也和我一样不幸福。

我扑倒在地上痛哭失声，也许是因为无恤的无情和幸福，也许是因为自己的丑陋和虚伪。

陈逆依旧不知道该怎样劝慰我，他站在我面前，看着我哭得抽声断气。我不记得他是何时离开的，正如我看不清无恤离开时的背影。

在我哭得再也流不出眼泪的时候，陈逆回来了。他把一块手掌大小的木牍放在了我手边：“阿拾，这是你卖身的丹图，烧了它你就自由了。这辈子，你总该为自己活一次。”

这辈子，总该为自己活一次。这句话像是一句破咒的密语，在我晦暗的胸膛里点燃了一簇火苗。我挣扎着从地上爬了起来，引火烧了那份写着我名字的丹图。

在散发着奇异香气的青烟里，我没有得到自由的快感。因为禁锢在我身上的枷锁，从来就不是一块木牍。

情，我有太多放不下的情，所以注定永远无法自由。

传说，在南方荆楚之地有一方广博浩瀚、烟水茫茫的大泽名叫云梦。炎帝曾在云梦泽种下千株忘忧草，仙草三月生，四月枯，食之可忘情忘忧。我想，这一次我是真的要去楚国了。

我骑着马踏上了那条黄沙飞扬的官道，在经过道旁的那棵老树时，我又看到了那个醉酒眺望的女子。她在这里等一个人，从炎日酷暑等到了飘雪隆冬。如今，我要带她走了，带她去她想去的地方。因为她等的人不会来了，他已经忘了她了。

周王四十年春，我和陈逆一路西行，到了新绛城远远地见了一眼故人，就策马南下去了云梦大泽。

我在新绛见到四儿的那天，她坐在赵鞅赐给于安的大院里安宁地晒着太阳。她的手轻轻地抚摸着高高隆起的小腹，嘴角幸福满足的微笑比她耳垂上的紫晶耳玦更加耀眼。

我穿着粗麻布衣，赤着脚趴在院墙外的树干上，偷偷地无声凝望。

十二年，岁月在我们指尖悄悄流走，她寻到了她爱的人，有了自己的孩子，而我用了十二年的时间丢掉了自己，又拼命地想要找回自己。

十二年，她安安静静地踩着一条线，直奔幸福而去。我轰轰烈烈地画了一个圆，最后又重新回到了起点。

三月春暖，陈逆在云梦泽的芦苇荡里替我盖了一间横架在水面上的小木屋，我不再叫他陈爷，他认了我做妹子。

我这沉默寡言的哥哥只有三年的自由，所以他不能陪着我在云梦泽的烟波里虚度日子。木屋盖好后，陈逆带着他的剑离开了。以后每隔两三月，他都会回到云梦泽陪我住上几日，有时候一个人来，有时候引着一大帮吵吵嚷嚷却可爱无比的游侠儿。

为了宿营，男人们会在芦苇荡里搭上一个个低矮的草棚。

搭的时候个个劈树，扎草，干得热火朝天，汗流浃背，可每日清晨我推开窗时，总会看到一群袒胸露腹的人抱着酒坛，横七竖八地躺在草棚外的野地里呼呼大睡。

云梦泽里没有忘忧草，即便这里有千草茂盛，百花葳蕤，也独独没有可以忘情忘忧的仙草。但我渐渐地发觉，在这片浩瀚的湖泽里住得久了，和这群游侠儿说笑得多了，我的心似乎也宽广了许多。心变宽了，原来闷堵在心里的那团愁绪也就小了。我在心里寻了一个角落把它藏了起来，并默默希望有朝一日可以忘了它的存在。

春去秋来，匆匆数月，湖泽岸边开紫色碎花的大片水草已经日渐枯萎，踪迹难觅。远处，在夏季时沉闷单调的树林却在秋风的吹拂下披上了红黄相间、色泽跳跃的新衣。日出东山，我挎着自己新编的藤篮，一路哼着小调往树林走去。

半月前，我在林子里打猎时发现了几棵野梨树。那是长了七八年的梨树，茂密的枝丫上密密麻麻地结了一串串深绿色的小野梨。野梨肉少，核大，即便成熟了也依旧酸牙。但若是放八九颗野梨和着肥滋滋的野鸭一起炖了，那肥而不腻、入口酥烂的鸭肉叫人现在想来都不禁口水涟涟。

楚国地阔人稀，在云梦泽的水泊里我见过划着独木小舟猎鸟捕鱼的楚人，但在这片沿湖的树林里，却从来没有遇见过其他人。久而久之，我便把这片小树林当作了自家的后院。我在这里采药，练剑，用麻绳拴了石头捕猎。只要抓着麻绳的一端把兜了石头的另一端甩得嗡嗡作响，然后顺势丢出去，躲在树上偷吃幼鸟的山猫就会一头栽到树下。这招是陈逆教我的，事实上他和他的那些朋友还教了我很多。一个女人独自生活，要学的总有很多。

宋国热闹的扶苏馆让我觉得寂寞，楚国寂寥的山泽却让我觉得热闹自在。我打猎，捕鸟，钓鱼，日头好的时候就躺在湖边的草地上睡觉，一睡就是一两个时辰。有时候，我会被天空中飞过的雁群叫醒；有时候，一些特别傻的兔子会来啃咬我盖在脸上的树叶；当然，大多数时候我是被心急火燎的楚人摇醒的。楚人尚巫，但并不是每个巫人都肯为了一小袋口粮跑几十里路替庶人治病。我是巫士也是医师，最重要的是我有大把大把的时间可以用来走路。因而，住在方圆五十里内的楚人都喜欢找我去治病。

楚地湿热，一个夏天，十人之中至少有一人会死于热病或疟疾。过去的几个月，我大部分时间都行走在云梦泽畔的村落间替人治病，教村民煮一些抗病的汤药；现在天气凉了，生病的人少了，我才得闲，可以费心思折腾自己的吃食。

日落前，我摘了满满一篮的野梨回到家，择了大点儿的几颗炖了肥鸭，剩下的便存入了陶瓮，看能不能用来酿制新的果酒。这一天，直到我入眠前，都是令人愉悦的。

这天夜里，我梦见了无恤。其实，我并不意外我会在梦里见到他，自那日在竹园见到他和他的新妇后，他依旧是我梦境中的常客。起初我排斥、抗拒，一觉醒来常常为了梦中的人、梦中的事呆呆地坐上一天。他已经忘了我，所以我也急切地想要忘了他。

可后来，我释然了。我明白，我不是因为梦见他才不能忘了他，我是因为忘不了他才会梦见他。那些逝去的美好记忆幻化成了我的梦境，我坦然地接受它们，却不会在醒来时再痴痴地回想它们。

今夜，他又来到了我梦中。我梦见他就坐在床沿上轻轻地抚摸着我的眼睛。他说："你从来没有相信过我，对吗？你有这世间最温柔、最惹人怜爱的眼睛，却有一张会骗人的嘴和一颗冷若寒冰的心。你离开了我，就如同你当年决然离开了秦国，离开了那个人。你知道你做了一个对他最有利的决定，就像你自以为替我做了一个最有利于我的决定。可是小妇人，是谁给了你选择的权力？为什么我没有说不的机会呢？现在，一切都和你预想的一样，你开心了吗？满意了吗？"

黑暗中，我拼了命地想要开口，可我开不了口，我的灵魂苏醒了，身体却依旧沉睡。他在我身边躺下，从背后紧紧地搂着我，他轻吻着我的脸颊、我的耳朵，他冰凉的手指一点点地解开我的衣结。我在梦中嘤咛，他沿着我的脖颈一路吻到了我战栗的肩胛。他叹息，他修长的手指伸进了我大敞的衣领里，滚烫的唇却在我身后若即若离地撩拨着。我想要挣扎，但我的身体却不理会我的意志。

"阿拾，为什么要这样折磨我？为什么我就不可以幸福？"黑暗中，他将我翻转过来，重重地压在了身下。他炙热柔软的双唇紧贴着我的裸背一寸寸地下移，然后张口咬住了我腰间的细肉。

他是怨恨我的，他的吻带着责罚和绝望，我分不清这是梦还是现实，就索性任由自己沉沦在他制造的暴风骤雨中。

清晨，芦苇荡里几声响亮的雁鸣叫醒了我，我迷迷糊糊扯着被角翻了个身，身上是无比真实的痛。片刻的愣怔后，我掀开被子，像箭一样冲出了房门。

是你吗？是你来过吗？

我赤着脚在云梦泽的芦苇荡里大声呼唤着他的名字，漫天飞舞的芦花带着我的声音远远飘散。我一路奔跑，一路呼喊，可天与地之间，依旧只有水声、风声和啁啾的鸟声。比起昨晚的真实，眼前的一切更像是一场梦，一个令人惆怅而迷惘的梦。

不，他不在这里，也许他根本就没有来过……

我抱着膝盖坐在清晨的湖畔，弥漫在湖面上的晨雾被秋风吹拂着一波波地涌过我身旁。

落星湖畔，我们对席合婚，锦榻交欢，转眼已经是一年多前的事了。离开他后，我做过一些不可与外人道的梦，可没有一次像昨晚这样清晰，这样真实，真实得让我怀疑那根本不是一个梦。我跪坐在湖水旁，轻轻褪下被晨雾浸湿的亵衣。他也许真的来过，也许我后背上还留有他昨夜留下的印记……我努力扳转身子，歪着脑袋想要看清自己在湖水中的倒影。

倏尔，一阵风过，湖水微皱，我环抱着自己赤裸的身体忍不住打了一个寒噤。

天啊，我到底在做什么！白日在野地里宽衣解带，就为了证明一个荒唐的梦吗？

我一边在心里咒骂着自己，一边飞快地拾起地上的衣服把自己包了起来。这只是一个梦，梦而已。我系好腰间的细带，深吸了一口冷气，挺身站了起来。远处，莹白如雪的芦苇荡中有一缕青烟袅袅而上。

那是木屋的方向，难道？

我拢紧身上的衣服飞快地朝小屋奔去。

木屋外的炉灶上生着火，一只褐土制的吊釜正咕嘟咕嘟地冒着热气。青烟白雾之中，有人一袭青衣侧首远眺。

"大哥？"我停下飞奔的脚步，驻足在原地。失望吗？也许有一点儿。但是现在除了陈逆还会有谁来找我呢？

"入秋了，怎么不穿外袍和鞋袜就出门了？"陈逆转头看了我一眼，很快就转开了。

我低头看了一眼自己被晨露浸湿的薄绢亵衣和沾满草屑、泥土的赤足，笑着圈紧双臂朝他走去："大哥忘了小妹是在雍城长大的，楚国的秋天比秦国的夏天还要热，早上赤足沿湖岸走一段是件极惬意的事。"

"先穿件衣服吧，我有事要同你说。"

"嗯，等我一下。"我小跑着进了屋，换上外袍，穿上鞋袜，原本因梦境而纷乱的心绪渐渐地恢复了平静。

"大哥，你这次来要住几天？"我一边系着腰带，一边快步走下台阶。湖岸边，陈逆用烘干的粱米煮了一釜香香的米汤。

“不住了，我今天要从云梦泽坐船去郢都，顺道过来看看你。”

“你去郢都做什么？”我走到炉灶旁用竹节制的长勺给自己舀了一碗热腾腾的米汤。

“楚王月前派大军出兵桐国[①]，桐国依附吴国已久，楚国都城里的贵人们怕楚军一旦败退会招来吴国的报复，所以都在重金招募能保护他们逃离郢都的剑士。”陈逆一边说一边用匕首削着手中的木箸。

“仗还没打就招募剑士准备逃跑？楚国的贵人们可真惜命。当年伍子胥率兵攻入郢都，烧了楚人的城，鞭了楚王的尸；如今虽然夫差败在勾践手里，但楚人对吴人还都怕得紧啊！不过这次他们的担心是多余了，桐国之战，楚军一定会赢的。”

“你怎么知道楚人会赢？”陈逆将削好的木箸放在清水里荡了两圈，递到我面前，“虽然越王当年借黄池会盟之机攻进了吴都，但吴国国业根基深厚，对楚国而言依旧是劲敌。”

“唉，看来大哥是真的把小妹当作宋国的酒娘了。你忘了，我以前在晋国是做什么的？”我接过食箸在碗中来回搅了两圈，仰头将混着柏木清香的米汤全都喝进了肚里。

“我没忘，你是晋人敬畏的神子。”

“我不是神子，我是巫士。”我放下陶碗抬头笑看向陈逆，“天下诸国的命数就如同我们眼前这片湖水，一浪起，一浪伏，此消彼长，永不停息。艾陵之战、黄池会盟，夫差早就失了天命。如今，楚国君明臣贤，将来楚王也许还有再次问鼎中原的机会。”

“你已经替楚国占卜过国运了？”

“算是吧，楚王出兵之时，我曾在夜里见到枉矢妖星东流，其尾横扫星宇，恰巧落在吴国星野。枉矢妖星兴兵事，主除旧布新。楚与吴，熊章与夫差，孰新孰旧显而易见。大哥这回尽管放心去郢都，楚国不会乱，那帮贵人的钱，好赚得很。”

“是吗？你这样说，我就放心了。”陈逆若有所思地点了点头。

九年前，吴国讨伐陈国，楚昭王亲自率兵救陈，却不幸死在了中军大帐。昭王临终前有意将王位让给自己的兄弟子西、子期、子闾，而子西等人却在昭王死后迎了昭王的幼子熊章做了楚王。

熊章，那是个令人啧啧称奇的少年。他是楚王的儿子、越王勾践的外孙，他身体里流淌着最高贵的血液。他睿智、豁达、重贤纳才、野心勃勃，最重要的是，他还年

①桐国，春秋战国时期辗转依附于吴、楚、越的小国。

轻。一个国家如果可以保持几十年政权稳定，而主政的君主又恰好是位贤君时，毫无意外，它将成为一个富裕强大的国家。

桐国在吴楚边境，和吴都相隔几百里，有越王勾践在背后盯着，夫差不会派兵来救。年轻的楚王需要一次胜利，而他知道桐国将是他树立威信，为父辈、祖辈一雪前耻最好的地方。月前，当浩浩荡荡的楚国大军举着如火的旌旗从云梦泽畔走过时，我真切地感受到了一个少年燃烧的壮志和一位年轻的君主意欲逐鹿中原的野心。

横扫夜空的枉矢妖星也许真的预示了吴国的败局，但漫天的星斗却没有告诉我，晋国、齐国、越国、楚国，谁会是下一个称霸天下的霸主。

我看着眼前熊熊燃烧的火焰，在心中暗暗思量着晋、齐、楚、越四国在争霸之路上的优势与劣势。这时，一旁沉默的陈逆却突然给了我一样惊喜。

惊喜之说，源于三月前。

彼时，云梦泽正值盛夏，陈逆邀了十二个身怀绝技的游侠儿来此地饮酒比剑。这十二人中有楚人、晋人，也有来自吴越两国的剑客。那些日子，我扮成少年模样终日与他们混在一处。白日里，看他们比剑，替他们叫好；入夜了，就坐在篝火旁听一群男人有一句没一句地讲述各自离奇热血的剑客生涯。

这十二个人，个个都是列国一等一的高手。高手比剑，流血受伤是常有的事，十天之后我几乎替他们每个人都治过伤。临别之时，一群人高马大的男人昂首挺胸地站在我面前，豪言道："小鬼头，哥哥们没钱付药资，除了剑以外，哥哥们身上有什么你喜欢的，尽管拿去！"他们拍着我的肩膀，每个人都是一副"大哥随你挑，任你拿"的架势。而我看着他们一脸慷慨的样子却有些哭笑不得。

我能要什么呢？除了陈逆和越国来的剑客鬼，剩下的人能给我的恐怕就只有他们身上破烂的衣服和衣服上到处乱跑的虱子。而这两样东西，是我打死都不会要的。

最后，我在"慷慨的"哥哥们身边走了一圈，只问越人鬼讨要了他围在腰上的一根腰带——之前，我曾见他用这根不起眼的腰带猎到了一头横冲直撞的野猪。

当我提出用这腰带抵作所有人的药资时，陈逆仰头大笑，其他人也都拍着我的脑袋，称赞我极有眼光。原来，这越人鬼是越国铸剑大师欧冶子的徒弟，他平日不专心铸剑，却喜欢做些稀奇古怪的兵器。他那根不起眼的灰色腰带里实则裹了一条食指粗细、一丈多长的银色长链，细密的银色小环环环相扣，远远看去像是一条银灰色的长蛇。此链做工之精已经令人瞠目结舌，但更令我惊叹的是它的材质。天下铸兵多以青铜为料，但青铜韧性不足，强击之下易折易断；这根长链不知是用何种铜料锻造而成，竟能在野猪的怪力拉扯下不断不裂。

越人鬼告诉我，这链叫作伏灵索。

当年，欧冶子曾应楚昭王之请铸成了龙渊、泰阿、工布三柄神剑。三剑铸毕，皆有铁英遗留。越人鬼于是便收集了剩余的神铁，打造了这条坚不可摧的伏灵索。他说，他可以把它送给我，但必须再等些时日，因为，他还要用它做一件事。

彼时，我笑着点头，心里却道，传闻欧冶子铸剑是雨师扫洒，雷公击橐，蛟龙捧炉，天帝装炭，所铸宝剑皆乃不世神兵。楚昭王当年便是引了泰阿之剑才大破晋、郑联军。这伏灵索既是三剑余料所铸，定也是天下少有的神器。这么贵重的东西，他如何能给，我如何能要?

所以今日，我从陈逆手中接过这条沉甸甸的伏灵索时，简直不敢相信自己的眼睛。

“他真的要把伏灵索送给我吗？我以为他那天是随便搪塞我的。”

“越人鬼虽说脾气有些古怪，却是个谨守承诺的人，他说要把伏灵索送给你，就绝对不会食言。”

“那他要做的事情做完了？”

“嗯。”陈逆点了点头，伸手给自己舀了一碗热汤，“他前日用这锁链绞断了一个人的头。”

人头？！我僵硬地举起手中的伏灵索，夹在链环之间的暗红色血肉霎时跃入了我的眼帘。

我不自觉扬手，咚的一声响，伏灵索不偏不倚地落入了陈逆身前热气滚滚的吊釜。

“呃，如果伏灵索会说话，它一定不会喜欢我这个新主人。”我用食箸撩起吊釜里黏糊糊、湿答答的伏灵索，苦笑道。

我看着眼前飞速移动的青色背影，心中越发不安。陈逆不是恋财之人。他离开齐国后，给商队当过护卫，给权贵做过护院，可他始终是自由的，钱财和女人都无法令他折腰。这世上唯一可以束缚、操控他的，就只有他对陈氏一族绝对的忠诚。

第三章 暗流复涌

楚国的都城郢坐落在云梦泽的西北岸。对旅人来说，从这里出发走水路到郢都最快，也最方便。而对渔民们来说，不用每日撒网拼运气就能赚上一笔大钱的活儿，也很少有人会拒绝。吃过早食后，我陪陈逆去了附近的渔村，但今天的渔村似乎有些不同寻常。往日泊船的湖湾里，大大小小的木船都被人拖上了岸。岸边，落满枯叶的大树下黑压压地跪了一群人。

“他们在干什么？”陈逆指着众人身前一个身披青袍、手持铜鼓、边舞边唱的楚巫好奇道。

我寻了一处合适的位置细看了一番渔人们摆在水边的祭品，回道：“他们在祭祀水神共工。大哥，你今天恐怕去不了郢都了。”

“为什么？”

“楚人祭祀水神要避水七日，这七日里是不会有人愿意入湖行舟的。”

“七天，这么久……”陈逆沉吟，两道浓眉不自觉地拧在了一处，“你确定吗？我们齐人在春天也要祭祀水神，可从来没有避水的说法。不行，你在这里等我一下，我去问问他们。”

水岸交接之处，楚国巫师的祭歌刚刚停歇，陈逆便掏出一只沉甸甸的钱袋大步朝人群走去。

要知道，楚人敬畏神灵，要想让这些靠天、靠水吃饭的渔人在祭祀水神的日子里下水行舟是绝无可能的事。很快，我的想法就得到了验证——渔人们非但不愿下水，就连陈逆高价买船的建议也果断拒绝了。

“大哥，不如把郢都的活儿舍了吧！不管是七日后走水路，还是现在改走陆路，等你到了郢都，楚军说不定都已经攻下桐国了。如果楚军打了胜仗，那些怕死的贵人就不会再花钱雇什么护卫了。这几天，你不如留在云梦泽，我给你做好吃的，你再教我几招剑法吧？”

“不，这次不行。”陈逆按着我的肩膀轻声道，“小妹，你先回去吧，我再到附近的村子里去瞧瞧，总能找到船。”

“看来郢都的贵人一定给你出了一个无法拒绝的好价钱。算了，跟我走吧，我知道哪里还能找到船。”

“真的？”陈逆眼中闪过一抹亮光，这抹亮光却在我心里投下了一道阴影。

我带着陈逆沿着湖岸一路往西，离渔村三里开外的地方有一户人家，今年夏天，独居的父子俩都没能逃过那场来势汹汹的疟疾，所以不出意外的话，他们家的独木船应该就停在岸边的芦苇荡里。

“快到了吗？”陈逆转头问我。这一路上，他走得极快，有时候我甚至要小跑几步才能赶上他的步伐，而他显然没有发现这一点。

“已经到了，我上回来的时候，船就停在那里。”

“太好了，在这儿等我，我去看看。”陈逆撇下我，大步朝不远处的芦苇荡跑去。

我看着眼前飞速移动的青色背影，心中越发不安。陈逆不是恋财之人。他离开齐国后，给商队当过护卫，给权贵做过护院，可他始终是自由的，钱财和女人都无法令他折腰。这世上唯一可以束缚、操控他的，就只有他对陈氏一族绝对的忠诚。他这次那么着急要赶去郢都，是因为陈恒又给他新的命令了吗？他去楚都要做的事和晋国有关，和赵氏有关吗？

正当我陷在自己的思绪里找不到出口时，一柄森寒的长剑突然穿过我的发丝重重地压在了我肩上。

“你是谁？”身后传来男子低沉的声音。

我深吸了一口凉气，右手悄悄地搭上了捆在腰间的伏灵索。

“黑子，把剑收起来吧！这丫头很快就要做你的主人了。”一个清清雅雅的声音顺着风从我耳边飘过。下一刻，我的眼前出现了一个青丝垂肩、长衣曳地的男子，他亭亭地站在我面前，怀里抱着一大束黄蕊白瓣的野菊。“咦，你的样子看上去还不算太糟嘛！”他看着我，轻启檀口，笑意淡淡的眼睛里笼着一层迷人的光华。

“明夷，你怎么会在这里？”我又惊又喜，拨开肩上的长剑就要去拉他的手。明夷连退两步，将手中的花束一把推到了我怀里：“喂，别那么激动，我同你可没那么亲近。”

“哈哈哈，你还是这般别扭啊！”我大笑着抱住满怀的野菊，转头冲着身后提剑发傻的男人道：“臭小子，好久不见啊！”

几年没见，记忆中黝黑干瘦的少年已经变了，厚实宽阔的肩膀、布满青色短须的面颊，眼前的黑子看上去像个身经百战的勇士。

黑子收剑入鞘，居高临下地打量了我一番，粗着嗓子道：“臭丫头，你好像变得更丑了。”

“就你嘴坏。”我用力捶了他一记，笑问道，“快告诉我，你们怎么会在这里？天枢什么时候从华山搬到云梦泽来了？”

“没有，我们是和……”黑子刚开口，目光却突然凝在了我身后的某个点上，“臭丫头，你怎么会和齐国陈氏的人在一起？”他压低了声音，右手不动声色地按上了腰间的佩剑。

我回过头，身后是同样全神戒备的陈逆。

“他不是坏人，他是我大哥——‘义君子’陈逆。”

“但他是陈氏的人。”

“黑子，莫要失了礼数。”明夷看了一眼黑子，微笑着朝陈逆行了一礼：“巫士明夷久仰义君子大名。”

“巫士，逆有礼了。”陈逆同明夷回了一礼，把询问的目光投向了我。

“你找到船了吗？”我走到陈逆身边。

“找到了，已经把它推下水了。”

“船？你们说的该不会是我放在芦苇荡里的船吧？”明夷将黑子招到身边，似笑非笑地看着我与陈逆。

“那是巫士的船？”陈逆惊讶道。

“日前新买的，先生没有问经主人就把船推进湖里，这是要借，还是要抢啊？”明夷一脸促狭。

这船什么时候变成他的了？为什么我好像嗅到了阴谋的味道？

“巫士见谅，是逆失礼了。”陈逆见明夷这样说连忙抱拳致歉，随即从怀里掏出自己的钱袋交到黑子手上，“这里有楚币三十枚，还望巫士能借船一月。下月月中之前，逆定当奉还。”

“借船？”明夷长眉一挑，一双美目笑盈盈地看向我：“阿拾，你们借船是要去哪里啊？”

“大哥要去楚都，我是来给他送行的。”

“原来是这样……黑子，把钱还给陈先生。”

“巫士不愿借船？”陈逆捏着被退回的钱袋，急问道。

“先生莫慌，这船我会借给先生。只不过，我想把这租金换成郢都南香馆里的碧海膏。”明夷的眼睛永远是美的，忧愁的时候、微笑的时候，尤其是像现在这样算计人的时候，更是美得流光溢彩，让人移不开视线。

南香馆，但凡用过楚香的人一定都听说过这个名字。据说，它是楚王设在宫外的制香处，馆内有两百多名善制香料的奴隶。在他们手中，即便是像茱萸那样气味难闻的草料，都能变成馥郁芬芳的香料。陈逆听说过南香馆倒也不奇怪，虽然他平日不佩香，看上去也不像个喜香、懂香的人，但和陈盘这样的人待久了，耳濡目染之下，总会知道一些贵人们推崇的东西。不过，明夷所说的碧海膏，我们两个都是第一次听到。

明夷说，碧海膏是用二十种秋日成熟的香果，混了深海里灵鱼腹部的油脂制成的，秋日风干时他喜欢用它来抹手。这话如果换成明夷之外的其他男人来说，我都会觉得可笑，继而心生鄙夷。但他是明夷，当他说起碧海膏的用处时，我唯一能想到的便是美人垂眸含笑、指挑香膏的一幕。

陈逆为了借船毫不犹豫地答应了明夷的要求。明夷告诉他，碧海膏难存难制，如果要买就必须提前半月告知南香馆的掌事。陈逆点头承诺，他说，他会在郢都待上半月，只要一到郢都就会先去南香馆预订碧海膏。明夷听罢便笑了，显然他对陈逆的答复相当满意。

云梦泽畔，我挥手送别了陈逆。明夷站在我身边，嘴角噙着一抹不散的笑意。

“你为什么要让他去南香馆买碧海膏？南香馆里也有天枢的人？”我问明夷。

明夷半眯着眼睛望着碧绿烟波中的一叶扁舟，微笑道：“阿拾，是无恤太聪明了，你才找了陈逆这样呆傻的男人吗？”

我瞥了明夷一眼，驳道：“他不呆也不傻，只是太善良了，才会被你算计。”

“这世上聪明的人太多了。‘呆傻’二字在我这里又不是什么坏话。”明夷微抬双眉，笑得坦然。

“楚人祭祀水神本该在春天，你是早知道他今日会来借船，所以故意设了这个局？”

“你既已离开无恤，这些事何必多问？自己回家去吧！”明夷最后看了一眼空荡寂寥的湖面，伸手抱走我怀里的野菊，转身往西行去。

仲秋时节，云梦泽畔大片大片的芦苇丛都已披上了金黄色的外衣，招摇了一整个夏天的芦穗里开出了千万朵洁白的芦花，风一起，金色的苇海上便飘起了漫天飞雪。明夷一袭朱红色的长袍行在楚国无边的秋色里，发丝飞扬，风姿灼灼。我遥遥地跟在他身后，明知他要将我引向一条不归之路，却始终无法停下自己的脚步。

“你这样跟着我，可是不想再回你那间破屋了？”明夷走至一片低矮的草坡前停了下来，他转过身来，双目之中闪烁着计谋得逞后难掩的笑意。

我假装看不见他的得意，低头盯着他怀中怒放的野菊，以细若蚊蚋的声音问道：“无恤昨晚来过云梦泽吗？”

“你说什么？”

“无恤……他也知道我住在这里吗？他昨晚来找过我吗？”我想起昨夜的梦，脸上一阵阵地发烫。

明夷意味深长地扫了我一眼，笑着走到我身前，伸手从怀中的花束上掐了一朵白瓣黄蕊的野菊别在我散乱的发髻上：“这个问题我可以回答你。事实上，你心里的很多问题我都可以回答你。只不过——你要先答应我一个条件。”他歪着脑袋调整着花朵在发丝中的位置，对于我这只迷途的羔羊，他显然势在必得。

“什么条件？”

“回天枢，帮五音一起处理卫国之事。”

我有些惊讶，这个条件显然出乎我的想象：“天枢？为什么要我去天枢？”

“很简单，因为我不想去。”明夷按了按我的发髻，收回了手。

“你不去，为何要我去？”卫太子蒯聩是明夷的噩梦，他不愿相助蒯聩夺位我能理解，可这与我又有什么干系？

“你不肯？”

“天枢除了你还有别的主事，卫国之事就算他们帮不上忙，也还有五音夫人在。晋国的浑水我已经不想再蹚了。”

“你难道不想知道无恤昨晚在不在云梦泽？”

“不想。”

“那你想不想知道你在扶苏馆的时候，无恤为什么不去找你，又为什么收了狄族送来的女人？”

“不想。”

“那伍将军呢？你想不想知道赵氏临时悔婚，他在秦国的处境又如何？”

“不想。”我抬头看着明夷探究的眼睛一字一句道，“你说的这些，我通通都不想知道。”

“是吗？”明夷挑起左眉，戏谑道，“我原以为你这丫头的好奇心一直都会在。怎么，赵无恤把它连同你的心一起打碎了？”

明夷故意拿话激我，我虽想反驳争辩，可回想起旧日那些明争暗斗，回想起这一路走来倒在我脚边的尸体，还是狠下心来摇了头：“我现在过得很好，天枢我不会再去。走吧，既然你来了云梦泽，那伯鲁也一定在这里。新绛的秋天太冷，楚国的天气才最适合他养病，他早该搬到这里来的。”我撇下明夷，径自提裳往草坡上走去。

“如果你不好奇无恤和伍封的事，那智瑶府里的药人呢？你难道也不想知道药人的消息？”明夷在我身后轻喊了一声。

“你说什么？！”我遽然停下了脚步。

今年春天，我和陈逆离开宋国后先去了新绛。那时，我特地去迷谷找过盗跖。可盗跖已经消失了，他寄居的草屋也积满了厚厚的灰尘。我不知道他去了哪里，他也没有给我留下任何可以追查的线索。后来，我将药人之事告诉了陈逆，陈逆替我三探智府，却只找到了智文子故居下被大石封死的密道，药人的踪迹依旧无处寻觅。

在楚国的这半年多来，我虽避世独居，但寻找药人的事却一日不曾忘记。除了委托陈逆和他的朋友们帮我四下打探盗跖的下落外，我还写信请端木赐为我在鲁国探访公输一族。现在，明夷主动同我提起药人，难道是说天枢已经找到了什么线索？

“药人的事，你知道多少？”我转身问明夷。

“去天枢吧，天枢会给你一切问题的答案。”明夷用他迷人的微笑和清雅的嗓音继续诱惑着我。

投饵捕鱼，自我转身那一刻起，我就已经被人收进了一张精心编织好的渔网。

“如果我去了天枢，那你如何保证卫国之事结束后，我还能安然从‘迷魂帐’里走出来？”

“既然你这样问，我就当你已经答应了。”明夷嘴角一扬，抬袖同跟在两丈开外的黑子打了个手势。黑子得令，一下就跑没了影儿。

“你还没回答我的问题。”我追问。

“你要的自由，天枢的主上自会给你。”

“谁是天枢的主上？”

“待会儿你就见到了。”

“伯鲁？！天枢的主上是伯鲁！”秋风之中，我刹时愣怔。

天宇之上有七星如斗，悬于太微北境，主四时。七星名曰：天枢、天璇、天玑、天权、玉衡、开阳、摇光。天枢者居斗首，为天。

太史府的屋顶上，尹皋捧着他的星盘把这七颗星星的名字一个个地印入我的脑海。那时我曾笑着戏言，说这七星不过是天帝舀酒的一把酒匙。尹皋一脸郑重地反驳我，他说，它不是天帝的酒匙，它是天帝的车。每年伊始，天帝就会驾着它由东方出发，穿越浩瀚的星空。车行不止，人间才有了四季。

于是，我便问，那天枢是什么？尹皋指着斗首的一颗明星道，天枢是帝车上指路的灯，夜空清朗时，你才能看到它橘红色的光。

天枢是星辰的名字，天枢各部以八卦命名；赵鞅以星官之名为自己贴身的侍卫命名；明夷是天枢离卦的主事，又是伯鲁的密友，这几点加在一起让我很难不怀疑天枢和赵家的关系。而此后，无论是无恤兽面人的身份，还是于安离奇的身世，所有的线索都让我更加确信天枢与赵氏之间有着密不可分的关系。

既然天枢是赵氏收集情报、聚敛财富、训练家臣的地方，那么当初穿着鹿皮翘头履、坐在珠帘之后的人会是谁呢？我曾经怀疑过赵鞅，怀疑过无恤，可我从没想过，天枢的主上会是伯鲁，那个在院子里养虎养猪的伯鲁。

“天枢的主上真的是伯鲁？”我不死心地问道。

“天枢的主上一直都是他。”明夷轻飘飘地丢下一句话便爬上了长满细叶草的缓坡。

“自作聪明了那么多年，原来我才是这世上最傻最呆的人。”我讪笑一声，跟了上去。

午后的秋阳暖暖地挂在晴朗如洗的天空上，和煦的阳光为长满芒草的原野笼上了一层淡淡的金色。在离我们不远的地方，那座爬满青藤的石屋前，一个白衣迎风的男子正踮着脚，漾着笑，用力地朝我挥舞着他苍白瘦削的手臂。

他真的是天枢的主人吗？他还是我记忆中的伯鲁吗？一年未见，他的病好了吗？

“快进屋——不要吹风——”我冲远处的人大喊，微凉的湖风将我的声音瞬间吹散。石屋前的人往前跑了两步，轻跳着把手挥得更用力了。

他，还是他啊……

我放下双手，笑容不自觉已爬上了嘴角。

“快走吧，他病里瘦得厉害，再过一会儿可要被风吹走了。”明夷在我背后轻推了一把，抱着怀里的野菊朝伯鲁飞奔而去。

“等等我！”我跟上明夷的脚步一路急奔到了伯鲁身前。

“你不该出来吹风的。”我喘着粗气看着眼前清瘦俊朗的男子。

“我知道。”伯鲁微笑着，高高隆起的颧骨上有一层异样的红潮。他真的瘦得好厉害，他现在的样子比我第一次在秦国遇见他时更糟糕了。

“一年多了，你的病还没好吗？”我喘匀了气，伸手搭上伯鲁的手脉。

伯鲁笑着翻转手背抓住了我的手：“我没事，老毛病，都习惯了。快，快进屋吧！黑子已经劈柴烧水去了，我这儿留了一盒蜀国来的芳荼，就等着哪天你来了煮给我喝呢！”伯鲁拉着我往屋里走，我跟在他身后狐疑道：“等我来？你们早就知道我住在这里了？”

“我们知道的事多着呢！”明夷经过我身旁，侧过脑袋在我耳边轻语，“瞧，我早说过了，有了天枢你可以知道任何你想知道的事。”

“明夷！”伯鲁瞪了一眼明夷，明夷挑了挑眉，笑着扭过头将花束插进了墙上的一只敞口水罐。

“阿拾，天枢的事……他都告诉你了？”伯鲁看向我，脸上带着歉意的笑容。

我点了点头。

“你可不能怪我多嘴，和这丫头说话太累人，如果我不提前告诉她，你哪有那份好气力陪她耗下去。”明夷扶着伯鲁在靠窗的矮几旁坐下，又用布帕垫着手往伯鲁身旁的小圆炉里添了两块新炭，“反正她刚才已经答应我要回天枢了，你现在就不用费心再同她多说什么了。说话太多，终归伤精气。”

“阿拾，对不起，他这人……”伯鲁被明夷这么一说，两颊的红潮更浓了。

“明夷说得没错。我这人心思重又难缠，如果天枢的事换成你来说，你一准要被我耗去半条命。不过，我是真没想到，那日坐在珠帘背后的人居然是你。”

“对不起，天枢的事我之前一直瞒着你。”伯鲁看着我一脸歉疚。

“这个道歉我接受。”我撇着嘴自嘲道，“我当初劝你‘养猪养虎不如养士’的时候，你肯定在心里笑话我了吧？就我这么个不知天高地厚的小儿居然还敢大言不惭地要天枢的主上多养几个勇士护身。”

“不，我没有笑话你。”伯鲁微笑着摇头，他温暖的视线越过我的眼睛轻轻地落在了我头顶的木笄上，“想想那时候你才多大，一个没及笄的女娃天天披着一头散发和无恤一起跑东跑西。可就是这么点儿大的孩子却比我更了解卿父的苦心。养猪养虎，不如养士。天枢就是卿父为我这个不争气的儿子养的‘士’。只可惜啊，再好的工匠也雕不好一块朽木。这么多年，我把天枢丢给了五音和明夷，又把卿父交代的差事都丢给了红云儿，自己心安理得地养了一院子的虎、猪、鹿、鸟。一个小姑娘都知道的道理，我却不知道。该被笑话的那个人，是我。”伯鲁见到我之后脸上一直挂着笑，可当他说完最后一句话时，我却在他的笑容里看到了一抹化不开的苦涩，“阿拾，你说这世上还有比我更糟糕的儿子、更糟糕的兄长吗？”

“你已经做得很好了……”我看着伯鲁的眼睛恳言道，“你是这世上最好的儿子、最好的兄长。如果没有你，当年的小马奴即便活下来也成不了今天的赵无恤。是你成就了他，而他会替卿相，替你，守护好你们的家族。”

“那你会替我守护好他吗？”伯鲁冰凉的手指轻轻地覆上了我的手背。

我心中一颤，默默地把手从他手中抽了出来：“他也许不需要我的守护。有的人生来就注定了要一个人站在最高最冷的地方，旁人的存在，对他来说或许是一种负担。”

“你是这样想的？”伯鲁闻言一脸愕然。

“借口。”坐在一旁久未出声的明夷冷冷地瞥了我一眼道，“说到底还不是因为秦国的那位伍将军。”

“他是这样告诉你们的？呵，这样的谎话，他居然也会信？”我心中酸楚，脸上却故意摆出一副气愤不屑的模样，“这事与将军无关。我走，只是为了让事情变得容易些。事实上，他现在的确过得很好，赵家的一切也都很顺利。”

“你错了，他过得一点儿都不好，因为你在他最幸福的时候抛弃了他，你在他最软弱、最没有防备的时候抛弃了他。他现在恨透了你，恨你因为伍封舍弃了他。”伯鲁蹙眉叹道。

“我没有舍弃他，是他舍弃了我！我在宋国等了他两百多天，他从没有来找过我。”深埋在心底的委屈和怨恨让我忍不住大吼。

“他去了。阿拾，他去找你了！”

“是啊，他来了，带着他的新妇一夜之间搬空了我的酒窖，然后扔给我一箱冷冰冰的白玉、海珠。”

“你错了，他回到新绛城后没多久就去宋国找你了。他知道你做了扶苏馆的酒娘，也知道你就住在馆后的酒园里。他在宋国守了你半个多月，他甚至杀了好几个妄图在夜里翻墙欺辱你的男人。两百多个夜晚，你难道从来没有问过自己，为什么像你这样的女人独居在酒园，却从来没有醉汉闯进你的房门，爬上你的床榻吗？”

“她也许以为是她的好大哥陈逆在护着她吧！”明夷拎出一只酒壶，随手掷了一只木杯在我手边：“今天就不用煮什么芳荼了，喝酒吧，我觉得这会儿喝酒更合适。”

“为什么？他为什么宁愿躲在墙外杀人也不愿见我……他明明知道我是为了他才走的啊，他凭什么恨我……”我死死地握着手中的木杯，泪水一点点地溢出眼眶。明夷自斟了一杯酒，俯身用杯沿在我额头轻叩了一下：“你这蠢丫头倒是蠢得有趣，骗人骗到最后，居然连自己都信了。醒醒吧，有时间挖空心思算计别人，为什么就不能擦擦眼睛先把自己看清楚。”

“我知道自己做了什么，我也知道自己为什么这样做。”我用力抹了一把眼睛，抬头看向明夷，“去年夏末，师父派人送信到鲁国，他说新绛城内卿相病危，智瑶伺机夺权，北方各族蠢蠢欲动亟待安抚。无恤怜我，不愿负我，可他若要守住赵氏就必须以赵世子的身份与北方狄族联姻。在这样的情况下，我若不走，就势必会成为他的阻碍。他爱我，怜我，而我……也不想叫他为难。”

“好一个情深意切的女人。”明夷仰头满饮了一杯，笑着把脸凑到我面前，“你这理由说得还真好听！群狼环伺之下，你把他一个人留在狼群里，自己跑了。卿相病重，智瑶在朝中处处刁难无恤；赵府里一群兄弟不顾外敌，日日明争暗斗，恨不得生啖了无恤的肉。长兄病了，孟谈死了，阿鱼废了，五音霸占着天枢不肯移权，这种时候你下药迷晕他，一个人逃走了。你难道从没想过自己应该留下来吗？你难道从没想过，有了你，他也许会找到比联姻更好的解决办法吗？我说的这些你通通没有想过。你一心只想着要逃，在他最需要你的时候，迫不及待地抛下了他。”

明夷的话犹如支支利箭朝我直射而来，我心里又惊又怒，却又找不到半句可以反驳的话。

明夷见我不说话，接着又道："欢喜与痛苦，后者总是更难忘记。伍封当年伤到了你，你现在就算没了对他的情，却还留着他在你心里烙下的疤。这些年，你就算和无恤在一起也时时刻刻都准备着要全身而退。你怕他会为了世子之位抛弃你，所以你就走了，你要在他辜负你之前，先一步舍弃他。你从来没有相信过他，无论他对你付出了多少，承诺了多少，都无法填补你心里的伤口。你是为了你自己才离开的，这才是丑陋的真相。"

明夷的声音在我耳边嗡嗡作响，我想要厘清他话中的意思，但脑子里混混沌沌的像是装了一潭被人搅乱的泥水。

"怎么不说话？你承认我说的是事实了？"明夷把身子往后一仰，一脸惊讶地拉开了与我之间的距离。

我转过脸，咬牙道："不要装作你懂我。你说过了，我们没有那么亲近。"

"哈哈哈，我自然是不懂你。刚刚这番话是一个醉鬼告诉我的，若他说错了，那也是酒后的胡言，你大可不用放在心上。"明夷挽袖替我满斟了一杯酒，我怔怔地转过头，视线恰好撞上了美人嘴角一抹耐人寻味的笑容。

这话是无恤说的？明夷今天告诉我的都是无恤的醉言？！

一年多来，我以为无恤恨我是因为他糊涂，只有糊涂的人才会相信我当日拙劣的谎言。可我错了，他清楚，他比任何人都清楚我离开的理由。他恨我，是因为他早就看穿了我的心。到头来，我骗了自己，却没有骗过他。

屋子里静悄悄的，谁都没有说话，木炭燃烧后蹿起的青烟熏得我两只眼睛泪流不止。我僵硬地站起身，在伯鲁和明夷的注视下默默地走出了房门。

我为什么没有选择和他一起面对困境？我为什么会在盟誓合婚的第二天就丢下他偷偷地逃走？我和他，到底是谁先舍弃了谁……

伯鲁无权无位自然不能控制天枢，无恤虽是世子却还未得到赵鞅的正式授权，这种时候，五音不肯移权并不奇怪。只是以她的阅历和对无恤的了解，怎会如此肆无忌惮地展露自己的野心？明夷和伯鲁又为何要选在这个时候让我重回天枢？

◇ 第四章 天枢之主

秋风萧瑟，叶落成堆，我在云梦泽畔的桐树下坐了长长的一个下午，看着碧绿的湖水被夕阳一点点地染红，又看着橘红色的湖光被黑暗一点点地吞噬。我想起了落星湖畔的那个晚上，想起他骑马载着我在暗夜的竹林里穿梭，想起他移开双手后天宇下满湖璀璨的星光……我想起合婚那夜他含笑的眼睛，想起他呢喃着我名字的双唇，我想起一夜云雨之后，他自睡梦中惊醒，没有甜言，不是蜜语，只怔怔地看着我，然后闭上眼睛笑叹："太好了，你还在……"

是我错了吗？也许那日草堂之中他对我说的话都是真心的。他想要和我在一起，他会为了我和赵鞅抗争，我们会成亲，会有三个孩子……他是那样害怕我离开，他用他的方式试图让我留下，可我在看到史墨的来信时，就已经决定离开。我甚至没有尝试，就已经选择了放弃他。

他的确应该恨我。那日从昏迷中醒来后，他做了什么？他撕了我留下的嫁衣吗？他挥剑斩断了那张冰凉的床榻吗？他一把火烧了那间我们合婚的草堂吗？

他会做什么？我到底对他，对自己做了什么……

我抱紧双腿把头深深地埋进膝盖。不管我当初离开的理由是什么，我想，他是永远都不会原谅我了……

"你不进屋吗？外面变冷了。"当月亮从湖面上升起时，黑子拎着一只酒坛出现在我身后。

"我不冷，我想在这儿再待一会儿。"我低头把泪湿的眼睛在衣摆上来回抹了两下，然后笑着看向身旁的黑子，"怎么了，是你家主上叫我回去煮茶吗？"

"不是，是明夷让我来看看你。他已经做了晚食，今晚你可以尝尝他的手艺。"黑子扶着树干在我身边坐下，我往旁边挪了挪给他空出了一个搁脚的地方。

"你这些年过得还好吗？为什么没有来晋国看我？"我问。

"明夷说，你到晋国不久就做了太史墨的徒弟，后来又成了晋人的神子，哥哥我没混出点儿脸面怎么好意思去找你。"黑子低着头，用手来回地摩挲着装酒的粗陶坛子。

"这是哪门子理由？忘了，便说忘了，我又不会怪你。"

“谁说我忘了？！”黑子拔高了嗓子硬是把两只不大的眼睛瞪得又圆又亮，“为了当得起你一声‘哥哥’，我可是真做过打算的。骗你，我就是这个。”黑子低头捏起地上的一只黑壳甲虫在我眼前晃了晃。

“你做了什么打算了？”我接过那只可怜的甲虫，随手放进了草丛。

“我想着自己哪天要是成了艮卦最好的勇士，就带着天枢最好的剑去新绛城看你。”

“那你的目标现在一定已经实现了。主上和明夷好像都很器重你。”

“有什么用啊，等小爷回了天枢，还不得被你这臭丫头踩在脚底下。”黑子瘪了瘪嘴小声嘀咕着。

“我好端端地踩你做什么？再说，我也不会在天枢长住，等帮明夷处理完一些琐事，我就回来了。”

“骗人，还想瞒我？主上都同我说了。”

“说什么了？”

“你这次只要回了天枢就是乾卦的主事。将来，赵家的新世子做了宗主，指不定你就成了天枢的主上。你这丫头怎么这么好命！不用练剑，不用杀人，耍耍两片嘴皮子，就什么好事都拼了命地往你头上砸。哥哥我怎么就没这运气呢？”

天枢的主上？我苦笑着夺过黑子怀里的酒坛，仰头喝了一口：“等我哪天被你说的这些‘好事’砸死了，你就不会羡慕我的好命了。”

“臭丫头，你和赵无恤——呃，不，你和赵世子真的生分了？你真的和他成了亲，又甩了他？”

我咽下一口苦酒，按着黑子的肩膀站了起来：“回去吧，风吹得有些冷了。”

“哦。”黑子知道自己问了不该问的话，连忙拍拍屁股爬了起来，“明夷的晚食应该已经做好了。待会儿吃完了，我送你回去。”

“我们什么时候去天枢？”

“明天早上我去弄辆马车，日中过后就出发吧！”黑子抖了抖自己身上的草屑，弯腰替我扯掉了一根扎在下摆上的刺荆。

“好，明天我在家里收拾好东西等你。”我一边说一边迈步朝来时的方向走去。

云梦泽上的夜雾被风吹卷着在阔野上四下弥漫，天空中一轮素白的月亮在浓云之后时隐时现。一步，两步，三步……当耳边此起彼伏的波涛声渐渐远去时，空阔的原野显得格外安静，风吹过开花的芒草，那细密的、绵长的声息，是云梦泽送给即将远行的离人最后的礼物。

我享受这一刻的寂静，可黑子却受不了这样的沉默。他抽出剑来，有一下没一下地挥砍着身旁半人高的芒草丛。那些躲在草丛中安睡的小麻雀一窝窝地被惊醒，全都争先恐后地扑着翅膀蹿了出来。我长叹一声，按住了黑子的剑柄：“同我说说五音吧，明夷说她霸占着天枢不肯移权是什么意思？”

“卿相生病的事，你都已经知道了吧？”黑子听到五音的名字立马收剑入鞘。

“嗯，我知道。”

“天枢现在具体什么情况我也不太清楚，只知道主上不当世子后，卿相就让五音夫人做了天枢的主人。虽然赵家去年新立了世子，但卿相一直病着也没正式把天枢交给新世子。所以，到现在为止，五音夫人还是天枢真正的主上。”

“是这样啊……”伯鲁无权无位自然不能控制天枢，无恤虽是世子却还未得到赵鞅的正式授权，这种时候，五音不肯移权并不奇怪。只是以她的阅历和对无恤的了解，怎会如此肆无忌惮地展露自己的野心？明夷和伯鲁又为何要选在这个时候让我重回天枢？这里面到底还藏了什么玄机？

阴谋、算计，我人虽未到天枢，却已然嗅到了危险的气味。

炙肉、水蒿、葵菜、野鸭，石屋内，明夷备下了满满一桌的佳肴。伯鲁热情地招呼我在他身边坐下，黑子拿湿布抹了一把脸后也在明夷身旁坐了下来。

“吃吃看这个，明夷刚刚烤好的。”伯鲁将一片炙肉夹到我碗里，又挽袖替我舀了一小碗热气腾腾的肉汤。

我拿起食箸，微笑着把炙肉塞进嘴里。半肥半瘦的炙肉被明夷烤得极香，但此刻我却无法专心享受眼前的美食。自我离开鲁国到现在已经过了四百多天，这四百多天的时间里，我酿酒，打猎，行医，莫说筹谋政事，就连复杂点儿的算计都没有。如今，眼看着就要跳进一个巨大的旋涡，我的脑子却有些转不动，吃不消了。

明夷在饭桌上把天枢的现状同我细细讲了一番。我默默地听着，嘴里的东西越嚼越没有滋味。天枢这几年发生了太多的变化。坎卦的主事因为一筒奇怪的苇秆，丢了性命；于安离开天枢去了新绛，巽卦的刺客群龙无首乱成一盘散沙；医尘年纪大了，五音夫人正在物色新人接替他坤主的位置；而此刻坐在我眼前的这位离主显然也已经不打算再回天枢了。天枢八卦，撇开我这个光杆儿的乾卦不说，有半数都处在变化动荡之中。晋、卫、齐三国眼看就要开战，负责军情密报的天枢却乱成这幅光景。且不说如今独掌大权的五音夫人愿不愿意让我插手天枢之事，就算她大大方方地接纳了我，我又如何能照明夷所说，组织起一支影子军队协助无恤抵抗齐国，攻下卫国？

这根本就是一个不可能的任务。

“不行，我做不到。”我看着伯鲁，拼命地摇头，“如果此番晋卫之间的战局真如你们说的这般危险，你们就应该找一个更合适的人去帮无恤。我是酿酒的宋娘，是治病的楚巫，天枢这场仗我打不了。”

“你可以的，现在能够帮到他的人就只有你了。”伯鲁放下食箸看着我。

“不，我是个胆小鬼。我害怕了，就会逃走。我很擅长逃跑，这一点你们比我更清楚。”

“阿拾，你不会害怕天枢，因为它不会让你爱的人离开你。和它打交道也许会要了你的命，但你害怕的从来就不是死亡，对吗？”

天枢不会让我爱的人抛弃我，我害怕的从来就不是死亡……我看着伯鲁苍白温润的面庞，酸涩的眼眶再度被温热的液体填满。

“无恤没有和狄女再行合婚之礼。我想，他一定已经和自己心爱的人盟过誓约了。阿拾，你才十六岁，现在退缩实在太早了。有的人，有的事，趁你还年轻，趁你还有力气，总要奋力争一争。输了，痛了，也没什么大不了的。反正你还有很长很长的时间可以用来疗伤，用来遗忘。”

“可他那样恨我……”

“相信我，红云儿的确不是个擅长原谅的人，但你永远会是他的例外。”

伯鲁微笑着拍了拍我的手。面颊上有温热的水滴沿着鼻梁悄然滑落，可这一次，我不再隐藏，不再抗拒。我重重地点了点头，任它们在脸上肆意流淌。

夜深沉，屋外下起了淅淅沥沥的小雨，明夷扶着疲惫气虚的伯鲁上了床，我与黑子商量好了行程便起身告辞。黑子拿了蓑衣要送我回家。这时，明夷已经替伯鲁掖好了被角，他转身取过墙上的一顶竹笠递给我：“戴上吧，我送你回去。”

是我听错了吗？明夷竟要冒雨送我？

“还是我送她回去吧，外面下了雨，地上都是烂泥。”黑子替我接过竹笠，又把蓑衣披到了我身上。

“不用了，你们两个都别送了。我那间水榭的位置你们一定都已经知道了，明天一早来接我就好，我不会逃跑的。”

“黑子，你把暖炉烧得旺一些，我送完她就回来！”明夷好像完全没有听见我的话，右手一推门，便径自走了出去。

“怎么这就走了？外面路黑，你得带着灯啊——”黑子见明夷出了门，连忙转身取了一盏带盖的陶灯递给我：“既然他要送你回去，那我就不送了，明天等我弄了车再去找你。”

“嗯，那我先走了。你待会儿烧旺了暖炉也别放得离床太近，你家主上熏不得烟。”我接过黑子手中的陶灯，急忙追着明夷出了门。

仲秋的夜里落了雨，任是在楚国这样的南方之地也难免有些阴冷。我拎着陶灯沿着石屋外的小道往黑暗里跑去。小道上的枯草落叶盛了雨水，脚踩上去有些打滑，才勉强跑了几步，身体便稳不住了。我停了下来抬头往前望去，灯火照不到的地方只有一望无际的黑暗和茫茫的雨幕，刚刚还走在我身前的明夷仿佛融入了这片秋雨，不见了。

“明夷——”我拎着陶灯站在原地大喊了一声。

过了许久，暗夜里遥遥地传来两声几不可闻的击掌声。

“你别走那么快，等等我——”我一边喊一边寻着掌声传来的方向跑去，好不容易才找到了那个说要送我回家的人，“哪有你这样送客的主人，你走得也太快了！”我喘着粗气抱怨道。

“是你太慢了。”明夷转头望了望身后。雨中，石屋温暖的灯光已经变成了黑幕上一颗不起眼的豆粒。“走吧！”他轻轻吐了口气，明显放慢了脚步。

看来他是有话要同我说，又不想让伯鲁和黑子听见，才冒雨来送我的。我把陶灯从右手换到了左手，笑道：“以前下了雨，你连离卦的院子都不肯出，这会儿外面又是风又是雨的，为什么这么好心要送我回家？”

“你这回去了天枢指不定就死在那里了。到时候，我未必有空儿去送你。今晚，就权当是提前替你送魂吧！”明夷侧首睨了我一眼，冰冷诡异的话语让我起了一身鸡皮疙瘩。

“你可是巫士，别在这种半夜阴湿的地方咒我！”我抖了抖肩，拉紧了身上的蓑衣。

“咒你？我是不想你死，才出来送你的。”

“什么意思？”

“我早先交给你的苇秆密函，你找到破解的方法了吗？”

“算是找到了吧！那些芦苇秆上被人刻了字，零散的时候看不出什么门道，但只要找到合适的方法把它们编在一起，就能看见密函的内容了。”

“那你编出来了吗？密函上都写了什么？”明夷停下了脚步。

“我可以告诉你密函的内容，但你得先告诉我，无恤昨晚到底有没有来过云梦泽？”

“好个冥顽不灵的丫头！我刚刚在屋里同你说的话，你是一点儿都没听进去啊！晋国日前已经出兵卫国，齐国的军队也已经离了齐境往西面来了。智瑶去年趁卿相重病之际夺了赵家的权力，无恤此次出征前为准备军队的粮草都受了智氏的百般刁难。他此刻前有狼，后有虎，即便知道你住在云梦泽，又哪里还有时间赶来这里见你。”

“他真的没有来过吗？辎重短缺之事，他昨夜在梦里好像也和我提起过。”

“智瑶是什么样的人你心里很清楚，你是太担心他，才会有此一梦吧！”

“也许吧……”我使劲摇了摇头，努力撇开自己脑中的妄想。明夷继续向我询问有关密函的事，我本就无意隐瞒，便一五一十地将苇秆上所刻的地名和数字同他复述了一遍。

“这听上去像是一份账目，可数字又有些奇怪。”明夷听后眉头深锁。

“这上面的地名都是这两年晋国遭了天灾的地方。我上次和无恤到晋阳赈灾的时候就遇到过有人向灾民赠粮征收男丁的事。我担心这密函上的数字会与此事有关。”

“密函的玄机等你到了天枢之后再想办法破解，我要提醒你的是，那筒苇秆是我当初从天枢偷偷带出来的，回去之后你不能对任何人提起密函之事，特别是五音。”

“怎么？你怀疑五音夫人和此事有关？”

“我没有怀疑任何事情，我只是想提醒你，就算你拿了主上的令牌，就算有黑子护在你身边，天枢对你来说依旧是个极危险的地方。”

“这个我知道。”五音若有心独占天枢，她一定会对我这个不速之客有所动作。可过了这些年，我对五音夫人的印象已经很淡了。当年，我是艮主祁勇带进天枢的俘虏，她是高高在上掌握我生死的贵妇。我在天枢住了几个月也只见过她三回。在我残余的记忆里，她只是一个美丽的、充满欲望的女人，像一朵暮春时节怒放的红芍，开到了极致，却在绚烂的影子里透出枯萎的征兆。

“五音是个怎样的人？”冷冷的夜风夹杂着细雨扑面而来，我拎着陶灯小心翼翼地走在明夷身旁。

“她是个奇怪的女人。每次你以为自己看清了她，可她的面具之后永远都还有另外一张脸。”

“我以为她只是个喜欢权力的女人。”

“你要是这样想，那离死期就真的不远了。五音此番隔离赵氏妄图独占天枢之举的确会让人有这样的错觉，但你若因此把她看作一个愚蠢贪婪、一心只追崇权力的人，就大错特错了。”

“那你觉得我该怎么做？”陌生的地方、陌生的对手，都让我心中没底。

“五音对你好，你要努力不让她影响你，掌控你；若她对你使坏，你也不能毫无顾忌地得罪她，毕竟她的地位在你之上。”

“不能顺着她，也不能逆着她，一面与她斗，一面还要想办法支援晋卫之战，我的好师兄，你交给我的果然是一件又‘好’又‘简单’的差事。”我对明夷苦笑道。

“对无能的人来说，这的确是件丢脑袋的差事。不过对有能力的人来说，这又何尝不是件一举多得的美差？”明夷冲我扬了扬嘴角，一副“你我心知肚明”的模样。

药人、无恤，支持我斩鬼戮神、一往无前的两个理由啊。

细雨夜风伴着我们走了一路，行至木屋旁，我与明夷行礼作别，他却从袖中掏出一只手掌大小的锦囊递到了我面前。

“这是给你的，现在先别打开，等哪天你在天枢待不下去了，再打开来看看。”

“你就是为了这个才送我回来的？叫黑子明早一并带来不就好了？白白毁了你一件上好的丝袍。”我拿陶灯在明夷下摆上照了一圈，原本绣了水波纹的丝绢已经被路上的泥水、刺荆弄得面目全非。

“黑子手痒，嘴巴又大，你若有什么秘密想告诉别人，就只管告诉他。”明夷把锦囊塞给我，顺手取走我手里的陶灯回身便走。

“谢谢你送我回来，你的好意我都收下了！”我冲夜雨中的背影高声道。

“收下了，就别死在那里。”明夷没有回头，没有驻足，只是摇着灯淡淡地回了一句。

艮主祁勇传五音的令说要我前去院中拜见，我来不及整装换衣便灰头土脸地随着他去了。可等我们到了五音居所外，却只见修竹花影间两扇香木雕花大门紧锁。

◇

第五章　迷魂之门

天下

华山坐落在秦晋两国边境，距离楚国足有千里之遥。尽管一路风餐露宿，日夜兼程，我们到达华山也已经是半个多月以后的事了。

这一日，马车行在华山山脚的一条黄泥小道上，尘土满面的黑子连赶了几天车已经困倦不堪，我跪坐在他身旁看着远处越来越窄的山路和道路两旁高耸入云的崖壁不禁暗自感叹，过了这么多年，我居然又回到了这里？当初，谁能想到一个被意外抓进天枢的女娃有朝一日会成为乾卦的主事？又有谁能想到，一个连做梦都想逃离天枢的人，如今会不眠不休地赶路只为把自己的自由和性命早日送进曾经的牢笼？

从云梦泽到华山的一路上，我不止一次问自己，到底是不是真的想要回到那种朝不保夕的生活中去，是不是真的已经准备好迎接即将到来的所有不可测的危险。答案是否定的，我不想踏上满是荆棘的道路，更没有做好任何迎击敌人的准备。可我义无反顾地来了，只因为我不想让鲁国的那场不告而别成为我和他的结局，不想让阿娘那些痛苦的呓语变成一个疯女人的疯话。

做自己该做的事，爱自己想爱的人，即便结局不如想象中的美好也无所谓。

十年，二十年，我还年轻，我等得起，也输得起。

周王四十年秋，我决定用青春做一次豪赌。

“阿拾，前面就是‘迷魂帐’了！”破旧的马车在崎岖的山路上陡然一震，原本哈欠连连的黑子猛打了一个激灵，收紧了马缰。

我抬头四顾，车子不知何时已经驶入了一处逼仄深幽的峡谷，前方那片茂密绵延的松林正是我们通往天枢的第一扇大门——“迷魂帐”。

“早上传出去的消息这会儿天枢里的人应该已经收到了吧？”我起身问黑子。

“那鹰子是明夷亲手养大的，又贼灵又快。五音夫人接了消息，现在一准已经派人来迎新乾主入谷了。”

迎我入谷？我看着眼前高如城墙的松林不由得苦笑，这“迷魂帐”就像是死牢的大门，囚徒进了这里，便是连条退路都没有了。

“黑子，你说这林子到底有什么蹊跷，怎么没了引路的哑女就能把人生生绕死在里面？”我盯着松林看了半晌，实在不明白区区一片树林为什么就能困住天枢那么多能人智士。

“蹊跷不蹊跷我不知道，哥哥我这些年就只知道一件事。”黑子吆喝着试图让两匹拉车的黑马慢下步来。

“什么？”

“就是——这‘迷魂帐’的主意你打不得！除了引路的哑女，这么多年我就没听说有人能自己从那林子里绕出来。”

“这林子真有那么古怪？还是——你们压根儿没人敢试？”

“臭丫头，你以为这里的树为什么长得这么高？这可都是一堆堆人骨喂出来的！你要是想活得久一些，就老老实实做你的乾主，别老想着钻空子跑路！”黑子凑在我耳边一通狂轰滥炸，我捂着被他震痛的耳朵，嗔怪道：“知道了，我只随口问了两句，你犯不着吼我这一通。”

“明夷说得对，你这种人啊，心鬼胆子大，就算到了五十岁，照样还是个惹祸精！”黑子瞪了我一眼，不等马车停稳就拉着缰绳从车上跳了下去，“好了，快下来吧！你先在这儿等着，我把马车藏好就来找你，引路的人也应该快到了。”

“哦。”我起身拍了拍衣摆上的黄泥紧跟着从车上跳了下去。

黑子一路小跑把马车拉到了商人们平日停放牛车的地方，我在林外独自逛了一会儿，见他久久没回就扶着树干往林子里走了几步。

此时，山谷之中正当盛午。天高云淡，一轮暖阳在空中懒懒地照着，密密匝匝的松林间有微光自树顶洒落，丝丝缕缕夹在树冠中央，寂静中透着几分秋日的柔情。

白骨养林，这寂静迷人的松林背后到底藏了什么玄机？如果五音对我发难，我要如何才能全身而退？我捏着伯鲁挂在我腰间的玉牌，陷入了沉思。

“我的亲娘啊，让你不要进林子，你怎么又进去了？！”黑子在林外远远地看见了我，大叫着冲了进来。

“我没打算往深处走，你不用这么紧张。”

“不用紧张？小爷我都紧张了大半个月了！要是你这回在天枢出了什么差错，我回头怎么和主上交代？！”黑子铁青着一张脸不由分说地把我往林子外拉。

“你家主上都和你说什么了？”

“他让我天天守着你，你要是少了一块肉，我就得提头去见他。”

“这话可不像伯鲁会说的。”我笑着拖住黑子的手，“咱们俩上次进天枢是在大半夜，那会儿我没留意脚底下的路，你说如果待会儿引路的哑女能带我在‘迷魂帐’里来回走上两趟，我能不能把路线都记下来？”

“这怎么可能？！一来一回三个时辰的路得走多少步，你脑子再好使，只要记错了一步照样出不去。”

“这倒也是，走一个来回的确不够……黑子，这里面的路你走过几回了？”

“嗯，二十多回吧。”

“白天走的有几回？”

“十几回吧。”

“能记得几个岔路？”

“一个都不记得。”

“我的天啊，你也太笨了！”

“我笨？！实话告诉你，这林子里的树都长了脚，换了是你，照样一个不记得！”黑子拖着我一路狂奔到了林外，然后一把甩开我的手兀自坐在林边的一块大石上喘气。

“好哥哥，别生气了，说来我听听吧，为什么这里的树会走路？”

“我笨得很，什么都不知道，你要问问别人去！”黑子一哼气，任我怎么追问都不再回应。

我们就这样从正午坐到了黄昏，又从黄昏坐到了月升，传说中五音派来“迎接”我的人却始终没有出现。

“阿拾，你说明夷的鹰子不会半路叫人猎去吃了吧？怎么这会儿都还没人来接我们？”黑子抬头望了望头顶的半轮白月，起身在我面前踱起步来。

“再等等吧，要来总会来的。入夜了谷里凉，你还是先把衣服穿上吧！”我从包袱里抽出一件外袍递给黑子，又另寻了一件裹到自己身上。

“一路上你比我还急，这会儿怎么又不急了？咱们一宿一宿地不睡觉，不就是为了早点儿到天枢嘛！”

“早点儿到天枢是为了能尽快处理晋卫两国的事，可现在天枢的主人不愿意让我进门，我心里再急，难道还能一把火把人家的大门给烧了？好了，坐下来陪我慢慢等吧！大不了，今晚搭个棚子，我们在这里过夜。”

“迷魂帐”是天枢的门户，即便明夷的鹰子没把信传到，我们两个大活人在这里坐了大半天，五音夫人没有理由不知道我来了。她之所以叫我苦等半日，无非是想告诉我，不管我是谁任命的乾主，这天枢是她的，没了她的允许，莫说我要与她争权夺势，就连天枢的门，我都进不去。

这一夜，我在冷风和夜枭的啼哭声中坐了整整一宿，没有合眼，也了无睡意。

黑子累极了，脑袋一沾地便开始呼呼大睡。我坐在一旁看着一团篝火，脑子却一刻清醒过一刻。晋卫之战已迫在眉睫，我要如何才能在天枢站稳脚跟？天枢要如何才能叫卫国换了君主？晋卫之战结束后，我又要如何才能让无恤原谅我当初无情的离弃？五音夫人的下马威恰好给了毫无准备的我一个专心思量的机会。

清晨，残月落松林，东方天色微青。当木柴上的火苗将熄未熄时，两个白面朱唇的女子提着绿纱灯悠悠地从林子里飘了出来。

冻了我一夜，五音终究还是决定让我入谷了。

好吧，既然你想玩，那我就陪你玩一场吧！

世间大小诸事，或难或易，都可将其视作一场游戏。

譬如，赵鞅和蒯聩玩的是“假装好兄弟”的游戏，齐国和晋国玩的是“谁是大哥”的游戏，而五音和我玩的则是“野心家和小护院”的游戏。“野心家”想趁主人脱不开身时霸占主人家的财产，“小护院”临危受命，没棍子没刀就得不要命地往上冲。其实，冲便冲了，若能在“野心家”面前显一显决心、示一示勇气那也是好的。只可惜，人家压根儿连个显示的机会都不打算给我。

日升中空，在“迷魂帐”里记步子记得几乎要吐的我终于迈进了天枢的大门。

艮主祁勇传五音的令说要我前去院中拜见，我来不及整装换衣便灰头土脸地随着他去了。可等我们到了五音居所外，却只见修竹花影间两扇香木雕花大门紧锁。守门的小童鄙夷地扫了我一眼，奶声奶气地说，夫人突然犯了秋困正在睡觉，太阳下山之前，谁也不见。

黑子闻言冲着小童直瞪眼，可在五音门外又不敢出言抱怨，只好忍到我们出了院子、作别了祁勇才发作起来：“昨晚叫咱们在林子外一夜好冻，刚刚叫人来见，这会儿又说自己睡了。你是乾主，她是总管，平平坐的身份，她干吗这样欺负人？！”

“夫人素日操劳，累了困了，你还不许她睡一觉？”我一面挂着笑避开迎面走来的小婢，一面偷偷使劲将黑子拉进了路旁的一处修竹林，“我的好哥哥，你说话给我千万留点儿神！五音现在是天枢的主人，她叫咱们等一日、等两日都还是好的，若不是对赵家还有几分敬畏，她这会儿只要一句话就可以要了我们的脑袋。”

“掉脑袋的事小爷从来就没怕过，怕只怕现在你见不到夫人，看不了军报，误了主上交代的事啊！”

“五音心里若还想着赵家，那她无论怎样为难我都是无妨的。怕只怕她这会儿正盼着赵家能在卫国的事上栽个大跟头，好叫无恤疲于奔命，无暇顾及天枢。”

“要真是这样，那可怎么办啊？五音夫人早就知道你是主上的人，这回来也是要帮赵家成事的。她要是有心吃独食，那你不就成了黄粱饭里的石子，万万留不得了吗？”

“你现在才想明白？当初也不知道是谁，酸溜溜地羡慕我被‘好事’砸了头。”

我见黑子神情紧张反而笑了。

“你居然还笑得出来？我是没你聪明，你既然早想明白了，怎么还巴巴地进来送死？！”

“谁说我是来送死的？这游戏才刚刚开始，到最后谁输谁赢还指不定呢！你呀，就老老实实把我交代你的事办好，我不仅要保全自己，保全你，回头还得把你的秋姑娘从齐国接回来呢！”

我嬉皮笑脸地对着黑子，黑子憋了半天只得没好气地吐了一句：“你先操心要紧的事吧，我的事你就不用理了。”

我拍了拍黑子的手臂正欲开口，却突然听见林外的小路上传来杯盘落地的声音。

我朝黑子使了个眼色，黑子立马拂开竹枝钻了出去。

我四下扫了一圈，见林中无人便转身从修竹林的另一端钻了出去。

天枢八卦，乾为天，居八卦之首。当年，除了主上伯鲁之外，天枢里最具权势的两个人便是乾主赵无恤和总管五音。彼时，无恤戴兽面替伯鲁处理外务，接收密报，安排刺杀；五音主持内务，调控管理天枢八卦人员。虽然二人身份齐平，但无恤常年不在谷中，除了几个卦象的主事外，极少有人认识他；五音则恰恰相反，上到主事，下到送水的小童，人人都尊她是天枢的总管。

如今，只要五音一日没有正式与我会面，天枢里的人就不知道乾卦来了我这号人物。只要大家不认识我，这乾主的名头就只是个虚名。虎啸山林，方可震慑群兽，当务之急就是要在天枢里大吼一声，好让所有人都知道——乾卦来新主人了！

绕过林子往西行了一段路，待身旁的修竹、松柏全都退下后，迎面而来的是一片如火焰般耀眼的枫林。鲜亮的红，张扬的红，阳光下一树树枫叶红得就像它主人眉梢上的那片彤云。

曾几何时，这里还是他的居所。那年初入天枢，黑子曾遥指着这片枫林对我说，这里是天枢八卦最神秘的所在。它只有过一位主人，自他离开后，就再没有人有资格住进这里。而如今我来了，我将成为这片枫林新的主人。

秋风乍起，我轻提下摆迈进红叶翻飞的院落。

驻足，环视，想象着青衫落拓的他还在枫树林中饮酒舞剑。

无恤，你可知道我来了？千里之外，你可还安好……

枫叶在秋风中飒飒作响，荒凉了许久的庭院沉默无言。我踩着厚厚的白苔拾阶而上，入眼处的朱漆大门脱了色，生了黑斑，黑斑之中一道剑痕分外清晰。

我伸手抚上那道剑痕，身后却蓦然传来几不可闻的脚步声。

“唉，男人到底是比女人有福气，纵然薄情寡义负了一个又一个，终归还有傻子眼巴巴地惦记着他。”一道酥媚入骨的声音钻进我的耳朵，我心中大骇，当即转过身来。

艳色无双的女人站在枫林之中，大红色的衣裙与她身后火焰般的枫林融为一体。

“你怎么会在这里？”

“我为何不能在这里？这院里院外三十六株红枫皆是我当年亲手所种，没道理你赏得，我却赏不得。”长裙曳地的兰姬缓步走出枫林，一枚深红色的枫叶在她指尖上下翻飞。

我往后退了两步，右手默默背到身后握住了腰间的伏灵索。

我的恐惧让兰姬很是满意，她勾着嘴角瞟了我一眼，抬袖扶了扶自己斜插在发髻上的珠玉长笄：“你不用这么怕我，如今我是兑卦的女乐，你是乾卦的主事，我纵是有千万个胆子也不敢在这里杀了你。来吧，坐到我身边来，我有话同你说。”

兰姬款款地在院中石几后坐下，阳光斜照在她脸上，媚眼如丝，丹唇含笑，耀眼夺目。可我看着这张笑脸，心中却寒意弥散。这个女人与我有生死赌约，从秦国到晋国，她几次三番都想要置我于死地，今天不管她打的是什么主意，我都不想莫名其妙地死在她手里。

“五音夫人还在等着我，既然这枫树是你兰姬种的，那我走便是了。”我朝兰姬虚行一礼，快步往院外走去。

兰姬飞身而起，鹰爪般的五指瞬间扣上了我的肩膀：“这么急着走干什么？既然遇上了，就留下来陪我说说话吧！”

“你我之间无话可说！”我拧身欲逃，但无奈肩上受制，脚下连退了好几步，被她一下按坐在了石几上。

“怎么会没话说呢？我可是攒了一肚子的话想同你好好聊聊呢。”兰姬满眼怨毒，嘴角却依旧带着笑，“小丫头，我听说主人去岁在新绛已娶了一妻两妾，当家的世子妇还是个连雅言都说不溜的外族女人。你这些年东奔西跑，一路豁出性命跟着他，怎么到头来倒叫别的女人争了先？到底是那狄女太聪明，还是你太蠢了？”

“他如今是赵世子，妻妾满院都是应该的。你兰姬当初跟着他的时日比我还要长，若我因此得了蠢名，你也跑不掉。”

“啧啧啧，你怎么能拿自己同我比？我是舞伎，一双玉臂千人枕的贱命。嫁他为妻，我压根儿连想都没有想过，又何来愚蠢之说？不似有的人，神子之名加身，又口口声声说不愿与人为妾，到头来还不是失了心，失了身，叫一个外邦蛮族的女人抢了夫君？”兰姬的视线落在我高绾的发髻上，讥刺嘲讽之意毫无隐藏。

许婚及笄，合婚欢好，即便我与无恤再无将来，此二事我却从未后悔。所以，面对兰姬的讥讽，我笑得坦然：“兰姬，这世上有的东西是旁人抢得走的，有的却是抢不走的。名分、妻位，我从未入眼，别人要抢拿去便是。但有的东西，是我的，就终归会是我的。当初如是，将来亦如是。”

“哈哈哈，”兰姬掩唇大笑，她笑罢一把扯过我的衣襟，指着满院红枫道，“蠢女人，抛下的就是抛下的，他赵无恤的眼睛从来就只会往前看。你瞧瞧这空荡荡的院子，想想住过这院子的女人，这世上根本就没有什么人值得他回头！当年，我不是例外。如今，你也不会是！”

“不是便不是，又有什么大不了的？”我与她爱过同一个男人，可我却没有兴趣也没有时间陪她在这里一起缅怀逝去的爱恋。她恨我，所以想要践踏同样被抛弃的我。可我已经不是宋国扶苏馆里日夜以泪洗面的酒娘。她来晚了，她若是早来半年，定能在我身上尽兴而归。可今日她遇见的是一个蓄势待发的战士，她在我身上讨不到半点儿好处。

“他再也不是你的了，你真的不在乎？”兰姬盯着我，我此刻的冷淡和漠然让她很是意外。

“他赵无恤从来就不属于任何人。这么多年放不下他的人是你，再同我说下去，痛的人也会是你。世人都说，郑女兰姬是天下男人的梦想，只要你愿意，有的是男人掏心掏肺地待你。既然无恤不是你的良人，你又何苦这样放不下他？”

“谁说我放不下他？！自他在智府里对我下杀手的那日起，我就已经同他恩断义绝了！”兰姬面色突变，她一甩长袖，离她最近的一棵枫树霎时被折掉了一大截枝丫。我见状急忙起身后退，兰姬踩着断枝一步蹿到我面前，伸手猛掐住我的脖子：“你这女人算是个什么东西？一个不要脸的弃妇居然还敢对我振振有词，就是你把他变成了一个蠢夫，就是你让他对我痛下杀手！我没有一日不恨你。你为什么不哭？今日我就是要让你哭给我看！”

我喉间受制，好不容易才抽出腰间的伏灵索缠住兰姬的手臂。兰姬被伏灵索上的倒刺所伤，我吃痛，她亦痛到发抖。

“阿拾——阿拾——”这时，黑子的声音突然在院门外响起。

兰姬面色一慌，似是清醒过来一般，立马松了手。她捂住被伏灵索刺伤的手臂，转身就走。

人高马大的黑子与她擦肩而过，直看着她出了院门，瞧不见背影了，才凑到我身边，笑嘻嘻地问：“阿拾，刚才这美人是谁？我以前怎么都没见过？”

我捂着剧痛的喉咙怒瞪着黑子，恨不得掰下一块门板来砸醒他这屎糊的脑袋。

“你怎么了？嗓子疼？”黑子终于察觉到了我的异样。

“她是郑女兰姬，兑卦以前的主事。”我沙哑着开口，低头收起了伏灵索。

“原来她就是郑女兰姬啊，果然是一等一的美人。”黑子咧着嘴，意犹未尽地又回头望了一眼。

我无语望天，终于忍不住一巴掌拍在他脑袋上：“你们这些男人个个都是屎糊的脑袋吗？你以后若想日日见到她，就割了自己的命根到齐国陈府里去做寺人吧！”

“哎呀，你这丫头说话也太恶毒了。火气那么大，兰姬欺负你了？”黑子凑上来掀我的衣领，我一把推开他的手道：“你赶紧去打听打听，兰姬是什么时候回的天枢，她回天枢后都见过什么人，做了什么事。”

“这女人有问题？”黑子总算正了容色。

“你先别问这么多，只管去打听就是。”兰姬方才说，她自那日智府夜斗后就因为我与无恤恩断义绝了，可如果是这样，她后来为何还要嫁陈盘为妾？如果她不是无恤安插在陈盘身边的奸细，那她现在是谁的人？又为什么会这个时候出现在天枢？

“刚刚在竹林外偷听我们说话的人找到了吗？”我问黑子。

“哎哟，被你一敲，我差点儿把正事忘了。”黑子一摸脑袋，转头冲大门外喊道：“阿羊——阿羊快进来——乾主要见你！”

第六章 得遇旧识

阿羊是当年太子绱洗掠瑕城后幸存下来的孤女，遇见我时她还只有十岁，小小年纪领着一帮比她还要小的娃娃翻山越岭躲避兵祸。

阿羊是当年太子绱洗掠瑕城后幸存下来的孤女，遇见我时她还只有十岁，小小年纪领着一帮比她还要小的娃娃翻山越岭躲避兵祸。我记不清她的长相，却清楚地记得她的名字，记得她在所有孩子都选择留下时，独自离开了那个让她失去所有亲人的村庄。风陵渡口，她跟随近乎陌生的明夷去了天枢，我跟着只有三面之缘的“张孟谈”去了新绛。我们几乎在同一时间告别悲伤的过去，义无反顾地奔向了未知的世界。

现在，奇妙的命运又将我们带到了一起。

“阿羊见过贵人。”少女跪在我身前，她身量瘦弱，个子也算不得高挑，只是两道剑眉和一层蜜色的肌肤让她看上去多了几分勃勃的英气。

“快起来吧！”我拉着阿羊在身边坐下，微笑着上下打量起她来，“小丫头这几年长得可真快，若你不说名字，我倒真不敢认了。怎么样，这些年在天枢住得可还习惯？兑卦的那帮坏姐姐没少欺负你吧？”

阿羊笑着摇了摇头，两瓣红樱似的嘴唇中间露出一排细细小小的牙齿：“回贵人的话，奴不在兑卦的院子里住，那里的姐姐总共也只识得三个。”

“你没住在兑卦？！那他们将你分到哪儿去了？”我嘴上问着阿羊，眼睛却瞟向了一旁站着的黑子。如果我没记错，进了天枢的女娃只要容貌娟秀些的一律是要分到兑卦学习乐舞的，以阿羊这样的姿色怎么会被留出来？

“你看我做什么？这事是明夷定的，他说阿羊胆子大，性子又沉稳，只在兑卦做个跳舞倒酒的女乐太浪费了，所以特例叫人送她去了巽卦。”黑子说着径自伸手从阿羊的束腰带里翻出一把两指长短的薄刃匕首递到我面前，“瞧瞧，巽卦里的人也没亏待她。这叫柳叶匕，是巽主特地叫铸剑师为她打造的，平日可以藏在袖内，用到的时候只要手指这么一拨，再在脖颈上这么一划，即刻就能叫人毙命。”

“她一个女孩子，你们居然送她去做刺客？！”我闻言来不及细看黑子手上的柳叶匕，转头便对阿羊道：“阿羊，巽卦做的可都是刀尖上走路的活儿，你当初怎么不求求离主让他留你在离卦或是干脆上山去找医尘学医呢？”

“贵人不用替奴担心。”阿羊笑着取过黑子手上的柳叶匕重新塞回了腰间，“奴是贱民又天生愚笨，学不来巫术和医术。所幸小时候山野里跑多了手脚比别人快些，在巽卦里总算还待得下去。而且现在院子里就我一个女娃，哥哥们都很照顾我。”

我看阿羊笑得淡然，心里便更添了惋惜：“小丫头，你现在可外出干过‘活儿’？”

“快了，等奴过了明年的试炼就能随哥哥们一起出谷执行巽主的命令了。”阿羊挺起少女白鸽似的胸脯，一脸跃跃欲试。

“你——不怕杀人？”阿羊的反应让我有些意外。

“不怕，奴以前就见过很多死人。”

“看见死人和杀人可是不一样的。”

“嗯，奴知道。”

“不，你不知道。杀一个人，现在的你看来也许只是手起刀落一瞬间的事，只要学艺精湛便没什么可怕。可你不知道，杀人的人真正要面对的困难是记忆。你还这么小，你要如何才能忘记你剑下亡魂的脸，忘记他们临死前看你的眼神？”

“巽卦里的哥哥都杀过人。巽主说，刚开始的时候也许会难受些，可后来大家也都是会忘记的。只是有的人忘得快一些，有的人忘得更快一些罢了。”

“这是你们巽主说的……”我看着阿羊泉水般清澈的眼睛，心里不禁一声长叹，于安啊，于安，这些年你到底过的是怎样的日子？当初那个文质彬彬、善良温雅的少年究竟去了哪里？“阿羊，你还小，所以我现在说的你还不太懂。只是你要记得，如果有一日，你杀了人之后再不记得那人的脸，对你而言，才是最大的不幸。”

“贵人，为什么记得会痛苦，不记得又是不幸呢？”阿羊微蹙着两道浓眉一脸认真地看着我。我自嘲一笑，起身把她拉了起来：“算了，你现在想不明白也不打紧。接下来的日子我都会待在乾卦。你若愿意跟着我，就只管来告诉我，我去同五音夫人说。还有，你也不用一口一个贵人地叫我，我比你虚长了三岁，你叫我一声姐姐就好。”

“贵人，不，姐姐你可千万别去找夫人……”阿羊拉着我的手，四下里检查了一圈才凑近了道，“刚刚在林子外，就是夫人的婢女在偷听你们说话。”

“所以你就故意撞翻了那人的东西？”

“嗯。”

我与黑子离开五音的院子时，的确有一个端着铜碗铜盆的婢子从我们身边经过。当时我是看她走远了，才拉黑子进的竹林。没想到，她居然又折回来偷听了。

“阿拾，我们现在要怎么办？五音夫人刚才又派人来传话，说是今日晚食之后让你去见她，只你一个人，不许我跟着去。”黑子道。

“她愿意见我是大好的事，你苦着一张脸做什么？”

“我怕……”

“怕什么？怕她趁我一个人的时候下手杀了我？”

“你难道不怕？”

“放心吧，只要卿相一日未死，我料她也没这个胆子。你们两个先都回去，晚些时候我还有事要请你们帮忙。”

“我们回去了，那你呢？现在离晚食可还有好几个时辰。”

“我去山上转转，既然回来了总要去见见师父。”

深秋叶落，崎岖的山路上黄黄红红铺了一层又一层的落叶，从我离开天枢的那日起，天枢八卦乃至整个天下都发生了翻天覆地的变化，只有这巍峨的华山、这脚下的山路还是往昔的模样，不论年月，不论人事。赤芍、钩藤、紫草、江离，当我走进医尘的药圃，无数的回忆扑面而来。

“师父，我回来了。”

白发苍苍的医尘站在药圃中央，一手拿着生锈的铜铲，一手抓着大把新除的野草。他听见我的声音缓缓转过头来，沟壑纵横的面庞上，一双苍老的眼睛几乎要被耷拉下来的眼皮完全盖住了。

“师父，我是阿拾啊，我回来了。”我走到医尘身边，接过他手中的杂草。

医尘看着我久久没有说话，一双染了浊色的眼睛似乎有些迷茫失神。

“师父，你不记得我了？我是阿拾啊！”我想起那些关于医尘年老痴呆的传闻，不由得心中一紧，“我毁了你的麒麟竭，还让无邪给你喂了千日醉，你还托他给我送过药经、毒经，你忘了吗？”我急急拔下发簪，披下一头长发，努力想让年迈的医尘记起我当年随他学医时的模样。

医尘没好气地瞪了我一眼，一把将铜铲丢给了我：“一回来就拿老头儿当傻子，罚你晚食前把这药圃里的野草都拔光，拔不光和以前一样没饭吃。”

医尘说得严厉刻薄，我却因此高兴地大叫起来：“天啊，师父你可要吓死我了！”

“怕什么？怕老头子老糊涂了没办法帮你？”

“师父，你不老也不糊涂，是徒弟犯傻了。”我笑嘻嘻地把铜铲插进土里，转身将身后的包袱取了下来，“师父，我这半年多在楚地找了不少稀罕的药草，这回带了些来，你给看看有能用来配药的吗？还有，我当年毁了你一大块麒麟竭，这回我带了十五块来赔你，够你用上三年五载的了。哦，还有……”

我把包袱里的东西一样样地摊在医尘面前，老头子捋着长须从头看到尾，末了又收了孩童似的馋色，凶巴巴地叫我打包起来，说是无功不受禄，我这样一入谷就死命巴结他，定是有麻烦事想让他帮忙。

明夷曾说，医尘是天枢的老人，也是赵家的老人。在天枢成立之前，医尘的家族已经服侍了赵氏整整五代家主。家臣的职责是效忠家主，一户人家如果儿子、父亲、祖父三代男丁都侍奉了同一个家族，那么他们的后代就要永远忠心于这个家族，即便是君王都无法让他们背叛自己的主人。

忠诚、名誉、家族，这些东西对很多人来说是比性命还要重要的东西，伯鲁和明夷懂得它们的意义，因而在他们看来医尘是我在天枢最值得相信和依赖的盟友。可这些东西我却不懂，我没有家，也没有家族，我不知道一个人如何能因为自己的父亲、祖父效忠于某一人，自己就得毫无保留地服从那个人的儿子或是孙子。

医尘年轻时曾是赵鞅父亲赵成的贴身医师，赵成死后，医尘又顺理成章地成了赵鞅的医师。只是赵鞅笃信巫术，身边又早有了像史墨这样巫、医皆通的人，因而人到中年的医尘很快就遭到了赵鞅的冷落。最后，只得在赵家园囿里辟一小块地，自己种药，试药，替无力请巫的奴隶们看病。这样一晃便是二十年。直到后来，小马奴无恤把他引荐给了伯鲁，伯鲁又举荐他进了天枢。

失宠于赵鞅的那段时日，医尘原本声名远播的家族也因此日暮西山、再无声望了。如今，他若埋怨赵鞅当年的漠视，又如何能冒险帮我留住赵家的基业？

药圃里，我拿出可以代表乾主身份的玉牌示于医尘，又试探着同他说明了赵家如今的困境。医尘从头到尾都蹙着眉头一言不发，我看着他沉重的表情，嘴里的话越说越没有底气。

“师父，我要的东西就只有这些，你能帮我吗？”我小声问。

“就只有这些了？”

“嗯，就只有这些了，其他的徒儿自己会安排好的。”我深吸了一口气，等待着他最后的决定。

“好吧，今日时候不早了，你先下山吧！”医尘取走我手里的水杯，抬手指了指药圃的出口。

我心头猛地一坠，急唤道：“师父！”

“早点儿下山去吧，别叫五音又临阵反悔了。明日日入之后你再上一趟山，你要的东西我自会交给你。”

“师父，你这是答应我了？”我又惊又喜地抓住了医尘的手。

“年岁不大，耳朵倒比我老头儿还要背啊！”医尘伛偻着腰，慢慢地往药圃外挪去。

我搀扶着他，心虚道：“师父，徒儿要做的事其实还有别的。你这回帮着我与五音作对，万一将来我搞砸了，天枢恐怕再也容不得你了。”

“容不得我？哈哈哈，我一把老骨头了，要找个容身的地方还不容易？挖一个土坑躺进去，容我五百年都行了。”医尘笑着将我送到了下山的路口。

“师父，别送了，徒儿明日再来看你。”我施礼与医尘辞别，纵身跃下土坡。这时，站在坡上的医尘却突然开口叫住了我：“丫头，你……等等！”他颤巍巍地蹲下身子努力想把拐杖的一端伸到土坡之下，我见状连忙伸手拦住了他：“师父，你别下来，我上去就是了！”我双手一撑赶忙又跳上了土坡。

“明日日入时分，乾主可来坤卦取你吩咐下的东西，但事成之后，老头子也有一事望乾主能够答应。”医尘待我站稳之后突然抬手朝我恭恭敬敬地行了一礼。

“师父，你这是做什么？有什么话你尽管说就是了。”我惊愕之下连忙扶住了他。

“尘听闻，家主重病卧榻已有一年之久，如果之后天枢局面稳定，敢请乾主允尘离开天枢，入绛为家主诊治。”医尘挣开我的手，复又施礼。

他要去新绛给赵鞅看病？我原以为他会恨赵鞅的……我看着眼前鹤发鸡皮、满头白雪的医尘，喉头发堵，竟半天说不出一句话来。

“老头儿没学过巫术，也不懂占星演卦，可我知道如何治病救人，如何施药解毒。家主如今病重，及时问医用药才是上策。尘自十五岁起种药，试药，为人治病，六十年里写了五卷药经，药经上每一个方子都可替人消病去痛。若家主此番能许我一个机会，我定可让他知晓医术之妙远在巫术之上。”

我看着眼前白发苍苍的医尘，再想起当年赵府里那个要用雏狗替伯鲁“移祸”的巫医吉，心里不由得一阵唏嘘。巫蛊之术本就是虚无之物，这些年我骗得晋人尊我为神子，靠的也不过是史墨的偏心、医尘的药方和自己的一点点滑头。可怜医尘六十年埋头，空有一身活死人、肉白骨的医术却求不得一个替家主看病的机会。

“师父，你现在就可以开始收拾出行的包袱了。等我办好了主上交代的事，我就亲自送你去新绛。”

拜别了医尘之后，我连跑带跳地赶下了山。到达谷中时，天还未黑透，但沿途各院的门前都已经亮起了明灯。

没有时间了，半个时辰之后我无论如何都要见到五音！

我小跑着回到了冷冷清清的乾卦。没有指路的明灯，更没有热腾腾的饭菜，因着时间紧迫，烧不了水，我只得打了两桶冰水把自己上上下下梳洗了一番。

深秋的井水浇在身上引来一阵阵透骨的疼痛，我咬着牙擦干身上最后一处水珠，小心翼翼地套上了明夷送给我的巫袍。青紫色的锦缎做底，绣红色卷云纹的白绢做缘，一丈多长的墨色螭龙自下摆缠腰而上，睁目吐舌，引颈向天。我的心狂跳不停，却不知道是因为寒冷、恐惧，还是兴奋。

昏黄的灯光下，我捧着生了铜锈的素纹镜用脂粉一点点地盖住自己半月来不眠不休的疲色。画黛眉，染胭脂，点朱唇，自成婚礼之后我第一次盛装而待居然是为了一个女人，一个欲将我除之而后快的女人。

月出东山，我提了一盏青铜铸镂空兽面纹的小灯来到了五音房门外。守门的小童远远地见有人来，便步下台阶前来相迎。

“你家夫人可在屋里？”我问小童。

“夫人就在屋里……”小童抬起头来，眼神却恰好对上我的一双碧眸，“山，山……”她当下舌头打结，愣在了原地。

“进去告诉你家夫人，就说乾卦的主事应邀来了。”我俯下身子把脸凑到她面前，小童吓得丢下手里的绿竹小灯撒腿就冲进了五音的房间。

五音许是没料到我会这么早来，一道猫眼石串成的珠帘后，她还在两个婢子的伺候下慢悠悠地吃着小食。那小童慌慌张张地冲开珠帘后，我瞧见了她，她自然也瞧见了我。

我噙着笑立在门外，她端坐在堂上与我四目相对，周围一片安静。

片刻之后，五音身旁的婢子放下布菜的食箸从门里迈了出来：“阿拾姑娘，夫人请你进去。”

“好。”我吹熄手中的兽面铜灯，脚下却不动作。

婢子面色一僵，这才伸手替我撩开了门上的珠帘：“乾主，请！”

“前面引路。”我提裳迈步而入，婢子放下珠帘走到我面前，垂首引路。

“多年不见，姑娘好大的气派。”五音见我进屋并没有起身，依旧慢悠悠地往嘴里夹了一小段葵菜。

我拂袖在她身侧的一方长绒垫子上坐下，微笑着道：“阿拾哪里有什么气派，只是有些规矩底下人总要做足了才好。是什么身份的人就该做什么身份的事，上下不分，礼数不全，于夫人的威望也有不利。”

我说完不躲不闪地看着五音的眼睛。五音是聪明人，自然听得出我话里的深意。她笑着咽下嘴里的葵菜，一伸手让两个服侍的婢子都退了下去。

珠帘轻摇，人声渐远，偌大的屋子里就只剩下了我们二人。

安静，昏暗，大案左右两架青铜九盏树形灯被风吹熄了大半，照不见顶梁木柱上的连枝牡丹，也照不见案几上的凤鸟长羽，只照见眼前迟暮的美人轻挽长袖，提壶自斟，说不出的萧瑟悲凉之意。五音终究还是老了，松弛下垂的眼角，略显富态的下巴，鬓间那朵娇艳欲滴的橙蕊千瓣菊也没能掩住她眉宇间那缕衰败的气息。

“阿拾姑娘为什么要到天枢来？楚地的云梦大泽难道还不够姑娘逍遥自在的？”她端起盛满酒液的白玉刻花盏，掩唇小抿了一口。

“晋卫两国开战在即，天枢八卦频生变故，主上顾惜夫人辛劳，特命阿拾前来相助。”我抬袖施礼答道。

“哦？主上可真是有心了，不远千里竟从楚国找来一个孩子来替我分忧解劳。”五音嗤笑一声，低头从袖中抽出一方绢帕拭了拭嘴角，“说说吧，你都会做些什么，又打算如何替我分忧？”

五音身在天枢多年，自有探子会告诉她，我是谁，会做什么，又打算如何替她“分忧”。既是这样，我也无须再同她说一些拐弯抹角不痛不痒的话。有时候，开门见山，反而是最有效的谈判手段。

“日升月落，四季轮换，世间一切只要遵循规则就可万事无忧。天枢成立伊始，卿相已经替天枢八卦定下了各自的职责，乾、坤、震、巽、坎、离、艮、兑，只要各卦主事各尽其职，相携相助，夫人之忧自然就可解了。”

“顺应规则，自可无忧……”五音低头把玩着左手腕上的一只红玉手环，嘴角的笑容越来越大，“姑娘的意思莫非是想让我把乾卦的事务都交由你来打理？”

“非也。”我从怀中掏出象征乾主身份的玉牌，端端正正地放在她面前，“夫人糊涂了，主上早已将乾卦之事托付于我，夫人如今只需将震卦锁心楼的钥匙交给我，再对谷中之人下一道集合令便是了。”

“哈哈哈——”五音听罢忽而大笑起来，“阿拾啊，你的确是个聪明的孩子，自打第一眼在这里见到你，我就知道你和他们不一样。只是，这么聪明的人怎么一碰上和自家情人有关的事就犯起傻来了？”五音伸出她玉葱般细长的手指，轻轻地在我手背上拍了两下，“把玉牌收起来吧，它如今对我而言只不过是块好看的石头。伯鲁自以为聪明，殊不知看在大人眼里，儿戏终归是儿戏，成不了事也当不得真。任你做乾主？呵呵，乾卦的院子你若喜欢就留着再多住几日，至于其他的，我劝你还是不要多想了。”

五音直截了当地拒绝了我的提议，她这样“坦诚”多少让我有些惊讶。

“夫人这是要违背主上的意思，与赵氏为敌？”我问。

“怎么？这很奇怪吗？”她笑而作答。

“不，阿拾只是好奇罢了。夫人这般自信，莫非是以为谷外的‘迷魂帐’真的能挡住赵家的黑甲军？”

“黑甲军？你以为与齐、卫一战后，赵氏还有多少人能活着回来？就算他们回来了，赵鞅也无力再派他们离绛西行与天枢为敌。”五音拎起桌案上的玉牌，随手一扬就将它丢进了我怀里，“小丫头，你在竹林里同黑子说的那些话我都已经听说了。这些年想和我玩鬼点子的人不止你一个。如今，他们全都睡在我门外的桂树底下。男人嘛，都喜欢漂亮的女娃，若是你要下去陪他们一起睡，只怕那些死鬼半夜里都要笑出声来了。”五音的嘴角高高扬起，笑容使她的脸颊上现出了无数道细碎的褶子，那些细长的纹路映了案几上绿竹纱灯的微光，像是一只可怕的长足绿蛛覆在脸上。

“卿相命数未尽，世子无恤也不是个易相与的人，夫人倘若一意孤行，到最后只怕要丢了自己的性命。”明夷告诉我，五音是个不易揣摩、极难应付的敌人，可坐在我眼前的女人分明是个野心膨胀、狂妄到极致的对手。

“担心你自己吧，我的命就无须你来操心了。”五音理了理腰间的长佩意欲起身，这时，不知从哪里飞来了一只白底灰斑的秋蛾，那蛾子被火光吸引着围着案几上的跪陶俑绿纱灯团团地扑着翅膀。啪嗒啪嗒，秋蛾几次三番撞上陶灯的纱罩，却完全不知退缩，一味地想往灯罩里面钻。

五音瞟了我一眼，两指轻轻一捏提起了陶灯的纱罩。

“瞧，它多像你啊！”她说。

扑哧——那飞舞振翅的秋蛾在烛扦儿旁转了一圈后，一头扎进了那团红色的火焰。

火苗骤然跳跃，屋里明暗忽动。

倏尔，一切又恢复了平静。

五音噙着笑，伸手从头上拔下一根银笄，轻轻拨了拨烛扦儿，将那只已经烧得焦黑的秋蛾挑了出来：“明知是死却还要拼了命地钻进来，世间最傻的就是这扑火的蛾子了……”五音将粘着飞蛾焦尸的银笄举到眼前细细地端详着。她眼神迷离，声音飘忽，一句话说得既像是刻薄的嘲讽又像是无奈的自哀。

“夫人十三岁时跟随卿相入绛，出身渔人之家却独得恩宠十数年，硬生生将一群士族之女踩在脚底。末了，夫人不想困在赵府一世，他便送你进了天枢。卿相如此待你，夫人为何要在他重病之时背叛赵氏？夫人求的到底是什么？权、钱，还是人？”

“我的这些事都是伯鲁告诉你的吧？”五音转过头来。

我点头默认，她忽地将脸凑到我面前，笑道：“怎么样，这故事听起来可耳熟？三十年，三十年后的你就是我现在这副模样。”

五音的脸离我的鼻尖不到两寸，我可以清楚地看到她眼下的褶皱和施着厚粉的面颊。黑子曾说，只要处置了五音，待到无恤继任赵氏宗主之位时，我就会成为天枢的下一个主人。如果真是这样，那三十年后，我会变成另一个五音吗？

“你怕了？”五音问。

“我不是你，我不会在他重病之时背叛他。”

“哼，有的故事可不该只听一个人讲。”五音屈指弹去秋蛾的焦尸，将银笄放在了我手上，“别在赵鞅身上做文章了，我不爱他，也不怕他。你若要走，三日之内就走。过了三日，你恐怕就再也见不到赵无恤了。”

“你要放我走？！”她今晚说了那么多话，最令我吃惊的却是这一句，“为什么？你如果对我的过去了如指掌，那你现在就应该杀了我。”我握紧了手中的银笄。

“我对你干的那些事知道得太清楚了，所以我压根儿就没想过要留你的命。只是，这三天的时间是我答应了别人的。三日之后，我会在园里种上一株你喜欢的木槿花，你若不走，就只当便宜了我，平白添了一堆花肥。”五音言毕，不等我再开口，伸手扯下了垂在木梁上的一根红绳。不一会儿，两个人高马大的婢女从房门外走了进来。

“送阿拾姑娘回乾卦！”五音令道。

“唯——”二人领命，旋即气势汹汹地朝我走来。

我朝五音颔首一礼，穿过两个婢子扬长而去。

乾卦的院子里，等候多时的黑子一见到我就飞扑了过来：“怎么样？五音那里怎么说？”

“她怎么说本来就不重要，重要的是，我交给你的事情可办好了？”

“趁你们两个关起门来说话那会儿，我已经把东西都从离卦运过来了。明夷这回给你的不是一只锦囊，是他所有的家底啊！”

“怪我无能，一来就要动他的东西。”我按住腰上的锦囊，对黑子道，“你回来的路上可有人看到？”

“走的是靠西边的那条道，除了五音院子里的人瞧不见，其他院子里的人多多少少都瞧见了。”

“我刚刚出来的时候已经看到两个给五音报信的人。现在我回来了，五音也该知道今晚发生的事了。”

“那怎么办？万一——”

“怕什么，三日之后横竖是个死，倒不如现在搏上一搏。”我扯了黑子的手臂，大步朝主屋走去。

世人恐惧巫术使得这些深藏在木盒里的头发成了离卦最神秘的武器。派出去的商探、遣出去的刺客、送出去的女乐，离开天枢的很多人也许一辈子都不会回到这里，但他们的身上始终牵着一条线，这条线就握在天枢手里，握在明夷手里。

◇第七章　引虎入笼

五百七十八个橡木小盒被整整齐齐地码放在主屋正中央的案几上，八种颜色代表天枢的八个卦象，每个颜色的盒盖上又都刻了不同的人名。和当初的我一样，每一个进入天枢的人都把自己的头发留在了离卦。

一人留一发，一发牵一命。

世人恐惧巫术使得这些深藏在木盒里的头发成了离卦最神秘的武器。派出去的商探、遣出去的刺客、送出去的女乐，离开天枢的很多人也许一辈子都不会回到这里，但他们的身上始终牵着一条线，这条线就握在天枢手里，握在明夷手里。和折磨燕舞的“夜魇咒”一样，天枢用尽一切手段让每个从这山谷里走出去的人都相信，掌握他们生死的只是这盒中的一根发丝。

明夷离开天枢前，将这些装着众人发丝的木盒封进了离卦地底的密室。五音并没有费心寻找它们，因为没有了明夷，这些头发于她而言不过是一堆离了身的死物，派不上任何用场。但明夷知道，对我而言，这些漂亮的盒子会是他留给我的最好的礼物。

我是巫士，是智府中生鬼火、取死灵的晋史高徒，也是祭天高坛上那个沐浴神光代天受礼的神子子黯。五百七十八个盒子到了我的手中就会变成五百七十八条可以牵制人心的“魇咒”。这些“魇咒”含在我嘴里，却会像野草一般在天枢众人的心里蔓延生长。

黑子离开乾卦时，乾卦门外是如水的夜色，除了偶尔几声疲倦的鸟叫外，枫林间寂静无声。第二日清晨，阿羊按吩咐为我送来了长弓、羽箭，她告诉我，昨夜巽卦最顶尖的十二名刺客全都埋伏在门外的枫树林里，黑子出门不多时就被他们装进麻袋一路扛去了谋士云集的震卦。

“那十二个人都是你引来的？”我在枫树底下铺了一卷青竹制的七尺长席，席上一只双耳红泥小炉正呼呼地燃着炭火。

“姐姐交代的事，阿羊就算不明白其中的用意也一定会办到。只是可怜了黑子哥哥，被人套在袋子里挣扎着叫喊了一路，到最后钻出来的时候，满身大汗像淋了雨一样。”阿羊端了一只温酒的陶罐放在炉火上，两腿一屈随我在席上跪坐了下来。

“若他老老实实地随他们去了，那他接下来要说的话可不就没人信了嘛！”我与黑子早前商量过一番合用的说辞，只是不知道那个马虎大意的家伙临到头还能记得几句。

“黑子哥哥准备的那些话都来不及说，震卦的人自己就先问了。”

“哦？问什么了？”

“问乾卦新住进来的人是不是晋国神子，又问晋人的神子到天枢来做什么。”

“问话的人见过我？”

“嗯，晋侯当年在新绛城外祭天的时候那人也站在祭坛底下，昨日凑巧在谷中看见姐姐从夫人院中出来，一下子就认出来了。”

“这倒是好，震卦有人认得我，也省了黑子一番口舌。”

“嗯，黑子哥哥后来也没再多说别的，只说姐姐是乾卦的新主事，今后各卦得了什么谷外的消息就只管送进乾卦的院子，不用再转递到夫人那里去了。”

“什么？他是这样说的！”

“是啊，这样不对吗？”阿羊疑问道。

“他这人就是性急，活儿没干完，底子就已经掀给别人看了。”我苦笑一声从陶罐里拎出一只长颈酒壶，“算了，说了便说了，也没什么大不了的。只是巽卦和震卦的人听了是何反应？”

松香酒在温水里煮了片刻，轻轻一摇便酒香四溢。阿羊盯着酒壶上的兽面青铜纹看了半晌，才吞吞吐吐道：“发盒握在晋国神子的手里大家自然是又敬又怕，只是夫人理事多年，现在一下子说要把消息都递进乾卦，大家多少还是有些犹豫。”

“犹豫也是常理之中的事，如果五音不松口，他们恐怕还要犹豫上十天半个月呢！”我说完笑着把酒壶凑到鼻尖深吸了一口气，“浓香清冽，果真是好酒……”

“乾主——”阿羊皱着眉头抓住了我凑到嘴边的酒壶，“姐姐，你现在到底打算怎么做？虽然发盒到手了，可若夫人要来抢，你也拦不住她啊！”

“拦她？我可没打算拦她。”我转头看了一眼乾卦虚掩的大门，一伸懒腰，仰头往嘴里倒了一大口温醇的松香酒。

日升，云散，当金色的阳光洒满深红色的枫林时，五音带着一帮戴冠佩剑的黑衣武士闯进了我的院门。

他们来时，一壶松香酒几已见底，我斜斜地靠坐在枫树下醉意颇浓。

五音令人进屋搜寻发盒，我眯缝着眼睛晃晃悠悠地将壶里的最后一口酒递到了她面前：“夫人来得可真晚，这么好喝的酒都快被我一人喝光了。”

“哼，要喝，你便都喝了吧！待会儿也就没命喝了。”五音侧身避开我，在她眼中，我的手仿佛是沾了毒的蛇芯子，一碰便会生出青烟来。

我笑着往后退了一步，仰头饮尽了壶中的最后一滴酒。

“夫人，若待会儿你找到那些发盒，我是不是就要变成花肥躺到你院子里去了？既是这样，那可否请夫人告诉阿拾，到底是哪个好心人求你留了我三天的性命？若非他心善，我恐怕连离卦的发盒长什么样都没命瞧了。”我咂巴着嘴，一脸醉笑地看着五音。

五音听到“发盒”二字面色骤冷，她转头对我身后的阿羊道：“阿羊，你不是一直想要出谷去新绛吗？待会儿，你把她的心给我挖出来，明日我就派人送你出谷。”

“你想去新绛？”我拎着酒壶回头看向阿羊，阿羊小脸一沉，两步蹿到我身前将我牢牢地护在了身后：“夫人，你知道的，你不能杀她……”

“哼！”五音一拂长袖，冷喝道，“不知好歹的丫头，你既不愿意，那就陪她一起死吧！来人啊——把她们两个给我捆起来！”五音朝屋内高呼了两声，无奈屋里静悄悄的没有任何回应。她狐疑地看了我一眼，转身快步走上了主屋的台阶。

我拾起竹席上的牛角长弓，在阿羊不可置信的眼神里搭箭对准了五音的后背：“夫人，如果改天你见到了那个替我求情的人，也让他来替你求求情吧！”

“你说什么——”五音停下脚步转过身来。

四目相交的瞬间，我松开了拉弦的右手。

羽箭破空而去，呼啸着直射入了她的右肩。

鲜血似一朵红莲在秋香色的外袍上缓缓盛开，五音张着嘴，却再也发不出一声痛呼。

“姐姐！屋里还有二十个武士！”阿羊拔出腰间的柳叶匕，紧紧地靠在我身边。

我收了弓箭，淡笑一声道：“别怕，姐姐这屋里有噬魂的恶鬼，那些人出不来了。”

楚国地处南方，湿热多雨，密林沼泽之中常有些稀奇古怪的毒物。之前找我治病的楚人总会善意地告诉我这个外乡人，什么草有毒刺，什么虫碰不得，哪些瓜果、鱼肉误食了会有可怕的后果。我每每都小心翼翼地记下，回头再把它们一一收集起来，细细地研究。

史墨当初告诉我，巫术和毒术是密不可分的伴侣。一个人只要穿上巫术的外衣，再藏好毒术的影子，那么他就可以成为世人眼中玄而又玄的巫士。

五音身上的箭头被我涂上了一种楚地的鱼膏，这鱼膏沾在皮肤上是无碍的，可一旦进入血液就会瞬间让人全身麻痹，不可言语。阿羊把弓箭送来之前，我已将鱼膏厚厚地涂抹在手背上，用箭时再将箭头贴着皮肤轻轻抹上一下，便能神鬼不觉地给箭头沾上毒。至于那二十个横倒房中的武士，我用的不过是一炉加了新料的迷魂香。

阿羊惊讶于眼前发生的一切，她想不明白为何片刻之间形势可以如此逆转，为何声色俱厉的五音会突然变成一个可以任人摆布的木偶。她自己寻不得答案便开口问我，我只摸了摸她的脑袋告诉她，我是晋巫子黯，这从不是骗人的谎话。

之后，我替浑身麻痹的五音清洗了伤口、换上了干净的外袍，又让阿羊通知各卦的主事在乾卦正堂集合。

大堂之上，五音僵直地坐在我身旁，我微笑着与众人见礼，又将自己要做的事一一通告给各卦主事。

因着离卦的发盒已经悉数落在我手中，大家心里多了忌讳，嘴上便应承得快了。不到一刻钟的时间，一场权力交替的仪式就这样平平淡淡、安安静静地结束了。

两日的时间，一切仿佛还未开始就已经悄然结束了。

我看着空旷寂寥的大堂和身旁有口难言的五音，蓦然觉得这顺风顺水的胜利似乎来得有些太容易了。

入夜，山谷里稀稀疏疏地下了一场冷雨，院中如火如荼的枫叶沾了雨水沉甸甸地耷拉着。秋风卷带着湿寒的水汽穿过主屋破损的大门直兜进床幔里，这一夜，冷得异乎寻常。我拢紧床上的薄被，伸手用发笄挑了挑床头越来越暗的跪俑青铜灯。

在安置了五音之后，坎卦和震卦的人最先送来了他们的密报。二十四张蒲草密函铺满了我宽大的床铺，不断摇曳闪动的烛影如一幅神秘的图案在那些刻满文字的草秆上游移变幻。

“晋师军于帝丘，卫公族出奔。然卫君志坚，誓守城百日以待齐援军。”

百日，无恤此刻内外交困，无论如何也拖不起一百日。

攻城难，守城易。自古以来，攻城之法便是下下之策。此番，晋国一无十倍之兵，二无粮草辎重补给，若卫君能苦守三月，那时即便齐军不来，晋军也必须撤军回国。而回国之后，等待无恤的便是智瑶以“败军”之名压上他喉间的利刃。所以，无恤拖不起，他要的是速战速决。而我要的，是一个能助他越过帝丘百尺城墙的方法。

我揉了揉酸痛不已的眼睛，捧着密函凑到油灯旁寻找着一切有利于战局的信息。

空泛、笼统、臆测，满眼密密麻麻的文字却找不到一丝有用的线索。

夜深沉，窗外不知何时又下起了大雨，雨点伴随着风声一波波地打在窗框上，蓦地叫人心生烦躁。我起身披衣，吹熄油灯，顶着漫天风雨冲出了乾卦的大门。

钥匙，谁能给我一把打开帝丘城门的钥匙……

雨无休无止地下着，在我浑身湿透、牙齿打战的时候，我的双脚将我带到了兑卦的院门外。

“咚咚咚……”沉闷的敲门声在大雨声中显得软弱无力。

“谁啊？这么晚了还敢来敲门！还让不让人睡啊？”兑卦的院门里站着一个骂骂

咧咧、睡眼惺忪的美人。她一身素白的亵衣被雨水打湿，紧紧地贴在姣好圆润的身体上，春光乍泄，自己却浑然不觉。

我解下头顶的竹笠挡住她胸前的美景，笑道："商姐姐，亏我不是艮卦的热血男儿，你半夜里这般迎客也不怕惹出一桩风流孽债来？"

"阿拾？不，乾主，你怎么来了？！"商抱着胸前的竹笠，一下便清醒了。

"嘘——这里没有乾主。我听说今晚轮到姐姐守夜就特地过来看看你。"我竖起食指在唇边比画了一下，反身阖上院门，拉着商往旧日习舞的偏房走去。

"阿拾，你如今是乾卦的主事，有什么要吩咐的，只管明天差人来叫我就是了。这会儿大半夜的，还下这么大的雨……"商絮絮地说着，被我一把拖进了空荡荡的习舞堂。

我关上门，把耳朵贴在门上听了听。

门外，除了雨声并无旁的声响。

"兰姬如今可是睡在宫姐姐以前的屋子里？"我转头问商。

"她身份与其他人不同，那屋子也就只有她能住。不过，昨天晚上她就出谷回齐国去了。"

兰姬这么快就走了？听黑子回报，她此番入谷仅三日，其间也只与五音有过一次密谈。若她真同无恤恩断，莫非这次是替陈盘来游说五音"背赵投陈"的？五音昨夜傲人的底气，难道是因为有齐国陈氏在背后撑腰？

"阿拾，你这袍子都往下淌水了，要不要先到我屋里换身衣服？"我想得出神，一旁的商弯腰一把提起了我长袍的下摆。

"商姐姐，先别管这袍子了，我来是有事想问你的。"我回过神来，急忙脱下外袍，将商拉到了大堂的角落，"姐姐，卫国宫里的事你知道多少？在帝丘除了卫侯之外，这几年还有哪家是能在朝堂上说得上话的？"

"卫国？"商闻言微怔。

"是啊，晋国攻卫的事你难道没听说？"

"听说了，只不过我以为你这样冒雨前来，是想同我打听秦都旧人的事。"

秦都旧人……我看着眼前丰姿冶丽的美人，这才想起她和宫都是当年公子利大婚时天枢送出去的"贺礼"。

"对啊，商姐姐，你怎么回来了？可是公子利待你不好？"我拉住商的手小声问道。

"公子利俊秀文雅，是个好伺候的主人，只不过他府上已经有了一个叔妫，又哪里还有我们姐妹的恩宠。"商笑着看了我一眼道，"公子利做了秦太子后，把我们几个姐妹都送给了伍将军，将军不喜女乐，只半年就赏钱打发了我们。"

“既是这样，你怎么又回来了？外面的天地那么大。”

“我是天枢的人，外头的事断了总是要回来的。”

“那宫姐姐呢，她为什么没随你一起回来？”

“宫恋上了伍家瘸腿的儿子。将军遣她走，她不肯。可惜她一身绝世的才艺，到头来却要天天守着一个坏脾气的瘸子。”商说到宫时脸上难掩惋惜之色，我拍了拍她的手笑着道：“宫姐姐能找到自己喜欢的人是幸事，我们该为她高兴才是。”

“有什么好高兴的啊！”商抬起眼来愤愤道，“你是不知道，伍家的儿子心里早有了别人，他平日待宫极是苛刻无情，一点儿小事就动辄打骂。我们都劝宫姐姐一起回来，可她是个痴人，犯起傻来谁也劝不住。阿拾，现在宫的发盒就在你手里，这世上也只有你能施咒引她回来了！”商说到情急处一把攥住了我的手。

“商姐姐，你先别急，用发盒施咒终究不是什么好事。”我看了一眼窗外，小心示意商不要再拔高声音，“伍惠小时候受的磨难多，因为腿疾也许性子暴躁了点儿。不过府里有将军，他会有分寸的。”

“伍将军不住在雍城了，赵氏老女没能嫁到秦国，将军又拒绝了与赵氏庶女的联姻，所以公子利受封太子不久后，将军就自请领兵驻守西疆了。府里如今只住了伍惠和宫二人。阿拾，你——”

“商姐姐，秦国的事我改日再找你细聊，今天你先得把你知道的和卫国有关的事都告诉我。”我打断了商的话。

商看着我，长长地吐了一口郁气：“五音夫人没把震卦‘锁心楼’的钥匙交给你？”

我默默地点了点头。“锁心楼”里存的是天枢历年收归整理的密讯，阿娘的身份、药人的下落、伍封的讯息、卫国的旧事，也许都能在里面找到记录。可钥匙有两把，一把在震卦主事手上，另一把却在五音手上，两者缺一不可。五音如今昏迷不醒，没有她的钥匙我打不开“锁心楼”的大门。

“卫国最有权势的是孔氏，我十三岁时就在孔文子家中为婢……”商拉着我靠墙坐下，慢慢地回忆起了她的过去。

孔文子是卫国孔氏一族的前任宗主，他娶了卫灵公的女儿后生了如今的孔氏宗主孔悝。孔悝与卫君是表兄弟，为人识礼大气，在朝中极有威信。那日，我在鲁国碰到的几个卫人就是他送到孔丘处学习治国之术的。可是，这个孔悝对我有什么用呢？

我正寻思着，商突然提到了一个人的名字——浑良夫。

“浑良夫是孔家的下人，生得高大俊美。老家主还在世时，浑良夫和主母就常常当着婢子们的面眉来眼去。听说这几年，他已经同主母住到一处去了，出入如同寻常夫妻一般。”

“那孔悝就由着自己的母亲与仆人私通？”

“孔大夫仁孝，怒气都藏在心里吧！”

“是嘛，这口气还真是难咽啊……”我嘴上叹息着，心里却像是阴雨绵绵的天空突然照进了五彩绚烂的阳光。我嘱托商不要将今夜之事告诉别人，然后拿起自己外袍和竹笠疾步出了兑卦。

点灯，调漆，不到半个时辰我就将一块一尺见方的木牍写得密密麻麻。写完通读一遍觉得不妥，复又从床底翻出一箱蒲草，取了一根用刀笔浅浅刻上：“浑，诱之以名；悝，以浑之命诱之。”

第二日清晨，一夜未睡的我将一份替艮卦采买武器的单子交到了黑子手上。黑子不解地看着我，他不愿在这时候把我一个人留在天枢。我微笑着将一枚蒲草编织而成的平安花结拴在了他的腰间，并嘱咐他，卫国有战事，路过的时候要“小心”，别撞上了晋国赵世子的兵马。

雍城之战时，我在将军府里找到少时编的两个花结，一个缝在伍封的战袍里，另一个便给了他。波时，他只当我是剩下的才随手给了他，挑眉歪嘴的样子泿不乐意。

◇ 第八章 花结传信

黑子离开天枢已有三月，院里院外的三十六株红枫在经历了一场霜寒后很快就脱去了它们耀眼的红衣。冬天伴随着呼啸的北风骤然降临，大雪一夜之间将整座华山变成了一个纯白冰冷的世界。

雪自上月月末就没有再停过，寒冷如同一场无法抵御的瘟疫席卷了整个天枢。

新入谷的孩子冻病了好几个，各卦的衣料、火炭也都已告急。没有了总管的天枢一切都失去了秩序。

五音在交出天枢的权力后便“病”了。在医尘悉心的“照顾”下，她日日酣睡如初生的婴儿。而我，除了要处理来自各国纷繁复杂的讯息外，还要协调管理各卦层出不穷的内务。心累，身疲，想要寻求一个简单的解决之道，却没有信心和勇气去唤醒那个熟悉一切秩序的女人。

五音的身上藏着太多我不知道的秘密，我渴望从她口中找到事实的真相，却又惧怕在她醒后我会再次沦为她的囚徒。艮卦、兑卦、坎卦、震卦，天枢里到底还有多少忠心于她的人？如果，她真的已经决定与陈氏联手背叛赵氏，那我又该如何应对？

在天枢的这三个月，我越来越清楚地意识到——与五音的第一次交锋，我只赢得了时间，却没有赢得胜利。

昨夜，医尘郑重地告知我，他给五音配的药最多只能再用十日了。十日之后，摆在我面前的只有两个选择，一个是让五音带着她的秘密和“锁心楼”的钥匙永远沉睡，另一个便是做好与她再次开战的准备。

这无疑是个艰难的选择，我一夜无眠。

“姐姐，你的手炉已经熄了，再添块火炭吧？”阿羊的声音在我耳边轻轻响起。

我如梦方醒，愣愣地将手中的小炉递给了她。

“姐姐，你已经在这里坐了两个时辰了，下雪有这么好看吗？”阿羊用两根铜扦子拨弄着火盆里的炭块，红亮亮的火星随风轻扬起来，映得她的脸红扑扑的分外好看。

“我喜欢看雪落的样子……”我看着眼前的少女，脑中浮现的却是四儿红润粉圆的面庞和笑意盈盈的眼睛。过了这两年，她的孩子应该已经会叫阿娘了吧，到了下雪的日子她不会再穿着湿漉漉的鞋子到处乱跑了吧。有夫君，有爱儿，有暖烘烘的炉火，我的四儿如今是幸福的吧……围炉赏雪，调羹弄娃，她可也会想起离她远去的我？

“姐姐，你的手炉。”阿羊拿着手炉在我眼前晃了晃。

我眨了眨酸涩的眼睛，微笑着从她手中接过了温暖的陶炉。

“这是你的鞋……”台阶的一角，一双被雪水浸湿的青布鞋不经意间闯入了我的眼帘，我心中微动，俯身将鞋拎了起来。

“奴的鞋脏，别污了姐姐的手！”阿羊丢下火扦子，急忙扑了上来。

我侧身挡住阿羊，抬袖轻轻地拂去了积在鞋面上的一层雪花：“去吧，穿我的鞋到兑卦要些针线和麻絮来，晚点儿我替你改做一双冬鞋出来。”

“这怎么行！姐姐是贵人，阿羊是贱民，万万使不得！”阿羊闻言几乎把半个身子都压到了我身上。

“去拿吧，我这几日烦心的事多，做点儿女红兴许能静静心。”我把自己的鹿皮小靴推到她脚边，起身拿了火扦子熟练地将火盆中剩余的炭火都拨进了一旁的陶罐，“我这里一个人也用不了这么多炭火，留两块暖暖手，其他的就都送到兑卦去吧！她们那里冬日练琴总得暖和点儿。”

“姐姐……”阿羊唤了我一声，却欲言又止。

“你要说什么？”我问。

“没什么。”她摇头。

“那就快去吧，现在天黑得早，要是晚了我还得点灯做活儿。”我把装了炭火的陶罐推到阿羊身前，她点头接过，转身套上我的靴子很快消失在了茫茫白雪之中。

冬日御寒，动物皮毛制的皮靴最是保暖。无奈皮靴价贵难得，到了冬天，庶人之家只能在单层的鞋面上另加一层厚布，再用麻絮和干草填充其中用来保暖。我来天枢时随身只带了一块楚地水鼠的毛皮，路上给黑子做了一顶帽子后还剩下一小方，如今拿出来给阿羊做一对鞋面刚刚好。

穿针引线，我安安静静地坐在屋檐下做着久违的女红。院子里的雪扑簌扑簌地下着，手冻得发僵，心却一点点地平静了下来。

黑子和于安走进乾卦的院子时，我便如同寻常妇人般靠坐在门柱上，一手捧着布鞋，一手用骨针在发间轻轻地划弄着。

“他娘的，我就知道没人能害死你这臭丫头！”黑子一手扶着院门，一手叉着腰，气喘吁吁的样子狼狈不堪。

大雪纷飞中，于安披着一件硕大的青布斗篷朝我急步走来，飞旋而下的雪花还来不及落地就被他身边的劲风高高地吹扬起来。

“你怎么来了？！”我望着瞬间来到身前的男人惊诧不已。

“我不放心你，就跟着回来看看。”于安一手解下身上的夹绒斗篷盖在了我膝上，“这么冷的天，怎么坐在外头做女红？冬天山里可不比秦晋。”

“是无恤让你来的吗？黑子，你见到赵世子了吗？”我抓着于安的衣袖，转头对黑子喊道。

“见到了，见到了，卫国的仗已经打完了，死了不到一百个人就叫卫国换了国主了。”黑子走到我面前，没好气地冲我嚷道。

“这真是太好了！”我心里激动，放下针线便要起身，身子才离了地，小腿一麻，扑通一声又跪倒在地。

“姐姐。”身后的阿羊赶忙来扶我。

“这里没你的事了，下去吧！”于安一手揽住我的肩膀将我半抱了起来。

阿羊轻应了一声，不等我开口便以一种不可思议的速度从我面前消失了。

“你这巽主可比我这乾主有威信啊！”我看着手边还未完成的冬鞋，惊异阿羊竟只穿着一双布袜就踩雪走了。

“外面冷，我们进去再说吧！”于安两手一伸将我打横抱了起来，黑子抱起我滚落在地的手炉跟着进了内堂。

“放我下来吧，我又不是瘸子，自己会走的。”

“已经到了。”于安将我放在靠墙的卧榻上，转身去寻火盆。

“天枢缺炭火，我这屋里白天已经不燃火盆了。”

“臭丫头，你这家可当得不怎么样啊！”黑子把手炉往我身上一放，大大咧咧地在一旁坐了下来。

“快同我说说，卫国的事是怎么了结的？你是怎么见到无恤的？”我往黑子身边挪了挪。

黑子冷哼一声道：“你还敢问我，小爷差点儿就让你给害死了！我就是听了你的话，途中故意绕道去了卫国，结果人还没到帝丘就被晋人当奸细抓起来了。我说我是替人来给赵世子传信的，可他们看了你写给我的单子，反而认定了我就是替卫君采买武器的奸细。娘的，那天巽主要是晚来一步，老子这回就死在卫国了！”

“傻子，战场上只有奸细才最有可能见到对方的主将。没有主将的命令，谁敢私下处死了解敌方军情的奸细？好了，先别抱怨了，说吧，他见到你的时候都说什么了？”

“说什么？水都没让我喝上一口就问我花结是谁给的呗！你们是约好的吧？那赵世子一眼就看出来你把信藏在花结里了。”

“……他果真还记得。”

“你以前送过无恤这花结？”于安点亮墙角的一树灯盏，缓步到我身边坐下。

“嗯，很多年前在雍城的时候送过他一个。”

庶人祈福喜编花结，蒲草、苇秆、艾草都是庶人家的女孩喜用的材料。良人远行、出征，心有牵挂的女孩便编一个花结让心念之人带在身上，祈愿他能平安归来。雍城之战时，我在将军府里找到少时编的两个花结，一个缝在伍封的战袍里，另一个便给了他。彼时，他只当我是剩下的才随手给了他，挑眉歪嘴的样子很不乐意。没想到过了这么多年，他居然还记得这花结。

落雪的午后，天色阴沉晦暗，墙角新添的那树烛火照不了一室明亮，只照得昏昏黄黄满室斑驳迷离。我抿着唇，看着一圈圈橘红色的光轮在眼前交错荡漾，心里有许多话到了嘴边却吞吞咽咽始终没有问出口。

“你在天枢还好吧？五音的人没伤到你吧？”于安看着我道。

“我很好。浑良夫那人，无恤可用上了？”

“嗯，用上了。人虽是浑人，却恰好解了晋军的困局。月前，他与卫卿孔悝之母在家中挟持了孔悝，孔悝无奈之下策动群臣谋反。至我和黑子离开卫国时，晋军已经攻进了帝丘城。”

“居然这么快？”卫侯曾扬言要守城百日以待援军，没想到孔氏一反，卫国这么快就失了都城。

“无恤出兵卫国前已经派人在帝丘设下了一只‘金笼’，只等着卫大夫孔悝把其他七位掌权的大夫一个个领进去。孔悝叛君后，宫里有人给卫侯辄传了信，大夫们点头拥立蒯聩的当晚，卫侯辄就带着两个公子逃出城去了。没了君主的都城，不到半个时辰就破了。”

“环环相扣，倒像是无恤的作风。”

“哎呀，要我说啊，这里头最厉害的人不是丫头你，也不是赵世子，而是孔府里的那个老娘儿们。五十多岁的寡妇，非要不顾脸面改嫁给自己的马夫。当侄子的国君不同意，她就挖空心思帮自己的兄弟夺了位。就是可怜了孔大夫啊，平白给自己孝顺出一个小后爹来！哈哈哈，浑良夫这竖子也真狗娘的好运气，脱了麻衣睡了个老女人，起床就能换狐裘啊！马夫变大夫，有趣，真有趣！”黑子一边说一边拍着大腿哈哈大笑。

浑良夫作为蒯聩夺位的第一功臣，自然会受到新君的大力奖赏。可他不知道的是，他的性命早在一切开始之前就已经被无恤卖给了孔悝。不管他是马夫，还是大夫，死亡是他唯一的归宿。“浑，诱之以名；悝，以浑之命诱之。”一环扣一环，今朝得意臣，明朝冤死鬼，权谋厮杀，一贯如此。

我低头沉吟，黑子却越讲越兴奋，满嘴唾沫星子嗖嗖地往外喷：“臭丫头，你这回没跟着我去卫国真是可惜了，你知道浑良夫是在哪里逮到孔悝的吗？屎尿里啊！哎哟，孔悝的那双鞋啊……”

“你赶了一路都不累吗？快回去睡觉吧。等你缓过来了，我借明夷的院子请你赏雪喝酒。”

“别，赏雪喝酒这种事，你还是找巽主玩吧！哥哥我这几个月天天做梦都梦见你被五音抽筋剥皮，现在你没事，我可要去睡觉了。谁也别吵我啊！”黑子一抹嘴巴起身对于安道：“巽主，你也好几天没睡了，这丫头现在好好的，你也赶紧去睡一觉吧！”

“好。”于安应了黑子，眼神却没有离开我：“除了卫国的事，你还有其他的事要问我吗？”

“不急，你先休息吧！其他事我们晚些再聊。”

“好，那你也早点儿休息。”于安起身从袖中掏出一枚花结轻轻地放在我手边，“这个他让我还给你。他说，他不需要了。”

“好。”我低头将花结死死握在手中，蒲草冰凉的叶片贴着我掌心，如针刺，如刀剜。

于安的出现打破了我苦心维持的虚假的宁静。怀疑声、惶恐声、抗议声，于一干沉默的嘴里迸发而出。各个卦象的人开始在巽卦进进出出。我坐在乾卦的枫林里，听着阿羊一趟趟地为我传来院墙之外的声音。

五百七十八个发盒、一块刻有“乾”字的玉牌，都不足以让一个“外人”成为天枢真正的主人。信任和臣服需要时间，后者甚至还需要强大的武力。

五音病了，天枢需要一个总管。于安是天枢的“老人”，他执掌着天枢一半的武力，能与他做对手的就只有艮卦的主事祁勇。

祁勇是个奇怪的人，我刚入谷时，他没有站出来维护赵氏的权益；我设计迷昏五音后，他也没有站出来救助五音。一个明明可以从一开始就左右胜负的人，却一直手握兵卒，不发一言。他是打算隔岸观火，坐收渔翁之利，还是真心不愿参与天枢的权力角逐？我一直想不明白。

于安入谷后的第五天，这个问题终于有了答案。

艮主祁勇带着四名艮卦的宗师出现在了巽卦的大堂。当所有人都以为他要站出来争夺天枢总管之位时，他却无条件地支持了于安。就好似，他从一开始就料定了如今的局面；就好似，他从一开始等的就是于安。

祁勇和于安之间是什么关系，我没有多加询问，我只知道暗潮涌动的天枢终于又恢复了宁静，挑在我肩上的重担也总算可以放下了。

山中的大雪下了两日，停了两日，天枢的新总管于安给断暖数日的乾卦送来了一筐新炭。

我烤着火，温着酒，手里握着震卦主事为我送来的半副“锁心楼”的钥匙。

十日匆匆而过，在五音昏睡的日子里，我翻遍了她那间富丽华美的寝居。琳琅珠玉、奇石异宝，我找到了险些害楚庄王亡国的古琴“绕梁”，却唯独不见“锁心楼”的另半副钥匙。我知道，如果我想在天枢继续寻找自己要的东西，就只能选择让五音醒来。

医尘替我调好了让五音苏醒的汤药。一日三碗，连饮三日。在这三日里，这个为天枢耗尽青春的女人随时都可能醒来。而我，依旧不知道自己面对的是一个怎样的对手。

雪夜大寒，冻云低垂。前半夜，火盆里的红炭在北风的鼓吹下拼了命地燃烧自己；到了后半夜，青铜大盆里就只余下了一堆冷冰的灰烬。我被清晨彻骨的寒气冻醒，缓缓地睁开了眼睛。床榻上，五音依旧安睡，近在咫尺的于安紧紧地握着我的一只手，怀里抱着他的剑。

门外的雪依旧没有停，山里的雪花落地时会有声音，即便风声再大，你也能听见它们坠落的声音。六卿之乱后，五音就从赵府搬进了天枢，这山中大雪蔽天、寒冷彻骨的夜晚，她恐怕早已习惯。她当年为什么要离开赵府？又为什么要将一个女人最好的青春埋在这山谷之中？如果是为了扶助赵鞅，如今为什么又要选择背叛？五音、于安、我，我们每个人的身上都有着太多的秘密，一座“锁心楼”又能锁得了世间多少秘密……

“你在想什么？”于安的声音唤回了我的思绪。

清冷的雪光透过蒙纱花窗透进屋里，我看着昏暗天光下熟悉的面孔，轻轻地摇了摇头：“没什么。是我把你吵醒了？”

“可是冷了？我让人再烧几块炭火来。”

“我睡不着了，想出去走走。”

“我陪你。”于安起身用燧石点燃了案几旁的一树灯盏，翻箱倒柜地在五音房中找到了一件狼皮做的裘衣。

天寒地冻，山中一夜大雪，此刻恐怕连院门都已经被积雪堵上了，我发了疯说想出去走走，他居然也发了疯愿意相陪。

“于安……”我轻唤。

“披上吧，外头天没亮，雪地里冻伤了是会留病根的。”于安抖了抖衣服将狼皮大裘披在了我身上。

“谢谢，对不起……”我捏着掌下刺手的狼裘，喉头有些发哽。

“谢什么，对不起什么？”

“谢你千里迢迢来帮我，对不起当年不告而别。”

“既然都已经走了，为什么还要回来？”于安低头帮我系着胸前裘衣的扣带，我看不见他的眼睛，只能看见昏黄灯光下他高高凸起的颧骨和越发消瘦的面颊。

“我想进‘锁心楼’，那里也许会有我要的东西。”

“拿了你要的东西以后呢，你要去哪里？”于安抬眼看着我。

“新绛。”

“你还要去找他？”

“嗯。”

“你可知道他如今已经娶妻纳妾？”

“我知道。”

“那你可知他把那枚花结退还给你的意思？”

“我知道。”

“这样你还要回去？”

“我……我也欠他一句对不起。”

于安不再说话。周身的空气慢慢地变得凝重，重得叫我喘不过气来。良久，他突然转身走到房门前，一把推开了珠帘后的大门。

寒风霎时而入，飞雪扑面而来，两个陷在尴尬之中的人终于得到了解脱。

一前一后出了房门，天未明，地未醒，站在挂满冰凌的屋檐下举目望去，只有满目淡淡的青色。那是清晨冬雪的颜色，明明洁白无瑕，却因为残留着夜的影子而透出极冷的幽蓝，像极了我此刻身旁的人。

“四儿给你生了个儿子，还是女儿？”脚下的台阶早已被大雪掩埋，风吹在脸上带着深深的寒意。

于安望着眼前飞旋的雪花，沉默许久，幽幽回道：“儿子。”

“叫什么名？”

“董石。”

“石头？”

“石子。四儿让他长大了也叫你阿娘。”

“石子，拾子……就不能取个更好听的名字。”我心里一阵发麻，一阵发热，白茫茫的雾气瞬间迷蒙了双眼。

“你在浍水边的院子，四儿一直给你收拾着，若你要回去住，我让她和孩子搬过去陪你。”

“我住太史府就好，何苦拆了你们一家。”

“嗯，那也好。”

“这一次，你不劝我离开了？”

“鲁都城外，你没有随我走。时至今日，你、我，都已经走不了了……”于安转过头，有寒冷的风夹着如尘的雪屑从他背后袭来，我不自觉闭上了眼睛。

“阿拾，我只愿你将来不要后悔……”有冰冷的手轻轻地拂去沾在我睫毛上的雪屑，风中，他的声音轻得仿如一声悠长的叹嗟。我睁开眼睛，有一瞬间，我好像在这张永远萦绕着愁苦和阴云的脸上看到了曾经的少年和少年眼中曾经的自己。

这黑黝黝的山洞是天枢的『心』，这一个个箱子就是它出生以来所有的『记忆』。它把它的快乐、哀伤、光明、卑劣全都藏在这里。而这一刻，我就站在它心里。

◇第九章 山楼锁心

五音在喝完解药后的第三日午后醒来了。彼时，我正与于安坐在屋内翻看各卦主事送上来的密报。

卫侯辄带着两个公子逃出卫都后，遇上了赶来救援的齐国兵马。姗姗来迟的齐军面对已被晋军驻守的帝丘城，只好带着卫侯辄班师回国。齐军为何来迟，密报上没有说。但目前的结果是我一直想要的。

于安捏着密报默不作声，这两日他对我说的话少得可怜。

“哐”一声响，屋内有人从床榻上摔了下来，砸了地上的火盆。珠帘后，五音半支着身子躺在地上，白色的袖摆被火烧出了两个大大的黑窟窿，灰白色的木炭撒了一地。

“见过夫人。”于安按剑同她一礼。

见到于安，五音先是一怔，而后低头吃吃笑了起来。“我睡了多久了？”她问我道。

“三月有余。”我回道。

“赵无恤赢了？”

“赢了，晋军夺卫损兵不足百人。夫人此番舍命一赌，输得一败涂地。”

“既是赌局，非赢即输，没什么好奇怪的。”躺了三个月，五音的脸瘦得只剩下了一张皮，眼窝凹下去了，原本就松弛的嘴角蔫蔫地耷拉着。她低头拍了拍衣摆上的炭灰想要站起来，可努力了两次都没有成功。

“夫人腿上的痹症需再饮半月的羹汤细心调养才会好，这半月里是走不了路的。”我走到五音身边，蹲下身子想要扶她。

她反袖一挥，推开我道：“当年祁勇带你入谷，我就不该留你的命！”

我沉默，她憔悴不堪的面容和凛然的气势组合出了一种极古怪的模样。

“我来吧。”于安拉起我，俯身将五音抱上了床榻。

五音的眼睛自我和于安身上扫过便又笑了，她指着于安的鼻梁道：“原来，她给赵无恤熬的那碗迷魂汤，巽主也偷喝了。”

于安放下五音，握剑而立，整个人冰冷得犹如一块透着丝丝寒气的玄冰：“夫人有闲情调侃属下，不如先想想自己的处境。”

“我的处境？”五音笑了笑，不以为然。

“夫人为什么要背叛赵氏转投陈氏？是谁让你多留了我三日性命？”我问。

“哈哈哈，乾主真会说笑。五音何时背叛过赵氏，又何曾想要乾主的性命？我只不过是旧疾发作睡了三月，没法替卿相效力罢了。”五音一边说，一边扯过锦被妥妥地盖住了自己的腿。

我看着她脸上的笑意，一时竟无话反驳。

“卿相平日做事最爱讲凭证，即便是赵无恤也不能无凭无据对我下手。赵无恤如今刚当上赵世子，如果这么快就要除掉卿相手下的老人，你说卿相会怎么想？”

“我们不能杀你，却可以让你在这张床上过完余生。”五音正笑着，于安袖摆一扬，三尺寒锋已穿透锦被刺进了她的小腿。

五音吃痛闷哼，双眉猛地拧紧。

我惊愕地看向于安，于安的剑又往下入了半分：“‘锁心楼’的另半副钥匙在哪里？”

五音久睡本就气弱，于安这一刺叫她原本苍白瘦削的面庞上瞬间渗出了一层冷汗，她的身子开始发抖，眼中却丝毫没有妥协的意思：“在治好我的腿疾前，我不会告诉你们。”

“夫人是想尝尝我巽卦的手段？”

五音忍痛一笑，抬头看着我道：“治好我的腿疾，派人修书送到新绛，卿相回信之日，我就会把‘锁心楼’的钥匙交给你。”

“修书卿相？你要我给他写什么？”我问。

“写上你对我的怀疑，写上你没有凭据。”

“你想要卿相来定你的生死？”我看着五音发际流下的滴滴冷汗，惊讶道。

“我只要他亲笔回信，不管是生是死，只要看到他的字，我就把‘锁心楼’的钥匙交给你……”五音说完低头看了一眼刺在自己腿上的长剑，咬着牙道：“现在，麻烦巽主给我打盆热水，我要洗漱了。”

于安眸色一冷，我连忙伸手抓住了他的手腕：“你帮我到医尘那里要一盆热水，再要一包止血的药粉和两尺细麻，我在这里等你。”

“你自己小心。”于安手腕轻提，剑尖蹭着锦被拔了出来，不见半点儿血丝，唯有满鼻血腥之气。

火盆里的木炭烧得吱吱作响，锦被下鲜红的血液透过文绣的锦缎一点点晕开。五音见于安出了门，一下便靠在了身后的床栏上。

“你既然背叛了卿相，又为什么要把自己的性命交到他手上？你不怕卿相多疑，受了我的唆使，不察不问就下令杀了你？”

“我的生死不劳乾主费心，敢劳乾主把柜子里的梳妆奁和梳妆镜拿给我。”五音缓了一口气，哆哆嗦嗦地指着房门右侧一只黑漆嵌螺钿的大柜子道。

我疑心有诈，不敢乱动。

五音冷笑道：“我被你害得在这床上躺了三个月，你还不许我看看自己的鬼样子？”

我看了一眼五音蓬乱的头发、被炭火熏裂的面颊，起身打开柜子，将她要的东西递给了她。

锦被上的血渍还在不断地扩大，但五音此时似乎已经感觉不到疼痛，她捧着铜镜细细地打量着自己的脸，然后伸手从满是冷汗的额际扯下一根细弱的白发。

我实在看不下去，默默隔着锦被用手替她压住了伤口。

五音掀起眼皮瞟了我一眼，而后一边盯着铜镜寻找白发，一边漫不经心道：“其实你长得很像你阿娘，若是散下头发，再在耳边簪一朵淡紫色的木槿花就更像了。”

“你认识我阿娘！”我心下大惊。

“‘锁心楼’里未必有你要的东西，而我这里一定会有你想要的。”五音放下铜镜以手按心，萎缩开裂的两片嘴唇微微扬起。

五音被于安软禁了，可以自由出入她院中的人就只有医尘和一个随侍的小婢。

于安代替五音控制了天枢，但凡谷中之事，各卦主事都会一一向他禀报。而我只负责查阅、归整从谷外传来的密报。

五音那日同我说的话，我听得很清楚，但我没有勇气去探究她心里的秘密。

在楚人的嘴里，有太多关于湖泽女妖的传说。传说中，女妖们生活在一望无垠的湖泽深处，她们有着世人无法比肩的智慧和美貌，善用动听的语言诓骗善良无知的人们跳入大湖舍生求死。因为只有这样，她们才能离开困住自己一生的大湖。一命换一命，这血色的公平让生活在水边的人们听来毛骨悚然。五音对我而言，就像是云梦泽里的水妖。我既没有做好接受诱惑的准备，就不敢轻易靠近那片危险的水域。

给赵鞅的信大半个月前已经送出去了。大雪封山，路上难行，若要信使回谷，恐怕要等到来年开春。于安怕我日子无趣，每日晚食过后都会来我院中小坐，有时会带一壶酒，有时会带一柄弓。今天，他为我抱来了五音房中那张名唤“绕梁”的古琴。

既以“绕梁”为名，其琴必定妙在余音。传说楚庄王曾痴迷它的妙音，七日不朝，最后，怕自己因琴亡国，就叫人生生将琴砸碎。一个人无法控制自己的欲望，转而摧毁别人，盛名远播如庄王，也不过尔尔。

幸在，此琴如今就摆在我面前，许是昔年那砸琴的人怜它一条性命，偷龙转凤了吧！

于安抱琴之意，自然是希望听我抚琴。可他哪知，伍封自小就没让我研习琴艺，我能品琴却连半个像样的乐音都弹不出来。我笑着撺掇他来弹琴，我可勉强为他一舞，他却谢绝了。他说，琴音表心，他怕他的琴音吓跑了我。

两个人，面对着一张绝世好琴却只能一口口地喝干酒。若这事被阿素知道，怕是要被她嘲笑至死。

夜深人静，于安放下酒杯起身告辞。我突发奇想拉住他道："教我习剑吧！若是新绛城里没人要我，我怕是要自保其身，浪迹天涯去了。"

盗跖曾说要教我习剑，我嫌他毛手毛脚，嘴巴又毒，就没同意；无恤说要教我习剑，说了几次却始终没有机会；在楚国时，陈逆和他那帮闹哄哄的游侠儿兄弟倒是教过我一些，可你一句，他一句，你一招，他一式，也没个正统。从开始到现在，我那几招用得好的救命招数似乎都是于安教的。那时，他重伤刚愈，却教得很是认真。

之后的两个月，我的日子过得极其简单，白日扫雪看密报，晚食之后便随于安练剑。

隆冬之月，谷外来的消息越来越少，即便有，也都是数月之前发生的事了。今秋，陈逆到了楚国后，老老实实地去南香馆替明夷订了碧海膏。碧海膏是天枢的暗号，天枢在南香馆里的暗探立马就盯上了他。暗探跟着陈逆在楚国郢都发现了陈恒的兄弟齐国左司马陈瓘、陈盘以及阿素。陈逆护送他们三人见了楚令尹子西和在朝的另外几位公子。

之后，陈瓘、陈盘、阿素回了齐国，陈逆却一个人留在了郢都的驿馆里。陈逆留在郢都做什么？密报上没有再写。可我猜，他是在等年轻的楚王从桐国得胜归来。

晋人攻卫，陈盘入楚，这两者之间定有关联。

子西是楚国令尹，执掌楚国军政大权，陈盘与他会面聊的定是国家大事。可楚国不同齐国，令尹子西对自己年少的君主极为尊崇，陈盘与他商量的事情也许太重要了，使他不得不等到楚王回朝后才能做出决定。所以我猜，陈盘之所以走了，是因为得知卫国都城失守；陈逆之所以留下，是因为要等楚王一个答复。

至于答复是什么，我只能想到两个字——结盟。

晋侯出兵伐郑，赵鞅在卫立君，宋国本就偏心晋国，晋人一旦拿下宋、卫、郑三国，则晋国复霸天下。

齐人急了，所以把目光投到了遥远的楚国。齐在东，楚在西，晋国就夹在这两个大国之间。如果齐楚结盟，晋国必将大祸临头。

这一晚，于安派阿羊来陪我习剑，顺便给我送来了一柄短剑。这剑出自巽卦铸剑师之手，长两尺，剑身又薄又窄，剑料之中夹铸生铁，所以，比起普通的青铜剑坚韧了许多。

我这两月习剑，起初用的是松枝，而后是匕首，现在终于有了一柄属于自己的佩剑，拿在手里左挥右砍，爱不释手。

阿羊见我耍得高兴，忍了许久才道："姐姐，这剑不是这样使的。"

"那怎么使？"我又挥了两把，只觉剑风凌厉，听起来就极过瘾。

"巽主说，习剑非一日之功，姐姐若要制敌一定要用巧劲儿。这剑虽加了生铁，但遇上重剑，一击就断了，寻常招式不能用的。"阿羊示意我将手中佩剑交给她，然后对着院中扎的一个草人猛地一刺，一剑贯喉，"这样的小剑最适合的招数是——刺，姐姐习医多年，对人的骨骼筋肉一定比阿羊更熟，找到骨头空隙刺进去，照样可以毙敌。快、狠、准，这才是姐姐要练习的。"

"你这小丫头，讲起剑术来头头是道的。好了，我记下了！小师父先过来，姐姐有话同你说。"我笑着牵了阿羊的手走到台阶上坐下，"阿羊，你之前是不是同五音夫人说过，你想出谷去新绛？"

"姐姐怎么知道的？"阿羊把剑柄在衣服上擦了擦，恭恭敬敬地递给了我。

"你忘了？五音那日就是站在这院子里说的，她说如果你杀了我，她就同意让你出谷去新绛。"

"哦，我想起来了！姐姐那天可吓死我了，阿羊还以为……"

"以为自己要陪我死在这里了？"我笑着拍了拍她的手，"我现在要找人帮我去新绛送封信。若你想去，我就派你去。去了之后，也别着急回来。我托人带你在新绛城里好好逛上一逛，玩上一玩。若你喜欢新绛，想住下来，我同你们巽主说去。"

"姐姐是想让我留在新绛？"阿羊脸上的笑容一下就僵住了。

"怎么了？你不愿意？"

"我……我现在不想去新绛了。"小姑娘起身"扑通"一声跪在了我面前。

"怎么又不想去了？"我伸手把阿羊扯了起来。

"因为……因为巽主回来了。"阿羊在我毫无预料的时候说出了自己心底的秘密，她低头看着自己的脚尖，我没有说话，她又一脸惊惶地抬头看我。

这个时候，我不知道自己该说什么。我原以为，她同普通边寨小村里的姑娘一样，心里藏着一个都城梦，一心想去自己国中的都城看看。可没想到，她心里藏着的竟是——于安。

"姐姐，你生气了？巽主心里只有姐姐，阿羊只要待在巽主身边，偶尔看他几眼，听他说几句话就好。"阿羊紧紧地抓着我的手，好端端一个英气勃勃的姑娘一下就变成了一只惊慌失措的麻雀。

“不是的……”我看着眼前的人，想起新绛城里的四儿，不由得长叹了一口气，“你家巽主在新绛城里已有妻儿，你……她和你……哎呀，算了算了，你想留在天枢我不勉强你，送信的事我让黑子去吧！”

“乾主？”

“没事，喜欢谁又不是自己能控制得了的。去吧，帮我把黑子叫来。”

“唯。”阿羊怔怔起身一礼，拖着步子走了。

我看着月色下空落落的庭院，仰头又是一声长叹。为夫君选侍纳妾，绵延子嗣这种鬼话到底是谁想出来的。这世间有哪个真心钟爱自己夫君的女人能心甘情愿接纳另一个女人？我做不到，四儿做不到，无恤那娇媚如三月春阳的新妇一定也做不到。我天天想着要回新绛，想回去同他再见一面，说一声对不起，然后呢？然后我要把他放在哪里？心里，还是天涯？

于安来找我时，月已上中天，我正捏着被无恤退回的蒲草花结在院中发呆。

“你让阿羊去艮卦找黑子了？”他问。

“你怎么来了？不是说今晚和祁勇他们有事商量吗？”我把花结塞进袖口。

“一堆琐碎的小事，商量完了就顺便替阿羊过来告诉你一声，黑子今早和祁勇比剑扭伤了脚，如果你有什么信要送，我另外派个人给你。”于安绕过篝火，在我身边坐下。

“也没什么大事，等他脚伤好了再让他去吧！”

“你可是有话要传给无恤？”

“真是什么也瞒不了你。前几天，我收到楚国来的消息，说是齐国陈氏派人见了楚国令尹子西。我怕齐楚之间有异动，就想找人给无恤提个醒。至于为什么让黑子去，是我有私心。一来，他去可以替我传信；二来，我想让他在新绛城里等着，等融雪开春了，就把四儿和董石都接到天枢来，四儿和孩子的事交给别人我不放心。明夷陪伯鲁留在楚国养病一时半会儿回不来，祁勇这人我也摸不清，我开春再把医尘带走，你恐怕就要一直留在天枢了。四儿好不容易盼到与你成亲，总不能让她一直带着孩子在新绛空守着。”

“她这一生有你这样惦记着，倒也值了。”于安听完弯了弯嘴角道。

“自我四岁与四儿相识，她何尝不是这样惦记着我。只是我对不起她，把日子过得这样糟糕，叫她时时替我担心。”

“这是你我的命。”于安看着篝火上飘飘悠悠的火星，眼中忽暗忽明，“我这些年每次踩在生死边缘上，都觉得这是我的命。命里注定让我在雍城遇见你，让你遇见无恤。你我这些年起起伏伏，生生死死，明明都想过要逃离这样糟糕的日子，可偏偏又都坐在了这里。齐楚之间的事，我会派人再去查，你不用太担心。我这里有样东西，你先看一看。”

“什么？”我接过于安递过来的一方绢帕。

“这是卿相的回信。”

“这么快？”

“据说一路跑死了三匹快马，送信的人一回来就瘫了。”

“卿相这是怕我们对五音用刑伤了她。他对她，终究与旁人不同。”

“你不打开来看看？”

“也没什么好看的，定是让我们好生对待五音，开春后再派人送她去新绛，他要亲自审她。”

“你在赵府住的时日不长，对赵鞅倒是了解得很。”

“五音比我更了解卿相，所以她才这样有恃无恐。”

“若是五音转投了齐国，把她留在天枢麻烦更大，送到新绛倒也省心。”于安拨了拨掉出火堆的两根松枝，我把绢帕叠了叠，复又还给了他：“这信你给五音看过了？”

“没有，想等你明天一起过去，然后帮你把‘锁心楼’的钥匙拿到手。”

“于安，谢谢你。”

“这回又谢我什么？”于安侧首看着我。

“谢你什么都不问，就费心帮我拿钥匙啊！”我把头靠在自己的膝盖上，歪着脑袋冲他笑。

于安看着我，低声叹道：“狐狸，你这话一说，我是想问都开不了口了。”

“也不是我不愿意告诉你，只是我要找的东西说起来太复杂，连我自己都还理不清楚。”

“理不清楚，就先放放吧！起来，用你的新剑和我过几招！”于安起身，把手递给了我。

我一把拍开他的手，笑道：“和你动手，三招之内我必死无疑。”

“那我不用剑，再让你一只手。”于安解下佩剑丢给我，又笑着将自己的右手背到了身后。

“背右手！你别这么瞧不起我啊！打伤了你，我怕你巽主的面子挂不住。”

“刚刚还说不敢，让你一步，你就猖狂起来了。”

“这两个月可是有个人天天在我耳边夸我天资聪颖，有当刺客的天赋。打你一个没剑的残手人，谁怕谁啊！”我腾地站起身，捆紧袖口，扎牢足衣。

“那就试试吧！”

虽说于安让我用真剑与他过招，可我怕自己习剑不久把握不好分寸刺伤了他，最后还是决定改用松木剑。我换剑的时候，于安在我身后笑得极开心，我依稀觉得这是我第一次听他这样大笑。

我与于安过招，目的不在制胜。若能接住他七八招，再蹭到点儿衣角，我就很满足了。可我步步紧逼，于安却频频躲闪，空叫我一个人在院中舞得花哨。

“不要让我，你出招啊！”我用剑指着他的左手，大声嚷道。

“来了！”于安一笑，猛地欺身向前。

我屏住呼吸，只见火光一闪，人影都没瞧见，剑已离手。

“你……”

“我怎么了？”于安看着我，脚下一动，我来不及惊呼已往后倒去。

身子落了地，后脑勺被人一掌捧住。睁开眼，于安就半伏在我身上，一根三寸长钉从他袖中滑出一下顶住了我的咽喉。

“现在，你死了。”他寒星冷月般的眼睛含着笑盯着我。

我躺在冰冷的地上，颈间有寒气入骨。可这一刹那，我却好像突然明白四儿和阿羊为什么会那么死心塌地地爱着眼前这个男人了。

“怎么了？还要用木剑替我留脸面吗？”于安手指一转，掌中的长钉不见了踪影。

我想起自己刚刚换木剑的蠢样，脸唰地一下就红了。

“不比了！死了，死了，死了，死人睡觉去了。从明天起，我再也不练剑了！”我推开于安从地上爬了起来，气呼呼地往台阶上走。

“明天，我来陪你吃早食。”他笑着弯腰捡起自己的佩剑。

“走好，不送！死人不吃饭！”

我砰的一声关上房门。门外枫吟松涛中，传来男人低低的笑声。

五音的伤早在一个多月前就已经好了，可这三月昏迷卧床，她人也瘦了，皮也松了。再见时，虽然她用蕙草油梳了光滑的高髻，也敷了厚粉，涂了口脂，但一个女人一旦开始衰老，便摧枯拉朽，势不可当，仿如夏末庭院里的红芍，花虽犹立枝头，可只要轻轻扯下一瓣，其余的花瓣便会随之落地，只剩下一枚早已腐败的花心。

五音看到赵鞅的回信时，脸上的表情无甚变化。我向她索要“锁心楼”的钥匙，她很爽快地就将一枚青玉镂雕而成的海螺放在了我手上。

“这就是‘锁心楼’的钥匙？”我掂着手中沉甸甸的青玉螺又惊又疑。

五音示意我将整副钥匙交给她，用我先前得到的那柄轻轻地插入玉螺，上推一格，左拧一格，两柄材质、形状截然不同的钥匙就奇妙地组合在了一起。

“这是鲁国公输班制的玉螺锁的钥匙，这是开锁油，你开的时候别太用力，若拧碎了，还要送回鲁国去修。”

“多谢。”

“哼，你这小姑娘就是太较真，其实有些事，知道比不知道更痛苦。你说对吗，巽主？”五音勾着嘴角，瞄向身旁的于安。

于安没有回应，只拉了我的手道：“我们走吧！”

“好。”我起身，两个佩剑的男人替我们打开了房门。

“乾主，‘锁心楼’里碰上什么看不懂的，记得来问我。”五音端起案几上的热水，笑着饮了一口。

锁心楼，锁心楼，我以为众人口中的“锁心楼”定是震卦院中那间盖青瓦的二层小楼。可哪知，于安带着我出了震卦的后门，一口气沿着门外上山的小道走了五六里路。

此时，虽然谷中积雪已尽消，可山上却仍是一片冰雪世界。玉屑似的雪末儿在眼前疏疏地飘着，不知是来自空中，还是枝梢。脚下的路结着薄薄的一层冰，一踩就碎，咔嚓咔嚓，伴着我们一路往山腰走去。

走了约莫半个时辰，山道眼看就要走到尽头了，于安带我绕过一棵参天的雪松，那山洞就赫然出现在了我面前。它高嵌在一面岩壁之上，洞顶的青岩上还垂着几十根一尺多长的冰凌。洞口被大石封堵，只留一扇青铜大门，门上一把极精致的青铜长锁。

“这里就是‘锁心楼’？”我站在山洞前抬头仰望，洞口顶上那些银条儿似的冰晶在阳光下闪烁着耀眼的光芒。

“天枢历年来的密报都存在这里。你待会儿进去拉紧我的手，我们先找到石梯，上了石梯再把洞壁上的铜灯都点上。不然里头太黑，万一踩空了，是会要人命的。”

“这洞有那么大吗，踩空了还会摔死人？”

“你进去看了就知道了。”

于安这么说时，我只当他言过其实。可等我们一盏盏点亮洞中的油灯后，一个巨大的洞穴出现在了我面前。站在洞底抬头望去，只觉得半座山都被这岩洞掏空了。若遇上兵祸，在这里躲上七八百个人绝对不成问题。但“高大”只是其一，此处之所以被称为“楼”，是因为山洞之中有好几块巨大的青石平台。这些平台靠着左侧的洞壁一阶阶升高，直往那看不到头的石顶而去，犹如空中楼宇一般。

“这些箱子里装的是什么？”我踩着石阶踏上第一层平台，这里整整齐齐摆放着三十几只大木箱子。

“这是近两年天枢收到的重要密函，按国名归整。晋国和齐国的多些，就又按氏族、大宗分类。”于安一边说一边打开了手边的一只木箱，“这一箱是关于智氏的，密报抄写在竹简上，底下是去潮气的木炭和干絮，一年一换。等五年一到，再由总管五音和相关的主事舍掉一些不重要的消息，将重要的抄录在新的竹简或木牍上。你若是想找十几年前的消息，得再往上爬三层，那里有几箱木牍、几箱龟板，还有些零碎的帛书。”

“你知道得倒是很清楚，这里你经常来吗？”我从箱子里捞起一卷竹简，随手抖开。

于安一愣，顿了顿道：“怎么可能常来，只蒙着眼被五音带进来两次。那两次也只帮着理了理下面两层的箱子。今天，我既自告奋勇要陪你来，总要先跟震主打听好洞里的布局。”

“你是得多问问，毕竟现在你才是天枢的总管，这里以后都要靠你打理。”我把手头的竹简卷了卷重新放回箱里，又抬头看了一眼高处大小不一的岩石平台，“这里的箱子比我想象的要多很多，我怕是要在这里耗上几天了。”

“你想找什么，我可以帮你一起找。”

“不用了，我先随便翻翻。你今天谷里的事情多，不用陪我在这里耗着。让阿羊给我送些水和吃的就好，等天黑了，我自己会下山的。”

“山路滑，天黑了，我来接你。”于安把火把交到我手上。

“嗯，也行。”我点头应道。

“那我走了。”于安转身走了两步，突然又回过头来，“昨天晚上，对不起……”

我一听，扑哧一声就笑了：“对不起什么呀，我还要谢足下不杀之恩呢！”

“阿拾，我从没想过要杀你。”黑暗中，于安的声音有些发涩。

我又好气又好笑地拿火把在他脸上晃了一圈，嗔怪道：“你这人怎么如此开不得玩笑？你呀，以后少说好听的话夸我，什么有天赋，我将来要是得意自满找人比剑，冤死了也算你的错。”

“嗯，好……我走了。”

“好什么呀？你看得清路吗？”我话没说完，眼前的人已经纵身跃下石阶，消失在了黑暗里。我摇头自嘲一笑，心道，自己这样拙劣的剑术居然还敢同他这样的高手对招，果真是活腻了。

于安走后，我打开智氏的几只箱子看了看，又打开赵氏的几只箱子翻了翻。智氏的不少事情，我在秦国就早有所闻，因为毕竟它是晋国仅次于赵氏的大族，秦人关心它的动作不足为奇。而赵氏的箱子里，对赵鞅一宗记录甚少，多的都是旁系小宗的秘事。六卿之乱发生在十几年前，若想查明阿娘的身世，找到药人的线索，我恐怕得到最高层的木箱里去找。

我手持火把沿着石梯小心翼翼地往上爬去，越往上，风声越大，越往上，越是心惊。这石梯极陡极冷，一级级往上，好似永远没有尽头。

爬到第三层岩石台的时候，我迫不及待地从石梯上跳了下来。回身望去，洞底几点微弱的灯光几不可见。

这黑黝黝的山洞是天枢的“心”，这一个个箱子就是它出生以来所有的“记忆”。它把它的快乐、哀伤、光明、卑劣全都藏在这里。而这一刻，我就站在它心里。

日出入洞，月升下山，我在“锁心楼”里一连待了四日。

第五日，我正在翻看楚国的几只木箱时，于安打开了洞门。

“这么快就天黑了呀！你等等我，我看完这一卷就下来！”我眼不离卷，随口喊了一句。

“好。”于安应了我一声，温文清雅的声音在山洞里悠悠荡开。

我看完手中的竹简，合上木箱，绕着岩石台一盏盏地吹灭了洞里的油灯。

于安手持火把站在石梯的最末一级上等着我。

“于安，我之前有没有夸过你声音好听？”我小心翼翼地爬下石梯。

“没有。”

“哦，你声音挺好听的。”我跳到他身前，笑嘻嘻地对他道。

于安微微一笑，转身朝洞口走去。

洞门一开，雪地上刺目的阳光扎得我一下就闭上了眼睛：“天还没黑呢，你怎么就来接我了？扎得我眼睛痛。”

“你要是在洞里再多待几天，眼睛才真要废了。”于安伸手捂住我的眼睛，“今天是岁末，他们在我院子里烤了一只山猪，兑卦的女乐们也都来弹琴歌舞助兴，我想你喜欢热闹就提早来接你了。”

“这么快又岁末了啊！”我缓缓睁开眼睛，可一见到光，眼睛还是不住地往外流眼泪。

“先闭上吧，我背你走一段。”于安俯身不由分说地将我背了起来，“你去年岁末怎么过的？”

我闭着眼睛趴在他肩上，想了想道：“去年岁末，我在从艾陵回宋国的路上，那天刚好经过一个村子，有人在村口祭祖，热闹得很。”

“他们请你吃酒了？”

“没，叫几个小毛孩把我的干粮都抢跑了，饿了我整整一天。”

于安轻笑一声，没有说话，我于是又问：“那去年岁末，你是怎么过的？”

“没怎么过，四儿有了身孕，就简单备了些酒祭祀了董氏先祖。”

“你刚回新绛那会儿，卿相就没让你娶别家大夫的女儿？”

“给找了个大夫家的嫡女，但四儿自幼待我情深，董石也该是我的嫡子。”

“是啊，她八岁认识你，一爱便爱了那么多年，若说情深，没人比得上她。”

“嗯。”

“只可惜，我那套嫁衣才绣了一半，你们的婚礼我也没能参加。不然，也总有个亲人替她梳梳头发，穿穿鞋，陪她坐上那辆出嫁的马车……”我叹息着睁开酸痛的眼睛，山路旁的雪松上飘下一些水晶似的雪末儿，那雪末儿飞旋着，闪着夺目的光，一路飞进我的记忆。

我闭上眼睛，心越飘越远，身子越来越轻。碎冰之声渐渐远去，有风在我耳边呓语：“阿拾，你这次回去，若他不能像以前那样待你，你就回来吧……”

第十章 愿言思子

离开五音的院子时，暮色已落，我沿着谷中小路来到巽卦的院门外，院子里依旧热闹非常。弹琴的、舞剑的、调笑的、叫骂的，众人嘻嘻哈哈闹作一团。

我在门外站了片刻，转身独自回了乾卦。

于安背着熟睡的我一路从山上回到了谷中，商的一曲《子衿》让我猛地从白雪纷飞的睡梦中醒来。

夕阳下，于安背着我站在巽卦的院门外，红紫色的晚霞横斜一地。

“我居然睡着了，你怎么也不叫醒我？”我赶忙从于安背后跳了下来。

“眼睛好些了吗？还疼吗？”于安低头打量着我的眼睛。

“没事了，就是洞里待太久被雪光晃到了。”我探头往巽卦的院子里看了一眼，正在捻弦唱歌的商看见了我就朝我招手，示意我过去。

我冲她挥了挥手，转头对于安道：“我先去看看五音，你能让阿羊给我准备个食盒吗？我还要一壶松香酒。”

“这个时候，你去看她做什么？”于安听到五音的名字颇为诧异。

“我有些话想问她，问完了就回来。这里一时半会儿不会结束，等我从五音那儿回来了再同你们一起热闹。”

“要我陪你一起去吗？”

“不用了，那边还有守卫。再说，我打不过你，难道还打不过五音吗？”

“我不知道你要问什么，只是五音对你说的话未必都是真的，你自己掂量着听。”

“知道了。我之前有没有说过你很啰唆？”

“以前没有，现在说了。”于安微微一笑，低头整了整身上的青衿长袍，转身进了巽卦。

阿羊很快就把我要的东西送了出来，天枢难得这么热闹，她一张小脸喝了酒红扑扑的，甚是娇美。

这厢是琴瑟和鸣，人声鼎沸；那厢却是凄冷庭院，寂静无声。

我拎着食盒走到五音房门外，门口的两个守卫见到我立马迎了上来。我表明来意，他们互看一眼便为我打开了房门。

五音正如我几个月前见她时一样端坐在猫眼石串成的珠帘后，不同的是，她此刻的饭桌上空空荡荡的，只有一碗黍粥和一碟腌渍的干菜。

“这个时候，乾主不去同众人守岁，到我这荒凉地来做什么？”五音低头喝了一口黍粥，案上那一小碟干菜她似乎一动都没动过。

“我给夫人送点儿吃的来。”我从食盒里端出一碗粱米饭、一盘烤炙的山猪肉、一盘泡水新煮的虀菜和一小豆盐渍的青梅酱。

五音看了一眼，笑道：“没想到巽主那双杀人的手，倒挺会持家的。‘锁心楼’你去过了？”

“去过了。”我拿出两只红底描双鱼纹的耳杯放在五音面前，满满地斟上一杯清冽醇冽的松香酒。

五音端起酒杯闻了闻，仰头一口饮尽：“那你在里面都看到什么了？”

“二十多年前，范府曾有个名叫舜的女孩，她是谁？她和我有什么关系？”

“你既这么问，自然已经知道她是谁。”五音提袖又给自己斟了一杯酒，依旧饮尽。

“她是我娘？”

“你说呢？”两杯松香酒下肚，五音的脸已经红了，她用食箸夹了一片炙肉放在青梅酱里蘸了蘸，却迟迟没有送进嘴里。我给她倒了一杯酒，她放下食箸也喝了。

“我有五个月没有喝酒了，真烧心啊！”五音捏着空耳杯，把鼻尖凑到杯底深深地闻了一闻，然后笑着又把酒杯递到了我面前。

我给她斟上酒，她抬头直直地盯着我，眼神却渐渐地穿过我远远地飘开了：“我第一次见到她时，她十二三岁的样子，一头长发生得同齐地黑锦似的，又柔又亮。明明还是个孩子，却偏偏喜欢在耳边簪花。她那天就穿了一件素白的单衣骑在范吉射的肩膀上，按着他的脑袋从那木槿花枝上摘花。摘一朵，扔一朵，扔了一地的花才选了朵桃中带紫的簪在耳边。范吉射是谁？晋国正卿范鞅的儿子，范氏的世子，新绛城里杀个人跟杀只鸡一样的人。可你阿娘就骑在他头上，娇娇地喊，左一点儿，右一点儿，高一点儿，低一点儿。我那时候就想，这世上的人果真是一人一命，我同她那么大的时候，天没亮就要随老父出船打鱼，打鱼回来还要卖鱼，洗船，熬夜补渔网。可她什么都不用做，只要仰着一张比花还美的脸，在树底下喊，左一点儿，右一点儿，高一点儿，低一点儿……”

“我娘是范氏的女儿？”五音口中的阿娘是我从没见过的阿娘，我盯着五音的嘴，脑中浮现的却是阿娘死时那张蜡黄憔悴的脸和她瘦得只剩下骨架的伤痕累累的手。

五音看着我，可我的眼泪已止不住地在眼眶里打转。

“你外祖母是范鞅最疼爱的胞妹，你娘是范吉射的表妹，十岁之前养在鲜虞国，十岁之后一直住在范府。范家老主母无女，待她犹胜亲女。范吉射恋慕她，恨不得把什么好东西都送给她。不过她那张脸也的确值得这天下最好的东西。”

“那范吉射是我阿爹？”

“哈哈哈，他倒是想。可惜，你阿娘另有心上人。”

“你如何知道？”

“范氏宗主范鞅那会儿还是晋国的正卿，赵鞅每三日就让我到范府给范氏主母送鱼羹。那日我出府时路过花园，瞧见你娘红着脸躲在墙根底下，墙外有人唤她：‘阿舜，阿舜，你还在吗？我要见你。’”

“谁在喊她？然后呢？”

“然后，我就帮了她。我帮她翻墙逃出了范府，帮她见了墙外的男人。你说，如果我那日不帮她，会不会这世上就没有你了？会不会她也就不用死了？可我就是想要看她翻出那面高墙，我就是想叫她受些尘世里的苦。凭什么她就不能受苦，不能颠沛流离？她死的时候，她的脸还白吗，还嫩吗？她还能骑在别人头上摘花，摘一朵，扔一朵吗？哈哈哈哈……也活该她短命，谁叫她爱了不该爱的人，生了不该生的孩子。”五音借着酒劲儿跪直了身子，隔着一张案几一把捏住了我的下巴，“你倒是个尘土里长大的孩子，可我第一眼见到你，我就不喜欢你。现在，我更讨厌你了。”

“很好，因为我也不喜欢你！”我扣住五音的手腕狠狠地甩开，“你今日为什么要故意同我说这番话，你有什么目的？”

“我没什么目的，我只想告诉你，这世上同你最亲的人不在新绛，而在临淄。你该帮的人也不在晋国，在齐国。”

“齐国？你果然投靠了陈氏！为什么？”

“为什么？当年，若不是赵鞅因为一己私欲杀了邯郸大夫赵午，赵午的儿子就不会反，范氏也不会反，晋国就不会乱。你可知道，一场六卿之乱死了多少人，有多少人妻离子散，家破人亡，就是因为他赵鞅觊觎邯郸城里的五百户卫民。他赵氏这些年的风光，全都是用别人的命堆出来的。”

“你恨卿相？”我惊愕。

“我早就说过，我不爱他。”

“你爱的人……死在六卿之乱里了？”

五音沉默了，她的脸被酒烧得通红，可眼睛里却惨淡一片。让人窒息的沉默在房间里四下弥漫，她举杯又喝了两口辣酒。

“我父亲是谁？”

“我不知道。”

“智府里专供智瑶取血的药人是谁？”

“我不知道。”五音重重地放下酒杯，起身拎起案几上的酒壶，高声道，“你走吧，我喜欢一个人喝酒。”

“‘锁心楼’最早的几只箱子里，有好几份帛书都有残损，残损的帛书上记了些什么？”

“我不知道。”五音背对着我掀开里屋的珠帘，“二十年前，赵鞅新建天枢时，天枢的总管不是我，放在‘锁心楼’最高处的几只箱子也不是我封的。”

“那是谁？”

“你认识的一个人。”

“谁？”

“太史墨。”

离开五音的院子时，暮色已落，我沿着谷中小路来到巽卦的院门外，院子里依旧热闹非常。弹琴的、舞剑的、调笑的、叫骂的，众人嘻嘻哈哈闹作一团。我在门外站了片刻，转身独自回了乾卦。

楚王的“绕梁”琴端端正正地摆在床榻边的案几上，我以指钩弦，“铮——”的一声响，曼妙的琴音在黑暗中悠悠荡开。

我忽然想起阿素，想起她在齐宫时看我的眼神，想起那日月下抚琴她对我说的那些话。

问神琮、夏禹剑、璇珠镜，我终于知道阿娘在智府密室里为什么可以那样轻易地将范氏三宝许给盗跖。

幽王璇珠镜，那兴许就是她日日摆在案头对镜描眉的梳妆镜。她根本就不是什么低贱的侍妾，她出生在云端，却因为我的出生被人唾弃，被人脚踢石砸，最后连一双手都没有洗干净，就孤零零地死在了千里之外的秦国。我该给她洗把脸的，我该帮她把指甲缝里的黑泥挖干净的，我至少该为她再寻一朵木槿花，再唱一支晋国的小调……可我什么也没做就一把火烧了她。我跌坐在地上，胸口痛得像是要裂开，忍着，抽噎着，不可抑制的痛哭声终究还是在耳边响起。

周王四十一年春，于安派了一队勇士护送我和五音回新绛，黑子与医尘同行。

到新绛时，刚过了三月，浍水边绿茵遍野，蝶舞蜂鸣，春意浓得像是一方绿锦，裹得人喘不过气来。新绛城灰黑色的城楼已近在眼前，五音却忽然说要下车走走，我念她近乡情怯，于是陪着下了马。

春天的浍水岸边随处可见挎着竹篮、背着竹筐的少女。关关雎鸠，在河之洲。窈窕淑女，君子好逑。少女临水，采的是河中之荇；少年徘徊，看的是那低头采荇的姑娘。五音站在河堤上，默默地注视着对岸一对互相试探、嬉笑追逐的男女，她看得那样出神，似有回忆如流水般在她眼中流淌。

“夫人有多少年没回新绛了？”我走到五音身边。

“你今年几岁，我就有几年没回来这里了。”

“十七年……夫人和卿相既有十七年未见，要先梳梳头吗？”我从怀中掏出梳篦递到五音面前。五音接过，抬头似是觉得好笑地看着我：“你这小儿还挺有趣。我离开他时是我最美的时候，我如今老成这样，难道还想靠颜色博得他垂怜？”五音今日未施脂粉，疏淡的眉毛和苍白的面庞让她看起来黯淡，然而温婉。

“卿相还在病中，夫人又是故人，想来他也不会听信我那些‘凭空捏造’的‘罪名’。夫人大可以安心在赵府住下来，只是夫人若还想为陈氏效力，怕是要与我时时见面了。”

“放心，我们以后不会再见了。”五音深深地看了我一眼，转头对着涓涓河水长长地舒了一口气，“啊，我多么希望，当年他渡河时没有坐上我的船，我没有对他说那么多该死的话。把一个人从河的一边送到另一边，竟送了我一辈子的时间。”

五音默默地凝望着脚下奔流不息的河水。良久，她转身离去，那一转身似是将所有记忆都沉在了身后的河流里。

不远处的官道上，从新绛城的方向驰来一匹快马，骑马的人跳下马背冲我们高声喊道：“敢问，这是去赵府的车队吗？”

“正是。”我上前应答。

“诸位请赶紧随在下入城吧！我家世子已在府中恭候多时了！”

恭候多时！

侍从的话仿佛在我脑中劈下了一道惊雷，黑子哇啦哇啦地冲我张着嘴，可我却什么也听不见了。从楚国到天枢，从天枢到新绛，我一路辗转奔波，无非是想再见无恤一面，可一想到他此刻就站在赵府门口等我时，我的心突然就虚了，它突突地狂跳着，越跳越往嗓子眼儿挤。

没等自己回过神来，我已经翻身上马，提缰掉转了马头。

五音低头笑了，我幼稚的怯懦在她的淡然面前显得格外可笑。

黑子跑上来一把拉住我的缰绳，惊讶道：“你干什么呀？城门在那边呢！”

“你先带人进城吧！”我夺过缰绳，慌乱奔逃。

黑子一急，追在我马后大叫：“臭丫头，你让我见了卿相说什么啊——你让我跟赵无恤怎么说啊——喂——”

风呼呼地刮过，纷乱的心跳和着急促的马蹄声淹没了黑子的声音。这一刻，我无法思考，只提着一口气狂奔出去五六里地，直到把车队和那座让人喘不过气的城池远远地甩在身后。

我不敢见他，我甚至不敢在脑中想起他的脸。

面对近在咫尺的重逢，我突然怕了，怕得全身发抖。自我决定回来见他的那日起，我从没有像现在这样恐惧过，我漫无目的地在风中狂奔，却不知道自己在逃离什么。

河流消失了，树林退去了，远山是一抹浅浅的灰，身前是一片高过马头的萋萋萧草。停马伫立在春日的原野上，束发的木簪早已不知所踪，散乱的长发几欲逐风而去，风中，滚烫的眼泪终于漫出眼眶滑下面颊。

红云儿，你可还怪我，恨我，想我，爱我，要我……

我痛苦地闭上眼睛。

耳畔是寂静原野亘古不变的呼吸，一起一伏，温柔而坚定。

策马回城时，太阳已经偏西。赵府的大门紧锁着，我拼命敲门，府里的家宰终于匆匆赶来。“巫士怎么才到？”家宰一脸惊讶。

“你家世子呢？”我问。

“世子陪新来的女客去见家主了。巫士赶紧进府吧，太史现在应该也还在……”家宰示意身后的小仆牵走大喘不已的马，我此刻满脑子只有无恤，依稀听他说了几句，就急急道：“晚食不用备了，只麻烦家宰告诉你家世子，就说我在府中园囿等他。”

“园囿？”

“对，多谢！”我说完提裙便跑。

之前怕得不敢见他，现在却火急火燎恨不得即刻就能见到他。女人的反复无常，别说男人不懂，有时候连女人自己也未必都懂。

春暮微凉，我迎着风一路飞奔入园囿。兰草未开的草地上，那棵熟悉的老槐已等不及春深日暖开出了大片大片素白的槐花。槐花如云似雪，聚在树梢，落在树下，令人叹息的美。

我站在树下，如蜜的花香让旧日时光在我脑中不断涌现。

红云儿，我回来了，我真的回来了。

我靠坐在槐花树下静静地等待着我的良人，放松后的疲倦犹如一帘黑幕将我彻底席卷。一个多月的舟车劳顿后，我听着耳畔花落的声音沉沉睡去。

梦里不知光阴几许，再睁开眼时，老家宰正站在我面前，一脸为难：“巫士，你怎么还在这里？我家世子出城骑马去了。”

“骑马？”我愕然。

“世子妇最喜在月夜骑马饮酒，所以……”

所以，他不见我，他要陪她出城骑马。

“巫士还是先回吧！”

“嗯，好。”我怔怔起身，如水的月光隔着树冠倾泻而下，一地槐花白得凄清孤寂。

朱颜酡，美人笑，今夜他们的马头是不是还挂着我酿的美酒？月下飞驰，醉卧河畔，该是怎样的美景啊！春未尽，花已落，我终究成了那个旧人。

这一夜全是梦，梦里都是旧事——高兴的、难过的、害怕的、感动的，前一眼还梦见在暴雨过后的悬崖上被他高高地举过头顶，后一眼就看见他躺在竹屋里一遍遍对我说：“撑不住了，你可以来找我。但如果你敢逃走，我绝不会原谅你！你记住我的话，绝不。”

他赵无恤的决绝，我终于也尝到了。

再醒来时，头顶是满绘祥云的屋梁，鼻尖是熟悉的降真香。小童跪在我床旁，笑着扑上来道：“巫士，你可醒了！”

“师父呢？”

“巫士没听见我昨晚说的？太史去年秋天就搬到浍水边的竹林里去住了，就昨儿回来了一趟，理了鬓角，修了胡子，穿了新做的巫袍去赵府见巫士，可惜没见着巫士，就又回竹林去了。”

“我现在就出城去见他。”我急忙掀被下榻。

“不行！巫士不是说，今天一早要去赵府吗？”

“是我说的？”

“对啊，卿相那里我都已经差人去说过了。”小童转身从衣箱里捧出一套崭新的衣冠交到我手中，献宝道，“这是太史前年替巫士做的新衣，这紫珠墨玉冠也是国君祭天后不久赏下来的。巫士待会儿拜见了卿相，准是要去见赵世子的，你那么久没见赵世子了，总要好好打扮打扮。”

小童不容拒绝地替我梳头、更衣，我看着镜中熟悉的面容，却心如苦荼。

他今日会见我吗？见了，我要说什么呢？不见，我又该怎么办？

入了赵府，家宰领我去了赵鞅的寝幄。赵鞅此刻仍在病中，虽说没有极重的病症，但整个人看上去苍老消瘦了不少。医尘在屋里走来走去，准备着浸浴用的药汤，赵鞅就靠在床榻上同我说话。我这两年的事，他一句未问。五音叛赵投陈的事，他也半句未提，只夸了我卫国一事办得不错，让我去家宰那里领赏。

我起身同赵鞅告辞，一出门，候在门外的老家宰就递给了我一份礼单，说上面的东西都是赵鞅赏的，因箱子太多太重，已经派人押车替我送去太史府了。

我行礼谢过，抿了抿唇还未来得及开口，老家宰已叹了气：“巫士是想见我家世子吧？可不巧，世子一早受魏卿相邀过府议事去了。”

“他又走了？”

“巫士可要再等等？”

“无妨，我去魏府等他。”记忆里不管我在哪里，总是他来寻我。如今，他不来，便由我去寻他吧！

魏府与赵府隔了几条街，我一路小跑，不到两刻钟也就到了。魏侈亡故，魏府如今的主人是下军佐魏驹，他初任卿位，我若要登门总要先递拜帖，再携拜礼入府，可今日匆忙，两手空空，我到了魏府门口，却又不能贸然上前敲门。

从清晨到午后，我在魏府对街的梧桐树下等了大半日。四月的春阳将树影间细长的人影慢慢变短，继而又缓缓拉长。魏府大门里有人进，有人出，可唯独不见无恤的身影。

傍晚，天色暗得发黄，豆大的雨点从天而降，噼里啪啦地打在梧桐叶上。昏暗的天空开始发亮，白练似的雨幕倾倒而下。我站在暴雨之中，望着眼前紧闭的大门，恍然大悟。

他根本就没来魏府，他只是不想见我。

大雨急急地下着，雨水顺着头发直往嘴里灌，我滴着水，咬着牙，硬是拖着僵直的腿一路走回了赵府。暴雨过后，几个青衣小仆正拿着扫把在赵府门外拼命地扫水。无恤送客出府，就站在门边。

我一眼看见了他，他一眼看见了我。

天地间繁杂的声音在这一刹那间全都消失了。

两年多的分别，几百个日夜遥远的思念骤变成了面前短短的十步。

“红云儿……”我望着梦中的身影不禁哽咽出声。

他长眸微眯地看着我，冷冷地，带着我不熟悉的神情。

心微微地发痛，冰冷的袖管里有雨水沿着手臂不停地滴落，向前一步，再一步，颤抖的呼吸让原本狼狈不堪的一刻更加狼狈。

台阶上的人终于动了，在我迈上台阶的一瞬间，他漠然转身离去。

府门外扫水的小仆见他走了，呼啦啦提着扫把跟了进去，“哐当”一声关上了门。

我僵立着，浑身的血一下都变凉了。

“阿拾……”身后有温暖柔软的手轻轻地拉住了我的手。

我颤抖着反过身一把抱住来人，忍不住放声大哭。

这两年，我不是不委屈的。可一路生病，晕倒在商丘大街上时，我没有哭；卖身为奴，替人洗衣抹地时，我没有哭；家宰散借酒撒疯，扑在我身上恣意戏弄时，我没有哭，兜兜转转终于回到了这里，我却抱着我的四儿，站在大雨过后的长街上号啕大哭。

我爱他，所以离开了他，可他真的爱过我吗？

以前的每一次重逢，四儿无一例外都会哭成个泪人。可这一次，她没有哭。她紧紧地抱着我，温柔而坚定。我的四儿早已是一个母亲，这世上还有谁可以比一个母亲更加坚强？四儿抹去我满脸的泪，笑着说："阿拾，我们回家去！"

浍水边的小院，四儿烧了水，替我换了衣服。我靠着她的肩膀坐在屋檐下，她摸着我的头愤然道："他负了你，我们也不要他。明天，我就把这两株讨人厌的木槿花都铲掉！"

"不，错不在花，在我。那日我该随车队一起入城，至少那时他还愿意等我。"

四儿憋红了脸，憋到憋不住了才捧着我的脸道："傻子啊，傻子，他赵无恤等的是五音，不是你。五音一下车，他连你在不在车里都没看就直接入府了。前月，他领了一个大肚子的乐伎入府，那乐伎再过两月就要临盆了。他若真还怜惜你，就别让赵府的人请你给他的大子唱祝歌。"

他有孩子了……

他有孩子了……

我看着四儿一动未动，心却仿佛在一瞬间被人揪出胸膛一把丢进了深水。话说不出，气透不了，只一双眼睛不住地往外渗水。

淋了一场大雨，听了四儿一席话，我便病了整整半个月。

起初只是风寒咳嗽，后来到夜里就一阵阵地发热，一阵阵地发冷，胸口热得如火烧一般，背后却全是冷汗。四儿不分昼夜地照顾我，我怕把病气过给她，熬了三日就把她推走了。她家里有个小的，离了她，据说成天哭闹，我这半个阿娘做得实在糟糕。

医尘来看过我几次，每次都问我夜里睡得好不好。可怎么算好呢？我整宿整宿地做梦，梦里倒没有无恤，只有扶苏馆里的歌女唱到力竭的高音和艾陵城外大片大片的雪原。

半个月过去了，门外的药渣越堆越高，缠绵的心病在医尘的妙手之下也总算有了起色。

这一日，我整了容色到市集上买了一只红毛锦鸡、一大袋新鲜的蔬果，驾车出了城。

春日的竹林，到处都是新生的嫩竹。史墨的竹屋就盖在离夫子墓不远的地方，偌大的屋子加上外头的篱墙一口气占了两三亩地。竹屋内，熏炉、锦榻、书架、案几、莞席一样不缺，就连太史府中那盏楚王送的鹤鸟衔枝十六盏树形灯也都被史墨搬来了这里。

我原以为史墨搬出太史府是要体会夫子当年的清苦，现在看来是我多想了。若打开墙角那只大木箱子，怕是连蜀国的芳荼、制荼的小炉、饮茶的陶器都一应俱全。

我放下东西，打扫了屋子，又熬了鸡汤。可等了一个多时辰，却仍不见史墨的踪影。无奈只得出门去寻，人未走出竹林，就望见一个头戴青笠的人坐在浍水边钓鱼。

“姜太公钓鱼，钓的是文王。太史公钓鱼，钓的是什么呀？”我拎起史墨身旁空空如也的鱼篓，笑着揶揄。

史墨没有回头，只起身将手边陶罐里的蚯蚓全都倒进了水里：“回来这么久，现在才来看为师，劣徒实在该打。”他转身拿鱼竿在我头上狠狠敲了一记。我捂着头直叫疼，他拎起渔具就往竹林里去。

“师父，等等我。”我赶忙小跑着追了上去。

“脸色这么难看，病了？”史墨在屋中坐定后，伸手端起我新盛的一碗鸡汤。我笑着催他尝尝味道，他却放下陶碗，蹙着长眉道：“既然走了，为什么还要回来？可是放不下无恤？”

“哪里是放不下他，是放不下师父你呢！这是宋国扶苏馆里的厨娘教我做的，别看汤色清，里面可有大功夫。怕师父你牙口不好，我还特地剥了鸡肉，剁了鸡蓉丸子，你快趁热尝尝，一碗卖两金的好东西呢！”我把陶碗奉到史墨面前，努力让自己笑得更灿烂些。

史墨轻叹了一声，接过陶碗喝了一口，又拿勺子舀了颗鸡蓉丸子放进嘴里：“为师头没昏，眼没花，能走能吃，有什么叫你放心不下的。”

“好吃吗？”

“不错。”

天下珍馐，史墨什么没吃过？被他夸上一句，我今日这烟也算没白熏。我提袖打算替史墨再添一碗汤，可露出袖口的手腕却被史墨一把捏住：“只有皮骨没有肉。宋楚之地难道就没什么东西可吃吗？你既然决定要走，就非得分文不带吗？坐下，好好吃点儿东西！”史墨夺过我手里的长勺给我盛了一大碗的鸡蓉丸子，满满的，一点儿汤水都不带。

我往嘴里塞了颗丸子，笑嘻嘻回道：“楚国好吃的东西可多着呢，要不是放心不下你，我都不想回来了。”

“那你回来做什么？晋国于你，是祸，非福。你要为师说多少遍，你才明白？”史墨阴沉着一张脸，我此番回晋显然让他颇为懊恼。

“师父，你认识我阿娘吗？你那夜在尹皋院中见到我时，就知道我是我阿娘的孩子，对不对？”我放下勺子，跪直了身子。

史墨闻言一愣，继而冷冷道：“是五音告诉你的？”

“不是，五音只说二十年前师父曾为卿相主理天枢，‘锁心楼’里的密函都是由师父整理保存的。天枢以星辰为名，各院以八卦分称，也的确像是师父所为。”

“所以，你想问什么？”

“我想知道我娘后来嫁给了谁？五音说她爱了一个不该爱的人，那人是谁？他为什么会由着智氏抓走怀孕的妻子，他也死了吗？我阿爹也已经死了吗？‘锁心楼’里最早的几份帛书上都有残损，上面有我爹娘的消息吗？”

“那几块残破的布帛是叫洞鼠啃坏了，上面所载之事太过久远，也已没有修缮补全的必要。你阿娘虽与晋国范氏有关，但毕竟只是个外家女，她的事天枢怎会一一记录？”

“如果她是范氏族中一个无关紧要的女子，那师父为何一直记着她？师父当初收我为徒，又为何屡次问起我娘的事？”

史墨一时语塞，他看着我，苍老的双眸里隐隐有波澜涌动。我有些发慌，却不愿退缩，只得让自己在他面前坐得更挺直些。

半晌，史墨垂下双手，一脸凝重地看着我道：“陈年旧事，既然你问了，为师也不再瞒你。你外祖曾是我年轻时的好友，天枢谷外的‘迷魂帐’就是我按他旧日留下的图稿所建。我这些年看着你长大，常常觉得你的聪慧机敏大半都承自他。他离世时，曾嘱托我要保你娘一世平安，可我却没能做到。那一年，你千里迢迢从秦国到我太史府，我见到你这双眼睛，就知道是上天把你又送到了我身边。天神是要再给我蔡墨一个机会，一个信守誓言的机会。我此生做了很多错事，辜负了很多人，可只有你，是我唯一可以弥补挽回的错误。我保不了你娘平安，却不能再让你陷入任何的危险。阿拾，你听师父的，不要留在晋国，回楚国去吧！无恤也不是你的良人，你和他终究不可能在一起。”

“师父要替我外祖，替我阿娘护我一世平安？”

“是。”

“而我绝不能留在晋国？”

“是。”

“所以……卿相当年根本就病不及死，对吗？你为了让我离开无恤，故意写信骗了我……对吗？”我看着眼前白发苍苍的老人，终于说出了自己心底可怕的猜想。

“……你要明白为师的苦心。”

“这是真的？！”我瞪着史墨，几乎不敢相信自己的耳朵。这两年多的时间里，我从没有怀疑过他，从没有怀疑过那封信的真假。他告诉我赵鞅病重，赵氏临危，我就信了，我居然就信了……

"知徒莫若师，师父是早料定我读了你的信，就一定会离开无恤？"

"你自己知道，你待在晋国，百害而无一利。"

"宋太史子韦在商丘大街上救了我，也是师父的安排？我怎么会这么傻，这世间根本就没有奴隶可以自赎其身。子韦肯交出丹图放我走，只因为我是你太史墨的徒弟！"

史墨紧闭双唇，我唰地一下站了起来，转身就往门外走。

"站住——"史墨一贯清冷的声音从我身后传来。我停下脚步，只听他徐徐说道："五音昨日已被卿相捆了双足，坠了巨石丢到浍水里去了。你要记得为师今日的话，这世上最脆弱的东西就是男人的恩爱。你留下来，不值得。"

当年，她摆渡送他过河，他坐在她的小船里，总也是一见倾心过的。否则，他也不会把她带回家，又送她去了天枢。如今，说杀了，便杀了，不查线索，不问凭证，甚至连我这个举报之人都没有召去质询就定了她的死罪。

◇ 第十一章 中心养养

五音死了，黑子证实了史墨的话。

这两年里，五音掌管下的天枢出了不少纰漏，坏了好几桩晋国的大事。我和无恤在齐国被陈氏苦苦追杀，一部分原因也是身边的暗卫里出了陈氏的奸细。所以，赵鞅很早就怀疑天枢里有人出了问题，但不确定究竟是谁。

五音入绛后，赵鞅一直没有见她。前日里终于提她来见，两个人关着门待了半个多时辰。开门时，五音面带微笑坐在赵鞅对面。众人都以为，这女人投陈叛赵之事会不了了之。不料想，昨日一早，赵鞅竟下令命人在五音脚上捆上巨石，将她沉入城外浍水。处死她之前，甚至都没有再见她一面。

当年，她摆渡送他过河，他坐在她的小船里，总也是一见倾心过的。否则，他也不会把她带回家，又送她去了天枢。如今，说杀了，便杀了，不查线索，不问凭证，甚至连我这个举报之人都没有召去质询就定了她的死罪。难道，这就是男人的恩爱与恩情吗？

我疑惑，彷徨，却没有人给我答案。

黑子得令要留在赵府替赵鞅训练府兵，于安来信说自己七月回绛。于是，我什么也不想，只每日清晨去竹林帮史墨修书，午后去四儿家里逗小石子玩。

史墨骗了我，可他还是我的师父。因为，离开无恤是我当年的选择；不要我，是无恤如今的选择。史墨在我们中间点了一把火，把火烧得烈焰冲天，尸骨无存的，终究是我们自己。

太史府、四儿家、竹林，我每日在城里城外来来往往，可两个人，一座城，却再也没有遇见。

新绛城的天气慢慢变热了，转眼就到了六月，院中两株木槿已经长到一人多高，修长的枝条上长满了翠绿色的大叶，花骨朵儿从绿叶之中冒出来，似乎随时都会开出今夏的第一朵木槿花。

这一日，我拿着小铲正给花泥松土，不经意间却发现枯叶落枝之中端端正正放着一柄梳篦——这是我的梳篦，我在浍水边时交给五音的梳篦。

我抬起头，初夏日的天空极蓝，远处的河水中，一叶木兰小舟在水光中载浮载沉，有渔女立在船头，撑竿轻唱：“二子乘舟，泛泛其景。愿言思子，中心养养……”

新入府的乐伎在六月的最后一天生下了一个男婴。那男婴出生时，据说双脚先出母腹，折腾了整整一宿才勉强生下来，可惜一出生就没了母亲。

赵府里没人来请史墨，也没人托我去给那孩子唱祝歌。一个月后，原本该是无恤大子的男婴被过继给了赵氏的一户族亲，叫人抱着远远带离了新绛城。

赵世子三年无子，好不容易生下一个，又送走了。新绛城中，一时谣言四起。

不堪入耳的、曲折离奇的，好事人口中的故事各不相同。住在赵府的黑子也要凑一凑热闹，特意跑来竹林告诉我，说那男婴其实是个遗腹子，他的父亲是无恤出征卫国时的副将，因在帝丘之战中为护无恤惨死，所以无恤要抚养他的遗孤，可赵鞅不愿那孩子以大子的身份留在无恤身边，故而让人送走了。

各家传言是真是假只有无恤一人知道，可无恤在府门口见到我的第二日就带着阿鱼去了楚国。

“陈盘使楚，齐楚将盟，速寻白公，分威散众。”我让黑子带的话，他原封不动地带到了。只是我没想到，无恤居然会亲自去找白公胜。齐国想要拉拢楚国夹攻晋国，晋人若要破坏他们的结盟，就必须在楚国弄出些“动静”，好叫年轻的楚王无心理会齐人的邀盟。

巢邑大夫白公胜——楚王熊章的堂哥、昔日楚太子建的儿子，他在吴楚边境蛰伏多年，厉兵秣马，广纳贤士，是簇绝佳的“火苗”。若无恤能将他点着，那么楚国大地上势必要烧起一场弥天大火。到那时，齐楚联盟自然不攻而破。

晋国到楚国，山高水远，无恤若在楚都停留半月，转道再去巢邑见白公胜，一来一回，怕是到岁末都未必能赶回来。

赵鞅的病在医尘的调理下渐渐好了起来，朝政大事处理起来也已得心应手。智氏那边失望是必然的，但也无可奈何。时刻准备着接任正卿之位的智瑶因此懊丧不已，不到七日就一连虐杀了府中的九个小婢来撒气。智府之中，人人自危；我亦然。

智氏要的是可以求长生的碧眸女婴，而有可能生下这样的孩子的人就只有我。

我在从晋国到齐国的路上来了初潮，现在已经可以像四儿一样孕育一个孩子了。这两个月，我私下联络了天枢安排在智府的几颗暗子，想要探查药人的线索。智瑶不知道是不是有所察觉，隔三岔五就要召我入府。我每次迈进那扇府门，都担心自己再也走不出来。

不管智瑶和我聊些什么，我总觉得他一翻脸就会把我关进一间人鬼不知的密室，用我根本不敢想象的方法逼我生下自己不愿生的孩子。一个不行，再生第二个；第二个不行，再生第三个……这样的念头几乎让我崩溃。我已经没了无恤，没了无邪，如果我消失了，还会有谁不顾一切地来找我。

这一日，智府又派人来传我，传话的人一踏进竹屋，我就摔了史墨的一只新碗。

史墨察觉到了我的恐惧。我的师父是个年近七旬、白发苍苍的老人，他不是刀光剑影里的高手，他不会拳脚，不会舞剑，可他是史墨。

之后，史墨不知对智瑶使了什么手段，智瑶竟再也没有无缘无故召我入府，暗地里跟踪我的那些人也都不见了。我欣喜不已，干脆收拾包袱搬进了竹屋。

“小徒，为师老了，不可能护着你一辈子。”

史墨张开他巨大的羽翼保护着我，可他依旧想要我离开晋国，飞去更加安全的地方。一个七旬老人的软磨硬泡，其烦人程度堪比一千只吵闹的麻雀。可他是我的师父，我每次只能不厌其烦地告诉他，师父，我在等鲁国来的一封信，只要信到了，我办完自己的事就会乖乖回云梦泽去，或者去更远的地方。

于安来的时候，正是夏日里最热的时候，屋里屋外暑气蒸腾，热浪滚滚，人最好躺着都别动，一动就是一身大汗。可四儿不怕热，知道于安今天兴许会到，她一早就把董石抱给了我，自己出城等夫郎去了。

小董石被四儿养得肉乎乎的，还烫人。他往我怀里一钻，我就跟大夏天抱了个火炉似的，汗水滴答滴答地往下淌。一个早上，背上的衣服就没干过。我想反正衣服已经湿了，倒不如干脆泡到水里去。

正午一过，我提了个木桶，抱着董石去了浍水边，把孩子脱光往桶里一放，自己也跟着下了水。小家伙站在木桶里摇摇晃晃，溅上一点儿水，笑得都快疯了。“小阿娘，多一点儿——小阿娘，多一点儿——”他稚嫩的嗓子又尖又亮，伴着大笑声，一声高过一声。我敢肯定，此时坐在竹屋里闭目养神的史墨一定也听见了。

“阿拾——石子——你们给我上来！”

四儿来的时候，我和光屁股的董石玩得正高兴，她在岸上叫了好几声，我们一声都没听见。等听见的时候，四儿已经很生气了。

“他才多大，你就带他下水？！你的病才好了多久，就敢在水里泡着不出来？！”

“这么热的天，冻不着的。你看，小石子玩得多高兴！”我推着木桶往河岸边游，一边游一边问，“于安呢？你不是出城去接他了？没接到？”

“在太史屋里呢。”四儿步入水中去抱桶里的董石，小家伙还没玩够，扒住桶沿哇哇乱叫。我正担心局面无法收拾，小家伙被他阿娘一把拽出木桶，屁股一拍，眼睛一瞪，就老实了。

“于安有说这次为什么回来吗？这么热的天，亏他还从风陵渡一路跑到新绛来，天枢山里头肯定比咱们这里凉快。”我爬上岸，低头去拧身上的湿衣，才拧干两只袖筒，一抬头，发现于安不知何时已站在四儿身后，旁边是扮作男装的阿羊。我赶忙披上岸边的长袍，嗔怪道：“走路这样没声音，要吓死人吗？幸亏我刚才没说你什么坏话。”

“四儿说你这次回来病了很久。”于安示意阿羊拎走我脚边的木桶。

“路上累的，现在都好了。你这时候回来要做什么？天枢那里谁在管着？”

“天枢已交给祁勇代理，卿相说我此番助无恤伐卫有功，特地让司功[①]记了一笔，赏了城西一座府第，又另请国君授我城中公职，负责协助亚旅[②]警卫都城。”

“这可真是太好了！”我握住四儿的手大笑，可转念一想又笑不出来了，“那你这府名……”董安于当年的罪名是乱国，即便赵鞅现在有心提拔董安于的儿子，董氏之名恐怕依旧不能公开。

“卿相的意思是让太史在姓氏册上给我新编一个姓氏，但我觉得此事无须这样麻烦，既然我父亲的神位摆在赵氏宗庙之内，那我也就入了赵氏小宗，以赵为氏，以嬴为姓吧！”

“嗯，这样也好。你别急，再等些年月，总还是有机会的。”

“嗯，总会有机会的。现在让卿相高兴就好。”于安伸手从四儿怀里抱过董石，小孩子刚刚还在水里玩得欢腾，一上岸往他娘身上一趴，这会儿都已经睡迷糊了。可迷糊归迷糊，一被于安抱到手上，两只嫩嫩的小胳膊一下就紧紧搂住了自己阿爹的脖子。

晋侯赏给于安的屋子是处旧宅，据说以前是范吉射在新绛城里的一处产业，里面屋子旧了些，庭院也荒废了，但胜在前堂、后室布局精妙，房间也多。

赵鞅的意思是让城中掌管修筑的圬人先修整完毕了，再让于安一家搬进去。可于安却问圬人要了十个工匠，说要自己亲自整修。这么热的天，谁乐意在外头晒日头监工？所以于安一提议，圬人立马就答应了，还另外多给了两名工匠。

四儿因为每天要给于安和工匠们准备两顿饭食，所以一大早就会把董石送到我这里来，千叮咛万嘱咐——别让孩子摔了，别让孩子玩水，要记得喂他吃饭，记得午后哄他睡觉。

他们家的宅子修了两个月，我就当了两个月的阿娘。这辛苦滋味，还不如当初顶日头去给他们家后院割草。不过辛苦归辛苦，有董石在，我几乎每天都能笑上几次，史墨亦如是。

---

①司功，先秦官职名，掌赏功。
②亚旅，先秦官职名，掌警卫。

两个月后，四儿和于安的新家总算修好了。新瓦白墙、红漆的梁柱、齐锦绣的垂幔，赵鞅派人送来了一应家具，我出钱让人在他们后院栽了一院子的杏树、桃树、榛树，还亲手搭了一个种匏瓜的竹木架子。以后，四儿再不用上街买瓜吃了，我的桃花酿也有了着落。

日子如水就这么安安静静地过去了，浍水边黄叶落尽，转眼寒冬已至。

这大半年，晋国政局平稳，齐国、楚国、卫国却都闹翻了天。

在齐国，虽然陈恒新立了公子吕骜为国君，但公子骜显然不太信任这个谋杀了自己哥哥的“功臣”，所以陈恒虽仍在朝为相，但暗地里却被齐侯和高、国两氏夺了不少权力。

楚国，巢邑大夫白公胜率领的军队以向楚王敬献战利品为由，披甲入城，一举囚禁了楚王熊章，杀了令尹子西、司马子期，自立为楚王。齐楚两国盟约，随之告破。

卫国，赵鞅扶持了蒯聩为君，但蒯聩因流落晋国多年，极度怨恨曾经背叛他的卫国诸大夫，所以一坐上国君的宝座，就开始以各种借口诛杀异己。卫国朝堂一时间人心惶惶。

这三国的乱局背后或多或少都有晋国的影子，晋国看似平静的背后，也一定暗藏着他国的杀机。明争暗斗的天下仿佛是一张被拉到极致的弓，所有陷在棋局里的人都能听到弓臂不堪重负发出的呻吟声。

弓弦崩，天下乱。这最后崩响弓弦的人，会是谁？

新绛城落下第一场雪的时候，无恤回来了。这比我预期的要早很多。

那一日清晨下了一场小雪，雪片儿很大，但极疏朗，一片片羽毛般浮在静空里。无恤和阿鱼骑着马从西门飞驰而入，停在赵府门外。捧匜的小仆、拿干布的婢子、帮忙整理衣冠的侍妾，还有他双目含情的嫡妻，一时全都拥了出来。拭脸，洗手，拍雪，热闹的场景一如我当年第一次踏进赵府的那夜，只是场景里的人已经不同了。

我默默转身离去，断了一只手的阿鱼突然挡在了我面前。

“姑娘，你可算回来了！”他惊喜地大叫。

“阿鱼兄弟，别来无恙。”我微笑着掀开竹笠上覆面的青纱。

“姑娘这几年去了哪里？可叫主人一通好找啊！快，快，主人就在那边，我带姑娘去！”阿鱼拉住我，边拉边回头冲无恤嚷：“主人，你快看——是姑娘回来了！”他话音未落，府门口的人已齐齐把目光投向了我，我急忙转头放下了竹笠上的青纱。

“你还没走？”无恤居高临下地看着我，他身旁的女人亦目不转睛地盯着我。

我默默摇头。

他冷笑一声，不咸不淡道："那劳烦姑娘下次要走的时候务必告诉赵某一声，赵某不是薄情寡信之人，这一次，必会备酒为姑娘好好送行。"

他话中讥讽之意明显，可我没资格介意，当初受史墨所骗一声不吭地迷晕他，抛下他，的确是我的错。

"对不起。"我艰难开口，声音低哑难听。

"对不起？姑娘何曾对不起赵某？与姑娘这样的美人春宵一度还不用付夜合之资，实是赵某得了便宜才对。"无恤冷着脸看着我，紧绷的面容上看不出是气愤还是嫌恶，但他身后之人的脸上已悉数露出鄙夷之色。

"那一夜，于你是夜合，于我却不同。落星湖畔，此生此世仅此一夜。你若真想忘了，就忘了吧，我一人记得就好……"

我退后，他突然伸手捏住我竹笠下的一片青纱。

我愕然抬头，他却又突然收了手。

"你走吧。"无恤紧闭双唇，沉默转身。

松林许嫁，湖畔成婚，我们轰轰烈烈爱了一场，到最后竟还是走到了这样的穷途。

"赵世子如今一切安好，小女之心甚喜。来日离晋，定来相告世子，求世子赠酒话别，以祭旧日种种。告辞。"我冲台阶上的背影亭亭一礼，转身大步离去。幸好，幸好今日戴了这竹笠，否则泪流满面说这几句话，怕是要笑杀旁人了。

之后的几日，新绛城的市集上、酒肆里，人们传得最热闹的就是赵家世子妇如何鞭打教坊女乐的事。

无恤那日话中将我比作出卖身体的教坊女，那狄女就真的跑到教坊去找"我"了。

一个北方狄族的公主，一根长鞭挥得嗡嗡作响，新绛城教坊里几个身量和我差不多的乐伎都平白挨了她几十道鞭抽，直被抽得衣衫尽碎，皮开肉绽。

四儿告诉我时，一脸担忧。她至今仍担心，我哪天想不开会突然跑到赵府去给无恤做侍妾。她说这样的主母太厉害，我伺候不起。我若入赵府为妾，怕是三天两头要挨一顿鞭抽，能不能熬过半月都未可知。

四儿莫名其妙的担忧让我哭笑不得。我只能抱着她告诉她，除非岐山崩裂，三川倒流，否则我不会嫁他赵无恤为妾。再说，他与我盟誓在前，若真要算起来，我才是他赵无恤的嫡妻，那脾气火暴的狄女只能算个侍妾。

四儿点点头，这才担心起了自己。

她问我，她是不是该帮于安纳了阿羊为妾，她早看出来日日跟在于安身旁的少年人，其实是个娇美的少女，并且心慕自己的夫郎，亦如当初的自己。

我听完四儿的话，当下屈指在她脑门上重重一叩："纳个鬼啊！于安没说，阿羊没说，你瞎操什么心！赶紧再给于安生两个孩子，让他一辈子别纳妾！”

我吼完这句话的时候，于安推开了房门。

背后说人是非，被抓了个正着，我羞得满脸通红。

于安看了我一眼，走过来捏了四儿的手，柔声道：“我董舒此生，有你四儿一人足矣，纳妾之事永别再提了。”

十年，她等了十年，总算等到了这一天。

四儿没哭，我在一旁倒是感动得眼眶发酸，只得捂着嘴默默溜出房门。

房门外，一身劲服的阿羊亦满眼是泪。

周王四十年，鲁国和齐国在端木赐的周旋下重归于好。鲁国派使臣使齐，齐国归还了原本属于鲁国的成邑，齐鲁结盟近在眼前。

面对这样的局面，晋侯和赵鞅都坐不住了。晋、宋、卫三国结盟迫在眉睫，晋侯甚至有心再让赵鞅出兵郑国，使郑也屈服于晋。

可结盟之事，哪有这么简单？宋国自恃是商朝遗民，又是公侯之国，国虽小，却未必愿意抛下身段公开结盟；卫国容易些，毕竟卫君蒯聩受了赵鞅多年恩惠，理应报答。所以，周王四十一年冬，赵鞅以邮良为使到卫国与蒯聩商议结盟之事，让世子赵无恤和太史墨一起去宋国“拜访”宋公与宋太史子韦。

命令下来的时候，我当下傻了眼。史墨年老，隆冬出行，别说走到宋都商丘，走不走得到宋国边境都是问题。赵鞅这道命令，莫非是要让史墨去送死？

史墨听了命令，亦是忧心忡忡。不过他担心的是——他的女徒要与赵无恤“同车同行”去宋国了。

等到吃晚食的时候，宫里的第二道命令就传到了竹屋，大意是太史墨年迈，国君体谅其辛劳，改由其弟子子黯代师访宋，与赵世子无恤同行。

这一餐，我吃得食不知味。

十月，在新绛城家家户户都为了岁末祭祖之礼忙碌时，我却要跟着弃我如敝屣的“夫郎”一同出访宋国去了。

出行前，我收拾了包袱坐在无恤屋外的台阶上等他。他的嫡妻在屋里替他穿衣戴冠，套袜穿鞋。一个把鞭子舞得虎虎生风的女人哀哀戚戚地在屋里哭成了个泪人。楚国一去大半年，如今夫君刚回来又要离晋往宋，也难怪她心里舍不得，哭得这样伤心。可屋里那人曾经也是我的夫郎，我的泪又要往哪里咽。

半个时辰，一个时辰，我在北风里抱膝等着。

一旁的阿鱼冻得受不住了，站起身来要去叫门，可一听到门里面的女人哭得凶又不敢了："姑娘，你快去敲门啊！再拖下去，里面孩子都生出来了！"

我搓了搓手，哈了口白气道："你不敲，干吗让我敲？别叫我姑娘，小心叫你家主母听见了，平白抽我一顿鞭子。"

"姑娘能怕她？再说，这里面不是有两个人嘛，一个要打你，另一个可不就心疼给拦着了？"

"你家主人现在恨不得生啖了我，我可不讨这个没趣。"我站起身走到院中一棵梅树下。这梅树是棵老梅，墨色如漆的曲枝上缀着点点深红色的花蕾，孤独桀骜，比起秦国那片梅花香雪海，更显疏朗风骨。

我在这里赏梅，阿鱼依旧在屋檐下呵气跺脚。我是心寒，所以感觉不到身冷，他怕是真的冻坏了。我轻叹一声，低头从随身的佩囊里取出自己的陶埙，想也没想，一吹出来便是当年烛椟醉卧马背、去国离乡时哼的那首小调。昔我往矣，杨柳依依。今我来思，雨雪霏霏。知我者，谓我心忧；不知我者，谓我何求……

一曲哀歌还未吹到最后，身后的房门已大开。

无恤站在门内，墨冠束发，青衣裹身，整个人阴沉着一张脸，只腰间那条绛紫色的绣云纹玉带钩腰带还略有些颜色。

我看着他虚行一礼，转身往院外走去。

阿鱼拿手搓着脸急忙跟了上来，浑然忘了站在身后的那个人才是他的主人。

天寒地冻，三个人挤在一辆车里，无恤不说话，我也不说话，阿鱼舔了舔嘴巴也老老实实地闭上了嘴。车外车夫一声吆喝，两匹黑骏在寒风中撒开了劲蹄。

此时未及隆冬，河水尚未结冰，因而我们计划坐马车从新绛到少水渡口，到渡口再转水路，沿少水南下，再入丹水往东，直达商丘。

从新绛到少水渡口，行车至少需要十日。我此番出发前早就料到与无恤同车会是这样尴尬的局面，于是早早地给自己准备好了打发时间的东西——一把匕首、一捆竹条。行车一日编一个竹篮，晚上到了驿站再把篮子送给驿站的管事，这样入睡前就能让驿站里的人给我多送一盆热水泡泡脚。

这一日，又是一路安静。我照例拿出了削竹条的匕首，可等我俯身去抽竹条时，无恤却一脚踩在了竹条上："你就没其他事情可以做吗？阿鱼，把你的包袱给她，让她给你把破衣服都补了！"

阿鱼这几天实在憋坏了，我和无恤路上不说话，他也不敢说话，所以，每天一到驿站就找人喝酒博戏，别人都去睡了，他又一个人在大堂里练刀法。这样一来，白天只要一上车，他就可以直接睡死。无恤这会儿喊他，他早就已经睡昏了。

"他睡着了。"我径自从无恤脚下抽出一根竹条。

无恤铁青着一张脸，猛地出拳直攻阿鱼的胸口。

阿鱼于睡梦中大喝一声，哗地一下抽出手边的弯刀，刀光一亮，险些没割破头顶的篷幔。“有刺客！”他双目圆瞪，提刀就想往车外冲。

“把你的衣服拿给她，让她给你补了。”无恤扯住他，丢下一句让阿鱼目瞪口呆的话自己闭目睡了。

我轻叹一声朝阿鱼伸出手，阿鱼一副摸不着头脑的模样把坐在身子底下的包袱递给了我：“姑娘，主人什么意思啊？”

“没事，你继续睡吧。等到了渡口，咱们雇两艘船，到时候你想说话就说话，不用天天日夜颠倒着睡。”

“唉，谢姑娘！”阿鱼大松了一口气，一副苦难终于熬到头的模样。

我从佩囊里取出针线，就着车幔里透进来的天光，细细地检查起阿鱼的衣服。

天寒地冻，马车颠簸，缝衣与编篮到底是不同的。补了一件里衣、一件长袍，再想给长袍的袖口滚一圈光滑的缘边时，马车恰好经过一片凹凸不平的石子地，手里的长针一失手狠狠扎进了指尖，豆大的血珠子瞬间冒了出来。

“让你补，你就补吗？女红差，眼神也差。”无恤一路上都在闭目养神，这会儿却突然睁开眼睛一把扯过我膝上的长袍远远地丢开。

女红差？眼神差？恩爱在时，处处都是好的；恩爱不在了，便处处都叫人厌烦了吗？

我俯下身子捡起被丢弃的衣服，一抬头，无恤腰间那条绛紫色绣双云纹的腰带就不偏不倚地落入了我眼中。

旧不如新，这新人绣的腰带才是顶好的吧。

我转过头，无声地捏住了流血的指尖。

无恤顺着我的视线摸到自己腰间的锦带，眉头一皱，再没有开口。

午后，车外下起了小雨，马车在一片阴雨之中来到了此行的最后一个驿站。

没有竹篮可以送礼就不好意思讨那临睡前的一盆热水。是夜，我脱了鞋，吹灯正欲睡觉，阿鱼突然敲开了我的房门。

“姑娘，我给你烧了罐热水。”他拎着一只麻绳穿耳的陶罐进了屋，“姑娘每回睡前总会多要一盆热水，这是要喝啊，还是洗脸啊？洗澡可是不够的。”

“你让管事烧的？”我趿鞋从架子上取下一只陶盆放在地上。

“管事早睡了，是我自己劈柴烧的。”阿鱼把水倒进陶盆，我这才发现他脸上灰一道，黑一道，连眉毛上都还沾着木屑。劈柴，烧水，他如今可只有一只手。

“你先洗把脸吧！我就是想睡前泡泡脚，这两年在外头惹下的毛病，天一冷，晚上不热脚，第二天站久了坐久了，腿就痛。你抹了脸，我再拿来泡脚，刚刚好。”

"别，别，别！阿鱼脸脏，还是姑娘先泡脚，泡完了，我洗脸。"

用泡脚水洗脸？我看着氤氲水汽中阿鱼一张极认真的脸，不禁哈哈大笑起来。

阿鱼挠挠头，摸摸脸也笑了。

"姑娘，你和主人到底怎么了？你那会儿在鲁国怎么说走就走了？"阿鱼用我分给他的半罐水洗了脸，又抹了把脖颈。

"我当年错信了一句话，以为……"我脱了帛袜把脚泡进热水，一抬头见阿鱼一脸好奇地盯着我，就又闭上了嘴。

"以为什么？"

"没什么，都过去了，不提也罢。"赵鞅当初是生了病，病势已起，将不将死谁又说得准。我与无恤如今已成定局，何必再把史墨拖进这桩旧事，"阿鱼，你今晚早些睡，明天午后我们就该到渡口了。到渡口后，还要雇船，买粮食，你千万要养足精神。"

"知道了！姑娘也早点儿睡。"阿鱼替我倒了水，关门退了出去。

我暖了脚，整个身子也就暖了，于是熄灯上床，安安稳稳一觉睡到了第二日天亮。

冬日行舟，寒空暗暗，水面之上又只有我们这一叶扁舟欸乃向前。埙音本就空寂哀婉，再配上黄昏淅淅沥沥的愁雨，一曲悲歌只吹得划桨的艄公都落下两行浊泪来。

第十二章　春临冰释

少水之源在晋北，这里春夏两季南来北往的商船极多，但此时已入冬，加之这两日一直阴雨绵绵，渡口上就只泊了几艘小船。

船身破旧的不要，船篷太薄的不要；艄公长得丑的不要，太老的不要，没力气的不要，挑来挑去，无恤只挑中了一艘青篷小船。

我昨日答应了阿鱼要雇两艘船，可话还没说出口，就被无恤一句话堵上了。他说，方才在市集给我买木炭，买火炉，现在没那个闲钱再多雇一艘船了。

他说这话时，沉甸甸的大钱袋子就挂在腰上，别说雇两艘船，就算要买两艘船，再买两个划船的奴隶都足够了，可他就是死活不肯再雇一艘。可恨我这次出门忘带了钱袋，囊中羞涩，也只能忍气吞声。

阿鱼上船的时候，脸色比我还要难看。对他而言，坐车再难熬，总也不过十天的光景；可坐船，至少一坐就要两个月，我和无恤这样尴尬别扭，他也爽利不起来。

我自觉对不起阿鱼，上了船后，便努力找话与他谈天。

阿鱼似乎对我的陶埙很感兴趣，直嚷着要再听一遍梅树下的曲子。我见无恤没有驳斥，便拿出陶埙吹奏起来。

冬日行舟，寒空暗暗，水面之上又只有我们这一叶扁舟欸乃向前。埙音本就空寂哀婉，再配上黄昏淅淅沥沥的愁雨，一曲悲歌只吹得划桨的艄公都落下两行浊泪来。

一曲终了，船舱里沉默了。

三人对坐，各自胸中都有各自的回忆敲打心门。

傍晚，船篷外的风声越来越响，没有夕阳，没有晚霞，暮色下的河面阴沉得如同一条灰黑色的长带。

“客，今晚就在林子里过一宿吧！”艄公就近寻了一片树林系了舟，此时逆风行舟太耗体力，他已经大喘不已。

无恤点头，众人下了船。

阿鱼跟着无恤开始搭建今晚避风的草棚，我从怀里掏出一个午后买的黍团子往嘴里送去。

“这干巴巴的冻团子姑娘还是别吃了！我给姑娘捉鱼熬汤去！”阿鱼蹿过来夺了我手里的团子往自己嘴里一塞，含混道，“姑娘，你赶紧帮我家主人搭棚子去啊！两个人干活儿，那才有意思哩！”他说完朝我挤了挤眼睛，回身借了艄公的一应渔具就跑了。

阿鱼的心思我明白，可无恤压根儿不打算给我任何插手的机会。他在我旁边走来走去，却仿佛我根本不存在。

“你我如今就连做做样子的朋友都不是了吗？”我垂手站在他身旁，懊丧不已。

无恤抬头看了我一眼，依旧无言。

我心里像是被人堵了一块石头，闷闷的，喘不过气来，直想大叫一声甩开这尴尬的沉默，可在他面前，我连叫都叫不出来。

阿鱼给我捉来了一篓小鱼，我煮了稷羹，吃完就已经到了入睡的时间。艄公和阿鱼躲进了一间草棚，无恤躲进了另一间。我看着火堆里熊熊燃烧的木柴，默默地躺了下来，蜷起了冻僵的手脚。

一夜无眠，往事如冰冷的蛇在我心中游走。当身前的火焰变成一堆冰冷的灰烬，当深紫色的天光再一次从东方亮起，我注视了一夜的草棚依旧冰冷沉默。

不被爱着的人却依然渴求被爱，这才是我如今最大的悲哀。

这一路，我终于学会了自己劈柴，搭草棚，设捕兽架，可我的独立却让无恤更加阴沉。他很少同我说话，每次开口总会在我身上挑些无关紧要的毛病，或是指派我做些我根本做不到的事情。也许，他在等我屈服，等我伏在他脚下，哭诉我离开他后的痛苦，告诉他我有多么渴望再次得到他的垂怜。可我不会那样做，因为我知道，如果自己真的在他面前跪倒，他只会更加冷酷地离开。

半个月后，我们的船来到了郑国。一场大风雪，将我们困在了一个叫作怀城的地方。怀城是座不大不小的城池，它的馆驿只有十几间房。此时天还没黑，馆驿里就挤满了躲避风雪的人。

“主人，那边喝酒的怎么看着像是卫国的孔大夫啊？”走进馆驿的大门，阿鱼指着大堂角落里的一桌客人小声说道。

我顺着他手指的方向望去，只见吵吵闹闹的酒客中坐着一个四十多岁年纪、宽额大鼻、一脸愁容的中年男人，男人左手边还坐着一个包青头巾的老妇人，妇人低着头看不清脸面，但瑟缩的肩膀显露出了她此刻的不适与窘迫。

“你们先找地方坐下，我过去看看。”无恤朝中年男人走了过去，男人一见到他立马就丢下酒碗握住了腰间的佩剑。

阿鱼旋即也探手去抽自己的弯刀。

“别急，孔悝不是你家主人的对手。”我按住阿鱼的手，转脸去看角落里的三个人。

馆驿里太嘈杂，无恤和孔悝说了些什么我听不见，只看见孔悝脸上的神情由最初的惊恐变成气愤，继而又露出了哀色。

“姑娘，这孔大夫不在帝丘当他的相爷，怎么跑到郑国来了？”阿鱼抢了个位置坐了下来。

我看了一眼孔悝，唏嘘道：“权臣遇上恶君，只怕是从卫国逃命出来的。”

无恤的话很快就证实了我的猜测。

原来，蒯聩当上卫君后，杀了一大批当初反对立他为君的大夫。孔悝本是蒯聩的外甥，又在夺位之争中立了大功，他原以为蒯聩杀人的刀怎么都不会举到自己头上，哪知蒯聩今夏在宫中设宴，竟以赏赐为由，骗他入宫饮酒，想要将他于酒宴之中毒杀。幸而，孔悝得到亲随的密报，才连夜带着老母妻儿逃出了帝丘。

无恤的眉头自见了孔悝后就再也没有松开过。我知道他是在担心邮良此番使卫的结果，而我却担心我们这一趟宋国之行要白跑了。

这一场暴风雪一刮就刮了整整八天，外头的河面结了冰，路面也结了冰。馆驿里的人谁都想走，却一个都走不了。

明明还在冬天，却非要去摘秋天的果。晋侯和赵鞅一个疯狂的念头害得我要在这么个陌生的驿站里，冰冷守岁。想想这一年过得着实太快，“锁心楼”里翻阅密档的日子仿佛就在昨日，可一转眼又是一年岁末。

一年前的今天，我在“锁心楼”里找到了两份智氏派人探访鲁国公输一族的记录，一份写在周王二十三年，另一份写在周王二十五年。

周王二十三年，智瑶的爷爷让天赋异禀的公输班在自己的寝幄底下打造了那间关押阿娘的密室，作为“幌子”，他又让公输氏一个叫宁的人给史墨打造了一辆“七香车”。周王二十五年，也就是阿娘被盗跖救出密室后的第二年春天，年少的智瑶亲自去了一趟鲁国，找到当年建造“七香车”的公输宁又另造了一辆“七宝车”送给晋侯。

智瑶赴鲁的时机实在太巧，这不由得让我怀疑“七宝车”的建造者——曾经大名鼎鼎后来却突然销声匿迹的公输宁实际上又为智氏暗建了一间密室，而这间密室关押的就是我多年苦寻不见的药人。

晋侯的“七宝车”我没见过，但史墨的“七香车”就停在太史府的后院。史墨不喜欢那辆车子，也不喜欢别人在他面前提起那辆车子。我回到新绛后，曾试着向他询问公输宁的下落，却被他一句“不知道”就打发了。后来，我又找机会向他讨要过那辆“七香车”，也被严词拒绝。世人皆传公输宁已死，但我不信，于是又托人另送了一封信到鲁国，请端木赐帮我打探公输宁的下落。

信送出去四个月后，我得到了孔夫子与世长辞的消息。那个倔强的老人在四月春景最好的日子里，永远离开了这个被他关怀、期待，却始终摒弃他的世界。千里之外，我在晋国萧瑟的秋风里遥拜东方，也深知三年之内，在夫子墓旁结庐守孝的端木赐是不会再给我回信了。

鲁国与宋国毗邻，也许在见过宋太史子韦后，我可以亲自去一趟鲁国，去拜祭孔夫子，顺便见一见端木赐，再在曲阜城里打听一下公输宁的事。这样，我也就不用再和无恤同车同舟一起回新绛了。

我正想着，门外的走道上突然传来一阵脚步声。

“客，你的热水送来了。”有人轻叩我的房门。

打开门，门外站着的是驿站里的仆役，他朝我弯腰一礼，递上来一只黑陶水罐。

“小哥送错了吧？我还没问你们管事要热水呢！”

“这是楼下独手客让奴送来的。”仆役恭声回道。

“哦，那——”我接过水罐想要道谢，送水的仆役已经转身下楼走了。

今晚是岁末，无恤似乎是和孔悝喝酒去了。阿鱼方才来说，明天不管下不下雪，我们都要动身去商丘了。孔悝这次带着老母妻儿，也是要往宋国避难去的。无恤打算赶在他前头，趁宋公还不知道卫国的局势，先探一探宋公对结盟的意思。

驿站之外，风雪大作，如狼般吟啸的夜风席卷着鹅毛大雪扫过田野、河谷。这样的天气，坐船是不可能了，若是要换马车出行，我这半废的脚也是该好好泡一泡了。

换了亵衣，烧了木柴，罐子里的水温变得刚刚好。我坐在床榻上把脚泡进热气蒸腾的水盆，冰冷僵硬的脚丫在热汤的抚慰下渐渐变得温暖起来。

可是，房间里怎么隐约多了一股花香？是我闻错了吗？这次出行，明明没有带香囊啊。我这样想着，人忽然觉得有些眩晕，这时抬眼再看脚边的那只黑陶水罐时，心中即刻大呼不妙。

我起身想要迈出水盆，可房间里的一切似乎都开始摇晃旋转。人摔倒在地，身上却感觉不到一丝疼痛，只觉得自己像是躺在一片浮云上，升升降降，最后一闭眼就晕了过去。

黑暗中，我时浮时沉，耳边有刀剑相交之声尖厉刺耳，有冰雪呼啸之声排山倒海。

几声惨叫过后，一切又都恢复了宁静。半晌，只听到一个颤抖的声音在我耳边急唤，阿拾，阿拾……

这一定还是梦。自我去年回到新绛见到他，他就再也没有唤过我的名字。姑娘来，姑娘去，倒好似我真的只是一个与他不相干的陌生人。

我想到这里心里一酸，干脆放松了身子，任自己在虚空里飘浮。

“她的手怎么这么凉？脚上的伤口止住血了吗？”

“止住了。”

“那人怎么还不醒？”

“姑娘一看就是被人下药了，药性还挺重。可下药的人都死了，咱们也没处找解药去啊！”

“那你赶快找个医师来啊！”

“主人，这大半夜的，天又黑，雪又大，能上哪儿去找医师啊？姑娘自己就是半个神医，她包袱里多的是药，要不你给找找？”

“拿来给我！”

有人小心翼翼地捧起我的头，将我温柔地抱在怀里。不一会儿，一阵奇异的药香充满我的鼻腔。只可怜我身体四肢皆不能动，唯有在梦境里轻叹摇头，这人挑来挑去竟拿了醉心花做的药包来治我，我这一回怕是要睡上三天三夜了。

……

再醒来时，依旧是晚上，屋里点着灯，窗外的风倒似停了。

阿鱼闭着眼睛靠在我床尾，无恤并不在。我想张嘴发出点儿声音来，但嘴巴里又干又苦，舌头贴着上颚的皮，动都动不了，两只脚也一抽一抽地疼。

“阿鱼？”空咽了半天口水，我终于叫出了两个字。

“在！”阿鱼一个激灵猛蹿起来，冲上来就要扶我。我连忙摆手，示意他先给我倒碗水来。

“我睡了多久了？”我哑着嗓子问。

“姑娘睡了都快三天了，主人可是把怀城能请的医师都请来了，可惜没一个有用的。”阿鱼拎起桌上的提梁壶，又给我满满地倒了一大碗水。

“他现在人呢？”

“外头套马呢！幸好姑娘醒了，不然我家主人要连夜赶到都城去给姑娘找医师了。现在外头大雪下得连路都瞧不见。”

“我没事了。”我喝了大半碗水，才感觉自己又重新活了过来，“我这些日子身子虚，不受药，不然也不会昏上那么久。”

“姑娘可把我们都吓死了。”阿鱼接过我的碗，这时，房门“吱呀”一声开了，一身风雪的无恤迈步走了进来。他手里拿着竹笠，身上披着蓑衣，整张脸被风雪冻得发白，两只耳朵和鼻子却红得发亮。见我醒了，他也不说话，只拿着竹笠，披着风雪站在门边看我。

“主人，姑娘醒了，今晚你不用赶去郑都了。”阿鱼见我们俩都不说话，急忙跑上前拿走了无恤手中的竹笠。

“我看见了。”无恤转身脱下蓑衣，没好气地瞥了我一眼：“太史府的庖厨天天都往城外竹林运食盒，难道食盒里装的都是石头不成？轻得风都能吹跑，也不怪别人下药重。不会办事，只会添乱。”

“你……”瘦了赖你，昏久了也赖你，也不知道是谁乱给我闻的什么醉心花！我瞪了无恤一眼，转头对阿鱼道：“给我下药的是这馆驿里的仆从，我这房里没丢什么东西吧？”

“姑娘，他们要偷的是你这个人啊，送水的仆从都已经被人灭口了。”阿鱼心有余悸道。

“灭口了？！”我大惊。

“送水的人大前天晚上就不见了，尸首被人在河里发现的时候都冻成冰条子了。大半夜的，谁会去冰河里打水？这肯定是有人要杀他灭口，硬给丢河里淹死了。”

有人故意要劫我？为什么呢？我如今与晋国赵氏已没多大关系，劫我的人肯定不是冲着无恤来的；智瑶也不可能，他若是要劫我，没必要派人跟到郑国来。莫非……是她？那天在大堂里，那个饮菊的男人，我分明也在哪里见过……

“你想到什么了？”无恤打断了我的思绪。

我理了思绪道：“那天我们碰见孔悝的时候，他邻桌坐了一个男人。那么冷的雪天，别人都在喝酒，只有他在喝水，水里还泡了黄菊，地上也倒了很多花渣子。他在那里已经坐了很久，而且我总觉得自己在哪里见过他，可又想不起来。”

“会不会是陈逆的人？”无恤问。

“大哥？不可能。他若是要带我走，绝不会让手下杀一个无辜的人灭口。”

“哦，你倒是很了解他。”无恤眸色一暗。

“劫我的人都被你杀了？”我问。

“杀了三个，自杀的人只有一个。这四个人在路上跟了我们很久，我在树林里那么冷落你，他们都不敢下手，还非得等到我喝醉了才动手，真是瞧得起我赵无恤。”

“哦——”阿鱼一拍桌子，恍然大悟，“难怪那天想住店的人那么多，就咱们能有两个房间，还偏偏隔那么远，敢情都是贼人安排好的呀！”

“你见到的男人，长什么模样？”无恤问我道。

“三十出头的年纪，相貌极好，仪态也极好，眼角和我一样有一颗小痣，右手藏在袖子里，该是个惯用左手的人。”

“死的人里面没有他。”

“嗯，我猜也是。”

……

之后这一路，无恤再也没有给我任何独处的机会。每晚一到驿站，若是有房，定会要上两间，一间给阿鱼，另一间他与我同住。每天早上，阿鱼看我们的眼神都极暧昧，可他哪里知道我们一个床上一个地上，长长一夜连半句话也没有。我听着无恤的呼吸声，翻来覆去睡不着。他倒是不翻身，只是每天一上车就开始闭眼打瞌睡。阿鱼见他精神不济，看我的眼神就更暧昧古怪了。

这一趟，我们从西往东行了千里路，从飞雪寒冬一直走到了吐芽绽叶的春天，终于在二月底赶到了宋国的都城——商丘。

阿鱼替无恤往宋太史府上送了拜帖后，等不及地要往扶苏馆去。雍门街的女人、扶苏馆的酒，对阿鱼来说，前者的吸引力远远不及后者。虽然，他不善饮酒，酒品也差。

"姑娘，这酒屋就是香啊！连墙都是香的。"阿鱼一走进扶苏馆的大门就开始东摸西看，馆里的侍从瞧见了，立马要上前来阻止，可一瞧见阿鱼身后戴冠佩玉的无恤时，脸上就又堆满了笑，腰一哈，小碎步一踩，刺溜就到了跟前："客打哪儿来啊？要喝点儿什么呀？外堂还是内室啊？"

"内室。"无恤蹦出两个字，那侍从脸上的笑就更明媚了："内室，三位——"

"什么意思啊？"阿鱼低声问。

"里面喝的酒和外面不一样。"我指了指内室地上一排排刻花的红陶小瓮。

"哦，怎么不一样？"

"贵。"

"啊？"

"客先看看，要喝些什么？"侍从捧上了一只四四方方的金盘，金盘上放了十片木牍，每片木牍上都写了酒名和它的价钱。

阿鱼不识字，也不识数，只拿眼睛询问无恤。

无恤喝了一口女婢送上来的清水，指着我道："你问她，这里的酒，她最懂。"

"这是玉露春、朱颜酡、压愁香、青莲碎、一浮白……"我替阿鱼报了酒名，然后指着朱颜酡对他说，"你就喝这个朱颜酡吧，清淡好喝，也不易醉。"

"啧，不要，一听就是个小娘儿们喝的酒。姑娘，你刚刚说这个是什么？"阿鱼指着一块木牍道。

"一浮白。"

"对，我就要这个。"

"这是六年的烧酎加了药材酿的，太辣太冲，你这酒量喝不了。"

"好好好，就这个了！主人，快帮我给钱！"阿鱼嘴巴一咧，笑着对无恤道。

无恤掏出币子摞好了放在木牍上，那侍从又笑着把金盘凑到了我面前："这位客怎么也该是馆里的熟客，奴以前怎么没见过啊？"

"不是熟客，是老客，几年没来了。"我随便指了指青莲碎的牌子。

无恤放了钱，抬头又问我："你那晚和陈逆在房里喝的是什么酒？"

我一愣，但随即明白了他的话。

原来，他早就知道那夜我就躲在窗后看着他和他的新妇。

"压愁香。"我说。

我们点的酒很快被端了上来，无恤拿起他的耳杯喝了一口，两道眉毛立马就皱了起来。

陈逆曾经问我，阿拾，压愁香为什么要酿得那么苦？我说，苦才可以压愁。他赵无恤却不问，因为他不问也知道。

阿鱼一杯一浮白下肚，脸就变得通红，张着嘴巴说个不停："姑娘，我家主人就是嘴硬，你别怪他。你刚走那会儿他烧房子了，你知道吗？他哭着到处找你，他居然会哭呢！哦，那狄族来的小姑娘第一次见他，也被他吓哭了。你在云梦泽那会儿，他丢下——"

无恤铁青着一张脸在扶苏馆里像逮鸡捉鱼一般死死地按住了阿鱼的嘴。

"别乱跑！"他转头冷冷冲我抛下一句话，拖着满屋子撒泼的阿鱼走了出去。

我愣愣地看着他们的背影消失在扶苏馆的大门外，半晌都不能从阿鱼制造的震惊中醒来。云梦泽……他来云梦泽找过我吗？那一晚，难道不是梦？晋楚两国相隔何止千里，那时帝丘城外还有一场恶战等着他，他怎么可能会来云梦泽找我？

"你有这世间最温柔、最惹人怜爱的眼睛，却有一张会骗人的嘴和一颗冷若寒冰的心。"

"为什么我没有说不的机会呢？"

"阿拾，为什么要这样折磨我？为什么我就不可以幸福？"

无恤昔日在梦中的控诉又一次在我耳边响起，我心绪纷乱，端起桌上的酒一口饮尽。甘洌的青莲碎滑入腹中，耳畔蓦然传来一阵熟悉的迷人琴音。

我心中一突，即刻扶案而起，顾不得众人的目光一把掀开了琴师面前的竹帘。

不是她，不是阿素。

我欠身一礼放下帘子，帘下却骨碌骨碌滚出一颗木珠。

"雁亭。"

我摸着木珠上的两个字，一颗心随着酒劲越跳越快。是圈套吗？是齐人要劫我吗？我是不是该等无恤回来？可如果在雁亭等我的人真的是阿素，无恤也许会杀了她。

雁亭，因亭檐飞展如雁得名。它建在商丘西城外的官道上，那个曾经日日醉酒的宋娘在这里等了她的夫郎一百多日。今天，阿素在这里等着我。

“好久不见。”阿素站在雁亭早已剥漆的亭柱旁笑盈盈地看着我。

“好久不见。”我迈进亭檐，却依旧无法相信眼前的这个女人会是这世上绝少有的与我血脉相亲的人。

“怀城馆驿里下药劫我的，是你的人？”她是阿素，是我永远看不透的阿素，我即便知道自己与她的关系，却依然无法对她敞开心门。

“算是吧。”阿素见我停在半丈之外，低头又是一笑。

“你若要见我，像今天这样传个口信就是，何必非要杀人？”

“因为杀人方便。下药劫你，倒也不是真的想劫你，只不过是想试试赵无恤罢了。我原以为你们几年未见，他又另娶他人，对你是真的断了情。可哪知死了四个小卒，就替你试出了他的情深似海。可惜了，这样一来，阿姐想带你回齐，终究是时机未到啊！”阿素走到亭中央石几旁坐下，冲我招了招手。

“我此生不会再入齐国。”

阿素好似没有听见我的话，她微笑着从随身的佩囊里取出一只红陶小瓶放在了石几上：“听说你有腿疾，这是东边夷族人的秘方，每晚泡脚的时候放一颗，可以疏筋骨，活气血。”

“阿素，你何必在我身上浪费时间？我即便与无恤有隙，也绝不会转投齐国。”

“放心，你会的。”阿素笑着把药瓶往前一推。

若是以前，我或许会以为阿素对我的执念只是为了替陈恒拉拢一个谋士，可如今面对她的殷殷之情，我却没办法无情地漠视。我走到她身前，挺腰坐下，深吸了一口气道：“阿素，也许我真的该唤你一声阿姐。我知道范氏与赵氏之间有多年的恩怨，也知道你爹和我娘之间的关系。但我不能同你去齐国，即便没有赵无恤，我也不可能帮着齐人去害晋人。我阿娘是晋人，她至死说的都是晋语。”

“你娘的事是史墨告诉你的？”阿素有些惊讶，“那史墨可也告诉你，你阿爹是谁，你阿娘又是为什么被人抓进智府的，智瑶又为何天天想着要将你烹杀？”

“你这话是何意？我师父不知道我阿爹是谁。”

“笑话！他史墨是你爹娘当年婚礼的巫祝，他会不知你阿爹是谁？”阿素一声嗤笑。

“你骗我！”

“我为什么要骗你？你在你阿娘肚子里的时候我就摸过你。若没有六卿之乱，我兴许还会背着你逛长街，教你习剑，陪你读诗。我娘恨你娘，可我喜欢你娘，你娘笑起来比谁都好看。你阿爹，我也喜欢，他弹得一手好琴。当年，他为了娶你阿娘……”

“他是谁？”我怔怔地打断了阿素的话。

阿素两道淡眉一提，笑着道：“这么有意思的事，阿姐可不能告诉你。你不如自己去问史墨。今天我来见你是要送你一份礼，也算是为怀城馆驿里的事同你赔罪。”她说着，低头又从佩囊里抽出一卷竹简放在石几上。

“这是什么？”这是一小卷被人用红绳捆扎的竹简，简身很短，只有两指长，外面加了木检，木检上的方孔又被黄泥所封，泥封上似是有卫国国君的印痕。

“这是卫国国君蒯聩写给齐侯的书信。这是其中一封，还有一封现在还在路上，我过几日会托朋友送给你。你要不要把它们交给赵无恤，自己看着办。”

“这么重要的东西，你为什么不交给陈恒？”我伸手取过竹简，上面果然有蒯聩的君印和‘齐侯收’的字样。

“我呀，自有我的道理。”阿素系了佩囊，转头看了一眼不远处的城门，起身而立，“我得走了，再不走就要被你的赵无恤逮住了。”

“你先别走，我还有话问你。”我伸手拉住她。

“今天来不及了。”阿素刚说完，亭子东面的小道上就奔出了一匹黑马，骑马的人速度极快，转瞬就到了跟前。

“大哥？”我看着马背上的人惊愕不已。

陈逆低头看了我一眼，伸手将阿素拉上了马背。阿素坐在他身后转头冲我狡黠一笑：“小妹，别忘了，我们都在齐国等着你。”

“保重。”陈逆深深地望了我一眼，喝马飞驰而去。

齐国、阿爹、师父……

我低头沉吟，转身朝城门口走去，可仅仅走了两步就被旋风般刮到面前的无恤挡住了去路。

“这一次，你又想逃到哪里去！”他一把擒住我的手，炸雷般的声音在我耳边响起。

“我没有要逃。”

“那你到这里来做什么！”

“我……我来送一个人。”我转头看着身后空荡荡的官道。

“谁？”

“……扶苏馆里的一个酒娘。”

“胡言乱语，跟我回去！”无恤双眉一蹙，拉着我转身就走。他手劲极大，我几根手指被他捏在一处，痛得像是要碎了。

“你放开我！”我吃痛挣扎。

“我不放！”他越发用劲。

“放开！”

“不放！”

“赵无恤，你到底还要别扭到几时？！”我满腹愤懑委屈，咬着牙，使出全身的力气将他一把甩开，“当年是我错了，是我伤了你，可如今你也伤了我，我们就此扯平了，行吗？”“扯平？我们扯不平。”无恤转过头，紧皱的双眉下，一双眼睛里满是压抑的愤怒和痛苦。

“所以，你就要和我这样无休止地彼此折磨，彼此惩罚吗？赵无恤，够了！你若放下了，便放下；你若还想要我，便说要我。我们谁都不知道明天会发生什么，谁都不知道这世间明天会变成什么样子……生在乱世，你我都是蜉蝣，过一日，赚一日，错过了一日，谁也不知道还会不会有明日。我们已经错过了三年，难道还要再错过三十年吗？我……我又哪里还有三十年可以等你？”

“我何曾想要与你错过，我何曾想要你成婚第二日就弃我而去！”无恤猛地逼近，低头怒视着我。

“我以为——”

“以为什么？你还想编什么谎话来骗我？！当年你弃我而去，我就对落星湖神发了誓，如果有一天，舍我而去的那个女人再回来找我，我绝不会叫她好过，绝不会原谅她，绝不会再爱她一丝一毫，绝不会——让她的巧舌再蛊惑我……”无恤的视线落在我的唇上，我心痛垂眸，他一把捧起了我的脸：“如今，你是太史高徒，我是赵氏世子，除此之外，我们什么也不是。你高兴了吗？这就是你一直想要的，对吗？”

“我……”我语塞，胸口堵着一口气半天说不出反驳的话来，“是，你说得对。是我错了，我不该走，更不该回来……我就不该再见你！”在无恤逼人的注视下，我心中最后一点点火光，也终于熄灭了。

“不回来？那你还想去哪里？”

“去没有你的地方，去比云梦泽更远的地方，离你远远的，离晋国远远的，离这可怕的一切都远远的。”我看着无恤的脸，想起阿素的话，整个人乱得像是随时都要炸裂。

“你敢？！”

“我自然敢。”

“你除了逃，还会做什么？”无恤气极了，握住我的双臂将我整个人半抱了起来。

“我会找到回来的路，我会回来找我思念了七百多个日夜的夫郎，可你除了把我推开，你还会做什么？”我在无恤的钳固下拼命挣扎起来，忍了许久的眼泪霎时翻涌而出，“你放开我，你没资格这样对我！如果落星湖畔的誓言对你而言只是谎言，那你就放了我！我们一夜相合，天亮两清，我没有收你的钱，你的嫁衣我不要了，你也别管我——”我抵着无恤的胸膛，用力想将他从身前推开，可明明使尽了浑身的力气，却眼看着自己一点点地被他箍进怀里紧紧抱住。

“死生契阔，与子执手。没有人撒谎，我在落星湖畔娶了妻，却把她弄丢了。那一日，我烧了草屋，烧了你的嫁衣，我对落星湖说了很多话，我说如果有一天你回来，我绝不会叫你好过，绝不会原谅你，绝不会再爱你一丝一毫，绝不会让你的巧舌再蛊惑我。可我对湖神说的最后一句却是，求你让她回来，只要你让她回来，我之前说的都不算数，只要你能让她回来……宋国、楚国、天枢，你为什么要让我等那么久？你知道我等了你多久，恨了你多久，想了你多久……”无恤的脸紧紧地贴着我的头顶，须臾，发间有温热的湿意直透心底。三年了，宋都城外，我终于等到了自己要等的人，他终于褪下了他的骄傲，放过了自己，也放过了我。

我蜷缩在无恤怀里，泪水如决堤之水奔涌而下，一时觉得欢喜，一时觉得悲伤，终忍不住放声大哭。

哭够了，哭累了，我抹干了泪，抬头望着眼前的人：“赵无恤，你发那样窝囊的狠誓也不怕湖君笑话你？”

“让他笑去吧！我乐意……”无恤低头含住我的嘴唇，轻声呓语。

那一夜，是长长的一整夜的痴缠。他急切得仿佛要将七百多日的离别一股脑儿全都补回来。

第二日清晨打开房门时，阿鱼看我们的眼神暧昧得都有了颜色。只是这一回，我羞红了脸，躲在无恤身后啐道：“看什么看？没酒品的役夫！”

阿鱼看看我，看看无恤，笑得嘴都歪了。

锦榻缠绵，蜜里调油，接下来的几日，无恤除了带我去扶苏馆填肚子之外，其余时间恨不得将我剥皮拆骨整个吞进肚里。小室之内昏天暗地，不分昼夜，他的精力好得让我咋舌。

“小妇人，你害我三年无子，你要何时才能还我一个孩子？”

“那孩子真是你副将的？”

“也许是，也许不是，横竖与我无关。”

“你这人虽旧日劣迹斑斑，倒也不会不认账。”

“哼，我若不是当年落在你手里，此刻府中恐怕早已儿女成群，哪还会沦作绛人饭后可笑的谈资。”

“成群？你自大了。”

“你看我是不是自大！”他一个翻身又来捉我，我拿脑袋顶着他的胸膛，大声嚷道："别闹了，我们是晋使，我们要去见宋太史了，我们要去见宋公了——"

"怎么见？这样去见？"他伸手托住我的腰肢直接将我抱坐了起来。

"你？！"我身上一凉，慌忙低头去捂胸口。他哈哈一笑，双臂一举将我举得更高。

"赵无恤——你这个疯子！我没穿衣服，冷——"

"冷吗？这样就不冷了。"

"主人、姑娘，你们轻点儿声！"

阿鱼的声音从房门外传来，我浑身一热，嘴巴一闭，红得如同一只熟透的虾子。

"哈哈哈，饶了你，明日去见宋太史。"不怕冷的人大大咧咧地从床榻上跳了下去，披了衣服走到房门口，开了一条小缝，对门外的阿鱼说了一句："滚！"

这一日我们依约要去拜访宋太史子韦，可没料到，刚出房门，就有寺人来馆驿传了宋公的旨意，说是国君要召晋国赵世子入公宫一见。无恤要入宫，但太史府的拜帖是早就送过的，所以我们只好兵分二路，由我独自去见子韦。

第十三章 风云再起

这一日我们依约要去拜访宋太史子韦，可没料到，刚出房门，就有寺人来馆驿传了宋公的旨意，说是国君要召晋国赵世子入公宫一见。无恤要入宫，但太史府的拜帖是早就送过的，所以我们只好兵分二路，由我独自去见子韦。

子韦是史墨的旧友，和史墨不怒自威的模样不同，他这人皮相“生”得很和善，骨子里却是个极厉害的角色。日进斗金的扶苏馆由他一手创办，扶苏馆里南来北往的消息自然也都进了他的耳朵。所以，和无恤之前的计划不同，我没有拐弯抹角地试探他对晋、卫、宋三国结盟的看法，而是直截了当地告诉了他自己的来意。子韦很高兴，因为我没把他当傻子，也没把他当外人。

子韦捏着史墨托我送给他的一串“蜻蜓眼”[①]告诉我，宋公不喜欢齐人，宋国现在也的确想要让晋国帮忙教训讨人厌的郑国，但是卫国君臣有隙，恐难久安，这个时候谈盟约，为时尚早。

子韦的意思很明白——我们可以和你定盟，但是你得先把“大块头”卫国搞定，不然我们跟了你，回头怕被齐人教训。

郑、卫、宋三国夹在齐晋之间，谁得了它们，谁就是天下新一任的霸主。而这三国之中，卫国势力最大，要想叫其他两国俯首，就必须先拉拢卫国。为了拉拢卫国称霸天下，赵鞅已经等了十数年。只可惜，卫君蒯聩实在太不叫人省心了。

我答应替子韦传话赵鞅，子韦留我吃了扶苏馆送来的小食，又与我聊了一整日的星象。

日暮西山，我起身告辞，太史府的家宰把我送到了府门外。

阿鱼在门外已经等了一整天，见我出来了急忙迎了上来。

“贵客好走，此乃家主的一点儿心意。”老家宰将一只红漆雕花的小盒奉到我面前。

我行礼谢过，接过礼盒转递给阿鱼，回头又对家宰礼道：“敢问家宰，你们府上原来的家宰散去了哪里？”

---

①蜻蜓眼，一种玻璃制成的饰物，发源于西亚，约春秋战国时期传入中国，在战国墓葬中有发现。

“回贵客，家宰散离世已有一年多了。”

“死了，怎么死的？”这一日，我在子韦府中里里外外都没有见到昔日秃眉浊目、一脸色相的家宰散，原以为他是得罪了子韦被贬到其他地方去了，没想到竟已经死了。

“坠井死的，就死在扶苏馆后面的酒园里，园子也给封了。”老家宰说到“酒园”时，偷偷地瞄了我一眼，他以前是子韦府上的后院管事，虽没同我说过话，但约莫是知道我，也见过我的，只因我此刻是男子装扮，又是晋国来使，所以不敢开口唤我一声“拾娘”。

“贵客认识那可怜人？”家宰试探着问道。

“也谈不上认识。”我微微一笑，抬手道，“劳烦家宰相送，告辞了！”

“贵客好走。”家宰回礼相送，我带着阿鱼往府外人群中走去。

“姑娘，你今天怎么进去了这么久？是谈不拢吗？”阿鱼问。

“卫国那摊子烂事摆在那里，怎么可能谈得拢。子韦给了什么？打开来看看。”

“哦。”阿鱼低头打开了手里的小盒。

我随意瞟了一眼却不由得停下了脚步。这是一顶通体莹白的玉冠，玉冠之上没有雕刻寻常的祥云图案，雕的是清一色娇艳可人的花朵——木槿、泽兰、红药、桃李、萱草，雕工精湛，花姿各异。我是巫士，也是女子，子韦知道我的身份，竟以这样一顶百花之冠相赠。

“姑娘，你不是说这子韦是个好财之人吗？他怎么舍得送你这么贵重的礼物？”阿鱼见路上好几个人都在我们身边探头探脑，连忙合上了漆盒。

“他这是想贿赂我呢！”我送“蜻蜓眼”是想让子韦说服宋公与晋结盟，子韦送百花冠怕是想让我说服史墨，劝赵鞅出兵替宋伐郑。世间诸事皆有内楗①，我和子韦都是深谙此道之人，也知道收服彼此并不容易。我这一日表面上与他聊的都是占星之术，实际上却句句不离天下大势。累了嘴巴，累了心，此刻就算是这顶百花冠也无法令我雀跃起来。

夕阳横斜，暮色渐落，从长街另一头吹来的夜风带着丝丝寒意直钻进衣袍。二月春寒，没了太阳，便是这样冷，好似之前一整日的温暖都是骗人的。

从宋太史府到馆驿颇有些路程，我走了不到一半就已经打起了喷嚏，流起了鼻水。

阿鱼很后悔早上出门时没给我多带件外袍，我却只叹自己养尊处优太久，居然连阵冷风都扛不住了。想想还是小时候好，任人打，任人踢，病了一场又一场，可只要

①内楗，指采纳和建议两方面。《鬼谷子·内楗第三》：“事皆有内楗……内者，进说辞也。楗者，楗所谋也。”

病一好，总还是生龙活虎的。哪里像现在……心里正感叹着，前面的巷弄里突然冲出来四五个乞丐模样的少年，看不清楚在抢什么，只胡乱挤在一起你争我夺，踢来踹去。后来，也不知是谁得了东西，被其他几个人围在中央一通乱打。

“阿鱼，快去看看！”

阿鱼点头正欲上前，这时在他身后却突然蹿出一道黑影，一下就把他手里装着百花冠的漆盒抢走了。

阿鱼先是一愣，随即抽出弯刀，大骂着追了出去。我只喊了一句“小心有诈！”，他就已经追着黑影进了一条巷弄。

站在昏暗的大街上，一边是阿鱼消失的巷口，另一边是打得正热闹的乞丐，我忽然有些茫然，不知道自己这时候该做什么。就在这时，道路前方的巷弄里忽然悠悠地飘出了一盏红纱小灯。提灯的人是个男子，身材颀长，束发轻衣，腰间没有长剑，只一枚拖着长长丝线的香囊在夜风中翻飞。

那群乞丐见有人来了，哄地一下就散开了，散开了却也不走，仍旧虎视眈眈地盯着地上的人。

我往前走了几步，见地上躺着的是个八九岁大的男孩，被打得鼻青脸肿，却还死死地抱着怀里的东西不放。

提灯的男子在男孩身边停了下来，我以为他会救起那个孩子，可哪知他从腰间抽出一柄嵌满宝石的匕首丢在男孩面前，便走了。

男孩捡起地上的匕首，挣扎着起身就跑。那群等在一旁野兽似的少年大吼一声全都追了上去。

我跟着往前追了几步，那提灯的男子突然转头看了我一眼。

长眉、凤目、泪痣，是他！怀城馆驿里弃酒饮菊的男人！他居然也来到了商丘！

我心中滑过一个念头，即刻提剑追了上去。

商丘城中横七竖八全是巷弄，不一会儿，我就把人跟丢了。绕来绕去，好不容易绕回原来的街道，一出巷口，就看见地上两具乞儿的尸首。其中一具，正是那挨了打的男孩。他腹部被人捅了好几刀，嘴巴里、肚子上全都是血，怀里的东西不见了，匕首也不见了。

“若是你，你会怎么做？”身后传来陌生的男人的声音，我身子一麻，背脊上一股寒气直冲头顶。

“你——”

“别回头，看着他，告诉我答案。”一个冰凉的硬物抵在了我腰间。

我平稳了心绪，讥讽道：“你们齐国来的人就不知道这世上还有‘救人’二字吗？”

“我的匕首就是我给他的机会。只可惜他太蠢了。你呢，你是个聪明人吗？”身后的硬物往我腰间深扎了几分，我深吸了一口气，冷冷回道：“我会把匕首丢给跑得最快的那个人。”

“哦？你难道不想要匕鞘上的宝石？要知道，你家里可还有人等着你拿钱救命呢！”男人的声音里带着浓浓的戏谑。

我看了一眼男孩浸满鲜血的衣襟，转过头道：“我怀里还有其他可以当钱的东西。”

“哈哈哈，果真聪明……”男子闻言仰头大笑，我察觉身后冰凉之物抵得松了，猛地转身抽出腰间的伏灵索，“啪”地一下将男子手上的东西打飞。紧接着脆脆的一声响，一根莹润的玉簪霎时粉身碎骨。

“哈哈哈——”男子看着我，笑得越发“得意”。

我打碎了他的玉簪，他得意什么？！

“你是谁？你故意引走我的人，到底意在何为？”

“我是晋人，我叫赵稷。”男子收了笑容，目光灼灼地看着我。

“赵稷？邯郸君……赵稷！”

“没想到，你居然听说过我。我还以为，在赵家我赵稷的名字是个忌讳。”

邯郸君赵稷，这么大名鼎鼎的人物，我自然听过。如果说，当年六卿之乱是因为赵鞅杀了赵午而起，那么真正点燃这把燎原大火的人正是我眼前的这个男人。

二十几年前，于安的父亲为赵氏修筑了晋阳城，有城必须有民，赵鞅于是命令当时的邯郸大夫赵午将邯郸城里的五百户卫国人质转送入晋阳。赵午不肯，赵鞅一气之下就杀了他。赵午的儿子赵稷为报父仇，拥城自立，是为邯郸君。中行氏、范氏，两大氏族皆与邯郸君有亲，因而以诛杀朝臣为名，举兵攻打赵鞅。这才有了后来为期八年的六卿之乱。

传说，邯郸君赵稷是世间少有的美男子，如今看来传言倒也不虚。赵稷今年应该已出四十，可看起来却足足少了十岁。

“邯郸君今日相见，可是受人所托？”我问。

赵稷微微一笑，从袖中取出一卷带着木检、泥封的竹简丢给了我。

我接过竹简，看了一眼上面的卫国君印后，便笑了：“我原本还打算拿到两封信后打开来看一看，再决定是不是要交给无恤。如今，既是你邯郸君亲自来送信，这信我也不用看了，直接烧掉就好。”

“你不想知道卫侯和齐侯谋划了些什么？”

“想，但这世上没有人会比你邯郸君更想见到赵鞅死。利于晋国，利于赵氏的事，你绝不会做。”

赵稷听了我的话，并没有反驳，只低下头微笑着摸了摸腰间的香囊："小儿，不管是谁把你养大，是谁教你成人，他做得真不错。"说完，男子低头吹熄了手中的纱灯，灯火一灭，眼前的人便如一道黑烟消失在了我面前，只余下夜风里久久不散的江离香。

待我回到馆驿时，驿站外的高脚火盆里已经燃起了指路的庭燎，阿鱼跪在庭燎下的一片碎石粒上，火焰将他的脸照得通红。

"你家主人呢？"我问。

"出去找姑娘了。"

"玉冠追回来了？"

"追回来了。"

"唉，你也是该罚！跟在你家主人身边这么久，一招诱兵之计就把你骗走了。今日若真是有人要对你我不利，别说我回不来，你这条命也要断送在商丘城的巷弄里了。"

"阿鱼求姑娘惩处。"阿鱼眉头一皱，俯身在脚下的碎石地上重重一叩。

我叹了一口气，伸手去拉他，一拉竟拉在他断臂的空袖上。于是，又去扯他的肩膀，可阿鱼性子牛犟，只把身子一坠，任我怎么拽就是不起身。我此刻已累得虚脱，急火一上来，脑袋便痛得厉害："你快给我起来！你当年不听我的话杀了鱼妇，自断了一臂，如今还要毁掉双腿变成废人不成？赶紧起来，去把你家主人找回来，就说我迷了路自己找回来了。"

"姑娘……"阿鱼抬头看着我，我趁机一把将他拉了起来："快去吧！"

"唯！"阿鱼应了一声，转身飞奔而去。

我看着他一只空袖在夜风中飞卷，心中不由得唏嘘："愚人啊，愚人，若你当年不杀她，她怕是已经为你生儿育女了啊！"

阿鱼走后，我低头从怀中取出阿素和赵稷交给我的两卷竹简。阿素曾说，陈恒身边有一晋人谋士，所有阴谋布局皆出自此人之手。如今看来，这人便是邯郸君赵稷。我在临淄城时，几乎每一脚都落在他挖好的陷阱里，一路奔波逃命，最后非但没有保住齐侯吕壬的命，反倒害无恤失了一个张孟谈。

如今，赵稷亲手把信交给我，就如同一条毒蛇把自己的毒牙放在我手心里，还笑着说："没事，我请你摸一摸。"

蒯聩也许背叛了赵鞅，也许没有，但这毒蛇送来的信，我不敢看，也不敢把它交给任何人。于是，我一扬手，便将两卷竹简丢进了身旁熊熊燃烧的火盆。

说实话，我并不相信命运，也不相信在九霄之上有一个人真正关心着世间每个人的苦与乐，生与死。后来那场毫无预兆的瓢泼大雨是怎么起的，我一点儿也没看见，只记得自己踏上馆驿台阶的那一刻，身后就传来了噼里啪啦的落雨声。雨声在夜色里极响亮，像是爆豆似的从天空中直砸下来。我飞冲出去，去寻门口火盆里的竹简。可当我将两卷湿淋淋的竹简抱在怀里时，无恤和阿鱼就这样出现在了漫天雨幕之下。

“你在干什么？”无恤飞身而至，拖着全身湿透的我冲进了馆驿。

我抱着两卷竹简，望着头顶暴雨如倾的天幕，惊愣了。

之后发生的一切再不受我的控制。

无恤命人将蒯聩的信送到了新绛，赵鞅知道蒯聩有意叛晋投齐后，大怒不止。他立即派人送信到卫国，叫蒯聩送自己的大子入晋为质，以表明自己对晋国的谢意和忠诚。可蒯聩再三拖延，最后拒绝了他。

十年心血，一朝之间化为泡影，赵鞅不能接受这样的背叛。

周王四十二年夏，六十多岁的赵鞅不顾众人劝阻再次站上战车，披甲出征。六月，晋军围卫，齐国派大军来援。

这一切发生的时候，我就跟在赵鞅身边。帝丘城外的战场上，我见到了乔装改扮后的邯郸君赵稷，也见到了齐卿国观。在见到国观的那一刻，我立刻就明白了阿素和赵稷为什么要将那两封密信交给我。

忧在内者攻强，忧在外者攻弱。陈恒是想故技重施，让赵鞅和国观在卫国斗个你死我活，自己坐收渔翁之利。

我将自己的担忧告诉了赵鞅。

幸而，赵鞅不是吴王夫差，他虽痛恨蒯聩的背叛，却也深知自己不能与齐军正面交战，所以选择了退兵。

十月，等齐国朝中政见不一之时，赵鞅再次帅军伐卫。

这一次，他攻下了卫都。蒯聩连夜逃出了公宫，逃往齐国。同月，赵鞅在帝丘另立卫公孙斑师为君。

十月中，当我以为一切已经尘埃落定，自己终于可以回到新绛与无恤团聚时，却不料又发生了变故。赵鞅在回晋途中，过度劳累以致旧疾复发，摔下了战车。逃到半路的蒯聩闻讯又在亲信的护送下重新回到了卫国，赶走了新君斑师，复位为君。

一场空，又是一场空。

坐在赵鞅的病榻前，我才真正看清了那两卷竹简中包藏的祸心——夺卫，诛鞅，乱晋。

卫国莽莽荒原上，下起了大雪。这里的雪，冰冷、阴湿，没有轻盈飞舞的雪花，只有数不清的冰碴儿混着雨水从天而降。刺骨的寒风在营帐外肆虐，帐中的一切都在动摇，世界似乎随时都会垮塌。

大军在外，日耗千金，而卫国一战来来回回已经拖了晋军将近半年。赵鞅不打算回晋，此时回晋，就意味着齐国朝局一旦稳定，卫国必将落入齐人之手。

所以，赵鞅昏迷之前对我说的最后一句话是——攻卫。

可我一个女人如何能攻下一个卫国？

那一日，是我第一次站上战车。苍茫无边的雪原上，士兵的皮甲漆黑如墨，黑与白的世界里，独我一人青丝高束，红衣翻飞。

我要让蒯聩看见我，我要让他清清楚楚地看见我。

帝丘城上，蒯聩披甲执戈登上城楼，在他看到我的那一刻，我几乎能听见他发自喉咙深处的蔑笑。

我驱车向前，命他出城投降。

他拿起长弓，一箭射断了我战车上的旌旗。

之后的攻城只持续了半个时辰，我便收兵回营了。向巢走进我的营帐时，我正在处理手臂上的箭伤。

“巫士，巢乃军中副将，明日攻城理该由巢指挥出战。巢虽不才，半月之内必将攻下帝丘，拿下卫侯！”向巢被我今日的表现气坏了，他顶着一头大汗冲到我面前，额上两道青筋突突地乱跳。

我小心翼翼地放下卷起的袖口，起身从营帐中央冒着滚滚热气的吊釜里舀了一碗热水递给向巢：“将军莫急，要先喝口热水吗？外面是不是又下雪了？”

向巢没有伸手来接，若非我之前在落星湖畔曾间接地从宋公手里救了他的命，他此刻恐怕早已经让人将我拖出营帐，军法处置了。

“将军可知，卿相昏迷前为何指着小巫说要攻卫，而非将军？”我喝了一口热水，笑盈盈地看着他。

向巢努力压住怒火，硬硬地回道：“巢在宋时曾听闻，晋卿赵鞅素来笃信占卜演卦之术。巫士乃是晋人神子，攻城擒贼必有神助。”

“将军大错。卿相这几十年治理晋国，靠的可不是什么占卜演卦之术。卿相此番攻卫，意在攻心，而非攻城，所以，才会择小巫，而舍将军。”

“攻心？”向巢疑惑了，他蹙眉看着我。我放下陶碗正欲解释，行人烛过掀开营帐走了进来。烛过朝向巢行了一礼，转身对我道：“巫士料得极准，卫侯的奸细已经来过了。”

“那该看的，他可都看到了？”我问。

“看到了。卫侯今夜就会知道卿相落车昏迷之事，也会知道向将军与巫士不和，晋军之中又有几十人骤患伤寒。”

“太好了，有劳烛大夫了。”我行礼谢过。

烛过看了一眼向巢，回礼退了出去。

向巢听了烛过的话脸色依旧难看，他铁青着一张脸，对我道：“把卿相昏迷的事告诉卫侯，又假装军中有人患上伤寒，难道这就是巫士所说的攻心？巫士这样示弱卫侯，该不会以为卫侯明日会因此狂妄自大，出城与晋军一战吧？守城易，对战难，三岁小儿都知道的道理，卫侯岂会不知？况且，卿相此前三次伐卫，卫侯此时已如惊弓之鸟。巢敢断言，明日即便只有十人攻城，卫侯都不会打开城门应战。”

“将军所言极是，可小巫何曾说过要骗卫侯出城一战？”

“巫士此言何意？不骗卫侯出城，便是要硬攻，那巫士的攻心之说岂非是空谈？”

我抿唇一笑，从桌案上捧起一个青布包袱交到向巢手上：“这是小巫特意命人给将军赶制的战服，将军现在不妨回去试试可还合身。”

“巢不需要什么新战服！”向巢怒道。

“将军还是先看看吧！”我笑着将包袱塞在他怀里。

向巢皱着眉头打开了包袱，随即抬头狐疑地看着我。

我走到帐外环视了一圈，复又回到帐中，示意他附耳过来。

他将信将疑地将耳朵靠了过来，我仔仔细细、如此这般将自己的思量同他说了一遍。

言毕，向巢神情大变，他挺身往后退了两步，施礼恭声道：“巫士妙计，巢定不负巫士所托！”

第二日，大风。我领军于午后出营，至白日西落才开始鸣鼓攻城。

蒯聩登上城楼，只看了一眼，便走了。

我幼时所读兵卷上曾言，士有士气，初起盛，继而衰，再而竭。史墨亦言，天地有气，朝气锐，昼气惰，暮气归。

为了特别“招待”蒯聩，我特意选了一个灵气、士气最弱的时候鸣鼓攻城。

晋军士兵们蔫蔫地举弓往城楼上射箭，几百只羽箭未及城墙便被大风吹落在地。我装模作样又催箭士再射了一轮，这一次总算射落了几个卫国士兵，这才心满意足地鸣金收兵。

是夜，我蹲在赵鞅榻前熬药，行人烛过踏着雪泥走进营帐。

烛过与赵鞅同岁，自宓曹惨死，烛椟离家远走后，老爷子的头发已经全白，原本严肃的脸上，更不见一点儿笑容。此刻，他掀帘而入，看到我时，万年不笑的脸上总算有了点儿喜色。

“巫士料事如神，向将军已经混入帝丘城了。”烛过走到我身边小声道。

“哦，那就好。”我松了一口气，起身将手中扇火的一块皮革递给了他，“烛大夫，卿相这边就劳烦你了！小巫今日受了点儿风，恐怕不能——”我话没说完，捂住嘴，就是两个喷嚏。终归不是行军打仗的身子，午后在大风里站了两个时辰，回来后便头晕气短，喷嚏连连。事方过半，人就要倒了，真真没用。

烛过见我面色难看，关切道：“巫士可别真得了寒症啊，明日攻城之事，不如让军中其他两个副将去吧！巫士若是有所失，卿相和太史定饶不了老朽。”

“不可！蒯聩此次非死不可，小巫若不能亲眼见他人头落地，恐难心安。”

“那巫士就赶紧回帐休息吧，今夜一旦城楼有变，老朽定来相告巫士。”

“多谢烛大夫！”我感激施礼，拿袖子掩住口鼻，退了出去。

这一夜，我原不想睡，可一沾到床榻，人便似昏了一般睡着了。等到帐外随侍的小兵将我摇醒时，烛老爷子已经亲自带兵冲进了帝丘城。

两日前，我交给向巢的是一套从死人身上扒下来的破旧的卫军军服。蒯聩是真的被赵鞅吓怕了，即便赵鞅重病不醒，领军的是我这个黄毛小儿，蒯聩都不敢打开城门替自己的士兵收殓尸体。天寒地冻，那些不幸坠下城楼的士兵，就那么躺在烂泥地里，一点点变冷，一点点变硬，无望地注视着自己曾经战斗过的城楼。

蒯聩为君不义，但他深知对守城之人来说，箭镞是最珍贵的东西。所以，我昨天故意让人在风势最大的时候射了两轮空箭。果然夜幕一落，就有一小队士兵摸黑出来捡拾落在城楼附近的箭镞。那时，装扮成卫国士兵的向巢就趁机混进了帝丘。

向巢入城找到了赵鞅之前留在帝丘城的大夫石圃，请石圃统领为蒯聩修筑宫室的几百名工匠一同围宫擒拿蒯聩，而我则计划同时进攻城门，吸引城中兵力。

哪知，蒯聩失德背义，久丧民心。向巢、石圃一声号召，几百个被他残酷奴役的工匠连夜就围了寝宫。寝宫被围，城楼之上被蒯聩寒了心的士兵纷纷放下兵器，不战而降。

烛老爷子见此情形，也来不及叫醒我，自己爬上战车就指挥着军队一鼓作气冲进了帝丘城。

黎明破晓，我裹着长袍站在卫国荒原上，仰头眺望灯火通明的城楼。

三日，第三日，我就替赵鞅攻下了帝丘。

我不知道这是不是所谓的天意，但这一刻，商丘城里的那场大雨总算有了一个让我心安的解释——为君者，施政必以德，众怒不可犯，否则天地亦不相容。

蒯聩已是穷途末路，可他不想死，他带着两个儿子经密道逃出了寝宫。可一出寝宫，卫太子疾便被工匠们杀死在了宫墙下，公子青也没能活着逃出帝丘城。

东方未明，侵肌入骨的北风掀起荒原上的寒霜冰屑一路狂扫而去。颓败的城楼下，一个披头散发的男子拄着断剑从尸体堆里爬了起来，他青色的外袍被人撕去了一个袖筒，露出了血肉模糊的左臂，右脚在跳下城门时扭伤了，走起来一跛一跛。

这里原是他的国家，这身后的帝丘城原是他的城池。

但过了今天，这一切都再与他无干。

我隔着一地冰冷的尸体默默地注视着蒯聩，蒯聩亦看见了我。

我原以为，狂妄如他定会冲上来与我杀个鱼死网破，可他却踩过地上那些曾经为他而战的士兵的脸，踉踉跄跄地向西逃去。

懦夫！我嗤笑一声，从身后的箭服里取出一根白羽箭，搭箭引弓，侧身而望。

“铮”一声响，森冷的箭镞击破凛冽的朔风一下射入了蒯聩的小腿。

远处的人应声扑倒，我翻身上马。

这时，蒯聩又挣扎着爬了起来，他弯腰折断自己腿上的羽箭，带着残箭继续一瘸一拐地往前逃命。

杀人时眼都不眨的人，自己的命倒是很舍不得丢啊！

我一夹双腿，身下雪白的神骏撒开四蹄如电飞驰。

“你输了。”我一拉缰绳挡住了蒯聩的去路。

蒯聩停下脚步，他抬头看着我大喘道：“小儿，你今日放了寡人，来日寡人许你卫国南面十城！赵鞅能给的，寡人也能给！”

“南面十城？”

“对，南面十城！”

“真可惜，你的手太脏，你给的东西我一样都不想要。”我骑在马上俯视着这个曾经羞辱了明夷，羞辱了我，害得晋卫两国几番大战，却忘恩负义、恬不知耻的男人，“走吧，在你死前，我再带你去见一个人。”

我策马走近蒯聩，蒯聩往后退了两步，用豺狼般血红的眼睛死死地盯着我。

我继续往前，他突然举起断剑朝我猛扑了过来。

可惜，此时的他早已不是当年身经百战的勇士，而我也早已不是浍水岸边任他欺凌的小儿。蒯聩的剑还来不及落下，我已抽出伏灵索一把挥在了他脸上。

蒯聩的左脸被伏灵索上的倒刺揭掉了一层皮肉，他捂脸大叫，我趁机两手一绕，用索链缠住了他的双手。

伏灵索乃是越人鬼用龙渊、泰阿、工布三把宝剑余英所造，坚韧无比，几不可摧。蒯聩被伏灵索拖曳在马后，挣脱不开，只能大叫：“贱民！你放开我，我是天子册封的卫侯！我是国君！贱民，你会遭天谴的——贱民……”他嘴里不断地叫骂着，但声音越来越小，最后终于安静了。

我转头看了一眼马后昏厥的男子，嘴角不由得荡起一抹轻笑。

贱民？有多久没有人这样叫我了？世间有人叫我神子，有人叫我山鬼，有人唤我巫士，有人唤我国士，现在我竟想不起来，上一次有人叫我贱民是在什么时候了……

赵鞅在蒯聩被擒后的第二天醒了过来，他们在营帐里见了面。

蒯聩此时仍是卫国国君，却被士兵压着肩膀跪在赵鞅榻前。

赵鞅睁开眼睛看了他一眼，没有责骂，没有痛斥，只扬手说了一句："向将军，把他送给西面的戎州人，就说是晋国赵氏送给他们的一份大礼。"

"诺！"向巢得令，一手擒起了蒯聩。

蒯聩挣扎了两下，朝榻上的赵鞅猛啐了一口血水，嗤笑道："赵志父，我乃天子御封的君侯，你敢动我！"

赵鞅闭上眼睛，嘴角一弯，淡淡道："向将军归营时，莫忘了替本将把卫侯的脑袋带回来。"

叫骂不止的蒯聩就这样被人装进了一只粮袋，由向巢亲自押送去往了戎州城。

戎州城与帝丘城两两相望。只因戎族乃外族，蒯聩为君的几年里，曾几次三番嘲弄羞辱戎族的首领，所以那首领一见到粮袋里的蒯聩，便一刀结果了他的性命。

向巢不负众望带着蒯聩的头颅回了营，赵鞅却当着全军将士的面将那颗血淋淋的头颅赏给了我。

第十四章 莫知我哀

天下

此后半月，战车上的红衣神子成了新绛城里最火热的人物。朝堂、市集、酒肆、教坊，几乎人人都在编造我的传说，神奇乃至荒诞的传说。

两个月后，晋军得胜还朝。

赵鞅命军中将士一律黑甲持戈，却独赏我一人红衣入城。

那一日，我与赵鞅并肩站在战车上，手持青铜长戈，戈上是一颗发黑的半腐的头颅。

晋侯领三卿及诸大夫出宫相迎，从城门到公宫，长街两旁站满了驻足观望的人。

此后半月，战车上的红衣神子成了新绛城里最火热的人物。朝堂、市集、酒肆、教坊，几乎人人都在编造我的传说，神奇乃至荒诞的传说。

这一日，我来四儿府里赏杏花，也不知四儿提前同董石说了什么，三岁的小家伙陪着我们跪坐在杏树下，蜜蜂来了不躲，蝴蝶来了不追，小腰儿挺得笔直，大眼睛骨碌骨碌直在我脸上打转。我一瞧他，他就目不斜视，一动都不敢动。

四儿也不理他，只拉着我的手，一边摸一边叨念："宋国、卫国跑了一圈，手糙成这样，脸也没肉了，为了他们赵家，你这是要把命都赔上啊！你和赵无恤是不是又好了？我可听说，他这一个月，天天都往太史府里跑，有好几晚还住在太史府里。你到底是怎么回事，就打算这么没名没分跟着他了？赵府里的主母早晚会知道你是个女人，到时候她要是撒起泼来，可不管你是谁的徒弟，是巫士，还是神子。"

"你怕她也拿鞭子抽我？放心啦，我的伏灵索可比她的长鞭厉害。"我反捏住四儿的手，转头对身旁的董石道："小石子，你累不累啊？坐了那么久，起来跑跑吧！放心，小阿娘不气你皮，就算你掀了屋顶，小阿娘也不会打你的。"

"小阿娘……"董石眨着星星似的眼睛朝我靠了过来。

"哎呀，你到底有没有在听我说话啊！"四儿一把拎过董石往自己怀里一放，一边揉着他的小腿肚子，一边继续同我苦口婆心道，"还有啊，你们去宋国没多久，赵府里另外一个侍妾就被狄女杖毙了，罪名说是私通。这几天，魏府给赵府送了十个女乐，一个当主母的人硬是堵着府门，让府里的管事把人又给魏府送回去了。府里府外闹成这样，赵无恤一句话都没说，可见心里也是有她的。阿拾，你别嫌我烦，我还是那句话，这样的主母，你伺候不起，你就狠狠心，断了和赵无恤的情吧！"

"谁说我要伺候她了？我这一年不在，你和新绛城里的孺人、贵女们混得挺熟啊！

哪儿听来那么多嚼舌根的闲话？”我不以为然地去捏董石肉嘟嘟的双下巴，四儿叹了口气，蹙着两道弯眉一脸的忧心：“我还不是为了你？我就怕你一不小心怀上赵无恤的孩子，到那时候可怎么办？私生的孩子可比庶子都不如啊！”

“我们不会有孩子的。哎呀，算了，算了，我知道了，以后不让无恤留夜太史府就是。”我舍不得四儿这样为我操心难过，点头应承道。

“阿拾，要不，你回秦国去吧！”四儿看着我突然冒出一句话来。

我一愣，笑道：“怎么突然想到让我回秦国？”

“我也是前些日子才知道，赵家的伯嬴那年没嫁到将军府去，她被北面代国的国君娶走了。赵家后来又送了更年轻貌美的庶女去秦国，可将军也没娶，只把小姑娘嫁给了自己的儿子。我想，你以后若真要这么没名没分地跟着赵无恤，倒不如回秦国去找将军。将军府里，总没个主母压着你。”

“四儿，你老实告诉我，今日这些话可是我师父让你说的？”四儿提及伍封，我的心情顿时沉了下来。

“太史？太史让我同你说什么？”四儿奇怪道。

“没什么。”我被她说得心里发闷，枕着双手在杏花树下躺了下来，四儿抱着董石往我身边挪了挪，好奇道：“你和太史公闹别扭了？好久都没见你往城外竹林去了。”

“我上次回新绛的时候，同师父问了不该问的问题，叫他给赶出来了。”阿素在宋国时曾说史墨是我爹娘当年婚仪上的巫祝，他明明知道我爹的身份，却不肯告诉我。因此，我前些日子一回到晋国就跑到竹屋去与史墨对峙，结果把史墨惹恼了，他一根木棍就把我赶了出来。自己的徒儿宁可相信一个几次三番欺骗利用她的人，却不愿相信自己，也难怪他会生气。

“对了，于安今天怎么不在？你没告诉他我来了？”我同四儿坐了大半天才发现原本约好要一同赏花饮酒的男主人竟迟迟没有出现。

“宫里来人找他，事情完了他一准就来了。”四儿提到于安，紧蹙的眉头才总算舒展开了。

“他现在是有公职的人，手头七七八八的事情一定很多。阿羊现在还跟着他吗？我这次回来怎么都没见到她？”

四儿看着我迟疑了片刻，回道：“阿羊被夫郎送给太子凿了。”

“太子凿？于安什么时候和他搅在一起了？今天来的，也是太子凿的人？他们要找于安做什么？”

“哎呀，我又不是你，这些男人的事，我哪里知道。”四儿睨了我一眼，伸手将我额头的一朵落花拂开。

“那阿羊又是怎么回事？”

“我也不太清楚，好像是说太子凿出城狩猎的时候和侍从走散了，又不小心遇上了野猪。也不知怎么的，那么多人进山寻人，人就偏偏叫阿羊给找到了。太子凿后来知道阿羊是个姑娘，就亲自来府里把她要走了。”

“原来是这样……她当年是在山里迷了路才遇见了我和伯鲁，后来又跟明夷进了天枢遇见了于安。这一回，倒是换她自己找到了个迷路的人。”我看着春日阳光下一团团稚嫩娇美、烂漫多情的杏花，不由得唏嘘。

“也算是她有福吧！太子凿府里侍妾不多，她现在是独一份的恩宠。一个没爹没娘的孤女，能找到这么个好归宿，我也算心安些。”

“是不是福气，也只有她自己知道。算了算了，咱们别聊这些了，把我的小石子都聊困了。走，小阿娘抱你去做杏花团子吃！”我翻身爬了起来，伸手去抱董石。

四儿把孩子往前一送，笑道：“你可小心点儿，他现在可重了。”

“才三岁，能有多重。”我自恃力大，只用一只手去抱董石，哪知这一年小家伙真的长成了块大石头，一抱没抱起来，倒叫我自己一屁股坐在了菀草席上。

小董石顺势往我身上一压，瞪着大眼睛不可置信地看着我：“小阿娘，周哥哥说你挽弓一箭能射下天雷轰开城门，怎么你连我都抱不动啊？”

“周哥哥？”我回头去看四儿。

四儿捂着嘴巴，笑道：“赵伯鲁的大子啊，也不知道从哪里听来的，天天说你一个人一把弓就能轰城裂地。”

“哈哈哈，哪儿听来的鬼话？小石子，你周哥哥骗你呢！小阿娘不会射天雷，也不会轰城门，可小阿娘会做甜甜的杏花团子，你要不要吃啊？”

“不要——不要——要射天雷，要轰城门！小阿娘要打雷，要轰门——”董石推开我，小嘴一瘪，哇的一声就哭了，哭得还极伤心，眼泪哗哗地往下落，惊得我一时手足无措。

四儿在一旁大笑：“你别理他，让他哭去。走，我给你洗洗面，抹膏子去。瞧你这脸裂的，跟水渠似的。”

“等等。小石子你过来！”我朝小董石招了招手，小家伙一边哭一边走到我面前，我蹲下身从腰间的佩囊里取出一只青色的小袋放在他手上，慎重道，“董石，小阿娘把这个送给你，你长大了可以用它造一支箭。这支箭定也能帮你射下滚滚天雷，轰城裂地。”

“这是什么呀？”董石抹了一把眼泪，打开小袋看了一眼。

“这是小阿娘在卫国射天雷的箭镞啊！”

“真的？！”小家伙的眼睛瞬间就亮了，眼泪还挂在脸上，嘴巴已经笑开了，“那我能拿去给周哥哥看吗？”

“能啊，可你们只许看，不许摸，摸了将来可就不灵了。”

“嗯！”董石转身一把抱住四儿的腿，撒娇道，“阿娘，我想去赵府找周哥哥玩，行吗？”

“行，让家宰送你去。”四儿笑道。

“好嘞！”小董石把小袋往怀里一塞，刺溜就跑了。

四儿笑着转头问我：“你给他的是什么呀？”

“是我射在卫侯腿上的箭镞，本来是想留着送给明夷的。可现在想想，像他那样的人，这种东西他怕是看也不想看一眼。”

四月芳菲将尽时，明夷和伯鲁在一片如烟细雨中回到了新绛城。

无恤大喜，在太史府中设下私宴替他二人接风洗尘。

自上次云梦泽一别，我与他二人已有两年多未见，这次见楚国无忧无虑的水泽将伯鲁养得白白胖胖，心情格外舒爽。我给伯鲁斟酒，夹菜。伯鲁看看我，看看无恤，笑得嘴巴都合不拢。

明夷捏着酒杯，依旧是一副倾倒众生的模样。我将一豆切好的炙肉放在他面前，他看了我一眼，垂眸笑道：“偌大一个卫国都叫你这小儿拿下了，怎么赵府后院区区一个女人倒赶不走了？你二人为我二人接风，怎么也该在赵府，摆在太史府算什么道理？”

无恤放下耳杯正欲回答，我笑着接过话来：“这太史府也算师兄半个家，摆在这里可不都是为了师兄你？喏，这肉也是给你烤的，快吃吃合不合口味。”我笑盈盈地用食箸夹了一片炙肉送到明夷嘴边，明夷看了我一眼，居然张口吃了。

无恤见我喂明夷吃肉，笑着挨了过来。

我夹了一块肉往他嘴边递了递，见他凑过脸来，手腕一转自己吃了。

无恤面上神色不变，一只大手却在桌案底下狠狠地捏了我一记。我吃痛皱眉，他方转头对伯鲁道：“大哥，我听说楚国的白公胜已经被蔡地来的叶公所杀，此事当真？小楚王熊章复位了？”

“嗯。”伯鲁放下酒杯道，“是你回晋后没多久的事，白公胜被叶公所逼，在郢都城外的高山上自缢身亡了。”

“他当初不听我的话，杀了子西，却不杀楚王，就早该料到自己会有此一日。”无恤夹了一片炙肉在盐渍的梅羹里蘸了蘸，笑得淡然。

伯鲁倒是很可怜白公胜，叹气道："楚王熊章是越王勾践的外孙，你让白公胜怎么敢杀了他？杀了，岂不是要与越国结仇？"

"他夺了熊章王位时就已经得罪了勾践，杀不杀熊章，又有何区别？"无恤吃了炙肉，又提袖给伯鲁斟了一杯酒，"该藏时不藏，该显时不显，那样的人终究不能成大事。不过也好，他这么一闹，总算为我们断了齐国联楚抗晋的念头。"

明夷在一旁听着，轻笑道："就是可怜了咱们神子的那位好大哥，为了买一盒碧海膏，竟断送了齐楚两国的盟约。也不晓得被陈恒知道这事，会怎么处置他。"明夷说着提壶自斟了一杯，斟罢，又抬眼看着我，戏谑道，"所以我说啊，男人心太实的，不好。"

我想起明夷当日在云梦泽畔对我的调侃，不假思索地回道："心实的不好，心有七窍的岂非更不好？既要怕他无情，又要恐他无信。"

"哦——这话有理啊！"明夷美目一转，已在无恤身上绕了一圈。

无恤眼神微微一动，我在心里暗叹了一声，起身道："酒没了，我再去搬一坛。"说罢，撩开珠帘，推开小门走了出去。

关门时，只听见门里伯鲁对无恤小声道："红云儿，你到底是怎么回事？她好容易才回来，你怎么还不把那狄女赶走？"

"这事我比任何人都急，可我心急，事不能急。北方未稳，族中马匹紧缺，有些事既已做到这份儿上，若前功尽弃，如何对得起我与她分别的这数年。"

"可你这样待她也不公，她这次要是再跑了，我可不替你劝。"

"是呀，其实那义君子陈逆也挺可爱的，眼里心里都是你的女人，偏偏只有嘴巴笨。"

"智瑶逼得紧，你对北进之事有什么打算？阿嬴在代国可都还好？"

……

屋里的人还在说话，我木木地站了一会儿便挪着步子去了酒窖。

进了冰凉的酒窖，本想拿坛甜醴给伯鲁喝，结果抱到半路才发现自己居然抱了一坛新酿的郁金酒，于是又回去换。

等我换好了酒，沿着府中小路走回小院，远远地瞧见一个女人带着两个婢子气呼呼地冲进了我的院子。

我赶忙抱着酒坛绕过前门，从偏门进了里屋，隔着一道珠帘，只见那狄族女人当着无恤和伯鲁的面一把扯开了明夷的衣襟。

明夷愕然，低头看着自己光洁似玉的胸膛。

"你，你怎么……是个男的？"狄女傻了眼，伸手去摸明夷的胸膛。

明夷嫌恶地一蹙眉，扯了衣襟一把挥开她的手，转头对无恤冷冷道：“赵无恤，管管你这不知礼数的妇人！”

无恤的脸色此刻已极难看，他抓住狄女的手，厉声喝道：“回去！”

“夫主？”狄女不知所措地看着无恤。

“你那北面带来的姆师既这般无用就赶紧打发了吧！我回府时若再见到她，就割了她的舌头给你添食。”无恤松开她的手，径自在酒案旁坐下。狄女连忙跪在他身侧，拉着他的衣袖，楚楚可怜道：“夫君，她不是姮雅的姆师，她养大了姮雅。”

“回去。”

“夫君？”

“孺人不走，难道是想等我太史府差人送你不成？”明夷大步走到门旁。

两个婢子见状急忙过来搀扶自家主母，狄女脸上已是涕泪横流，她看了一眼无恤，终于僵僵地松开他的衣袖，起身抽噎道：“夫君，姮雅在家等你……”

原来，她叫姮雅。

原来，即便他日日待在这里，这里也不是我与他的家。

“抱歉。”帘外，无恤对明夷道。

明夷拉好胸前的衣襟，扯了扯嘴角道：“你道什么歉？该道歉的是帘子后面的人，我今日可是替她遭了罪。”

“明夷，少说一句！”伯鲁朝我站的方向投来一瞥，拉了明夷的手道，“快别给她添堵了，咱们走吧！”

“也该走了，菜没吃饱，事看饱了。”明夷挪步走到案几前，提了一只姜黄色的包袱撩开珠帘对我道：“这是我从楚国给你带的茜草，本以为你这会儿定是闷在赵府后院闲得发慌，所以想叫你做些胭脂、口脂涂着玩。现在看来是用不着了。卫国的事，谢谢你。这次你若要走，就走得再远些，别叫我们找见你。”

明夷说完回身牵了伯鲁的手，伯鲁朝我一点头，二人便走了。

待他们走远，无恤轻叹了一声将我从珠帘后拉了出来。他拿走我怀里的酒坛，一把将我搂进怀里：“是我无情，是我无信，可你要知道，我赵无恤这颗心、这个人，从未负你。”

我默默地点头，因为除了点头，我还能说什么？明明是祝告过天地的夫妻，可在他人眼中偏偏又不是夫妻。今日是明夷替我担了羞辱，那下一次呢？若她再找上门来，我又该如何自处？

初夏日的阳光很暖，很耀眼，聊着聊着，两人竟似年少时一般，靠在一起睡着了。

依稀还在梦里，四儿忽然起身往我身上扑。我笑着去推她，一声凄厉的痛呼声骤然在我耳边响起。

第十五章 啼声惊梦

那一日后，新绛城的雨便一直下个不停。

春末夏初的时节，院子里的几树甘棠花好不容易开出了点点细碎的花苞，几场大雨后就都落尽了。

我心有愁绪，又见春日将尽，难免更加感怀。

无恤怕我多想，每日不管雨势如何缠绵，必会撑伞而来。有时他来，我还睡着，他便捧一卷书在床头坐着。我每每睁开眼，看见他，看见窗外的雨，总忍不住要伸手去寻他的手，待他转头捏住我的手，我便又能闭上眼睛迷糊一阵。

无恤终日待在太史府，倒也不只是与我赏景谈心，耳鬓厮磨。赵鞅的身体好一阵，坏一阵，虽然明面上还是晋国的执政人，但实际上很多事情都是无恤在暗中代为打理。

为了陪无恤处理如山的政务，太史府的书舍被我摆了两张案几，一样的长宽，一样的漆工。无恤处理政事时，我便也焚上一炉香，与他相对而坐，或捧卷细读，或处理府中琐事。到午后觉得困乏了，便放肆一把，猫儿似的窝在他腿上合一会儿眼。无恤极享受这样的温存，时常一边执笔疾书，一边抽出手来细细摩挲我的额头。

有的陪伴会让人上瘾，有的温柔会叫人贪恋。我躺在无恤腿上看着窗外蒙蒙细雨时，总会傻傻地希望这雨能一直不停地下下去，好似这样，如烟的雨幕就能替我隔去外面所有的人与事。

雨停，是半个月以后的事。无恤的案几上送来了宋国连日大雨导致山洪倾泻、丹水泛滥的灾报。宋亲晋，晋国援宋是必然，但如何支援却仍需商讨。因此，晋侯召集了在绛的诸大夫入宫议事，无恤自然也在其中。

这一日，阴云散尽，耀阳当空。史墨一大早就遣人将太史府里所有的仆役、婢子、巫童全都叫走了。他素来喜净，这大半月的雨已经让他的竹屋变得濡湿不堪。

我趁着阳光好，也把雨季里受潮的衣服、被褥搬到了院子里。四儿来的时候，我正陷在衣服堆里，不知哪些该洗，哪些该晒。

“你这是干什么？府里那么多仆役，怎么自己在这里折腾？伺候你的巫童呢？”四儿将我从衣服堆里拉了出来。

“都被师父叫到城外竹林去了。他这人受不了一点儿霉味，这会儿肯定恨不得叫人把竹屋拆了，一根根竹子擦干净，再给他重新搭一间。”

“太史公也真是的，越老越倔，搬回来不就成了？和你闹别扭，还能闹这么久？”

“人老了，就是小孩儿脾性。等再过几天，我去哄哄他。”我牵了四儿的手往屋里去，四儿从怀里掏出一只朱红色的织锦小袋递给了我：“这个是你的，我刚才在府门外碰见了邮驿的行夫，他说这东西是雍城那边送来的。”

“哦。”我接过锦袋，捏在手里却不打开。

四儿看了我一眼，奇怪道：“你怎么也不打开看看？兴许是将军给你捎的东西。”

“不是将军，是公子利给我的书信。”我走进屋，从柜子里取出一只黑漆铜扣的小盒，打开来，把小袋丢了进去。朱红、绛紫、姜黄、靛蓝……小盒里已经躺着七只不同颜色的锦袋。

四儿凑过来看了一眼，惊讶道：“怎么还有这么多？这都说了些什么呀？”她伸手将那只朱红锦的小袋取了出来，打开口子，从里面抽出了一方丝帕。

世人寄信，多用竹简、木牍，稀罕些也用绢、帛。公子利给我写的信，清一色都写在丝帕上。个中原因我是知道的，越是知道，越觉得心中难安。

四儿识字少，自己捧着丝帕读了读，没读懂，就又递给了我：“这信上都说的什么呀？”

“说秦伯病重，他想请我入雍，为秦伯祈福。”

“这些信都是请你去秦国的？”

“嗯。”

“那你去吗？”

“不去了，他如今是秦国太子，他越不能忘情，我越不能去秦国。多生枝节，对谁都不好。”

“哦，这倒也是。想当初咱们屋里哪样好东西不是他送的？可惜你对他无意，不然你也不用在这里干熬着。”四儿将丝帕重新装进锦袋，又替我将信盒放进了柜子，“其实呀，我倒是挺想回雍城看看的，董石过了今年就四岁了，我自打那时候同你来了晋国就一直没回去过，真想带孩子回去给爷爷瞧瞧，好叫他知道我这些年过得不错。”

“那你怎么不让于安陪你回去一趟？”

“他现在忙得很，在家都极少，哪里有空儿陪我去秦国？”四儿笑了笑，拉着我在榻上坐下，“算了，我今天来是要给你送东西的。这是阿羊托人送给我的兰膏，我一闻这味道就觉得该是你用的东西。”四儿说着，从腰间的佩囊里取出一只四四方方，周身嵌满螺钿、珍珠的漆盒。

“这是阿羊送给你的？”我接过漆盒打开，华丽异常的盒子里竟还包了一层白玉，“这东西金贵得很，看来太子凿平日待阿羊不薄，她待你们也有心。”

“嗯，说是楚国南香馆制的泽兰膏，我不懂什么南香、北香，只看盒子就知道是好东西。给我用，糟蹋了。”

“糟蹋什么呀，你只管留着自己用。喏，你今天来得正好，也不用我再跑一趟。”我笑着起身从柜子里掏出一只巴掌大的双层妆奁放在四儿怀里，“明夷回晋的时候给我捎了一袋楚地的茜草，我又和了桃花、红杏、紫草，加了牛髓熬了口脂，加了郁金酒熬了胭脂，你拿回去试试颜色可喜欢。我一个男人用这些，才真叫浪费。”

“哎哟，你要真把自己当男人，我可要谢天谢地了。”四儿笑着看了我一眼，伸手在我脸上狠狠掐了一把，“你别以为我不知道，这些日子，赵无恤都待在你这儿。”

“就你消息灵通！”我怕四儿再念叨，便讨好地去抱她的腰。

四儿叹了一口气，像抱孩子似的将我的脑袋靠在自己胸前：“阿拾，不是我不识趣，不懂情，我就是心疼你……”

“我知道，我当然知道。”我的个子比四儿高，这样的抱姿原不合适，可我一贴在她温暖的身上便觉得安全，怎么都不舍得放开。

四儿陪我吃了些小点，见府中仆役们仍没回来，便提议替我梳妆。我拗不过她，就由着她替我打水洗了脸，抹了兰膏，又点了胭脂。

当了那么多年的男人，我原以为自己不会喜欢这些女儿家的物什，没想到脂粉香味一闻，镜子一捧，也乐在其中。

妆罢，四儿一脸得意地看着我。

我一时兴起，也拿笔蘸了胭脂去捉她。

四儿大笑着躲开，我一下将她扑倒在床上，硬捧着她的脸，在她额间画了一朵红杏。

“死丫头，快给我擦了，这样我可回不去！”

“就这么回去！叫你的青衣小哥好好瞧瞧，自己娶了个多美的女人！”我大笑着在四儿面颊上啄了一口。四儿臊红了脸，拿起榻上的枕头就来砸我。

玩够了，笑累了，我们两个就并头躺在床榻上有一搭没一搭地聊着天。

初夏日的阳光很暖，很耀眼，聊着聊着，两人竟似年少时一般，靠在一起睡着了。

依稀还在梦里，四儿忽然起身往我身上扑。我笑着去推她，一声凄厉的痛呼声骤然在我耳边响起。

我睁开眼睛，只见半空中一道黑影朝我直劈下来。四儿死死地抱着我，我只得抱着她在床上打了个滚儿，叫那火辣辣的鞭子一下抽在了自己背上。

我倒吸了一口冷气还来不及起身，呼的又是一鞭，自肩膀扫过胸前，薄薄的夏衣顷刻间被撕裂，鞭子像一条火舌在我身上烙下一道长长的血痕，痛得我全身不由自主地紧缩。

“不男不女的鬼东西，让你勾引我家夫主，今天，看我不打死你！”狄女涨红了脸，将一条漆黑的长鞭舞得嗡嗡作响。她手起鞭落，一通乱抽，全然将我和四儿当作了草原上的牲口。

香炉倒了，陶罐儿碎了，待我好不容易找到床榻里侧的伏灵索时，自己和四儿的手上、身上已满是血痕。

“够了！”我避开她的鞭势，飞快地甩出伏灵索，几下便缠住了她握鞭的手。

“你居然敢还手！”狄女愕然，她瞪着眼睛挣了挣，却没能挣开。这一下，她真的恼了，不管不顾地就冲上来与我厮打。

四儿惊得大叫。我猛地将手中伏灵索一收，瞬间将人拉至身前，一脚踹在姮雅右膝盖骨上，她应声倒地，大呼不起。

“你怎么样？”我转身将跌坐在地上的四儿扶了起来。

四儿的下巴上有一道极恐怖的鞭痕，从嘴角一直到下颌，她想同我说话，可苍白的嘴唇哆嗦着，只能发出强忍不住的呻吟。

“对不起，对不起……”我心痛如绞，一把抱住四儿。

四儿拉住我的衣袖大喘着，突然，她指着门口，颤声道：“赵无恤来了……”

一间屋子，三个女人，两个满身血痕，一个倒地不起。翻了的桌案、倾倒的烛台、摔破的水盆……无恤脸上阴云集聚，整个人如同一只暴怒的野兽。

“这是怎么回事？！”

“夫君，这妖人要害我！”地上的女人见无恤来了，如蒙恩赦，她半坐起身子恶狠狠地指着我和四儿，“夫君，这两个女人——”

“阿拾不是故意的，是她先动手打人的！”四儿不等狄女告状，挺身挡在我面前。

“你让她打了你？她打了你几下？”无恤的眼神自进屋后一直盯在我脸上，他的神情告诉我，他此刻很生气。

坐在地上的姮雅见他同我说话，一张蜜色的小脸霎时涨得红紫，无恤走过她身旁，她扑上去一把抱住了他的双腿：“夫君，你要替姮雅做主！”

“世子要问的，是我打了孺人几下吧？我打了孺人一下，如果赵世子要兴师问罪的话，我认罪。”我收起手中的伏灵索，从四儿身后走了出来。

“你知道我不是这个意思。”无恤将腿从姮雅怀中拔了出来，他走到我面前低头凝视着我肩上的鞭痕。

在他的凝视下，我身上所有的伤口忽然开始发烫发紧，继而突突地抽痛起来。我微微侧首，这一刻，周身无处不痛，可最痛的却是心。自我与他重归于好，自我同意他住进太史府与我同榻而眠，我从来没有像此刻这般羞恼、这般委屈、这般鄙夷过自己。

今日之前，我一直觉得自己与他是在天地前盟过婚誓的夫妻，即便在别人眼里无名无分，但在彼此心里，在天神眼中总还是夫妻。可今天，狄女的一顿鞭子抽醒了我。我与他赵无恤什么都不是，起码在他正妻眼里，我只是一个夜奔于他的卑贱女人，她今日就算打死了我，也是无罪的。可我挨打是自取其辱，四儿呢？她何其无辜。

“你们走吧！以后若要进我太史府，麻烦差人先送拜帖。”我扶起四儿往床榻蹒跚而去。

“阿拾！”

“不送！”我回头，挣开被无恤拉住的手。

“夫君——”一直瘫坐在地上的姮雅咬牙抱着肚子站了起来，她拽住无恤的另一只手臂，怨毒地看着我道，“夫君，姮雅已有两月身孕，这妖人方才踹了我的肚子。”

身孕？女人的一句话如一道平地惊雷在这间不大不小的寝幄里炸开。

孩子，两个月大的孩子？我脚步一滞，只觉得一阵天晕地旋，就好似还没睡醒，却硬生生从一个迷离恍惚的梦境中被人唤起。

“你说什么？”无恤转头盯着自己的嫡妻。

狄女一把将他的手按在了自己平坦的小腹上，回头看着我道：“夫君，这是你想要的嫡子，姮雅终于怀上了你的嫡子。”

是吗？成婚四年，他总算有了自己的嫡子。

我低头嗤笑了两声，兀自丢下一室纷乱，踩着满地碎片大步离去。

四儿跌跌撞撞地追了出来，拉住我道：“你怎么也不解释啊？你刚才明明没踹她肚子。阿拾，阿拾……你没事吧？”

“没事。”我拨开她的手，默默走到小院中央。那里悬着一根晾衣绳，我踮脚从晾衣绳上取下一方半旧的丝帕，然后用尽全身的力气将它撕成了两半。裂帛之声在耳边响起，绽开的丝线、碎裂的针脚，一幅玄燕衔花的丝绣在我满眶的泪水中，瞬间变成了青草地上一团残破的红线。

没事，我怎会没事。

一身是伤的四儿将失魂落魄的我带回了府。这疯狂的一日，是她早就预见的，她知道我若不肯面对现实，总有一天，会遭遇这样的祸事。

黄昏时分，无恤来了，他隔着一道木门说要见我，说要给我解释。

可解释什么呢？解释他的无可奈何、他的身不由己，还是他不曾负我的一颗心？他想说的，我都知道。所以，我才会在他编织的那场春梦里睡了那么久，久到要靠一顿鞭抽才能醒来。

存在的，就是存在的，它们不可能因为我的漠视就消失。

当年，逃是错；如今，回是错。爱他是错，恨他也是错。有谁能告诉我，我到底该怎样做，才能不错？

四儿受不住无恤的逼迫开了门，夕阳的残辉里，他看见了我泪水纵横的一张脸。

我问他："赵无恤，你想要我怎么做？只要你说，我便去做。"

方才几乎要把房门敲破的人，沉默了。

他是赵无恤，再难的问题在他的心里都早有答案。只是，他现在说不出口了，他没办法当着我的面说出自己心中的答案。

留不得，要不了，他当年坐上赵世子的位置，就该料到会有今日的局面。

"等我。"良久，一脸心痛的人终于吐出了两个字，然后毅然转身，消失在了漫天晚霞之中。

我等你。可是要等一年、十年，还是一世？

夏日的黄昏终于在我的泪水里落幕了，天边最后的一丝光亮也被沉沉的夜色吞没，四儿在屋里点起一豆鱼脂油灯，她拉着我在床榻上坐下，然后递给了我一碗黑稠的药汁："好了，别胡思乱想了，再给我涂一次药吧！"

"主母，小主人已经睡了。"门外有婢女轻叩房门。

"知道了。"四儿应了一声，紧跟着又是一声叹。董石自出生后一直随她睡，这一晚见不着她估计哭得很伤心。可她脸上有伤，又万万不能去见孩子。

我想到董石大哭的模样，心里越发憎恶自己。

"对不起……"

"你不是对不起我，你是对不起你自己。"四儿低头哀叹。

于安今夜原是要宿在公门[①]的，但他接了四儿的消息后，不到人定时分也回来了。回来时，手里还拿了一卷用锦布包裹的竹简。

今日午后，晋侯接到了秦太子利派人送进宫城的书信。信中，秦太子请他派遣巫士子黯入秦，为秦伯祈福。

齐晋之间，交恶已久。为了讨好西方的秦国，晋侯自然不会拒绝这样的请求。于是，他下令命我明日隅中之前务必出发赴秦，为病重的秦伯祈福祛灾。

①公门，古称国君之外门为"公门"。

四儿听到这个消息后高兴极了，她握着我的手，喜道："阿拾，我们回雍城去吧！你去见将军，我带石子去见爷爷。我们一起回去，我做梦都想回去一趟。"

我看着四儿喜气洋洋的脸，张了张嘴，却说不出一个"好"字。

这样的境况下，晋侯的命令可谓是一道"赦令"，可以让我暂时远离所有的风雨。可秦国……我此时若去见伍封，在无恤看来，会不会又是一次背弃和逃离？

我把自己的担忧告诉四儿，从不生气的四儿一把抓过我给她上药的纱布球，狠狠地扔在了地上："痴人，痴人！瞧你这一身伤，瞧我这一身伤，你觉得这样有趣吗？你真要气死我吗？当初你抛下将军，抛下我们的将军府说走就走了！好，你有骨气，你不做妾，你不回头，可你现在扒着他赵无恤，还被人打成这样，你连个妾都不如！你这样作践自己，你不难过，我难过。鞭子抽在你身上，你不痛，我痛啊！从小到大，你那么聪明，我那么笨，可你为什么一遇到赵无恤就傻成了这样？！我聪明的阿拾去了哪里，你把她给我叫回来啊！"

"四儿……"一旁的于安捡起地上的纱布，轻轻地环住了自己满脸是泪的妻子，"你别同她发火，她和无恤是多年的情分，也不可能说舍就舍了。她是痴人，你也不是今天才知道。"于安搂着四儿在榻上坐下，转身看着我道："你跟我去个地方吧！"

"去哪里？"一室昏黄的烛火下，我看着泪流满面、浑身是伤的四儿，整个人浑浑噩噩几乎无法思考。

"跟我走吧！"于安不由我拒绝，拉着我一路出了府门。

一骑黑骏，踏碎如梦的夏夜，载着浑身是伤的我在夜风中飞驰。

许久，身前的人终于勒缰停马。药汁、血污已渗出我细麻制的夏衣，黑黑红红，一团团，一道道，在月色下看起来狼狈非常。

"你带我来这里做什么？我不见他！"赵府的院墙外，我死死地拉着缰绳不肯下马。

于安无奈地看了我一眼，伸手在我手腕上轻轻一捏，我即刻痛得松开了马缰。

"别说话，跟我走。"于安将我从马背上抱了下来，足尖一点，衣衫飘飞，整个人如一只夜枭擒着猎物轻轻巧巧地掠过赵府的高墙、明堂的屋檐，落在了一棵高大的绿槐上。

夜过半，月偏西，旧日熟悉的小院中流萤飞舞，蛙声阵阵。无恤的寝幄，一扇轻纱小窗半启着，看得见纱窗上的半截人影，也看得见案几上一双骨节分明、握笔疾书的手。

我藏身在如云的树冠中，绿槐茂密的枝叶紧紧地包裹着我，这样的场景太过熟悉，熟悉得让我浑身不安。我转头用目光询问于安，可于安的脸上没有一丝情绪，他默默地注视着不远处的院门，似乎在等着什么人。

半刻钟后，他等的人终于出现了。

夜色中，姮雅散着一头微卷的长发，披了一件极薄的月白色轻纱长袍踏露而来。皎洁的月光自她身后穿过，勾勒出细纱之下一具曼妙的身躯。她走到房门前，以手轻轻叩门，然后将耳朵紧紧地贴在房门上。

纱窗内，那只握笔的手微微一顿，我的心“咯噔”一下似是漏跳了一拍。

“夫君，夫君——姮雅错了，姮雅以后再不会骗你……”女人贴在房门上嘤嘤地啜泣，她白日里如火的戾气不见了，只剩下一个女人水一样的温柔，“夫君，姮雅知错了，姮雅明日就去太史府同她道歉，这样行吗？夫君，你开开门啊，只要你给我机会，只要你准我入房，我们会有孩子的，我一定会为你生下一个嫡子的。叔伯们不会再嘲笑你，没有人会再嘲笑你。我的父亲、我的族人也会遵照我们的誓言，守护我们的孩子，守护赵氏。夫君，你开开门啊——”

房间里静悄悄的，没有一丝回应。

女人在房门外瘫坐下来，她开始细数，细数这四年里他们甜蜜难忘的过往。

夜色朦胧，露水浮地，我一字一句地听着他们的过往，直听得脸上一片凉意。

是真情？是假意？赵无恤，到底哪个故事里的你，才是真的你。

女人继续说，我继续听，不知过了多久，纱窗上的那个人影忽然不见了。

房门轻启，姮雅嘤咛一声扑了进去。

这一刻，我看不见无恤，整个人却开始不由自主地发颤，我不敢想象接下来会发生什么，忌妒就像千万只蚀人的蚁，在我皮开肉绽的鞭痕里孵化，继而撕扯着我的血肉。赵无恤，你不能这样对我，不能……

于安抱住了我颤颤发抖的肩，我眼眶中的泪还来不及落下，他已瞬间将我带离了那个月光下的小院。

于安告诉我，无恤这几年一直斡旋于北方狄族各部之间。如今赵氏一族已包揽了晋国与狄族之间所有的马匹生意。送良田，迁新城，留在晋国国中的狄族人也几乎都成了赵氏的城民。他是赵世子，他有他的大业，他的大业需要他屋里的那个女人。一年前，我回来了。对无恤而言，那是锦上添花，可他不会为了我这朵娇花，放弃他的大局。我若想要留在他身边，就必须习惯今日的羞辱，习惯他怀里的女人。

于安的话，说得极轻，轻得几乎要被夏夜里此起彼伏的蛙声淹没，可他话中的每一个字又那么重，重得仿佛是用石锤、铜扦子一个个敲进我心里的。

我突然想起自己当年同四儿说的一番话，我说无恤爱我一日，我便爱他一日，若他倦了厌了，我便放他离开。现在想想，当初真是狂妄，怎会以为世间一切都不重要，只要有爱便能不离不弃。

如今，他依旧爱我吗？

今夜，他是抱住了她，还是推开了她？

也许，答案早已不再重要。即便他依旧爱我，我也不可能在爱他的同时，也爱他怀里的女人、未来的孩子。

第二日清晨，我奉旨往秦。

临行时，我在渡口站了许久，久到南风起，薄雾散，久到忘了自己究竟在等什么。

我在雍都住了十年，号与伍封，与两任秦太子多有瓜葛，却从未进过秦宫。至于秦伯，唯一一次见他，还是随红药出城祭春的时候。当时隔得远，隐约只在熙攘的人群中瞧见了一个身着冕服的高大身影。

◇第十六章 故国故人

天下

周王四十三年夏，我终于回到了雍都。

自四儿上一次随我离秦赴晋已经过去了整整五年。这五年里，四儿从一个梳着双总角的懵懂少女变成了一个孩子的母亲。在晋国，她虽有我，有于安，可她心里始终惦念着自己的故土。当她远远地望见雍城饱经风霜的老城门，当她听到身旁满耳熟悉的乡音时，抱着孩子的她竟高兴得落了泪。

当年连半句晋语都不会说的她，毅然决定随我离秦赴晋，这抉择背后的割舍与牺牲，直到今日看见她腮旁的两行泪水时，我才算真正明了。

这些年，我亏欠四儿的何止一顿鞭刑。

迈进城门，早有秦宫里派来的马车候在一旁。马车旁的符舒多年未见已蓄了长须，他见到我们也来不及寒暄，急匆匆行了一礼就招呼我们上了马车。御车的人长吆一声，道旁的行人们便纷纷往两旁闪去，为疾驰的马车让出了一条直通秦宫的大道。

我在雍都住了十年，虽与伍封，与两任秦太子多有瓜葛，却从未进过秦宫。至于秦伯，唯一一次见他，还是随红药出城祭春的时候。当时隔得远，隐约只在熙攘的人群中瞧见了一个身着冕服的高大身影。

符舒骑马在前，轺车紧随其后，秦宫内城大门在我面前次第而开。

当秦宫的正寝大殿显露在我们面前时，四儿怀里东张西望的董石突然指着巍峨宫殿的屋顶高喊了一声："阿娘——屋顶上有个人！"

"嘘——"四儿慌忙捂住了董石的嘴。

我顺着董石的视线抬头朝半空中望去，但见一人身着朝服，立在百尺屋檐之上，面朝北方抖出了一件巨大的精绣日月山川的墨色褒衣。风猎猎，褒衣招展，那人对天大声哭喊："皋[①]——伯复也——伯复也——伯复也——"

面北招魂，魂兮归去。

褒衣落地，符舒下马，御人停车，秦宫之中众人皆伏，哭声震天。

---

①皋，缓慢而拖长的呼声。《礼记·礼运》："及其死也，升屋而号，告曰：'皋某复！'"

周王四十三年，仲夏，秦伯薨。天子赐谥为“悼”，是为秦悼公。

一夜之间，雍都上下一片缟素，贵族黎庶为感君恩，皆着丧服。

我做了秦国十年的子民，原也想披麻衣，戴衰冠，入殿吊唁先君，但符舒却直接命人将我和四儿送进了秦宫后寝的一间小院。

奠基，报丧，吊唁，小殓，大殓……丧礼繁复，礼数众多，我在秦宫一住数日，竟没有见到公子利半面。

这五年里，伍封受命为帅，又兼任军中威垒之职。秦伯大丧之时，伍封正在西面驻军之地督造营建新城，虽闻君丧，亦抽不出身回雍吊唁。将军府中，秦牯病重，四儿自悼公逝后七日就带着孩子出宫住到了将军府。

空荡荡的秦宫小院里，我每日睡到日上三竿方起，午后又枕着院中鼓噪的蝉声再睡一觉。一旦晋国的事、无恤的事浮上心头，便冲到院中洒扫，舞剑，洗衣，把能想到的事通通做一遍，只求累了就好。累了，就又能睡了。

这样浑浑噩噩过了大半月，也不知是哪一日起，只要太阳一爬上院中那棵梧桐树，就会有一队寺人敲开我的房门，两人抬着坚冰，一人捧着书简，另一人抱着红漆大盒。

夏日炎炎，坚冰三尺见方，一入房中便能驱散满屋暑气。书简每日只有两卷，但所载之事从蜀国巫女制茶的手记，到楚国南香馆调香的秘方；从郑国蜜汁干果的做法，到齐国衣料染色的新方；诸般记录，极尽新奇。而那只楚国式样的鸾鸟衔枝纹红漆大盒里则装满了书简所述之方所需的一应物什。

从此后，调香，弄膏，染布，制茶，失败了重来，成功了竟也能叫我欢喜一阵。于是乎，日子眨眼而过。

八月，秦国的秋天来了。阴了几日，下了几场大雨，满院的蝉声便散尽了，只余下一地黄黄绿绿的梧桐残叶。四儿带董石入宫看我，并告诉我，几天前晋国来吊唁悼公的队伍已经回去了。智氏派了世子智颜来，赵氏派了赵鞅嫡出的六子，晋侯没有召我回绛，赵无恤依旧每日有信送来将军府。

我点头默默听着，四儿见我的脸色比前月里好看了些，终于忍不住问：“他的信你真的不看吗？邮驿的行夫每日来府里送信，老问我有没有回信要送。”

“看了也无话可回，就索性不要看了。”我抱着董石，将自己新制的果脯塞进他腰间的佩囊。

“不看也好，总不过是些哄骗你回去的话。对了，齐国那边昨天也送来了一卷书信，还指明要我转交给你。”四儿从包袱里拿出一卷竹简递给我，简上有木检、泥封，却无写信人的标记。我起身取来木槌敲开泥封，一展竹条便看到了阿素娟秀的笔迹。

阿素在信上恭喜我终于斩断情丝离开了晋国，又邀我悼公丧礼过后到齐国与她一聚。竹简末端另有三列小字，笔迹与阿素不同，行文也颇不“正经”，说什么我将来若是嫁了秦伯生了女儿，定要留一个等他齐国陈氏来求娶，到时，我挑谁为婿，他便立谁为嗣。想想这样的话，除了陈盘也没有其他人会说了。

看完书信，我忽然觉得好笑，怎么我离开无恤，所有人就皆大欢喜了？我留在秦国，姮雅高兴，史墨高兴，四儿高兴，赵鞅约莫也高兴。如今，就连齐国人也非要来插上一脚，特别写信告诉我，他们也高兴。众乐乐，独哀戚，除了苦笑，我还能做什么。

子为父守孝，为期三年，不可饮酒，不可闻乐，不可亲近女眷。公子利至今未来见我，显然是将我归于女眷之流了。可他不见我，晋侯又不召我回晋，难道我要一直住在秦宫吗？若没有药人之事，我如今住在哪里都是无妨的，可现在眼见端木赐为孔丘守丧之期将到，我已经火急火燎想去一趟鲁国，找一找当年为智瑶另筑密室的人。

“这是我新缝的佩囊，里面装了安眠香，你带回去交给你家君上，让他入夜后放在枕边即可安睡。还有这罐药盐，每日食粥可以挑一点儿放在粥里。”我将一只素麻做的香囊、一罐新制的药盐交给来送书的寺人，又托他明日送书时再给我带一条祛寒的毛毡来。

寺人允诺，行礼退下。

我坐在案几后，翻开了今日新送来的竹简。这竹简之上没有缀言，只简简单单写了一首诗：

喓喓草虫，趯趯阜螽。未见君子，忧心忡忡。亦既见止，亦既觏止，我心则降。

陟彼南山，言采其蕨。未见君子，忧心惙惙。亦既见止，亦既觏止，我心则说。

陟彼南山，言采其薇。未见君子，我心伤悲。亦既见止，亦既觏止，我心则夷。[①]

秋日虫鸣，我因为见不到自己心中想见的那个人而忧心忡忡，满腔愁绪。这离别的苦，这相思不能相见的苦，时时灼烧着我的心。只有见了那个人，我的心才能平静；只有见了那个人，我的心才能欢喜，才能安宁。

这是一首家中妻子写给远方夫君的情诗，写它的人是想借它述说自己与我近在咫

① 出自《诗经·召南·草虫》。

尺却不能相见的愁绪和思念。可我默默吟诵着竹简上的诗句，心中浮现的却是另一张叫我心痛的脸。

他如今在做什么？黄叶落地、秋虫低鸣的时候，他也可曾想起我？

这几个月，我强迫自己不去想他，可思念这东西一旦决堤，便再不受心的控制。我胡乱卷了竹简走到窗旁，抬头见满天流云，一行秋雁，伤情之余又添满怀感伤。

“咚，咚，咚。”有人轻叩房门。

“进来。”我深吸了一口气，转身走到案几后坐下。

房门轻启，寺人低着头捧着一方黑漆大盘走了进来，盘上四四方方叠着一条七彩织锦丝被。

“明日随书简一道送来就好，何必又多跑这一趟。放在榻上吧，多谢了。”

寺人没有回话，只一颔首，躬身走到床榻前将被子放在我枕边。

我起身走到那熟悉的背影身后，端端正正地行了拜见国君的大礼：“晋巫拜见君上。”

“别唤我君上，我尚未继位。”站在我面前的人轻叹一声，转过身来。

我起身，复又像少女时一般，抬手对他微施一礼，轻道了一声：“阿拾见过公子。”

公子利低头凝视着我，因疲惫而泛红的眼眶里没有怪罪和指责，只有满满的痛苦：“你这一声公子，可叫我等了整整五年啊！当年你答应我，只要我邀你来秦，你必会赴约。可这些年我给你去了那么多信，你为何从不回应？”

“阿拾入宫三月，公子又为何不来相见？”

“未见君子，忧心忡忡。亦既见止，亦既觏止，我心则降。我不见你，只因我身在孝期不能见你。可你今日一送这佩囊给我，我便不顾礼法来了，不求与你说上一句话，只求能偷偷见你一面。可你……你是能来的，却不想来。”公子利盯着我的脸，似乎想从我的脸上找到我这五年来几次三番拒绝他的原因。

“公子此番修书晋侯请来的是晋巫子黯，你大可以堂堂正正地来见我。你这三月不来，是因为你心里没有子黯，只有阿拾。我这五年不来，也是因为你心里只有阿拾，没有子黯。你次次相邀的都是阿拾，可晋国太史府里并没有阿拾，当年的阿拾早就死在渭水里了。”

“可你明明还活着。”

“公子……”

“罢了，从我认识你那日起，我就从未说赢过你。我走了。”

“公子——”我一把拉住公子利的衣袖。

他回头凝视，这一刻，我想说的明明很多，可最后却只道了一句：“节哀。”

公子利轻轻一点头，转身离去。

子为父守孝，三日不食粒米，一年不食蔬果，缩衣减居，不饮宴，不近女眷。他双眼红肿，面色苍白，可一收到我的东西不到半日就来了。见一面，则心降；见一面，则心悦；见一面，则心夷。这一份深情，叫我如何回报？我知道他想留下我，可丧期三年，难道他要留我三年，留到他祭天为君？如果真是这样，我恐怕真的要应了陈盘的话，长留秦宫了。可我走了那么一大圈，若最后还是做了秦宫里的如夫人，我这一生岂非是个笑话？

不，我绝不能留在这里。

这一夜，我裹着丝被听了门外石阶下秋虫一宿的悲鸣，想了许多年少时的事，也想了许多离开秦宫的方法。第二日清晨，平日给我送书简的寺人准时前来，但这一回，他带来的不是书简，而是一件素白的巫袍和一道新君的君谕。

公子利召我觐见。我在他简居的偏殿见到了一身麻衣孝服的他。这一回，他没有唤我阿拾，只请我作为巫士参加秦悼公的葬礼。诸侯薨，尸身需在宗庙停放五月，我若要参加葬礼就必须在秦国再住两个月。可他的请求，合情合理，我拒绝不了。

“这是下葬之日的安排，巫士且看看还有什么疏忽之处。”

“外臣敬诺。”

公子利让寺人抬了一箱竹简、木牍放在我面前。我俯身拜过，两个寺人将箱中之物全都摞到了我身前的一张黑漆长案上。

“都下去吧！”公子利一挥手，偏殿里伺候的人全都退了出去。

殿内忽然变得极安静，我低头默默读卷，他亦无言翻书。起初，我还能听到彼此一呼一吸的声音，到后来只隐约听见有鸟雀在殿外追逐嬉闹，脆脆的鸟鸣声听着真切却又像是从很远的地方传来，如山谷回音般在空旷的大殿中萦绕。

“原来……赵世子与你在太史府中读卷就是这样的感觉。”寂静之中，公子利的声音幽幽响起。

我愕然抬头，直直撞进了他的眼睛。

“你和他的事，无须解释。当年我在雍城第一次见到他时就知道他和我一样恋慕着你。他那样的人物，你和他亲近也是早晚的事。怪只怪我当初对你不够狠心。”

“狠心？”

“当年你在城楼上对我说的话都是骗我的，你是不愿嫁我才编了神谴来吓我，对吗？渭水招魂，你已经在我怀里死过一次，我好不容易再见到你，又怎么敢再拿你的性命冒险。所以，我怕了，明知你骗我，却还是放你走了。可这些年，我没有一日不后悔。”

“公子……”

“这是赵妇打的？”公子利蹲在我面前，伸手抚过我下颌上一道浅浅的疤痕，“我当初真该狠心留下你。那样，你也不用被他伤这一回。”

“公子深情，阿拾无以为报。”我俯身叩首。

公子利苦笑道：“你心有七窍，我要什么，你不会不知道。我能给你什么，你心里也清楚。只可惜别人趋之若鹜的东西，你却不屑一顾。我当初爱你这一点，如今却恨你这一点。”

我看着公子利哀伤的眼眸，心里一阵唏嘘。如果我当年爱上的就是眼前的这个男人该多好，那我这一生的困境似乎都可以迎刃而解。只可惜，爱从来不由我自己。

“阿拾，留下来，好吗？我可以送你出宫，只要你留在秦国。”公子利恳切地看着我。

我摇头，俯身再拜：“晋国尚有阿拾心中未了之事，待先君落葬，还求公子准归。”

“是未了之事，还是未了之情？”

“确是未了之事。”

“好，你先起来。”公子利轻叹，俯身将我扶了起来，“何事未了？利可否相助？”

相助？一道微光如流星划过我心头。是啊，虽然秦国这些年一直安于西陲，但秦人在列国之中早已编织了一张不逊于天枢的大网。我心心念念要到鲁国去探查药人的线索，殊不知一座巨大的“宝库”此刻就站在我面前。可是——秦人的密报，我这晋国巫士能看吗？

“阿拾确有一不情之请，望公子成全。”我思忖再三，还是伏跪在地说出了连自己都觉得荒唐的请求。

公子利默默听我说完，俯身将我扶了起来：“起吧！你随我来。”

“公子同意了？”我抬头，丝毫不掩藏自己的惊愕。

“你以为我会拒绝？”

“拾乃晋巫，公子有忌讳也是应该的。”

“你今日才说这话也委实太晚了。你可还记得当年的仲广——那个被你设计死在大荔都城里的叛臣？”

“自然记得。”

“那你再仔细想想，仲广当年只是因为了解秦军东境的布局就必须得死；而你赴晋时，别说东境，秦国全国的布军图你恐怕都能分毫不差地画出来。秦人百年来传递、阅读密报的方法你也都知道。可你见过我派去杀你的人吗？我当初信你，如今怎会吝啬几卷陈年旧闻？”

信我，不杀我……

我怔怔地看着公子利，原来这些年，我除了要谢他的一往情深，还要谢他的不杀之恩。

秦宫之内守卫森严，秦宫之中收藏密报的地方就紧挨在秦伯寝宫的东南角。这是一间只有梁柱、没有隔断的巨大房间，门外有侍卫把守，门内有寺人整理打扫，数不清的高低木架就一排排地陈列在房屋中央。公子利带我推门而入，房中寺人见他来了，即刻都低头退了出去。

“这些都是外面传来的密报？”我随手从身旁的木架上抽出一卷竹简。

“不是，这里放的都是各国收集来的典籍和朝中大臣历年送上来的重要文书。你要看的东西在里面，跟我来。”公子利将我手中的竹简放回原处，带着我又往里走。

秋日的午后，金色的阳光带着飞舞的尘埃从一排排书架的空隙间斜露出来，一明一暗，光影交错，公子利带着我穿行在不可计数的陈书旧简中，我踏着光阶一路向前，竟有种穿梭岁月的感觉。

“和晋国有关的记录都在这里，齐鲁的在那边。”公子利走到一排木架前，指着架上一层层泛黄的竹简对我道，“你要找什么，我帮你一起找。”

“不可，公子如今定有如山的政务要处理。”我拒绝得比自己想象的还要快。

“新君守孝之期不问国政，我们秦人也是知礼的。”公子利踮脚从我身后的架子上抽出两卷竹简，一卷自己抖开，另一卷递给了我，“你方才说你的身世或许与晋国范氏有关？”

“嗯。”我点头。

“范氏是晋国望族，和他们有关的记录应该有不少。我先替你按年份理一理，待会儿你再择自己想要的看。”公子利将看过的竹简放在一旁，又伸手从架上另抽了一卷。

“公子孝期不问国政，那入雍吊唁的各国使臣也都回去了吗？”我看着眼前面色憔悴的男人，我知道他很想留下来，也许那座挂满白布的宫殿让他觉得痛苦压抑，也许他想要从我身上偷一段旧日的时光好让自己忘却心中的悲痛和肩上的重担，可我不能让他留下，因为我不能让自己什么都没有做，就成为秦国朝臣们口中蛊惑国君的妖人。

“今日并无安排。”公子利从竹简中抬起眼来，“你不想我在这里陪你？”

“不，阿拾只是好奇，公子平日待叔妫，可也是这样，国事可延，礼法可破？”

公子利见我提及叔妫先是一愣，而后便讪笑着将手中竹简放到了我怀里：“一样的话从别的女人口中说出来就是撒娇邀宠，从你嘴里说出来怎么就成了训诫？好，我走就是了。君父初丧，每天都有一大堆的国事等着我。秦人知礼，但有些礼，君父也一定不希望我死守。这三排木架上的竹简你都可以看看，晚些时候我再来找你。”

“恭送公子。”我后退一步，躬身拜送。

公子利深深地看了我一眼，转身离去。

阳光的影子在铺满苇席的地面上缓缓游移，时间一点一滴地过去，可坐在竹简堆里的我却一无所获。

在秦人有关范氏一族的记录里，没有一个叫作舜的女人。这个世界属于男人，在他们的游戏里，女人微不足道，她们的命运和生死也根本不值一记。而公输宁所在的鲁国地处东方，与秦国相隔太远，以至于在秦人的密档里鲜有对鲁国的记录。我唯一找到的有关公输一族的记录，也只粗粗地提到了鲁国战车的建造，而无半点儿旁枝末节的故事可供我翻阅。

两个时辰过去了，最初踏入这间屋子时的激动与紧张，已离我远去。也许我根本不应该过问二十年前的旧事，也许那个叫作阿藜的孩子根本就不存在，也许这世上根本就没有人能告诉我当年在阿娘身上到底发生了什么……我长叹一声，在堆满竹简的地上躺了下来，合上眼睛随手抄起一卷竹简，刚一抖开，就被扑面而来的灰尘弄得喷嚏连连。

“赵鞅出奔，二卿围晋阳。晋侯召史墨卜。智氏亦卜。”霉斑点点的竹简上一句简简单单的话映入了我的眼帘，我用力抹了一把鼻子，猛坐了起来。

赵鞅当年诛杀了邯郸大夫赵午，赵午的儿子赵稷连同范氏、中行氏一同出面讨伐赵氏。起初，晋侯是站在范氏、中行氏一边的，身为正卿的智跞也是主张讨伐赵鞅的，所以赵午死的那年夏天，范吉射直接带兵攻破了赵鞅的府第，赵氏一族被迫连夜北逃晋阳。

这些旧事无恤早就告诉过我，可我不明白的是，赵鞅逃入晋阳数月后，正卿智跞为什么会突然变卦力保赵氏。智跞的突然转变几乎使得当年的战局发生了翻天覆地的变化，势如破竹的范氏、中行氏一派就此由胜转败。

是谁说服了智跞？是谁救了赵氏？曾经的疑问，终于在今天有了答案。

二十年前，也许人人都以为晋太史墨对晋国六卿不偏不倚，一心只侍奉国君，侍奉天神。但我知道，史墨心中早已认赵鞅为主。晋侯、智跞在赵氏最危难的时候找史墨卜测战事的吉凶，史墨不可能不出手救赵鞅。

师父当年到底借天神的嘴对晋侯、对智跞说了什么？为什么晋国朝局会在短短数月之内发生那么大的变化？

我看着斑驳竹简上的文字，心中浮现的却是一身高冠巫服的史墨，在一场晋国百年来最大的急风暴雨面前，只身一人迈入智府大门的场景。一卦出，风云变，当年逆转乾坤，决定三卿生死、晋国命运的人，也许根本不是智跞，而是史墨。

“你怎么躺下了？可是看累了？”公子利进来时，我正躺在竹简堆里发呆。

“政事处理好了？”我问。

“我是人，总也要休息的。你要找的东西可找到了？”公子利在我身旁跪坐了下来。

“没有。”我起身将竹简重新卷好，塞进了书架，“我娘只是范氏府上一名寄居的外家女，她若是嫁了贵卿、大夫，兴许还有迹可寻，可我阿爹应该只是个普通人，秦国的密档里不可能会有他们的记录。”

“阿拾，其实我倒有个猜测。”公子利迟疑道。

“什么猜测？”

“以前我问过你为什么要在贴身的帕子上绣木槿花，你说，你喜欢木槿，因为那是你娘最喜欢的花，对吗？”

“对，可这与我的身世有什么关系？”

“若你娘只是泾阳城中一个普通商人的庶妾，自然没有关系。可你今日同我说，她是晋人，又与晋国范氏宗主有亲，我就想起了小时候听过的一件旧事。”

“什么旧事？”我立马打起了精神。

“那是很多年前的事了，我记得那会儿百里大夫刚娶了我姑姑冉嬴为妻，却瞒着君父追求宫中一个叫韶的舞伎。可那舞伎心高气傲，似乎存了要收服我君父的心思。我母亲是卫侯之女，自然不屑与一个舞伎争宠。但虽不屑，却也不想君父有了新人，冷落了自己。于是，竟另辟蹊径给百里大夫支了一招儿，教他在雍城之外的山林里种了十里梅林，又邀君父与那舞伎同往赏梅。舞伎爱梅成痴，见百里大夫这样对她，自然心动。君父亦感百里大夫深情，梅林一舞后，就把舞伎送给了百里大夫。事后，君父得知真相，非但没有责怪母亲，反倒夸她机敏聪慧。那日君父走后，我也学着他的样子夸赞母亲，母亲却抱我在膝上，苦笑着说：‘邯郸城外千株木槿，渭水河畔十里梅林，人间至境我都赏过，可惜没有一朵花是我的。’”

“邯郸城外千株木槿？”

“嗯，邯郸城与帝丘城隔河相望，我母亲当年回卫国访亲时，曾见过邯郸少主赵稷为自己心爱女子手植的千株木槿。初夏时节，大河[1]之畔，万花争妍，想来定是当时的盛景叫我母亲一见难忘，才有了后来她为百里大夫支招儿求美之说。”

“大河之畔，千株木槿……”我看着身旁的公子利，眼前不断晃动的却是另一个

---

①大河，即黄河。《楚辞·章·悲回风》：“望大河之洲渚兮，悲申徒之抗迹。”

男人的影子。他修长的凤目、眼角的泪痣，他绣在袖缘上的木槿花和他暗夜里遗留下的江离香。是他吗？他会是我阿爹吗？

“阿拾？”公子利轻唤了我一声。

“舜，我娘名叫阿舜。”我喃喃道。

“木槿之名？”

“对，木槿之名……”我低下头扶住自己眩晕的脑袋，忽然有些想笑又有些想哭，我想起那夜商丘暗巷之中男人消失前说的最后一句话，他说：“小儿，不管是谁把你养大，是谁教你成人，他做得真不错。”

赵稷，你真的是我阿爹吗？如果你是我爹，为什么那么多年你不来找我，为什么你要在齐国百般设计陷害我，为什么你见了我却不问问我阿娘是怎么死的？

“邯郸城外的木槿园，现在还在吗？”我深吸了一口气，抬起头来。

公子利担忧地看着我，摇头道：“早已是一片焦土了。赵鞅当年杀了邯郸大夫赵午，又派人将赵午的尸身送进了邯郸城，威胁赵午的儿子赵稷即刻押送五百户卫国俘虏到晋阳。赵稷不愿，一怒之下就将赵家的使者赶出了邯郸城。那使者受辱，出城经过木槿园时，竟一把火烧了园中千株木槿。赵稷盛怒之下，起兵反叛。后来，就有了晋国的六卿大乱。”

“原来是这样……”

邯郸城，大河之畔最美的城池。我曾无数次在竹简上，在别人的嘴里听到过它的名字，可我从未想过，那里会是我的家，我阿娘、阿爹生活的家。我也无法想象，这世上曾有千株木槿，万朵繁花，只为我可怜的阿娘一人盛开。因为如果那是真的，那么那日阳光下偷望墙头木槿时的回忆，对阿娘而言何其残忍。

“阿拾，你说邯郸君赵稷会是你父亲吗？”公子利见我久久不语，小声问道。

我直直地盯着他的眼睛，没有回应。赵稷不可能是我的父亲，绝不可能。

我扶着木架站了起来，成千上万的竹简在我身旁不断地摇晃，我行走在无数的秘密之中，只觉得自己眩晕得几乎要吐出来。

这一夜，过了鸡鸣之后又下起了雨，雨点打在院中落叶之上，噼里啪啦格外响。我拥着锦被躺在床榻上，瞪着眼睛看着黑漆漆的窗户。我什么也看不见，可我已经这样看了整整一夜。

不久后，天亮了。眼前的一切开始变得清晰起来，我深吸了一口气缓缓地闭上了眼睛。

昏昏沉沉不知睡了多久，醒来时窗外的雨依旧在下，沙沙地，缠绵得紧。合了衣服坐起身，刚下床，门外就有人轻声问：“巫士起了吗？”

“起了。”我披上外袍走到门边，轻轻地拉开了门。

门外躬身立着一个寺人，素白的麻衣已经湿了大半。他见我开门，连忙抬手行了一礼道：“君上昨日替巫士找了一个二十年前邯郸城的旧民，若巫士要见，奴即刻将人送进宫来。”

“邯郸人？在哪里？”我一把抓住了房门。

寺人担忧地看了我一眼，低头道：“现下城内馆驿之中，巫士若是要见……”

“我要出宫，替我备车！”

“唯！”

国君初丧，雍城大街之上一片缟素，市集之上亦不见往日嬉笑追逐的幼童和喝酒打架的游侠儿，人人身着麻衣，一脸肃穆。

我下了轺车，在寺人的指引下进了馆驿。馆驿的主事一见到我们立马迎了上来。身旁的寺人与他一番对答，他便躬身引我们上楼。

“人呢？人呢？没有酒，肉也没有吗？”大堂之中有一桌衣饰奇异的客人正拍案大叫。

“这些都是什么人？”我问。

“被发左衽的狄人，一点儿不识礼数，说是来吊唁先君的，可顿顿要酒要肉。”主事看着堂中之人，愤愤道。

寺人小声对我道：“应该都是北方鲜虞国的人。鲜虞国主复国后，这次也遣了幼子入宫吊唁。那贵人觐见君上时倒还识礼，秦语说得也不错。”

“贵人识礼，可他不爱说话啊，也不管教手下人。唉，闹了这么多天，可总算要走了。巫士，这边请，人就在屋里。”主事说话间已引我来到一间小室外。

寺人颔首道：“奴就在这里等着，君上吩咐了，巫士只管细问，晚些回宫也无妨。”

“好。”我心中急切，一点头就推门走了进去。

赵鞅当年从晋阳城脱困后，曾举赵氏全族之力围攻邯郸，却屡攻不下。一来，是因为邯郸君赵稷善用兵，善守城；二来，也是因为邯郸城民真心拥护赵稷父子。卫君失德，赵家三次攻打帝丘，每次攻城耗时都不过半月。可当年的邯郸城在赵鞅的猛攻之下，竟奇迹般地守了五年。五年，一千八百多个日夜，赵稷困守邯郸，直守到箭绝粮尽、饿殍满街才最终无奈放弃。

阿娘死的那年，我四岁，也正是邯郸城破的那一年。我忍不住猜想，阿娘活着的每一日是不是都在等待奇迹的发生，等待赵稷反败为胜接她回家。而她在梦中死去，是不是因为她听到了邯郸城失守的消息，终于绝望了，放弃了。

头发花白的邯郸旧民在我面前声泪俱下地描述着当年邯郸城中易子而食的凄惨景

象，我的魂灵也仿佛随着他的哽咽之声飘进了那座被战火摧残的城池。

老人说完了自己的故事，我终于忍不住问："老翁可知，当年邯郸君娶了哪家的女儿？"

老人是二十多年前邯郸城里烧陶的匠人，说起邯郸城内之景，他如数家珍，可我的问题却叫他迷茫了。

"那邯郸城被围之前，少主赵稷可有儿女？"我不死心地又问。

"好像有一子。"老人抹了一把眼角的浊泪道。

"一个儿子，他叫什么？"

"那孩子很小的时候和赵大夫一起来过作坊，他叫……他名叫……"

"可是叫阿藜？！"

"藜？"老人皱着眉头努力回忆，他呢喃着报了其他几个名字，但最终还是摇了头，"贱鄙年老，实在记不清了。"老人颤巍巍地向我行礼赔罪，我连忙扶住了他："无妨的，老翁今日辛苦了，改日若想起来，再使人告诉小巫就好。"

老人被馆驿的主事送了回去。走出馆驿大门，街上行人车马来来往往，如鱼穿梭，我眼前一阵阵发黑，闭上眼睛又天旋地转，仿佛方才在馆驿之中痛彻肺腑的人不是老翁，而是自己；忆起邯郸旧事哭了一次又一次的人不是老翁，也是自己。

"巫士，咱们现在可是要回宫？"寺人凑过来问。

"去将军府吧！"我看着远处昏黄的天空，叹息道。

十几年来，我一直想要一个亲人，一个血脉相亲、相依相怜的亲人。

十几年后，上天真的给了我一个亲人，一个几次三番想要陷我于死地的亲人，一个从黄泉地底爬出来、周身燃着复仇火焰的亲人。

可我厌恶仇恨，害怕仇恨，因为仇恨无孔不入，只要你有丝毫的懈怠，它就会在你的心里扎根，继而生出剧毒的果实。那充满毒汁的果实，在毒死你的敌人前，往往会先毒死你自己。

从馆驿到将军府的路上，我的脑袋里像是被人点了一把火，火焰中是我从未见过的邯郸城，火焰外是面目狰狞的赵鞅和赵氏黑压压的军队。仇恨的火焰占据了我所有的思绪，以至于我明明看见了他，却让他在我面前再一次消失了。

"禀巫士，鲜虞使臣日入之前都已离雍了，巫士在将军府外瞧见的那位贵人也走了。"秦宫小院里，寺人躬身立在房门外小心回道。

"你没追上他？"

"追上了，可他……"

“他不愿回来见我，对吗？”

“奴无能。”

“与你无关，下去吧！”

寺人悄无声息地退了出去。秦宫小院，一地清辉，月冷如霜。

我究竟是怎么错过他的？一个转身，一个晃神？两个时辰前，他就站在我们平时出府爱走的那条巷弄里。夕阳下，他的背影看上去是那样伤心，那样落寞。他是我的无邪，即便他长发披肩，毛裙裹身，即便他离我那么远，远得看不清面目，我也该认出他的。可我……我居然还要别人来告诉我，他来过。

四儿说得太晚了，我追出将军府时，已看不到无邪的身影。

我不能责怪四儿说得太迟，秦牯去了，她重孝在身，又要扶棺赶回平阳，她在哀恸之中还能记得告诉我无邪来过，我就应该谢谢她。

是我自己错过了，仇恨刚刚在我心里发芽，就已经让我失去了想念多年的人。

鲜虞，原来你是鲜虞国主失散的幼子。我该为你高兴的，你终于找到了自己的亲人、自己的家。你再也不属于我，那些生死相随的诺言也不会有人再提起。你真的自由了，而我只能独自面对噩梦一样的生活，面对自己可以想见的可怕的结局。

深爱的都已经离我远去，珍惜的一样都留不住。

神啊，难道这就是我的命吗？

我想要安宁，你给我战火；我想要亲人，你给我仇人；我当年明明想要死亡，你为什么还要给我生命？你为什么要让我遇见他们，又将他们一个个从我身边夺走，为什么？

我看着案几上忽闪跳跃的烛火，眼泪一颗颗滚出了眼眶。

神明无情，风更无情。一阵冷风吹过，案几上仅剩的一豆烛火也被吹灭了。

我怔怔地看着一室冰冷的黑暗，胸口忽地袭来一阵蚀心的酸楚。哭声从压抑许久的喉头冲了出来，想起这些年经历的一切，想起这些日子失去的一切，忍耐了许久的人就这么坐在黑暗里大哭起来，像个迷了路的孩子，像个失去了所有的孩子。静夜里没有压抑的哭声听起来不像哭声，更像是一声又一声的嘶喊。

“阿拾，你就那么不想我走吗？”一个温暖的怀抱在无边的黑暗中轻轻地环住了我。

我愣怔，然后猛地转身一把抱住了来人的脖子。我抱得那样紧，像落水的人抱住了浮木；我抱得那样紧，紧得生怕他再一次从我面前消失。自别后，盼重逢，我抱着无邪一句话也说不出来，只把脸埋在他微曲柔软的头发里，哭得撕心裂肺，涕泪横流。

无邪亦紧紧地抱着我，一动不动，任我号啕大哭。

“无论你在哪里，我都会找到你，无论哪里……”

这一夜我是怎么睡着的，已经记不得了，只记得自己抱着无邪含混不清地说了许多许多的话，梦里似乎也还在和他说话。自甘渊一别，我竟不知道自己有那么多话想要告诉他。

早晨醒来时，天已大亮，但眼睛却只能勉强撑开一道细缝。昨夜哭得太久，眼皮已经肿成了薄皮的杏子，用针挑破，兴许流出来的不是血，而是泪。

我晕乎乎地坐起身，轻唤了几声无邪的名字，却没有人答应，心忽地往下一坠，忙掀开锦被从榻上跳了下来。屋里扫了一圈，又奔到院中找了一圈，却依旧不见他的身影。

他走了，又走了。我以为这一次，我们总有机会说再见。

我站在枯叶满地的小院里，胸口酸潮再涌，于是赶忙深吸了一口气，重重地抹了一把眼睛。算了，算了，他有他的家、他的国，他肯回来再见我一面，我就该知足了。难道还期望他能抛下一切陪我天涯海角吗？

深秋的寒风吹落了梧桐树上最后的两片枯叶，身后的两扇木门在风中吱呀作响，我默默转身进了屋子。房中的书案上有一卷看到一半的竹简，可现在我已无心再看，食指一推想将它合上，却蓦然在竹简密密麻麻的小字上看到了四个硕大的字——“三年为期”。

“三年为期”，他竟学会了写字？

我看着竹简上四个歪歪扭扭的大字，又哭又笑。

昨夜，我与他约定了什么？我说了想要和他去天涯海角，去人烟不至的异国荒乡吗？我说了要与他行医打猎，不问世事，了此残生？三年，他真的要舍国舍家陪我去吗？

昨夜又是一场大雪，算一算公子利已经有半月多没有召见我了。悼公的棺木在宗庙已经停了将近五个月，再过几日雍都郊外就会举行一场葬礼，为这位国君下棺封土了。

◇ 第十七章 长夜未央

无邪走后又过了两月，雍都开始下雪了。

秦国的雪是我最熟悉的雪，鹅毛似的雪花又轻又松，落在地上不会即刻消融，一片叠着一片，不消片刻就可以白了屋顶，白了山川，白了整个世界。即便雪停，只要风一吹，地上的积雪也都还是松的，哗啦啦又能吹起一大片晶莹迷人的雪屑。如果这世间的雪可以比美，那么卫国荒原上冰碴儿一样的雪见了秦国的雪，一定会捂着脸躲得远远的，从此羞以见人。

雍城这几日连着下了好几场大雪，秦宫小院里的雪已经积了三尺多高，屋檐下的几层柏木台阶也已不见了踪影。

寺人早早地要来扫雪，我却不让。我喜欢在雪地上走路，一步一个大脚印，踩一个弧再走回来。等大雪再起时，就捧一杯热水坐在屋檐下，看雪花一点点地将脚印填满。

昨夜又是一场大雪，算一算公子利已经有半月多没有召见我了。悼公的棺木在宗庙已经停了将近五个月，再过几日雍都郊外就会举行一场葬礼，为这位国君下棺封土了。

红药来找我时，我正在房里给阿素写信，我想托阿素替我邀邯郸君赵稷明年夏祭时到卫国一见。过了这两个月，我也想明白了，有的事，查再多的密档，问再多的旧人，还不如找最该问的人当面问一问。

“妹妹院子里的雪怎么还没人来扫扫？宫里的贱奴太缺管教了。”此时虽在隆冬，身为悼公子媳的红药却只穿了一套单薄的粗麻孝服和一双镂空的半旧草履，她方才独自一人踩着深雪从院门走到这里，这会儿正埋头在房门外跺脚拍雪。

我卷好书信，套上木检，按上泥封，起身迎到门边对红药行礼道：“晋巫见过君夫人。”

“无须多礼，这里没有旁人，你我还是姐妹相称吧！”红药直起身子，一双圆润富态的手往前一伸想要牵住我的手。

我往后退了一步，低头道：“小巫不敢。不知君夫人今日来有何吩咐。”

红药轻轻一笑，拍了拍手上的残雪将手又缩回了袖中：“我今日来，还真是有一事想请巫士帮忙。”她迈步往房内走，我跟在她身后轻轻合上了房门。

“哎呀，原来君上的这张熊王皮在你这里啊！”红药看到我铺在书案后的一张棕红色熊皮，惊奇不已，“这熊皮不介意今日叫我也坐上一坐吧？”

“夫人请上座。”我垂首立在一旁。

红药整了整衣裙，端端正正地在案几后坐了下去，坐定了也不说话，只低着头一下一下抚着地上的熊皮。良久，她才开口道：“这张熊王皮可有些年头了。君上那时候刚被先君封为太子，秋祭后，他入山狩猎，猎到了这只红皮公熊。叔妫那年又刚巧替他生了公子靡。府里的人都说，这熊王皮十有八九是要赏给贵妾妫的。可没想到，君上将熊心、熊胆献给了先君，却把剥下来的一整张熊皮收进了库房。去年公子靡生辰，叔妫还开口讨要过，结果他一句话就给回绝了。现在你来了，他巴巴地就给取出来了，取出来不铺在榻上，倒用来垫脚了。可见啊，我们这些个人在他心里，都及不上你一双脚啊！”红药说着，抬头朝我投来一个似笑非笑的眼神。

我不明白她说这些话的目的，只得抬手道：“君上厚爱，小巫惶恐。”

“你惶恐什么？该惶恐的人，是我。”红药拖着我的手，硬叫我在她身旁坐下，“当年是我做了错事。如今，天在罚我。我嫁给君上六年了，膝下没有一子半女，可叔妫却已为君上生了三个儿子。待到孝期一过，君上正式继位，恐怕就会有人提议立嗣了。到那时，我这个无出的君夫人还不知道是个什么光景。现在宫里的女人都盼着夫君早日继位，可我……我却难有一日好眠啊！”红药声音一滞，掩鼻欲泣。

我见她这样也只得安慰道：“夫人无须介怀，夫人就算此时膝下无子，也依旧是小公子们的嫡母。更何况夫人还年轻，君上亦在盛年，不会那么快有人提议立嗣；就算有，朝堂上不是还有百里大夫嘛。”

“阿拾，叔妫不是你，她哪里知道什么叫作‘贵贱有分，嫡庶有别’。她是一匹什么都要争的母狼，我这些年时常想，如果当年随我出嫁的人是你，那该多好。”

红药装得情真意切，可我知道如果当年随她嫁入公子府的人是我，那恐怕现在被她咒骂的人也是我了。

“夫人想要小巫做什么，不妨直说吧！”

“我想你留在秦国，留在宫中。”红药紧紧地抓住了我的手。

“留在秦宫？小巫不懂夫人之意。”

“阿拾，你是识礼的，君上又心系于你，将来只要你能为君上生下一子，我就过继他为嫡子，让君上立我们的孩子为嗣，可好？”

我们的孩子？红药一本正经的话让我几乎忍不住当场笑出声来。

“多谢夫人厚爱，只是先君葬礼过后，小巫就要归晋了。”

“归晋？你不会以为君上真的会放你走吧？”

“君上已经答应了。”

“傻子呀，当年伍封送你进我百里府时，可也答应了你什么，后来他做到了吗？你小时候是个痴儿，如今依旧痴傻，所以我才说，当初随我嫁进公子府的人如果是你，那该多好。”红药将我的手放到我膝上，自己一捋裙摆站了起来，“我今日的提议你不妨好好想一想，反正君上如今还在孝期，你有的是时间考虑。今日，我先走了。叔妫也知道你住在这里了，过几天她难免也要来烦你。你还是先好好休息吧！”

“恭送君夫人。”

我默默起身跟在红药背后，看着她套上草履，深一脚、浅一脚地踩雪走了。

当年，我用自己的自由换了这个女人的命，现在她又打起了我孩子的主意。

六年前，我若没有被黑子抓去天枢，现在会是什么模样？我会一路寻到临洮见到伍封吗？我会遇上劫匪死在半路吗？我会被人抓回百里府嫁给公子利吗？错过的命运无法想象，但也许那样我与无恤就不会相爱，更不会有今天的困局。

第二天清晨，我在一片嘈杂之声中醒来，穿好衣服打开房门，院里及膝的积雪已被人扫得干干净净，不留一点儿雪屑。红药还是那个红药，她当年要剪我的发，如今扫了我的雪，她如此这般居然还能理直气壮地要我给她生个儿子，这一份心性，恐怕也只有叔妫与她最相配了。

之后半月，叔妫倒没有来找我，只是让两个婢子带着她的三个儿子在我院门口玩闹了一会儿。悼公的棺木即将落葬，秦宫里新君的女人们就如冻土下蛰伏了一季的虫蚁闻见了春风的味道一般，齐齐骚动了起来。公子利的孝期明明还有两年，女人们的战争就已经开始了。这样的秦宫，我实在住不下去了。

参加完悼公的葬礼后，我以晋巫的身份给公子利上书要求回晋，公子利却迟迟没有答复，反倒重新开始给我每日递送竹简。我去他理政的偏殿求见，回回都被婉拒。

之后又过了几日，四儿从平阳回到了雍城。于安因为也到平阳吊唁秦牯，就跟着她一起回了雍城。

我与四儿七月离绛，算算已有半年。于安这次来，定是要接四儿和孩子回新绛的。

我心急要往将军府去，但到了宫门口，守卫却告诉我，我的腰牌不能用了。疑惑之下，我又去偏殿找公子利，却被告知他正在燕见[①]晋国来的使者，今日还是不能见我。

是夜，明月高悬。我把公子利送给我的竹简、妆奁、手炉、锦被、熊皮全都堆到了院门口，又把他送我的几株木槿花连根带土一起刨了出来，一株株栽在青铜水器里，再一个盆、一个匜、一个盉地往外搬。

①燕见，古代帝王退朝闲居时召见或接见臣子。

“你这是做什么？”公子利站在院门外看着满头大汗的我，一脸惊愕。

“你说话不算数，你的东西我也不要。”我抱着栽花的青铜匜大口大口喘着气。

“快放下来！我以为你这人不会耍性子，哪知道你耍起性子来，宫里没一个女人比得上你。”公子利端走我手里的青铜匜一把放在了地上。

“知道我脾气差，就放我走啊！”

“若你肯留下来，我随你怎么耍性子。”

“公子——”

“晋侯来使召你回去了。”公子利眉头一蹙，迈步从我身边走过。

“真的？！”我连忙跟了上去，急问道，“今天入宫的使臣是为我而来的？”

“晋侯大病，晋太子凿遣使来召你回去。”

“你同意了？”

“没有。”公子利走到房门口，瞧见自己原本精心布置的清雅居室被我搬得凌乱不堪，就停下了脚步，“你就真的那么想回晋国去吗？”

“我不能留在秦国。”

“为什么？如果你是赵稷的女儿，新绛城对你来说就是天下最危险的地方。那里到处都是你的敌人，到处都是想要杀你的人。你生在秦国，长在秦国，为什么秦国反倒留不住你了？”

“因为……”我很想告诉他，我不是秦人，我是月下碧眸的狐氏女，因为智瑶囚禁了我的亲人日日饮血食肉，所以我无论如何都要回到晋国去。可这么可怕的事，我如何能告诉他？自我与他相识，我已经欠了他太多，不能再欠他更多。

“公子还是放阿拾回晋吧！晋侯大疾，晋太子凿来使相召，这听起来不是很熟悉吗？公子如今是秦国的新君，晋太子凿亦会是将来的晋侯，公子实在没必要为了区区一个巫士伤了两国未来的情谊。望公子三思！”我退后一步，抬手施礼。

“别拿姬凿来压我！”我的谦恭惹怒了公子利，他一把抓住我的手，愠怒道，“不管你是哪国的巫士，我若要留下你，自然有我的方法！”

“那阿拾若是要走，自然也有阿拾的方法。公子，可要一试？”

“你……”

“若公子此番肯放阿拾归晋，只待阿拾心中余事一了，定会回来相见；若公子非要囚困阿拾在此，那阿拾一旦离开，就绝不会再踏足秦宫半步。”

“你威胁我？”公子利不可置信地看着我的脸。我昂头直视，他怆然道：“好，很好，那我们就试一试，看我这秦宫到底能不能囚住你！”公子利甩开我的手，大步离去。

我连忙出声道："能被囚住的是雀鸟，我若成了深宫里日日乞食碎谷的雀鸟，那我还是你念念不忘的阿拾吗？你折了我的翼，是要将我留给红药、叔妫去折辱吗？公子，别让我做你的如夫人，别让我变成深宫里又一个日夜算计的女人。阿拾会回来的，只要做完了我要做的事，我一定还会回来的。公子，我答应你，每年仲秋之月，就来秦国陪你读诗，助你理政，可好？"

公子利停下脚步，我几步走到他身后轻轻地扯住了他的衣袖："公子，算我求你，你再信我一次，好吗？"

寒月升至树梢，落尽枯叶的枝丫在地上投下一道道曲折的树影，一身素白麻衣的人没有挣开被我牵住的衣袖，亦没有回头，许久，他长吸了一口气，梦呓般叹道："阿拾，这世上可有能解心结的法子？"

解心结的法子，有吗？我多希望有……

"三日后，我派人送你归晋。这一次，你不要再骗我。"公子利回身看了我一眼，然后踩着如霜月色颓然离去。

这世间若真有一味药、一壶酒能让一个人忘了另一个人，那该多好。

秦悼公死了，晋侯病了，雒邑王城里的周王据说也病了。一个漫长寒冷的冬季结束后，整个天下却仿佛还陷在沉郁的阴霾里。

我入绛那一日，无恤没有来，只伯鲁一人出城迎我。这一次，伯鲁没有苦口婆心替无恤辩解，只说新绛城外新开了一间很会做鱼的食坊，等过几天我从公宫里出来，可以约好了和明夷一起去试一试。

我含笑应下，他如释重负。

半年不在，新绛城里倒没有太多变化。伯嬴嫁到代国多年，去年岁末又得一女，代国国君一高兴，就请了无恤去代国陪伯嬴守岁，因而无恤至今未归。除此之外，于安去年冬天也已升任都城亚旅，掌管都城警卫。晋侯早先想要伐郑，赵鞅还有意要任于安为中军军尉，让其掌管军中政务。拾阶而上，直登青云，有这样的夫郎在，四儿的将来已经不用我再操心。

晋侯这些年一直难以安寝，每隔几个月就要召史墨入宫为他祛邪宁神。日出而起，日入而息，一个人最重要的规律一旦乱了，精气便会慢慢散去。晋侯如今的精气已经所剩无几，他躺在红漆大床上，整个人瘦得只剩骨架，两个深陷的眼眶下一片青紫。

史墨在宫中已住了两个多月，他是太史，亦是巫士，这个时候住在宫里倒不奇怪。奇怪的是，医尘居然也在这里，而举荐他入宫侍疾的人竟是智瑶。

我在宫中半月，只见过赵鞅两面，智瑶却隔三岔五必来寝宫问安。我与他撞上过几次，后来摸清了他入宫的时间就尽量找借口避开了。

这一日，我去药室拿医尘给我配的药，顺便再替晋侯准备午后沐浴用的草药，刚拿了东西往回走，远远地就看见智瑶带着随从出了晋侯寝宫往园子里来。我不想撞见他，便赶忙躲进了路旁的一片漆树林。

不一会儿，晋太子凿也姗姗而来。

这二人说了些什么，我隔得远听不太清楚，只看见智瑶的随从将一只合盖高脚豆递给了太子凿身旁的寺人。太子凿行礼谢过后，智瑶回礼，二人便散了。

晋侯病入膏肓，太子凿眼见着就是未来的晋国国君。只要智瑶收服了太子凿，这晋国未来的几十年就实实在在是他智氏的天下了。

这几年，赵鞅对智瑶多般忍让，但智瑶一直视赵氏为眼中钉、肉中刺。若赵鞅死了，赵氏一族怕是难逃厄运。晋成公时，有下宫之难[①]，赵氏一族被诛杀殆尽，几近灭族，最后只余下了一个孩童，名唤赵武。赵武生赵成，赵成生赵鞅。可想而知，赵鞅在童年时一定听过无数惨烈的故事，那些族人被屠戮时发出的惨叫声也许夜夜都在他梦中回响。所以，他才会不顾嫡庶之分、贵贱之别废了伯鲁，改立无恤为嗣。所以，无恤的世界里再也装不下一个我。

智瑶是只饥肠辘辘的猛虎，对无恤而言，如何在猛虎爪下求得赵氏生存才是他此生最重要的使命。而我的身世，注定了我们一开始就是错的。既然是错，我便不该再心存妄念。也许过了今日，我和他就真的结束了。

我捏了捏袖中的几只白瓷药瓶，拖着步子往晋侯寝宫走去，走了不到五十步，就看见太子凿站在道旁的水池边，挥剑猛砍池旁的香蒲。那些新生的油绿的蒲草在他眼里仿佛成了最深恶痛绝的仇人，他的剑招全无章法，只是泄恨一般胡乱砍伐。

太子凿身后的寺人瞧见了我，连忙出声提醒。

太子凿回头见是我，便收了剑。

“小巫见过太子。”我拎着事先带来的竹篮，上前行礼。

太子凿理了仪容，转身问我道：“巫士此时不在寝宫随太史祈福，怎么到这里来了？”

“禀太子，小巫方才去药室为君上配药，现下正要回去。”我将竹篮捧至身前，里面七七八八放着十几种草药。

太子凿看了一眼篮中草药，又回头看了一眼被自己砍得乱七八糟的蒲草丛，轻咳

①下宫之难，指晋国赵氏几乎被灭族、遗孤赵武复赵氏宗位的一系列历史事件，即戏曲、演义中“赵氏孤儿”故事的原型。该事件在《史记》《国语》《左传》中均有记载，但对于事件发生的时间、起因，几个版本之间存在矛盾。

了几声道："君父恶疾久不见好，凿亦寝食难安，心烦气躁，巫士可也有药能治躁郁？"

"太子仁孝，切要保重身体，解郁之药小巫稍后就让巫童为太子送来。"

"那就多谢巫士了！"太子凿颔首一礼。

我行礼告退，走出去老远，一回头，太子凿还按剑立在池旁。

智瑶送给他的是一豆春笋，美人儿手指般白嫩细长的嫩笋，只可惜这会儿大部分春笋都已经喂了池中之鱼，只剩了几根"断指"遗落在草丛间。

太子凿还年轻，三十岁出头的年纪，终究还有几分未干的血性。他的父亲姬午已经被赵鞅磨去了所有的棱角，现在又轮到智瑶来磨他的棱角。看今日这情形，他是不甘心当个有名无实的君主。可君臣之纲早已乱了，他一个没有实权的君主若想坐稳君位，智瑶这豆春笋，他真该好好吃完，否则哪日莫名其妙死了，倒便宜了自己的弟弟们。

"巫士，太史找你呢！"我还未迈上寝殿的台阶，巫童已从台阶上蹿了下来。

"师父起来了？"我把竹篮交给巫童，吩咐他把药拿给医尘，再问医尘要几颗白菊丸送到太子凿那里去。

巫童点头应下，抱着竹篮对我道："巫士，君上到底有什么害怕的事啊？天天晚上做噩梦，自己不睡还非要拉着太史，咱们太史公都多少岁了，哪受得住他这么折腾？"

"嘘——这是什么地方，说话这么放肆！"我捏住巫童的两瓣嘴唇，在他头上重敲了一记，"管好嘴巴，把我交代你的事办好，我想办法早点儿送你出宫。"

"呜呜。"小巫童吃痛，连忙点头。

晋侯的病是心病，我早告诉医尘要用些醉心花之类的昏睡之药，但医尘忌讳，觉得用这些野药对国君不敬。人已无纲常，药倒有贵贱了。

我进屋时，史墨正坐在案边饮粥，见我来了便挥手将随侍的小童遣了出去。我自己找盆倒水洗干净了手，这才拿了奁盒里的篦子来给史墨梳头。

"君上昨夜又召师父去寝殿了？"我拢了拢史墨披在背上的头发，这雪一样的头发是越来越少了，捏着仿佛也细软了许多。

"人走到这个坎儿上都会怕，国君也一样。"史墨喝了一口粥，又夹了一根小盘里的春笋放进嘴里。我放下篦子，将那一小盘白嫩的春笋端下案几放到了自己身后。史墨转头看着我，笑道："怎么，师父老了，难道笋也不能吃了？"

"一夜只睡了半夜，刚起来就吃凉笋，小心待会儿肚子痛。先吃点儿热菜、肉糜。"

"好，听你的。"史墨笑着拿起木勺吃了一口肉糜，转头对我又道，"待会儿你去给君上问个安，然后收拾收拾，日落之前出宫去吧！"

"为什么？"

"祛病的祭礼已经做完了，人多眼多，你一个女子在宫里起居多有不便，还是及早出宫的好。”

“君上答应了？”

“答应了。”

“好吧。”我将史墨的头发绾成发髻，套上发冠，然后跪坐到他身旁，“师父急着催我出宫，可是想让我去赵府照顾卿相的身体？”赵鞅自上次卫国一役摔下战车后，身体就一日不如一日。之前还有医尘在赵府为他精心调养，但如今医尘被智瑶“举荐”进了宫，他身边就再无良医可用了。

“卿相也无大病，你每隔两日去探视一番就好。半年多了，自己身上的伤都好了吧？”史墨放下食箸看着我，我回晋两月有余，这还是他第一次问起那日我在太史府被打的事。

“都已经好了。”我低头回道。

“好了就好。你要记住那个女人给你的羞辱和教训，记住你如今的身份和世人给你的荣耀。将来的路该怎么走，且回去好好想一想。”

“徒儿明白。”

“走吧，和为师一起去见君上，问了安，早些出宫去。”史墨起身，披上了挂在屏风上的外袍。

“师父，徒儿还有一事不明。”我起身走到屏风旁。

“什么事？”

“今日这盘春笋是智瑶送来的吧？智瑶为人虽不善，对师父却一直很恭敬。再往上数，当年的范氏、中行氏对师父也都礼让有加。师父为什么不专心侍神做个安稳太史，反要早早择了卿相为主，跳进这权力之争？”

“朝堂之上何来安稳之位？我早已身在局中又哪来跳入之说？”

“那为什么是卿相？为什么是赵氏？”当年你为什么要保赵氏，而引六卿大乱？为什么？我看着史墨慈蔼的面容，在心里又默默加了一句。

史墨见我一脸认真，便示意我像往常在府中听他授业一般与他在案前对坐。

“小徒可知晋国百年之前有几家卿族？”他问。

“二十余家。”

“如今呢？”

“四家。”

“二十年后，三十年后呢？”

“……徒儿不知。”

“总会只剩一家，到那时也许连公族都已不复存在了。如果晋国只能留一家，那自然该留下最好的那一家。”

“赵氏便是师父心中最好的选择？”

“你见过赵家分给农户们的耕田吗？知道几步为一亩吗？”

“在晋阳时，曾听尹铎提起过。”

“一亩的地交一亩的税，税是一样的，可赵氏交给黎庶耕种的一亩地比范氏给的一亩地大了近一倍。你可懂为师的意思了？”

“赋税一样，耕种的地越大，种地的人自然能留下更多的余粮。赵氏之举，宽民富民。”

“‘天之道，损有余而补不足。人之道，则不然，损不足以奉有余。孰能有余以奉天下，唯有道者。’[①]这是我年轻时，一个很聪明的人告诉我的话。最接近天道的人，该得天命。”

天之道、人之道。人道近天道，可得天命。史墨的一席话让我久久沉默。忽然间，天命不再是九天之上某个神明随口的一句、随手的一笔，天命在人道……

史墨的话仿佛将我从一间逼仄的夹室里一把拉了出来，天穹浩瀚，日升月落，斗转星移，原本揣在心里的那些想要问的问题忽然间都变得微不足道了。

宫门落锁前，我离开了宫城。走之前，我把一盒安眠香和两袋醉心花都交给了史墨，并叮嘱他，若晋侯夜里不眠还要召他，就将安眠香化在热水里，将醉心花悬在晋侯枕边。人老了就是老了，有的事切莫逞强。

出宫后，每隔两日我就会去向赵鞅问安。每次踏进他的房门，我都要提醒自己不要去想之前在秦国看到的一切、听到的一切，不要去想大河之畔那座被战火摧毁的城池。因为敏锐如赵鞅，一个怨恨的眼神也许就会让他心生怀疑。

姮雅这回是真的有孕了，在赵鞅的院门外，她扶着肚子“意外”撞见过我好几次。如今，她不会再冲上来朝我甩鞭子，她骄傲的眼神就是她抽在我心上的长鞭。

伯鲁心疼我，让我以后日落了再入府问安，这样就不会再遇上她。

我笑着摇了摇头，她算什么人，值得我为她改时避让？

---

①这段话出自《道德经》。

『桑子酒、栗子粉蒸粱米饭，还有新炸的酒渍多子鱼，姑娘快尝尝。』仆没的声音飘进我的耳朵。有渔夫撒网，白鹭惊飞，有遮天的白羽嗡嗡地从我头顶掠过，可我看不见也听不见了。

◇

第十八章 子归子归

天下

二月庸庸而过，三月初，浍水岸边的苕草在一场春雨过后悉数盛开，苕草柔嫩油绿的叶子长满了河堤，数不清的淡紫色的小花从厚厚的绿毯里钻了出来，灿烂地开着，亭亭地立着，风一吹，一波绿，一波紫，美不胜收。

伯鲁说的那间善做鱼的食坊就建在浍水边，这一日，他和明夷约我吃鱼，还煞有介事地派人送来了邀帖和一只彩漆大盒。

打开漆盒，里面装的是一套女子的新装——白玉色的短衣、淡紫色的襦裙。短衣用的是丝麻料，又轻又薄，一层能透五指，两层能透肉色，三层却薄得刚刚好，既不透又不重。再看那淡紫色的襦裙，用的亦是极轻透的丝麻，裙摆上蔓生的粉紫色小花正是此刻铺满河堤的苕草。夏衣的料子做的春衣，三层的短衣，五层的襦裙，花不绣在最上层，绣在第二层，这样的衣裙我从未见过。伯鲁这是要邀我吃鱼，还是看我被无恤抛弃，打算装扮了我，为我另择良人？

我放下衣裙，解开邀帖。这一看，心情再郁烦，也忍不住笑了。

“嘉鱼坊，携美同往者，两斤鲫可换五斤鲈。艳压群芳者，食鱼半月，不收半布。”

伯鲁这是要拿我去换白食吗？他若真要吃半月白食，拉上明夷不就行了？莫不是他已经靠明夷吃了半月，现在又来拉我吧？

南有嘉鱼，烝然罩罩，君子有酒，嘉宾式燕以乐。①这嘉鱼坊的主人也真会做买卖，若他这法子真有用，那全新绛的男子怕都要为了赏美进他的食坊去吃鱼了。

有鱼，有酒，有美人，何乐而不往？

我套上白玉短衣，系好丝麻襦裙，踮起脚轻轻迈了一步，身下的裙摆微微一荡，轻得好似天上的朝云，心情难得舒爽，一路小跑就出了院子，双脚一并猛地跳进开满紫花的苕草丛中，此时低头再看裙摆上的紫花绿叶，只觉得自己也像是春日地底长上来的一株苕草花。阳光一晒，风儿一吹，忍不住就想随风轻舞。

既是成心要去比美的，总不能驳了伯鲁的面子。我从佩囊里取出丝带束了半髻，

---

①出自《诗经·小雅·南有嘉鱼》。一般认为该诗描述宴饮之乐，兼有求贤、讽谏之意。

又笑着低头摘了三朵紫花簪在发间，然后一边赏着春景，一边沿着河堤往东行去。

可惜走了还不到一半的路程，也不知是从哪里飘来了一朵雨云，太阳还晒着，头顶便窸窸窣窣地下起雨来。

太阳雨本是最美的雨，若在平时我定要仰起头来赏一赏那金色的雨丝。可今天，这一身轻透的衣服是万万淋不得雨的。我拎起裙摆飞快地往前跑，见到路边行夫们平日歇脚的草棚就一头扎了进去。

呼，好险好险！再晚两步，这一身的朝云怕是要云散现春光了。

我笑着拍去衣袖上凝着的水滴，仰头去望草棚上挂下来的雨帘。流珠泻玉，浸染点点金光，微微一眯眼，眼前哗啦又晃进来一个天青色的身影。

也是来躲雨的人吧，我轻笑着低头往旁边侧了侧，给来人留了一块空地。

天亮亮的，雨哗哗地下着，身后的人静悄悄的仿佛并不存在。这样的安宁，这样的惬意，真是许久都没有了。

春雨洗亮了河堤，阳光照在濯洗过的草叶上，泛起点点碎光。我心里萌了春芽，忍不住挽起衣袖，将手伸进雨帘，看金丝般的雨线在指尖跳跃。

男人的手是什么时候出现的，我没有看见，等我看见时，他已经合着雨丝轻轻地握住了我的手。

我愕然回首，他低头看着我道："你说，如果我们能忘记过去的一切，那么今日这样的初遇会不会更好？"

初遇，在这样的春景、这样的春雨里吗？

我看着无恤眉梢的红云，看着他深邃的眼、高挺的鼻和颊上新溅的两滴雨珠，鼻头一阵阵地发酸。草棚外，氤氲的雨雾自青草尖上缓缓升起，我愣愣地站着，他叹息着抬手拨开我额间的一缕湿发。

"你终于回来了。"他道。

"不是为了你。"我用自己最冷漠的眼神看着他。

"没关系，回来了就好。"无恤紧紧地握着我的手，沮丧和痛苦在他眼中一闪而过。他低头凝视着我，我倔强地回望。春日微凉的雨水在我们交握的掌心里变得滑腻、滚烫。这暧昧的触感让我迫不及待地想要甩开他的手。

"你松手。"我低喝。

"为什么？"他抓得更紧。

为什么？发生了那么多事，他竟还问我为什么？我愕然，于是更加气愤。

"放开！"

"你怪我没有阻你赴秦，你怪我没去秦国接你回晋？可你该知道的，于我而言，放你走远比抓住你要更难，更苦。我再能忍，也只能忍到这时了。如果过了这个春天你再不回来，你自然会在秦宫里见到我。”

“不必了，你已为我入过一次齐宫，无须再入一次秦宫。你给我的足够了，我给你的也足够了。你我之间，一开始就是错的，再继续错下去也毫无意义。所以，我放手了，也请赵世子放开我的手。”我举起被无恤紧握的左手，用力一挣，他却借势将我的手拧到了我腰后：“放手？谁许你放手！伤你的人，我总有一日会叫她付出代价。现在，你可以怨我，恨我，但你要给我时间，你要信我！”

“信你？”我看着他认真的表情，一下就笑了。

“不要笑！”无恤鼻梁一皱，伸手想要抚平我嘴角的笑容。

我转过脸，嗤笑道：“信你？信你待我的一颗真心吗？你与她月夜纵马，你与她锦榻交欢，你与她生儿育女，你做这些事的时候，你待我的真心在哪里？我从天枢回来后，一直在骗自己，骗自己与你还有誓言，有真心，有可以等待的将来。可我错了，我们什么都没有。你也不要再骗你自己了！赵无恤，你没有真心，对她们没有，对我也没有。你只有一颗野心，一颗能让你、让赵氏族人好好活下去的野心。智瑶打不倒你，这一点，我信你。”

“你在秦国时，我给你写的信，你一字未看，对吗？你不信我，也根本不想相信我，对吗？好笑，真好笑。以前我总说自己没有真心，可她们偏偏都信我有。如今，我剜出血肉做了一颗真心给你，你却说我没有。”无恤仰头凄然大笑，我趁机将手从他掌心里抽了出来。

“小妇人！”大笑之中的人怒喝一声，又擒住了我的手腕。

我抬头狠狠地瞪着他的眼睛，亦怒吼出声：“赵无恤，你到底要做什么？！”

“我能做什么？我可以对别人做很多，对你却什么也做不了……”

时间夹着金色的雨丝从我们面前缓缓地飘过，怒气被无边的哀伤冲散了，我没有说话，亦没有再挣扎，无恤痛苦地看着我，四目相交，视线相缠，恍惚间，竟有一个声音在我心中轻叹：如果，如果能忘了所有，就和他在这雨棚里站一辈子，那该多好……

寂静的草棚里，两个无声的人不知站了多久。“你走吧，大哥在嘉鱼坊等你。”无恤松开了我的手。

我心神一回，转身就走。

“等一等——”他一把扯住我的衣袖，用低得不能再低的声音道，“你的手，我可以暂且放开，一年、两年，你可以住到秦国公宫里去，可以住到伍将军府里去，你可以去任何想去的地方，但是等我做完了所有的事，我求你把这只手还给我，把你这个人还给我，好吗？”

“你说呢？”我转头看着无恤，然后一根根掰开他紧握的手指。草棚外的雨早已经停了，我踩着湿滑的野草，逃命似的奔出了那间我刚刚还想站上一生的草棚。

“姑娘是来吃鱼的吧，里面请吧！”嘉鱼坊外，头扎方巾的仆役见我独自一人看着食坊门口的竹木挂牌发呆，便放下扫水的草把，跑到了我跟前。

我此刻人虽站在食坊外，心却还留在方才的草棚里。仆役一句话犹如投石入水，将我心中的幻影瞬间打碎。

我轻应了一声，默默地脱了鞋，抬步进了食坊。

嘉鱼坊是间用青竹新搭的屋子，屋子里收拾得极干净，里墙上错落钉了些竹桩，桩上垂了几根麻黄色的枯藤，藤上又挂了七八只青陶盏，盏里有土，种了些黄色的小花和绿色的香草。屋里总共只有七张松木长案，其中一张上摆了一把琴、一炉香。

环顾四周不见伯鲁与明夷，我便由着仆役领我在一个沿河靠窗的位置上坐了下来。

“姑娘要吃点儿什么？”仆役问。

“我等人。”

“省得了，鲤、鲫、鲈、鲂、鳗、鳊、鲮，江河里有的，我们这儿都有，姑娘想吃什么，怎么吃，待会儿只管招呼奴来。”

“好。”我笑着点了头，仆役行了一礼就退了。

与我邻桌的是两个文士模样的男子，没带女眷，吃的约莫是一盆鲤鱼，走时竟放了高高两摞钱币在案上。另外几桌都带了女眷，看样子都是自己家中出挑的女乐，男子们饮酒吃鱼，女子们便在一旁布菜。

我此时早已没了方才出门时的惬意，只想等伯鲁和明夷来了，道一声别就回去。可左等右等，等到一屋子的人都吃完了，走光了，也没见伯鲁他们来。

伯鲁约了我，又约了无恤，既是这样，他和明夷又怎么会来呢？

我自嘲一笑，站起身来。

仆役见了连忙跑了过来：“姑娘要走了？”

“嗯，我等的人应该不会来了。”

“姑娘且等一等。食时已过，想必姑娘也饿了，主人家已经替姑娘备了酒菜，姑娘吃过了再走吧！”

“我出门没带足钱币，怕是付不了饭资。”我想起邻桌放在案上的两摞钱币，摇头回绝。

仆役咧嘴一笑，乐道：“姑娘说什么笑啊，凭姑娘这样的相貌，之后半月只管来吃鱼就是了。一人来，呼友来，都成。”他正说着，大堂旁的小门里有人敲两下竹罄，仆役一喜，忙又道，“姑娘赶紧坐下，奴这就去把酒食端来。”

“这……多谢了。”我重新坐下。窗外，一群长脚的白鹭扑展着双翼落在了岸边浅浅的河水里。

“桑子酒、栗子粉蒸粱米饭，还有新炸的酒渍多子鱼，姑娘快尝尝。”仆役的声音飘进我的耳朵。有渔夫撒网，白鹭惊飞，有遮天的白羽嗡嗡地从我头顶掠过，可我看不见也听不见了。

子归，子归，云胡不归？

子归，子归，云胡不归……

他是阿娘的良人吗？他就是当年在范府院墙外唤她阿舜的情郎吗？

是吧，他这一身黄栌色的深衣有几个男子敢穿？他这一双氤氲含情的眼睛有几个男子能有？世间也只有他这样的人，才配得上我美丽的阿娘，配得上“邯郸城外千株木槿”的传说。

男人朝我款步走来，我舌根发硬，喉咙里像是塞了一大团的东西，说不了话，只一下下地发哽。

“在下做的菜不合巫士的口味？”赵稷看了一眼案上的酒菜，笑问。

我默默地打量着眼前陌生而熟悉的面庞。我的眉眼是随了阿娘的，可这鼻子、这两侧的一对耳却与身前的人如出一辙。阿娘，他就是我阿爹吗？

“这是拿郁金酒渍过的多子鱼，刺软，肉实，新炸的还脆，巫士不妨尝一尝。”赵稷拂袖在我身前坐下。

“多谢邯郸君的好意，鲤、鲫、鲈、鲂、鳗、鳊、鲮皆可，小巫唯独不吃这多子鱼。”我将彩漆长盘往前一推，紧巴巴的声音自己听着都觉得刺耳。

赵稷一笑，伸手将那碗炸得金黄的多子鱼从长盘里端了出来：“巫士别看鱼小，刺多，吃了就知道好吃了。还有这栗子黄粱饭，也吃一点儿，赵某可是有些年头未入庖厨了。”

我垂目坐着，鼻尖拂过的微风里飘来一阵极淡的江离香，香气散了又露出两分柴火味。“邯郸君为何要为小巫备此一餐？桑子酒、栗子饭、多子鱼，以前可也有人为邯郸君做过？”我僵坐在男人面前，真相已一撕即破，我却非要逼他亲口说出来。

赵稷的脸在温暖的春光里白得依旧有些泛青，我直盯盯地看着他，他伸手拿起装了桑子酒的黑陶高颈壶给自己小斟了一杯酒：“桑子、栗子、鱼子，三子一家。我每次远行回到邯郸，她和阿藜都会为我备一份这样的晚食。她说，这餐名唤‘子归’。一子得归，二子心悦。今日你来，我自然也要给你做这一餐。阿舜……你娘在秦国也给你做过这些？”

“做过，当然做过。”我眼里滚出了泪，嘴角却勾着笑，“馊谷子混烂菜叶放进陶釜里，运气好的时候再扔一把人家庖厨里丢出来的鸡肠子。没有盐，腥得我恶心，阿娘就跟我说：‘这是冬祭前新磨的栗子粉蒸的粱米饭，黄黄的香香的甜甜的，阿女乖，吃一口。阿女吃完，喂阿娘吃一口。’邯郸君，我是贱奴，我吃过的‘子归’和你吃的不一样！你的这一份，我吃不起！”我说到伤情处，一挥手就将那碗多子鱼打翻在案，然后起身解下腰间的佩囊将里面的钱币全都倒在了案上，“邯郸君做的鱼太金贵，小巫吃不起，余下的钱，明日差人送来。”说完，丢下佩囊转身就走。

赵稷起身猛地抓住我的衣袖：“阿拾，不管你认不认我，你都是我的女儿！”

阿拾。

他这一声“阿拾”听得我霎时泪如雨下，我从来不知道自己的名字从他嘴里吐出来时，竟会有这般心酸的滋味。

“邯郸君既知我名拾，难道不知何为‘拾’？我是秦将军伍封从大火里捡来的孩子，你凭什么说你是我阿爹？！你养过我吗？你打过我，骂过我，教过我吗？你连个名都没给我取过！”我大吼着一把甩开赵稷的手。

“我有，你兄长名藜，你名——”

“别告诉我！”

赵稷的面色在我的怒吼声中僵住了，他也许根本没想过我这个女儿居然会不认他，居然没有跪倒在他脚边哭着喊他阿爹，反而横眉冷对地站在他面前，对他高声怒喝。

“我是没有教养过你。可伍封把你养得很好，蔡墨把你教得很好，所以，你应该知道你今日该恨的人不是我。”赵稷盯着我的眼睛，原本激动的声音一点点地冷却。

“我知道我该恨谁。可你呢，你又对我做了什么？临淄城、商丘城，你为了报复赵氏，一次次地把我往死路上推。你为陈恒出谋划策的时候，你想过我是你女儿吗？如果我死在齐国，就是我该死，就是我没资格做你邯郸君的女儿为你出生入死，对吗？今日，你假惺惺地给我做了这餐‘子归’，心里打的又是什么主意？！”

“你的父亲在你心里就如此不堪？这世上就只有他赵无恤才值得你为他出生入死吗？你太让我失望了，你也太让你娘失望了！”赵稷听了我的话，凤目里满是怒气。

“你别提我娘！”我低下头，十指的指甲深深地掐进了掌心，“邯郸君，十几年前，鲁国公输宁曾为智氏修建了一间关押药人的密室。这药人也许就是阿藜，若你能找到他，你我之间再谈到底是谁让阿娘失望！”

“阿藜……”

“对，阿藜。邯郸君是不是以为他已经死了，所以这些年就心安理得地躲在齐国，躲在陈恒背后？可我阿娘信他还活着，我信他还活着。若药人真是阿兄，你且想想他盼了你多少年，他被人取血挖肉的时候又叫了你多少声阿爹！你配做我们的阿爹吗？你根本就不配！”我抹了一把脸上没出息的眼泪，转身夺门而出。

泪水迷眼，脚步踉跄，才冲出大门一头就撞上了两个人。

一朱一青，那朱衣的被我撞翻在地，还欣喜地冲那青衣的喊：“嘿，陈爷，是我家姑娘哩！”

透过竹帘的缝隙，我看不清席上的人影，只看见筵席中央四座一丈多高的青铜树形大灯。灯座无华饰，灯盘之上铸有青铜狩人，狩人手持利剑，似乎正在追杀灯油中仓皇逃命的猛兽。猛兽仰头呻吟，口中火舌跃动。

第十九章　畏予不宁

赵稷来了晋国，陈盘也来了晋国。赵鞅病了，晋侯要死了，这新绛城就变得谁都能来了。

赵稷来得隐秘，但陈盘这时入绛又是为了什么？

我这头还在揣测陈盘入绛的目的，智瑶那头却已经派人邀我赴宴，而宴席招待的正是齐国陈氏世子陈盘。

夕阳落山，暮鸦掠空，咿呀摇晃的马车在智府家宰等待的目光中停了下来。

我迈下马车，抬头望着银红色暮霭下智府高大的府门，这两扇大门对我而言犹如黄泉之门，一脚迈进去身子自然就冷了半截。恐惧由心而生，想要克服，却根本无法克服。

赵鞅自卫国一战后已渐渐失去了对晋国朝局的掌控，智氏一门宗亲正由上而下一点一点地蚕食着原本属于赵氏的权力。如今，智瑶离云端只差一步，被他这样的人日夜惦记着，算计着，如履薄冰已不足以形容我现下的窘境。

老家宰一路叨叨着领我走过长桥，穿过厅堂，来到昔年我第一次拜见智瑶的地方——那间诡异的、嵌满铜镜的光室。

老家宰入室替我通禀，我垂手立在廊道里。

一道青竹帘。帘外，夜幕低垂，天光散尽；帘内，明亮如昼，乐声喧天。

透过竹帘的缝隙，我看不清席上的人影，只看见筵席中央四座一丈多高的青铜树形大灯。灯座无华饰，灯盘之上铸有青铜狩人，狩人手持利剑，似乎正在追杀灯油中仓皇逃命的猛兽。猛兽仰头呻吟，口中火舌跃动。墙壁之上，铜镜之中，亦有几百条火舌不断吞吐。剑影、兽影、火影在我面前不断幻化，火光一闪，仿佛随时会有火兽从墙中扑跃而出，将一室之人拖入镜中吃个干净。

“巫士，家主有请。”老家宰掀起竹帘，笑盈盈地看着我。

我深吸了一口气，一脚踏进了灯火通明的炼狱。

穿过众人的目光，穿过舞伎们手中翻飞的彩翎，此刻，筵席的主人正坐在锦席之上侧着身子同自己的儿子轻声说着什么，见我来了，抬手将乐声停了下来。

“巫臣来迟，望亚卿恕罪。”我上前施礼告罪。

智瑶坐在他红锦绣凤鸟纹的丝席上没有说话，只用白得发灰的食指一下下地击打着丝席上凤鸟的脖颈，由我在众人目光中抬手躬身站着。我这两年一直避火般避着他，他的召见，我十次总有七次不来。今日来了，怕是第一关就难过了。

“巫士今日怎么肯来了？是想不出什么新奇的借口再来推拒我卿父吗？”智瑶没有说话，说话的是他身旁的智颜，少年公鸭似的嗓音又浊又哑，听来颇为刺耳。

“小巫惶恐！此前不便入府，实是受公务所累。奉旨使秦半岁，如今又有南郊禘礼[①]——”

“好了——巫士迟来已是扫兴，还说这么多堂皇话做什么？！是要彻底坏了吾等的兴致不成？”智瑶冷冷地打断了我的话。

“着实扫兴。”智颜端着酒樽看着我，一副要看好戏的模样。

“哈哈哈，哪里会扫兴？智卿不知，热火灼身之时，见到巫士这样冰雪似的儿郎，再听他讲几句冷淡的堂皇话，才叫真情趣、好兴致呢！”困窘间，一个清朗中略带娇糯的声音忽地响起。我微微侧首，说话的正是一身朱红色丝绢长袍的陈盘，他噙着笑坐在智瑶右下侧的长案后，手里搂着一个绝色的乐伎，身后坐着一众点头应和的齐国随臣。他见我转头看他，左眼一眨，朝我飞来一个媚眼。

智瑶的眼神在我和陈盘之间转了一圈，笑着道：“陈世子可真是没饮酒就醉了啊！我晋人神子可不是你们齐国雍门街上的粉人。”

“哈哈哈，巫士玉骨天成，神人之貌，的确是盘唐突了，还望巫士恕罪啊！”陈盘煞有介事地出席向我一礼，我亦转身回了一礼。

智颜见此情形正欲开口，却被智瑶拦了下来。

“巫士入座吧！”智瑶道。

“谢亚卿。”

“起乐！”绷着脸的智颜双击掌，东墙脚下的乐师们又开始吹奏起遥远东夷迷乱人心的乐曲。

晃眼的灯火中，我此刻最不想见到的那个人低头坐着，在他身边是今晚筵席上的最后一个空位。

我僵立着，迈不开脚。酒席上那些无聊的、探究的、戏谑的目光又齐齐聚在我身上。幸在，幸在他不看我。

“巫士，请入席。”婢子摆好食具，小声催促。

---

①禘礼，禘祭之礼仪。

我硬着头皮绕过长案走到他身旁，没有叫我思念而又害怕的熟悉味道，只有刺鼻的酒味随着身旁之人沉重的呼吸扑面而来。

他喝酒了，醉了？智瑶在，陈盘在，这样的场合他怎么会把自己灌醉？！

不要管他，他如今就算喝醉了也与我无干。

我心里又酸又痛地想着，伸手去捏案上的耳杯，怨那侍酒的人将酒盛得太满，手一晃便洒了大半。酒液蜿蜒顺着案几上的纹路向他流去。我心里一慌，连忙起身去擦，冰凉的手背碰上滚烫的手指，他一动未动，我如遭火炙。手，终是回来了，可眼睛却不自觉地朝他望去，这一望，便落入了一双被酒气熏红的眼睛。

眼睛的主人皱着眉头看着我，我心中一突，又慌忙转过头来。

抱笙的乐师摇晃着身体，美丽的舞伎抱着翠色的小鼓在我面前边敲边舞，我盯着舞伎涂满丹蔻的手指，耳朵里听到的却只有粗重的鼻息和闷在胸腔里的咳嗽。天哪，他到底喝了多少酒，怎么连鼻梁都红了？

身旁人的视线叫我如坐针毡，手放在案上、垂在身侧都觉得不对。这时，一个十来岁的小婢捧了一方凝如血、冻如脂的鸡血玉棋盘朝我走来。十二颗黑白两色的玉制棋子，六根象牙雕的博箸，正是贵族们平日斗酒斗钱时爱玩的六博[①]棋。

“巫士，家主请你玩博戏。”小婢捧着棋盘恭声道。

“六博棋？”我捏起一根象牙雕花的博箸看了一眼，无恤身后的剑士首已经急扑了上来：“巫士——”他按住我的手，一脸惊恐。

“阿首！”无恤开口，剑士首刚张到一半的嘴立马就合上了。

怎么了？我拿眼神询问剑士首。

首皱着一张脸，有口难开。

此时，乐曲已停，舞伎鱼贯而出。智瑶穿着他明紫色的宽袍半靠在案几上，座下之人的一举一动全都落在了他嘲意满满的眼睛里。“巫士可会玩博戏？”他转着手中食箸，笑着问我。

“在太史府时，曾陪师父玩过几把。”无恤一脸漠然，剑士首一脸焦急，我知道这棋盘之中另有玄机，却也只能如实回答。

“太史可是我晋国的博戏高手啊！”智瑶一挥食箸，示意婢子将棋盘摆在筵席中央，“都说棋局如战局，陈世子今日已在智某府上连赢了四人，杀得我这方棋盘都滴了血。怎么样，巫士可愿为某下场一战，替晋人挽回点儿颜面？”

---

①六博，亦作“六簙”，古代一种掷采下棋的比赛游戏。东汉王逸在《楚辞章句》中注：“投六箸，行六棋，故谓六簙也。”

晋人的颜面便是晋国的颜面，棋局的胜负便是齐晋的胜负。他把话说到这份儿上，根本就没有给我拒绝的权力。

“巫臣敬诺！”我蹙眉应下。

“哈哈哈，大善。陈世子，请吧！赌注不变，某倒要看看你能不能再赢一局。”智瑶拊掌，对陈盘大笑道。

陈盘推开怀中的乐伎，也笑呵呵地站了起来：“那盘就请巫士不吝赐教了。”

透着斑斑红痕的玉制棋盘被摆在了四座青铜树形灯的中央，簇簇涌动的火苗将我与陈盘团团围住。屏风前，盲眼的乐师双膝一盘，架上五弦琴。琴音起，二人一礼，隔着棋盘坐定。

“我的好姑娘，手下留情啊！”陈盘摆好六棋，噙着笑从牙缝里挤出一句寺人毗惯有的娇嗔。

我瞪了他一眼，专心摆开棋局。

六博棋，双方对战，每方六子，五子为散，一子为枭，枭可食散，散可化枭。棋盘之上又有博道，道中有生门、死门，相生、相克之法。

棋局如战局，这一点智瑶没有说错。但也恰恰因为这一点，我不喜六博之术。人生已有太多阴谋杀戮，又何必再在棋局上厮杀？既是厮杀，又怎能挂上游戏玩乐之名？

陈盘看似顽劣，却深谙布局之道。他精明算计，杀伐果断。我疲力招架，不到一刻钟便输了。

“巫士承让了。”陈盘赢了棋，坐着同我行了一礼。

“陈世子，果真好棋艺。”上座的智瑶见我输了，一甩大袖，高声喊道：“来人，给赵世子把酒满上！”

“唯。”候在一旁的寺人即刻从青铜大方彝里舀了满满两大斗的椒浆倒在无恤的酒樽里。

“小巫输棋，这酒合该小巫来喝，不用赵世子代劳。”

“愿赌服输。”方才还与我默默对视的人不等智瑶答话，仰头就将一樽火辣辣的椒浆全都喝进了肚里。

“好，给赵世子再满上！”智瑶一抬手，寺人又来斟酒。

这是做什么？我眼看着脸红到脖子根的无恤又往喉咙里灌了一樽烈酒，心里有种说不出的古怪滋味。

“啧啧啧，这可已经是第十樽了。今夜筵席之上独赵世子一人可尝尽天下美酒，盘下棋下得口干舌燥，想喝上一口都难啊——”陈盘装模作样地说完又凑到我耳边，咬着耳朵道，“不管姑娘是真输，还是假输，盘都要替郑伯谢谢姑娘了。”

郑伯？这棋局同郑国又有什么关系？

椒浆性冲，无恤连饮了三樽后已垂下了头，血红色的额头上两根被酒气激起的青筋一突一突地乱跳。愿赌服输……他和智瑶赌了什么，值得这样豁出命去拼酒？

“五局连败。赵无恤，这最后一局不如你自己上吧，若输了，郑国的事你就别管了。”智瑶见无恤醉酒，两瓣涂了血似的红唇一直带着难掩的笑意。

无恤扶额粗喘了两口还未及答话，剑士首已匆忙往前跪了两步，俯身道：“禀亚卿，我家家主已不胜酒力。这最后一局，可否等家主明日酒醒再与陈世子对弈？”

“嚯——我智府的筵席哪容得你赵府一个下士说话？既然你如此忠心，那就由你来下这一局。他赵无恤比我智瑶贤良，明日酒醒也定不会怪你误事。来人！”智瑶说完即刻有人来拖剑士首。

剑士首慌得手足无措，忙叩首道：“鄙臣不通棋艺……鄙……”

“亚卿——”一脸绛红的无恤与我异口同声。

我回头看他，他抬眼看我，视线交会便无须言语。我抬手对智瑶道：“亚卿，最后一局还是让小巫来下吧，别叫此等粗鄙之人平白丢了我们晋人的颜面。”

智瑶看看陈盘，又看看无恤，身子往后一挺，笑道：“好啊，那郑伯这个夏天是哭着过，还是笑着过，就全看巫士这局棋了。”

投箸，行棋，立枭，吃散，六博之术全在运气与布局。

我方才那局心不在焉，这一局却不敢有丝毫懈怠。

小心布局，步步为营，心里急着想赢，可偏偏运气怎么都不如陈盘。

陈盘一连吃了我两颗散子，不由得眉开眼笑：“晋人皆唤巫士神子，天神今夜怎么忘了照拂自己的小子了？莫非——天神也知道巫士替赵世子行的不是义事，更非‘孝’事？”他说到“孝”字时，故意抬头看了我一眼。

我捏着手中博箸，垂目道：“话多的人运气易散，陈世子若想赢就闭嘴吧！”

“不怕不怕，盘一贯好言，也——”陈盘话没说完，我已经一把投出手中博箸，三步开外的寺人高声唱到：“五白——”

投得五白，即可吃掉对方任一棋子。陈盘眼见着我拿走他新立的枭棋，嘴巴张得能吞下一个鸡蛋。

行棋，投箸，我连设杀局，一口气吃了陈盘三子。最后一投，若我再得五白，他便输了。

“投吧，我就不信，你还能再得五白。”陈盘摸着自己最后一颗枭棋，尴尬笑道。

我随手投箸，寺人再唱：“五白——”

“天神的玩笑开不得，言多必失，陈世子可记牢了。”我微笑着拿走陈盘余下的所有棋子。

陈盘趁乐师一曲未完，一把按住了我拿棋的手："姑娘舍不得叫赵无恤喝酒，就舍得叫郑国黎民受战火屠戮？"

"晋侯大疾，晋国不到万不得已不会出兵伐郑。你回头让郑伯礼让一番宋公，又何来屠戮黎庶的战火？自己搞不定的事，休来赖我！"

"我赖你？好啊，你今日赢了我，可要害死赵无恤了。"陈盘古怪一笑，转身对智瑶道："盘输了，待盘回齐，定将智卿之言转告家父与君上。"

"好，很好。"明明赢了棋，智瑶的脸色却不大好看，他盯着强坐起来的无恤，挥手道："来人啊，给赵世子再满三樽烧酎。"

椒浆换烧酎！我不是赢了吗，为什么还要灌他？！

"亚卿——"

"巫士方才这局可是不费一兵一卒、一车一马就替赵氏赢了至少两座城池。这样的喜事，难道赵世子不该饮酒庆贺？满上，不，换大杯来！"

"我说了吧，你让我一局多好。现在，他可惨了。"陈盘一耸肩，荡回了自己的座位。

无恤案上的青铜樽被人换成了水晶大杯，斟酒的小寺人一手倒酒的好功夫，清冽的酒液直逼杯沿。

"谢……亚卿赏酒。"无恤端起烧酎狂饮了半杯，可烧酎辣喉，他腹中又满是酒气，一口没咽下去，伏在案上狂呕起来。

相识多年，他在我面前永远是游刃有余、无所不能的。他的困境、他的落魄、他所受的羞辱一星半点儿都不愿叫我看见，可现在他却在我面前吐得如此狼狈。

剑士首慌乱地处理着案几上的秽物，小婢子端来清水让无恤漱口，倒酒的寺人又舀了一大勺烧酎慢悠悠地将面前的酒杯盛满。

"棋是小巫帮世子赢的，世子也赏一杯美酒给小巫尝尝吧！"我伸手去端案上的酒杯。

无恤一手擒住我的手腕，另一只手抓起了盛满的酒杯："我没事，你坐下！"他直直地看着我，那眼神撞进我的胸口，叫我心头隐隐作痛。

我替晋人赢了棋，却叫智瑶输了城。智瑶很不高兴，他把他的不高兴全都挂在脸上。

智颜坐不住了，他在他父亲不高兴的脸旁说了几句话后，站起身来冲陈盘道："陈世子，颜听闻世子手下有一家臣人称'义君子'，使得一手好剑。可否请他为在座各位展示一番剑艺，以助酒兴？"

"当然可以。"陈盘输了棋并不见恼，仍是一副笑嘻嘻的模样。

“颜以为，一人舞剑难见剑术之妙，我晋国赵世子亦是侍卫出身，不如来比一场剑，如何？”

“家主酒醉，如何能比剑？”无恤在场的另一名家臣惊呼道。

智颜笑着步下筵席，走到无恤案前：“赵兄当年可是一招就打跑了蔡人。这才当了几年赵世子就不会用剑了？喝了几口酒就怕了真剑士了？棋要巫士给你下，难道剑也要巫士替你比吗？”

“世子！”我瞪着智颜低喝道。

“哦？难道巫士真的想与陈逆比剑？”智颜呵呵一笑，正欲与我搭话，无恤已踉跄提剑站了起来。

“家主！”

“哈哈哈哈，有意思了。”智颜大笑着站了起来，转头冲宴席左侧兴奋喊道：“‘义君子’何在？上场与赵世子一较高下吧！”

陈逆此时就坐在陈盘身后，整场筵席陈盘左拥右抱玩得高兴，陈逆只默默地坐在灯影里，仿佛这里一切的热闹都与他无关。但这会儿，整个筵席上的人都把目光聚在了他身上，陈盘亦看好戏似的看着他。

陈逆起身跪地一礼，抬手垂目道：“逆三日前负伤，不可持剑。望智世子恕罪！”

“负伤？”

陈逆不语，只垂目跪着。

陈盘睨了他一眼，转头拍着大腿对智颜朗笑道：“哎呀呀，我怎么把这回事儿给忘了！智世子千万见谅，三日前，盘与义兄到城外食坊吃鱼，门还没进去就叫个冒失鬼给撞了。义兄为护陈盘，手腕伤到了，不可持剑，万不可持剑的。”

陈盘言辞夸张，可只有我知道嘉鱼坊外陈逆根本没有受伤，陈逆冒着得罪智氏的风险当面拒绝智颜，只因为他是坦坦荡荡的真君子，他敬重自己的对手，也敬重自己手中的剑。

乘人之危的事，陈逆不会做，可这世上终究小人多过君子。

智颜被陈盘所拒，回头又见无恤垂首立在那里似已大醉，于是嘴角一扬，低头解下自己的佩剑，走到无恤面前道：“既然‘义君子’有伤在身，那颜就斗胆请赵兄赐教了！”说完，不顾无恤醉酒愣怔，抬手敷衍一礼，礼毕，拔剑就砍。

我与剑士首齐齐吸了一口冷气。这哪里是比剑，这分明是要杀人啊！无恤纵使剑术再好，此时连剑都拔不出来，如何能与他相抗？智颜意在羞辱无恤，又岂会手下留情？

无恤被智颜逼着连退了数步，左右闪避，袖口、衣摆还是不免被砍出了数道破口。

高阶之上，智瑶的脸上终于有了笑容。

光室之中，惊呼声此起彼伏。

剑士首冲出筵席跪在地上朝智瑶拼命叩头，智瑶噙着笑看着场中全无公平可言的比剑，一抬手就将一只青铜酒樽重重地砸在了剑士首的背上。

无恤的背撞上了厅中的梁柱，整个人斜摔进乐师群中。惊慌的乐师们搂笙抱琴一哄而散。智颜挥开人群举剑就刺，无恤这时才勉强抽出剑来反手一格。得意扬扬的智颜没料到无恤还能反击，脚步一滑险些摔倒。无恤酒醉，猛力一格，手中长剑竟脱手而出。智瑶身旁的酒侍见长剑从天而降，头一缩，将一勺热酒全都淋到了自己脚上。

“你？！”智颜见无恤的剑正砸在父亲智瑶的脚边，气得举剑又朝无恤胸口削去。

无恤长剑脱手，只能挥袖退避。可他脚步虚浮，哪里能避开智颜的频频攻击。左臂受伤，右臂随即也染了血，青黄色的蒲席上洒落串串鲜血。

“我输了。”无恤握住受伤的右臂蹙眉认输。

智颜却似没有听见，挺剑向无恤左胸疾刺而去。

那一瞬间，我想也没想已飞身朝无恤扑了过去。

“铮——”两剑相交，陈逆挺身挡在了我身前，手中三尺长剑将智颜逼得直退了两步。

“智世子，比剑需识度。”他收剑入鞘，沉声道。

“颜儿，赵世子已认败，你这样胡闹成何体统？”座上的智瑶持杯轻喝。

“赵兄认输了吗？那是颜失礼了。”

厅堂之上，赞誉之声四起，智颜收剑入鞘，脸上得意的笑容难以抑制。

“你快去吧，他走了。”陈逆低头看我。我回头，身后的人已消失在灯火尽头。

夜深沉，偌大的一轮红月悬在半空之中，长街上空荡荡的，我茫然四顾，这才明白，原来放下一个人不是放开他的手、避开他的眼就可以的，心系在他身上，人又怎么逃得了？

远处，在月亮孤寂的影子里，系着我一颗心的人正扶着土墙吐得厉害。

他痛苦的声音被压得很低，但寂静的夜将它放得很大，我不敢靠近，只能远远地看着他，看他吐尽了，直起身子继续往前走。

他时走时停，漫无目的地在夜半无声的长街上游荡。我默默地跟在他身后，不敢靠近，亦不敢离去。

无恤温热的血滴在我脚下，他月光下长长的影子就在我身旁游移，可我除了陪伴，全然不知此刻的自己还能做些什么。他痛苦的源泉、我痛苦的源泉都如这扯不碎、叫不破的黑夜，让人无能为力。

两个影子、一轮月，我们就这么无言地走在黑暗里。没有旁人，没有争吵，没有两个家族的血海深仇，半年多的离别后，这竟是我们最长的一次厮守。

一前一后，踏影随行，走了数不清的弯路，数不清的回头路，他最终还是回到了属于他的地方。

赵府门外，我看着他一步步迈上台阶，我知道那扇大门背后会有人心疼他的伤口，安抚他的痛苦。而我，一个仇人的女儿，一个侍神的巫士，除了安静地走开，什么都不能做。可走，我又能往哪里走？我没有了他，没有家，哪里才是我的方向？

夜雾弥漫，我立在孤月之下，忽然就丢了来路和去路。

踢踏，踢踏……有清脆的马蹄声踏破夜的沉默。

惊回头，无恤骑着马从府门一跃而出。

我呆立，他俯身一手将我抄上马背。

“喝！”身下的青骏听到主人的声音撒开四蹄冲入迷蒙的夜雾，追着落山的月轮飞奔而去。

无恤醉了，醉得放肆而疯狂。

他用他滚烫的身体，熨烫着我每一寸皮肤。他用他的疯狂，逼我和他一起疯狂。

月亮是何时下山的，我不知道，只记得在自己晕睡过去前，透过他凌乱的发丝，看到启明星爬上了东方蓝紫色的天空。

半年多了，我从未睡得这样沉。黑暗里，有温暖的身躯紧紧包裹着我，耳畔沉稳的呼吸声像是月光下的潮汐，一波波将我推向梦乡。

闭上眼睛时明明睡在雁湖边的青草地上，醒来时却已经躺在草屋的床榻上。醉酒的人已经醒了，酒却未全醒，他见我睁开了眼睛，一个翻身就趴到了我身上。我用手抵着他的胸膛，他支起双臂直直地看着我，眼神竟似责问。

我想要逃走，可此刻不着寸缕，连衣服都不知道脱在何处。

“放我走。”我扯过床榻上的薄被努力遮住自己的胸口。

“永远不要替我挡剑，永远。”他盯着我的眼睛，一字一句地说完，而后身子猛地往下一退，探头又钻进了我身上的薄被。

想逃吗？根本逃不了。他知道我身体的每一处秘密，强聚起来的理智，在他不容拒绝的攻势下，溃不成军。

累了，又睡了。睡醒的时候抱着被子坐起身，望着窗外的红日，呆坐了半天才分辨出这不是朝阳，而是第二日的夕阳。

身旁的人已经不见了，枕上放着一套干净的衣裙。我忍着周身酸楚穿上短衣，却发现绯红色的襦裙上放着一串白玉组佩。五只玉雁以相思花结为隔，雁形逼真，姿态各异。

纳彩、问名、纳吉、纳徵、请期、亲迎，婚仪六礼，五礼执雁。

那年在齐国，他说来年雁归之时，执雁送我。哪知落星湖畔一别，到今日已经整整五年。原以为两心相许就可以终身相随，天涯共飞。可秋去春来，雁有归期，我们却断了当初的誓言。

打开房门，走出草屋，这里是他躲避风雨、舔舐伤口的地方。那一年，我在智府装神弄鬼戏耍智颜，无恤在智府门外接了我就带我来了这里。也是在这棵木兰花树下，他抱我下马，我以为他要吻我，他却一气之下把我丢进了深冬冰冷的湖水。

冰火两重天……

“你在想什么？”有人从背后将我紧紧环住。洁白如玉的木兰花在夕阳的浸润下散发着淡淡的金红色的光晕。我轻轻握住环在自己腰际的大手，他低头亲吻着我披散的长发。

“痛吗？”我问。

“不痛。”他撩开我的发丝，把头深深地埋进我的颈项，“要知道流这么几滴血就可以让你心软，我早就自己下手了，也不用劳烦智颜那小儿。”

“你昨夜醉了，若无人制止，智颜本可以把你伤得更重。”

“你替我赢了棋，我不流这几滴血，智瑶心有不甘怕是要毁约，你的棋可不就白下了？”

“可他们羞辱了你……”

“我记下了。”无恤将我转了过来，拥着我道，“昨夜叫我最难受的倒是你那一扑。我即便醉了也不至于死在智颜手里，若他伤了你，我才是真的输了。”

“陈盘和智瑶赌了什么，你和智瑶又赌了什么，值得你这样拼命？”

“你猜陈盘此番为何入晋？”

“郑国自去岁起屡次骚扰宋国边境，宋国不堪骚扰定会向晋国求助。晋国为拉拢宋国想要出兵伐郑，但齐人肯定不想让晋国讨伐郑国，所以就派陈盘来做说客了。”

“你这半年在秦国，中原的事知道得还不少嘛！”无恤微微一笑，算是默认了。

“晋侯大疾，你卿父又久病缠身，伐不伐郑都要看智瑶的意思。可我昨夜不觉得智瑶想伐郑啊。”

“智瑶是没打算伐郑。他和陈盘的赌注无非是由谁去调停宋、郑两国的争端。你赢了陈盘一局，齐国就必须出面让郑国停止对宋国的侵扰，郑侯还要另外备礼向宋公致歉。”无恤拉着我穿过一片开满野花的草地，然后指着不远处的柏树道，“饿了吧，我在那边给你做了荇菜鱼羹。”

“那你呢，你和智瑶赌了什么？为什么智瑶说我替你赢了两座城池？”

“这么急做什么？你不饿不累吗？看来，我这一天一夜还是轻饶你了。”无恤见我喋喋不休，一把将我揽进怀里。

我脸一红，伸出双手一下捂住了他的脸。

无恤在我掌心吃吃一笑，擒着我的手腕道：“你怕羞，捂我的脸做什么？我又不怕羞。”

“我饿了，吃鱼去了。”我收回自己的手，飞快地朝湖岸边跑去。

春日的雁湖一改昔日的萧索，如镜的湖面倒映着满天绯红的晚霞，成群的大雁栖息在湖岸边的水草丛中，偶有几只振翅而飞，吟哦之声清脆辽远。在离雁群不远的柏树下支着一方木架，架上吊着铜釜，釜中轻烟袅袅。我自己找了碗，拿木勺盛了满满一碗的鱼羹。

无恤笑着走到我身边，开口道：“我和智瑶赌的是赵氏伐郑的机会。智瑶以卿父久病为由，想要以一家之力独自伐郑。这样一来，他既可以在军中树立威望，又可以一人独得封赏。封赏之城在北，我不能不争。”

“可你不是说智瑶没打算伐郑吗？宋郑之争只要调停便好。”

“傻瓜，那是骗齐人的鬼话，你也信？智瑶不是不想伐郑，而是碍着晋侯的病还不能伐郑。可宋郑两国争了一百多年，智瑶总能找到借口出兵。我若不未雨绸缪，岂不是叫他独得了北方四城，生生断了我赵氏北进之路？”

晋国西有秦，南有楚，东有郑、卫、齐、鲁。赵氏若要拓地只能北上。当年董安于为助赵鞅北进，硬生生在一片荒地上造出了一座大城，为了填满这座大城，赵鞅才会向我祖父赵午索要五百户卫民，毁邯郸，以填晋阳。我的家、我所有的亲人就这样成了赵氏北进之路上的牺牲品。

“你如今还想要往北拓地吗？”我端着陶碗，嘴里的鱼羹已完全变了味道。

“北方是赵氏的生脉，我不得不争。”

“可昨夜我若输了呢？”

“六盘皆输，那便是天要助他智瑶了。只可惜天神眷我，把你给了我。”无恤伸手擦掉我嘴角的鱼羹，我一抿唇，放下手中陶碗站了起来：“昨夜是陈盘的自大帮了你，与我无关。我吃饱了，要回去了。”

“你还在怪我？”无恤拖住了我的手。

“我不怪你。只是你要做阿爹了，你我过了今日能不见就不见吧！”我用力去掰他的手，但这一次却怎么也掰不开了。

“我要走了。”

“不许走。”无恤双臂一张将我紧紧箍在怀中，“你心里有我，我心里也只有你。你我的将来不会有任何一个不相干的人。我赵无恤的婚誓一生只说一次。死生契阔，与子偕老。如今，你未老，我未老，你为什么要这么迫不及待地推开我？”

“昨夜是个意外。我那日在草棚里跟你说的才是我的真心话。你没变，是我变了。以后我要去哪里，和谁一起去，回不回来，都与你无关。”我话未说完，声音已经发哽。

“一次已经够了，你不能再抛下我一次！不管你信与不信，我赵无恤从始至终未曾负你一丝一毫。只要我拿下北方的代国，我就不再需要她母家的马匹，你将来也不会再见到她和她的孩子。”

“代国是伯嬴的代国，孩子……也是你的孩子。”

“那不是我的孩子！我只要你为我生的孩子。你等我，两年就好，不，一年就好。”无恤捧着我的脑袋急切地嚷着。

我看着他，眼泪已在眼眶中打转：“红云儿，我们不会有孩子了……我不能等你，也再不能爱你了。”

“为什么？”

“因为……”因为我是邯郸君赵稷的女儿，因为你的父亲毁了我的家，如果与你长相厮守，生儿育女，我怎么对得起我死去的阿娘……

“阿拾？”

“不要问我为什么。”

“好，你不说，我便不问。”

无恤的温柔将我的眼泪一下逼出了眼眶：“我不想哭，我不要哭。”

“你没哭。”他叹息着，将我的脑袋压在自己的胸前。

再回城时，太阳已经落山，一轮淡月挂在山巅，轻薄如纱的彩云在墨蓝色的天空中随风轻移。无恤骑着马将我放在身前，碎碎的马蹄声将我一路送回了浍水边的小院。

不想放开身后的人，可又必须放开。马蹄声未止，我已经从马背上跳了下来直冲进了小院。

门外一片寂静，只有闹人的山雀子站在木槿花枝上叽叽叫个不停。

我知道他就站在门外，他也知道我就站在这里。

一道门隔着两个人，隔着两颗心。

“你走吧！”我闭上眼睛。

有风吹起发梢，睁开眼，人已经被他抱起。

“阿拾，没有不可以，在我这里没有什么不可以！”无恤抱着我，一脚踢开了脆弱的房门。

空荡荡的房间里此刻只有我与赵鞅二人，悄无声息的寂静在我心里催生出了无数疯狂的念头。现实、梦境、过去、现在，数不清的场景在我眼前闪现；死去的人、活着的人全都张着嘴在我耳边不停地嘶吼。

◇ 第二十章 桑之落矣（下）

眼前是冲天的火焰、坍塌的城墙，焦黑的泥土带着火星扑落在脆弱的花枝上，花海烧成了火海，到处都是哭声，到处都是滚滚的黑烟。我赤足踩在炙热的大地上，脚心传来的痛楚叫我举步维艰。我知道这是自己的噩梦，却不愿醒来，因为我想见一见阿娘，见一见阿兄，即便是在梦里。

走进大河之畔的城池，巍峨的城楼在身后的大火中轰然倒塌，可我没有回头，因为那是我无力阻止的过去。

“阿娘——阿兄——”我踩着焦土一步步往城中走去。

“阿舜——阿藜——”男人的声音似回音在我耳畔鸣响。

我停下脚步，望着眼前滚滚的浓烟。手提长剑的赵稷就这样穿过火焰，穿过火海朝我走来。他的剑尖滴着血，他的脸上满是黑烟熏染的印迹。

“阿爹……”我看着他，嘴唇一动，竟唤出了自己以为永生都不会唤出的两个字。

“你是谁？”一身火星的赵稷来到我面前，他低头打量着我的脸，我凝视着他，他突然抬手按住我的肩膀，将一柄滴血的长剑一寸寸地刺进我的胸口。“你就是我的好女儿吗？”他问。

“不——”胸口的剧痛让我尖叫着从梦中醒来。

黑暗中，无恤紧握着我的手，小心翼翼地将我搂进怀里：“怎么了？做噩梦了？”

我蜷缩起身子在他怀中默默地点了点头。

“没事了，醒了就好了。”无恤吻了吻我的头顶，将我抱得更紧。

“我刚刚有说什么梦话吗？”我问。

“你要告诉我你梦见什么了吗？”

“不要。”我轻轻地摇头，梦里的一切是我永不能言的秘密。邯郸、赵稷、战火、复仇，无论是哪一个，只要我一开口，我现有的世界就会崩塌。

“那就睡吧。”

“嗯。”我轻轻地答应，过了许久又问，“外面下雨了吗？”

“也许下了，也许没有。除非你现在想和我一起去看雨，否则我不关心。”无恤撩开我粘在脸上的碎发，温柔地替我合上眼睛，“你这两天累坏了，快睡觉。”

“我怕还会做噩梦。”

“没关系，我会去你梦里找你。”无恤在我发间轻吻，叹息着将我拥紧。

我听着他沉稳有力的心跳，慌乱的心终于渐归平静。不管天明我们是不是要分开，起码这个夜晚他还在。

“阿拾——阿拾——”

夜半，于安的声音伴随着重重的敲门声闯入我的耳朵，我迷迷糊糊地睁开眼睛，几乎以为这又是另外一个梦境。

“这个时候他怎么来了？”无恤起身点亮了桌案上的油灯，窗外依旧漆黑一片。

“不知道，别是四儿出了什么事！”我抓起散落在地的衣服胡乱一套，来不及穿鞋就奔出了房门。

屋外下着小雨，于安举着火把站在院门外，身后还跟着驾车的小童。

“怎么了？发生什么事了？”我急问。

“卿相起夜摔在院子里了，守夜的侍从发现时，人已经昏迷不醒了。无恤不在府里，医尘又在宫里，赵府里的巫医束手无策，家宰怕张扬就只能来找我了。”

“好，我换身衣服马上就跟你走。”我跑进屋，无恤一手拿着巫袍，一手拿着药箱等着我。

“你都听见了？你也赶紧回府去吧！”我脱下外衣，从床铺底下抽出一条白布飞快地缠在胸前。

“董舒一个人来的？”

“还有个驾车的小兵。”我套上巫袍，接过无恤递过来的药箱，随便找了根木簪将头发束在头顶。

“那你先走吧，我随后就到。”

“为什么？”

“就算你是男子，我在你房中留宿也会惹人非议。”无恤俯身吹熄案上的烛火，替我打开了房门，“快去吧，卿父等着你呢！”

“嗯。”我一边系着巫袍，一边飞快地跑出院门跳上了于安的马车。

小兵一甩长鞭策动马车。于安回头看了我的小院一眼，嘴唇微微一动却没有开口。

鸡鸣未到，赵府的后院里灯火通明，一家子男男女女全都挤在赵鞅房门外。男人们窃窃私语，女人们则拥在一起小声啼哭。

我敲了门，伯鲁来开门。不料想，门一开，原本跪在门边的十几个女人突然发了疯似的号哭起来，一边哭一边还作势要往房里挤。

“快进来！”伯鲁用身子挡着门，好不容易将我拉进屋。门一关，外面的哭声立马又消停了。

“这都是些什么人呀？”我跪在地上摸了一圈才找到自己被挤落的木簪。

“都是府里有子的贵妾，因我阿娘去得早，没人管束才这样失礼。你快过来看看卿父！”伯鲁一手拎起我放在地上的药箱，一手将我扶了起来。

赵鞅此刻披散着头发仰面躺在枕席上，他双目紧闭，身上只穿了一件单薄的细麻亵衣，右脚上有一处小小的伤口，已经被人处理干净，且上了药。

“巫医说什么了？”我问。

“还不就是那些胡话？你快给看看，身上就这一处伤口，怎么人就是不醒？”

我替赵鞅上上下下仔细检查了一番，重新替他盖好了薄被：“气息、脉象还算平稳，身上也确实没有其他伤处。我留下来再看看，你叫外头的人都先回去吧！”

“你确定吗？那卿父怎么还不醒？”伯鲁不放心，仍跪在床榻旁紧紧地握着赵鞅的手。

“眩晕之症是卿相的老毛病了。我听说，早年神医扁鹊在晋时，就给卿相瞧过这毛病，也没给吃什么药，卿相睡了三天自然就好了。这回应该也是一样的。”

“你的意思是——卿父这次又受天帝所邀游览钧天神境去了？”伯鲁抬头道。

“这个我可不知道，你可以等卿相醒了，自己问问他。”赵鞅的眩晕之症是痼疾，当年他病发，一连数日不醒，众人都以为他要死了，他却突然不药而愈，醒来还说自己是受天帝所邀游览神境去了。一番奇幻瑰丽的描绘让他的“钧天之梦”[①]从此成了晋人口中的传说。我不相信传说，我想，那个所谓的“钧天之梦”大约只是赵鞅当年编来哄骗“关心”他病情的好事之人的。今夜，他再次病发，是虚惊一场，还是痼疾变恶疾的征兆，我无从得知。我只知道，若他明后两日还不醒，晋国的朝堂就要翻天了。我心有忧虑却不能告诉伯鲁，因为他此刻的脸色比床榻上昏厥的赵鞅好不了多少。“你也不要太担心了，眩晕之症不是什么要命的大毛病，只要把精气养足了，病自然就好了。现下最要紧的是叫外头的人都先回去，再这么哭下去，且不说吵了卿相休息，万一叫人误会了，明天宫里就要派人来了。智府里那个人可就等着这一天呢！”

“我这就叫他们都回去。你和红云儿只要来了一个，我就能心安了，谢谢你！”伯鲁撑着床榻站了起来。

“谢什么？就算无恤不是我夫君，你也是我阿兄，你我之间永远不需要‘谢’字。”

---

①钧天之梦，记载于《史记·赵世家》。赵鞅生病，五天不省人事，醒来后说自己梦中与百神游于钧天，听奏神乐。钧天，天的中央，古代神话传说中天帝住的地方。

“嗯。”伯鲁对我重重一点头，转身去开门，才走两步又忍不住回头看了一眼床榻上昏迷的赵鞅。

房门一开，女人们的哭声骤然高扬。伯鲁在门外苦口婆心地劝着，可那些人死活就是不肯走。女人们不管老少，个个扒着门边，该哭的哭，该喊的喊，生怕屋里面昏迷不醒的人不知道她们的一片“情意”。

“兄长不要劝了，贵妾们既然这么放不下卿父，就让她们都留下来吧！”无恤淡淡的声音在院中响起。

“红云儿，你可算回来了！”伯鲁立马取了随从手上的火把迎了上去，“子黯说卿父并无大碍，睡醒了就好。贵妾们跪在这里会扰了卿父休息，还平白叫外头的人多些没必要的猜测……”

“兄长，这世上最难得的就是真情。贵妾们不肯走的心思，你我都该体谅。待卿父百年之后，无恤定会保证让今夜舍不得走的人都有机会长伴卿父左右。贵妾珮，你觉得这样可好？”无恤弯下身子看着一个哭得极伤心的年轻女人。那女人停了哭声怔怔地抬头看着无恤，无恤对她微微一笑，她顿时吓白了脸，哀号了一声，直接晕了过去。

无恤直起身一挥手，即刻有人将晕厥的女子抬了下去。

院子里另外十几个女人见此情形纷纷起身告退，哭声不停的院子一下子就安静了下来。

“卿父怎么样了？”无恤跨进房门，轻声问我。

我合上门，将自己方才对伯鲁说的话又对他说了一遍。无恤听完点了点头，侧首对伯鲁道：“兄长先回去休息吧，这里有我和阿拾。若卿父醒了，我即刻差人去告诉你。”

“你们就别赶我了，我回去也睡不着，就在这里躺一躺好了。”伯鲁拖出一方蒲席铺在赵鞅榻旁，和衣躺了下去。

“卿父真的没事？”无恤见伯鲁睡下，悄悄把我拉了出去。

“要么没事，要么就是我也没办法的大事。不管卿相醒不醒，待会儿天再亮一点儿，我就去药室备药。”

“好，今夜辛苦你了。”

“不辛苦。我们赶紧进去吧，免得叫伯鲁担心。”我转身往房里去，无恤却一把拉住了我：“等一等，这个可是你的？”他低头从怀里掏出一件黑乎乎的东西递到我手边。

此时月亮即将落山，院中的庭燎也已熄灭，我接过东西摸了两把才知道是自己从小就穿在身上的鼠皮袄子。

“这是我的袄子，怎么在你这里？”

“刚刚从床褥底下掉出来的。这个，你是从何处得来的？”

“是我阿娘给我做的，我自小就穿在身上，若没有它，我兴许早就冻死了。”我抖开水鼠皮袄子将它重新整齐叠好。

无恤却忽然伸手抬起了我的下巴：“阿拾……”

“怎么了？”我不解地回望着他。

他笑了，笑得仿佛一瞬间拥有了全世界：“阿拾，我是这世上第一个见到你的人，早过所有人。我没有晚到，我早就来了。你是我的，上天赐予我的，此生此世不管发生什么，对你，我绝不会放手。”

“过了这么多年，怎么还说这样的浑话？”我轻叹一声，拨开了无恤的手，“我不是你的，我要进去了。”

“那你便说我是你的！”无恤拖住我的手，将我拉进怀里，“你不是我的，我是你的，你把我好好装起来，千万别再丢了。”

无恤抱着我，像孩子般要我永远把他装在心里。其实，他早就在我心里。只是他的世界越来越大，他拥有的东西越来越多，我的心快要装不下了。那饱胀的痛、撕裂的痛，是我勉强想要拥有他的代价。我害怕，总有一天，这心是要裂的。

翌日天未亮，无恤和伯鲁还在赵鞅榻旁酣睡。我悄悄地寻了竹笥，踩着未散的薄雾去了赵府的药室。自医尘到了新绛，赵府药室里的药材从天上到地下，从水里到土里，变得应有尽有。赵鞅的眩晕之症要治，也要养。所以，我一口气拿了柳枝粉、白芍、菊花，又拿了苦杞、血参根、红果、地龙骨、龟板胶和另外几瓶医尘早先配好的药丸。

待我灭了烛火走出药室时，东方已露鱼肚白。府里各处的仆役已经开始洒水打扫。我顺路去园圃采了些新鲜的草药，又到庖厨取了小炉、瓷罐，这才回了赵鞅的住所。

无恤这会儿已经不在了，伯鲁说无恤有事要入宫去找史墨问个清楚，再想办法将史墨接出宫来。我问是何事，伯鲁竟也掏出我藏在床褥底下的鼠皮袄子，问我这袄子是从哪里得来的。我如实相告，他突然捧过我的手，哽咽地嘱托我这一生都要对无恤好好的，莫再离了他，莫再伤了他。

我点头应下，脑中闪现的却是梦中坍塌的邯郸城。

伯鲁和巫医看顾着赵鞅，我独自拎了竹笥到院中洗药。当一样样药材被取出时，竹笥里竟无端多出了一只粗麻蓝布系的小包。

这是什么？

我取出小包，解开系绳，这一看，便惊呆了——卷耳子！

卷耳嫩苗可食，但浑身长刺的果实却有毒。血虚之人误服，轻则呼吸不畅，重则气绝身亡。赵府的药室里根本没有卷耳子，是谁把这包卷耳子放进了我的竹筥？

我捏住手中长满尖刺的果实，一张张陌生的脸、一双双窥探的眼，不断地在我眼前闪过。是药室的守门人，是园圃里除草的仆役，是庖厨里择菜的厨娘，还是我眼前这群抬着藤筐捡拾院中石块的小婢？

以毒入药，暗杀赵鞅。这包卷耳子分明就是给我的暗示和命令，而这个命令我的人，除了我的"好父亲"赵稷，我实在想不出第二个。

"卿父醒了！"伯鲁扒在门边冲我大喊了一声。

我心中一惊，慌忙将卷耳子收入袖中："来了。"

"怎么样？卿父没事了吗？"伯鲁推着我走到赵鞅榻前。

我替赵鞅仔细检查了一番，恭声回道："卿相已无大碍了，只是之后半月需卧床静养，再服药调理。"

"用不着，老夫已经醒了，没什么大不了的毛病。"一头散发的赵鞅掀开身上的寝被就要下床。

伯鲁赶忙伸手去扶："卿父，你脚上还有伤，先缓些时日——"

"大惊小怪！老夫不用你守着，去门口看看无恤把太史接来了没有。巫医桥，你也下去！"赵鞅瞪了伯鲁一眼，挥开了他的手。

跪坐在一旁沉沉睡着的老巫医一个激灵醒了过来，颤巍巍起身退到门边。

伯鲁担心地看了一眼赵鞅的脚，无奈只得行礼告退。

"卿相对大子太严苛了。"我轻轻合上了房门。

赵鞅脚下一晃，一下摔在了床榻上。"老夫还能活多久？"他问。

我愕然。原来他是以为自己要死了。其实，如果我想要赵鞅死，只消半月就可以让他死得不着痕迹。可我想他死吗？如果他死了，智瑶会变成什么样子？无恤会遭遇什么？我的"好父亲"又会做出什么惊人之举？

"卿相多虑了。眩晕之症看似凶险，却非死症。卿相若想为世子再争几年时间，就听小巫的话好好服药，静息调理吧！"我扶着赵鞅在床榻上睡下。

赵鞅看了我一眼，皱着眉头长出了一口气道："老夫不惧死，只是如今还死不得。前夜里，智瑶纵容大子伤了无恤？"

"是。"

"酒宴之上，你用棋局赢了陈恒之子，还舍身为我儿挡了一剑？"

"既是卿相听说的，定不会有错。"我低眉垂目。

"当年太史收你为徒时曾说你是捧书而至的白泽，专为辅佐圣人治世而生。那时候，老夫还以为太史口中圣人乃是老夫自己。如今看来，你这捧书而至的白泽，真正要辅佐的却是我儿无恤啊！智瑶那竖子性狂且躁，不足以成大事；我儿性狠志坚，亦能忍，方是雄主。若天佑我赵氏，肯再赐老夫五载春秋，区区智氏何足惧也。”

“眩晕之症最忌劳累躁怒。若卿相真在乎性命，修身养性是为上策。”

“昔日贤人周舍在世时，也常劝诫老夫要收敛怒气。只是脾性是生来的，要改，谈何容易。”赵鞅说完缓缓地闭上了眼睛，我以为他又睡了，他却突然幽幽叹了一声道，“当年老夫若有我儿一半隐忍，也不至于怒杀了赵午，害得赵氏险些亡族……”

赵鞅梦呓般的一句话在我心底撕开了一道裂缝，那些被压抑的愤懑和仇恨随着“赵午”二字全都争先恐后地奔逃了出来。

空荡荡的房间里此刻只有我与赵鞅二人，悄无声息的寂静在我心里催生出了无数疯狂的念头。现实、梦境、过去、现在，数不清的场景在我眼前闪现；死去的人、活着的人全都张着嘴在我耳边不停地嘶吼。如果我把剑刺入赵鞅的喉咙，那所有的声音是不是就能瞬间消失，我的心是不是就可以从此安宁了？

“卿相？”

“嗯？”赵鞅迷迷糊糊地睁开了眼睛，“老夫又睡着了？你师父来了吗？”

“没来。”

“哦，你这些年可同你师父学过解梦？”赵鞅看了我一眼又合上了眼睛。

“卿相可是又做了什么奇怪的梦？”

“没有，就是梦见了几个故人。”

“卿相可是梦见赵午了？”我盯着赵鞅脖颈上微微颤动的血脉道。

“你如何知道？”他一下睁开了眼睛。

“卿相素来不喜他人提及当年的邯郸之乱，更不喜旁人提及赵午其人。今日卿相突然自己说起了，想来定是梦中有所见，有所感。”

“老夫没有梦见赵午，倒是梦见他不怕死的儿子了。”

“赵稷？”

“是啊，老夫听说有人在新绛城见到他了。”赵鞅微微侧头，淡灰色的眼眸不偏不倚地落在我脸上。

方才那些盘踞在我心头挥之不去的疯狂念头，在他的目光之下霎时灰飞烟灭。莫名的冷气自脚心直冲而上，放在膝上的两只手已冰凉一片。

“赵稷是叛臣，他此生怎敢入晋？卿相听到的多半是谣言吧！”我强作镇定。

“是啊，谣言最是无稽。我借他赵稷十个胆，谅他也不敢入绛！可他，他怎么敢到老夫梦里来？”

“卿相昨夜梦见什么了？”

“卿父，太史求见。”无恤的声音自门外响起。

“请太史进来！”赵鞅双臂一撑又坐了起来。

一袭墨色巫服的史墨推门而入，赵鞅随即挥手让我回避。我同史墨见了一礼，默默退了出去。无恤深深地看了我一眼，似是有话要说，但还是合上了房门。

灰白色的瓷土罐里沸腾着鱼眼似的气泡，被切成薄片的血参根在淡棕色的药汤里不断地上下翻滚。我蹲在火炉前，正午的太阳悬在头顶，直射而下的阳光在瓷罐光滑的口沿上亮起了一弯刺目的光。

赵鞅为什么会提起赵稷？他已经知道我见过赵稷了吗？他知道我是赵稷的女儿吗？

这瓷罐里熬的是一服养血补气的汤药，再等一刻钟，待汤药里的龟板胶都溶化了，我就会把它呈给赵鞅。赵鞅如果真的已经对我起疑，就绝不会喝下我熬的药。

屋里的人还在说话。赵鞅和史墨的声音很轻，一点点嗡嗡地响；无恤的声音略高些，但零零碎碎怎么也听不清他在说什么；伯鲁此刻也在房里，但似乎一点儿都插不上嘴。

赵鞅到底做了什么梦，要请史墨来解梦？史墨这会儿在屋里又会和他说些什么？赵稷入晋的消息显然已经有人告诉赵鞅了，那城外嘉鱼坊现在会是什么光景？

我有满满一肚子的疑问，所有的答案都在一门之隔的地方，我却不敢离开药罐寸步。我不杀赵鞅，我的父亲自然会有别的手段。他这次既然冒险来到新绛城，就绝不会无功而返。

“卿相，药煎好了。”我端着新煮好的药汤推开赵鞅的房门。

赵鞅靠坐在床榻上，灰白色的长发凌乱地披在肩头。也许是因为听了史墨的话，也许是因为对史墨说了太多的话，他此刻的脸色并不好看。

“卿相，药凉好了。”我跪到榻旁，将盛着药碗的漆盘奉至赵鞅面前。

赵鞅朝我伸出手来。漆盘上的重量一轻，我心头高悬的巨石轰然落地——还好，他什么也不知道。

“卿相且慢——”赵鞅低头正欲喝药，一旁的史墨却突然将碗夺了过去。

赵鞅眉头一蹙，转头再看我时，混浊发灰的眼睛里已生出了一道锐光。

“师父？”这药无毒，可我的心跳却如擂鼓一般。

“上炉温着去。”史墨将药碗递给我，转头对赵鞅道：“空腹饮药极伤身。小徒年幼又心急卿相之病，所以思虑不周，还望卿相见谅。”

“无妨，老夫自己也忘了。”赵鞅将药碗重新放回漆盘。

“是啊，卿父一日一夜没吃东西了，我这就叫庖厨准备些吃的来！”伯鲁匆忙起身出门传菜。

赵府的庖厨早就准备好了赵鞅的吃食，只一会儿就有婢子端着一张小几进了屋，几上放着一碗粟羹、一豆肉糜、一条蒸制的青鱼和一盘腌渍的脆瓜。小婢子放下小几也不急着呈菜给赵鞅，自己先从每样菜里各夹了一些放在小盘里低头吃了，吃完了又往一只手掌大小的漏壶里装了水。

滴咚，滴咚，漏壶里的清水渗出青铜的缝隙一滴滴地落在下方的瓷碗里。小婢子默默地跪在墙角。一屋子的人，除了我之外，似乎都已经习惯了这样的等待。

赵鞅什么时候有了“试菜人”？莫非我在秦国时，已经有人对他的饭食动过手脚了？

当小几上的漏壶滴尽了最后一滴水，小婢子将食几奉到了赵鞅面前。

赵鞅胃口不济，随意吃了几口便让人撤了饭食。

我端着手里温好的药汤本想叫那试菜的小婢也来喝上一口，可转念一想，药是我煎的，试药的是不是也该是我？

赵鞅擦干净了嘴角抬头看向我，我端起药碗就往嘴边送去。

“胡闹，药岂能乱喝？”无恤大手一张盖住了药碗。

我示意他赶紧移开，他却挑眉回瞪了我一眼，又瞄了一眼我的肚子。

“煎的什么药？”史墨问。

“补气养血的药，血参根为主，附以红果、地龙骨、龟板胶……”我将所用药材悉数报了一遍。

“不用试了，拿来给我。”赵鞅朝我伸出手来。

“卿相，立好的规矩不能坏。”史墨伸手将药碗端了过去，直接递给了一旁的伯鲁：“试药不同试菜，这药和你对症，你若信她，就替你卿父饮一口吧！”

伯鲁朝我一笑，毫不迟疑地接过药碗喝了一口。

赵鞅最终喝光了我煎的药。可当我端着空碗退出那间屋子时，一颗心却沉得透不过气来。

赵鞅没有怀疑我，怀疑我的人是史墨。

阿素说的是真的，史墨真的是我阿娘婚礼的巫祝，他早就知道我是谁的女儿，早就知道赵稷入晋一定会来见我。

我端着药碗坐在冰凉的石阶上。不知过了多久，墨衣苍发的史墨从屋里走了出来：“阿拾，送为师出城吧！”

我僵僵地起身，一言不发地往前走。两个人一前一后地走出府门，行过长街，沉默是我最疯狂的控诉。我年逾七旬的师父是通天的人，即便我什么话也不说，他也一定能听到我心里一声声的质问。

浍水河边，翠竹林中，当我们无言地路过夫子长满青草的坟墓时，我终于忍不住停下了脚步。史墨老了，他瘦削的肩膀已撑不起昔日宽大的巫袍。我和他做了这么多年的师徒，很多时候我已经分不清他到底是高高在上的太史墨，还是我幼年相识的夫子。他们慈蔼的面庞在我心里早已重合。可今天，一碗药汤却叫我愕然发现，他太史墨，终究还是那个太史墨。他怕我对赵鞅下毒，所以借空腹之由告诉我，赵鞅已有试毒之人。我若心虚，自然有机会另换一碗无毒的新药。他怕我今日退缩，来日再生杀心，又撺掇着伯鲁为赵鞅试药。我即便真心要杀赵鞅，又怎么舍得冤杀了伯鲁。师父啊，师父，你果真是通天彻地、明了人心的圣人。

“你见过你父亲了？”竹林幽深，风过如泣，满头白发的老人在我沉默的注视中停下了脚步，竹林间斑驳的阳光在他清瘦苍老的面庞上投下点点游移的亮光。

“你怕我要杀卿相？”我问。

“你是个聪明的孩子，你知道卿相现在不能死。”

“师父果真是怕的。”我看着史墨微蹙的眉头，嗤笑道，“师父既知我是赵稷之女，当年为何还要收我为徒？为何还要替夫子教我，护我，怜我？那夜在尹皋院中，你就已经知道我是谁，既然卿相那日要杀我，你何不让他将我这邯郸余孽剁了头颅丢下浍水喂鱼？！”亏我当年还无知无畏地跪在赵鞅面前，大言不惭地说史墨一定会见我，哪里知道生死竟只在一线之间。

史墨没有回答，他双唇紧闭转身往浍水岸边走去。

我踩着林中落叶几步拦在他面前：“是因为夫子吗？如果我不是蔡书的弟子，我已经死了，对吗？”

史墨看着我，良久不发一言。这些年里，他总有些时候会像现在这样看着我，却又不像是在看着我。

“痴儿，我连他都赶走了，又怎会在乎他一个不知天高地厚的弟子？我不杀你，只因为是你找到了我，而非我找到了你。我蔡墨一生侍神，年过半百，却在你身上第一次听见了昊天的声音。该来的，总归是要来的。我拦不住你的命运，就只能豁出性命护你周全。”

史墨的话，我不尽懂，但最后一句却听得明白。这么多年了，虽然他不说，但我知道他一直张着自己巨大的羽翼保护着我这只不知天高地厚的雏鸟。他一天天地老去，可他最担心的不是自己的生死，而是我在晋国的安危。

“师父，你为什么要瞒我？为什么我一次次问你，你要一次次撒谎来骗我？”

“因为真相太残忍，不是你能背负的。”

“可再残忍，也是我要的真相啊！”

“赵稷告诉你的一切，真的是你想要的吗？”史墨用他深沉的目光看着我，我喉头一紧，竟无法驳斥。

“阿拾，听师父的，走远一些吧！去楚国，去巴蜀，越过南海去做海客也好。过去的就让它过去吧，你父亲疯了，他会逼着你和他一起发疯。他的心死了，可你的还活着。你阿娘是个通透的孩子，她不会怪你不替她复仇，只会怪你不替她好好地活着。”

“师父要我走，不就是怕我留下来，会对卿相不利吗？徒儿和卿相，你到底还是选了卿相。”我心里又酸又痛，忍不住自嘲。

史墨面对我孩子气的控诉，叹息道：“我不是选了卿相，我是选了天下。卿相如今还不能死，因为无恤还不够强大。如果智瑶吞下赵氏，那么十年之内晋国公族将不复存在。智氏吞晋，陈氏吞齐，天下必将大乱。智瑶性残好战，尚未继任正卿已要夺卫，攻郑，伐齐。来日，若他得晋，生灵必遭涂炭。在十万生灵面前，你的性命、我的性命都不重要。”

“呵，他赵鞅的命如何就牵着整个天下了？我不信！”

“一叶落而知天地秋，一池冰而现天下寒。个中道理你早就明白，只是不愿承认罢了。这天下已摇摇欲坠，卿相一死，乱世之音也许就响了。”

乱世之音……赵鞅之死会是大乱前的最后一声弦响吗？

“师父放心，徒儿从没想过要对卿相不利。今日既然都说破了，有些事师父也莫要再瞒我，骗我了。”

“阿拾……”史墨听了我的话，眉头未展，面色却越发悲怆，“为师知道你心里在想什么，可当年的事，为师已然全忘了。你藏了什么想问的，就都自己烂在肚子里吧！”

史墨的回答叫我愕然。我原想以退为进，岂料他这般决绝。

“师父肚子里还藏了什么不能告诉我的秘密？”

“没有秘密，只是忘了。你若不满，大可以不认我这个师父。你、你们……都不用原谅我。”史墨说完径自绕过我向河岸边走去。头顶的阳光被浓云遮蔽，绿竹碧森森的影子在我面前摇来晃去。我的师父老了，发白如霜，瘦骨嶙峋，可他的性子没有老，他孤傲的脊背永远不会弯，他要守着他的秘密永远沉默了。

这厢竹林青葱，那厢五里之外的嘉鱼坊却已是一片狼藉。

瑶琴、香炉不见了，几张长案也被人胡乱堆放在角落。庖厨里陶盆、陶釜碎了一地，几条跃出水桶的青鱼落在泥地上，雪白的鱼腹上满是泥印。

赵稷走了。若没有猜错，陈盘和陈逆这会儿也一定已经离开了新绛城。

既然赵府里有人神不知鬼不觉地给我塞了卷耳子，就意味着一定有人会暗中替我的父亲监视我的一举一动。如果我不杀赵鞅，自然也会有别人替我动手。我该怎么办呢？难道还要忘记毁家灭族的仇恨去护着赵鞅不成？可如果不护着他，万一……

“你怎么会在这里？”我正发愣，无恤的声音蓦地从背后响起。

他怎么来了？！我收敛神色转过身来，还来不及抬头看人，眼前忽地扑上来一道黑影。

“小心！”无恤挥手一挡，将我揽到身后。

“喵——”一只黑黄两色的野猫直立着尾巴站在翻倒的木架上，我在无恤身后看着它，它瞪着一双碧色的眼睛冲我猛一龇牙，然后跃到地上叼起已死的青鱼蹿了出去。

“你不是送太史回家去了吗？怎么到这里来了？”无恤环顾四周，一脸疑惑地看着我。

我弯腰扶起地上的木架，镇定道：“卿相说自己梦见了赵稷，又说有人见到赵稷来了新绛城。我前几日在这里撞见了陈盘和陈逆，所以就想来看看，齐人是不是把赵稷藏在这里了。”

“原来陈盘那日的话是故意说给你听的。”

“其实陈逆那日根本没有受伤，我在鱼坊外撞倒的人是陈盘。”我提到陈逆时抬头瞄了无恤一眼。

无恤这次倒无不悦之色，只擒了我的手往嘉鱼坊外走去：“就算你怀疑赵稷躲在这里，也不该冒冒失失一个人来。之前，我们在齐国吃了他多少苦头。”

“师父的竹屋离这里不远，我就想来看看。还以为这里吃鱼的人会很多，哪知道会是这个样子。”

“有人说在嘉鱼坊里见到了赵稷，卿父就下令让董舒来抓人了。”

于安？我回头看了一眼形如废墟的鱼坊，对无恤道：“如今他是都城亚旅，这些事也的确归他管。他抓到人了吗？”

“没有，早就空了。”无恤走出嘉鱼坊，转身将我从破裂的台阶上抱了下来。

“那你今天来做什么？”

“来看看有什么疏漏的线索。赵稷此人诡计多端，卿父对他很不放心。”

“为什么？”

“什么为什么？”无恤柔下神色看着我。

“为什么卿相当年要毁邯郸城，如今还要尽除邯郸氏？当年卿相杀赵午根本就不是因为赵午忤逆了他，给他难堪，也不是因为一时之怒，对吗？”

“小妇人，你倒是懂我卿父。当年，邯郸城在南，与昔日范氏、中行氏的封地相邻。赵午虽是赵氏宗亲，却与封地同样在南的范氏、中行氏频结姻亲。卿父自己有意往北拓地，又怕久而久之会因疏于来往而失去邯郸城。所以，晋阳城建好后，董舒的父亲董安于就提议以调用邯郸城的五百户卫民填充晋阳为由，试一试邯郸赵氏对卿父的忠心。结果，生了异心的赵午真的拒绝了卿父的命令。卿父一怒之下杀了赵午，一半是泄愤，另一半也是为了施压邯郸赵氏。”

“施压？所以他当年才故意让人把赵午的尸身送回了邯郸城？”

“赵午当时只有一子名唤赵稷。卿父听说，这赵稷只是个爱弄琴鼓瑟，喜山乐水的贵家子弟，所以就打算杀其父，儆其子，另命年少的赵稷为邯郸大夫，以此控制邯郸城。哪里知道——”

“哪里知道弱冠之年的赵稷是根硬骨头，非但不‘领情’还引得晋国六卿大乱，害得你们赵氏险些亡族。”

“卿父对赵稷之恨犹在范氏、中行氏之上，可赵稷逃到齐国后一直无踪可寻。上次我在齐国只差一步就能抓住他，却被他施计逃脱。他此番冒险入晋，定是有所图谋，我们不得不防。你在宋国和他见过面，更要小心一些。”

“嗯。”我紧抿双唇点了点头。

无恤摸了摸我的脸，柔声道：“你在这里等我一下，我四处再看一看，待会儿一起回去。”

我冲他微微一笑，继续点头。

杀其父，儆其子。毁了一城人的幸福居然还可以这么理直气壮。那五百户卫民根本不是赵氏之民，那是大河对岸的卫灵公寄放在邯郸城的人质。若我祖父将这五百户卫民长途跋涉迁居到晋阳，到时候卫灵公问他要人，难道他还能把人再从赵鞅手里要回来不成？若是要不回来，邯郸与卫国只有一河之隔，承接卫灵公怒气的还是邯郸城民。这件事从一开始就是赵鞅和董安于对邯郸城设下的圈套，他们根本就打算好了要诱杀我祖父，生生夺走邯郸城！弄琴鼓瑟，喜山乐水……若没有赵氏相逼，我阿娘这一生该过得多幸福，我该过得多幸福……

回去的路上，无恤骑着马抱我在身前。我问：“红云儿，如果你是你卿父，你会杀了赵午，恫吓赵稷吗？”

“不会，我会杀了他们两个。”

“是吗……”我黯然一笑。

“骗你的。”无恤笑着空出手来捏了我的脸颊，“知道你不喜欢杀人，我若要夺城自有我的方法。卿父当年用了最糟糕的方法，邯郸之战是他的耻辱，我可不会让自己留下这种耻辱。”

“无恤，人生百年，竹书千年，史家笔下自有功过。你将来切不要做让世人诟病的事。”

“我知道。但阿拾，这世上有一种苦叫身不由己。”

乱世之中，每个人都有自己的身不由己。正如现在，我明明痛恨赵鞅，却还要收拾行囊搬进赵府去调理他的身体，提防他被我父亲埋下的暗子所杀。

无恤对我的痛苦和纠结一无所知。他是高兴的，因为我终于对他避无可避了。

“你不用一样一样收拾了，回头我让人把这几只箱子都搬过去好了。”无恤按住我整理巫袍的手。

“我只在赵府住一个月，卿相病好了，我就搬回来。”我挪开无恤的手，装作不经意地问，“你之前说要进宫问师父一些事，问过了？”

“你师父年纪越大，嘴巴越紧，才问了两句就给脸色看了。有些事还得我自己去找答案。”无恤一撩下摆在蒲席上坐了下来，“你呢？太史可同你说了什么？”

“没什么，只让我尽心照顾卿相。我去秦国的时候，有人对卿相的吃食动手脚了？”

“一个庖厨里的杂役在鱼汤里下了毒，幸好卿父那日没喝。”

“是谁的人？”

“死无对证了。府里现在人多手杂，我实在不太放心。”

“不管是谁的人，既然叫你们有了提防，就不会再在吃食上动手了。”

“我在明，敌在暗，防不胜防。不过，幸好现在卿父有你照顾，我下月去代国也放心些。”无恤看着我舒眉道。

“你又要去代国？还是去见伯嬴？”

“去和代君商讨马匹交易的事。”

我停下手中的动作，看着无恤道：“你打算现在就甩掉妲雅母家的牵制？”

“难道还要被几匹马拴一辈子不成？代国水草丰美，马匹健壮，等我有了代国的马匹，那穿豹裙的老头儿就没什么可以威胁我了。他昔日的族人如今都已在我赵氏的封地上分散而居，他们要服从的是各城城尹的命令，而非一个垂垂老矣的族长。将来这些狄人若能老老实实地替我养马，自然能在晋国安居。”

迁族散居，分威散众！这就是我爱的男人，多么聪明而可怕的男人。赵鞅命他迎娶妲雅是为了得到狄族在北方的马匹，而这几年无恤却利用姻亲关系将北方荒原上游居的狄族悉数迁入晋国，分散而居。这看似是施恩，实则既占领了他们原本在北方的土地，又将一个部族吞入腹中，蚕食殆尽。一招兵不血刃的计谋，既得了土地，又得了人力。赵氏有他在，将来岂能不兴？

“这是你早就计划好的？”我问。

“嗯，只可惜比计划的多用了两年时间，叫你对我失望了。”无恤捏住了我的手。

我没有对你失望，挡在你我之间的又何止一个妲雅……我避开无恤温柔的眼神，抽出手来假装忙碌地收整自己的衣物、佩饰：“你此前已去了代国很多次，代君不同意与你做交易？”

“代君宠爱家姐，自然不会不同意。只是……呵，不说了，这些事我自会解决，你就别操心了。这个你也要带？”无恤身子往前一倾，抓走了我放在巫衣上的白色绫布。

“还给我。”我朝他伸出手去。

“不要。”他抓着白绫，墨玉似的眼睛在我胸前一扫，戏笑道，“其实，你就算不裹白绫也看不出来什么，何必多此一举呢？不如，带几件贴身的小衣，那件水红色的就很美。”

“你……”我不自觉地顺着他戏谑的视线往自己瘦小的胸口瞧了一眼，对面人的嘴巴一咧笑得越发放肆。

“你爱看不看，我就爱裹成男人模样！”我脸色一沉，扑上去夺他手里的白绫。

“不许带，捆着这东西喘气都难，早晚我要把它们都烧尽了。”无恤见我来抢，故意将手举得老高，我扑来扑去只弄得自己气喘吁吁却沾不到一点儿白绫的边。

“你喜欢就送你了，反正我还有！”我冷哼一声，放下手来。

“真的送我？比起绢帕，我倒更喜欢这贴身之物……”无恤笑着将白绫凑到自己鼻尖，启唇轻轻一咬。

我盯着他迷人的唇瓣，昨夜旖旎的画面倏然蹿上心头，热辣的脸火霎时烧得耳根滚烫：“还给我，无耻！无赖！”

“听我的，别捆了。总有一日，我会让你堂堂正正做个女人。”无恤将白绫往怀中一塞，又来夺我剩下的布条。

我拽着一条白绫顺势撞进他怀里，抬手在他颈间一绕，三尺白绫已将他脖颈紧紧缠住：“别替我做主，你做不了我的主。”

无恤低头看了一眼套在自己脖颈上的白绫，没有惊恼，反而轻笑：“这也是董舒教你的？他给你杀人的剑，教你杀人的招，是要你来杀我吗？”

“休要胡说！”我没好气地瞪了他一眼，卸了手上的力道。

无恤看着我，嘴角一勾，双手握住我的手猛地用力一拉，白绫骤然抽紧，我整个人如遭火炙一下抽出手来：“赵无恤，你疯啦？！”

“若是你要杀我，何需这些东西？”无恤笑着抽走颈上白绫，两手轻轻将我环住。

“你这个疯子……”

“你这个傻子，脸都吓白了。”

暮春的午后，我依偎在无恤胸前，和煦的风从河岸边吹来，带着野花的微香和青草的气息。无恤俯下脸若有似无地轻吻着我的面颊，我闭着眼分不清是谁的发丝随风拂动，蹭得我耳郭痒痒的，心暖暖的。

“阿拾，那瓶子里的是什么？”随着一声轻响，无恤抬起了头。

瓶子？瓶子！

我窝在无恤怀中，周身的血液自下而上瞬间冻结成冰。

“那是……”我想要拉住无恤，无恤却几步走到木架前捡起了被河风吹落的瓷瓶。

我僵立在原地，眼看着他扯去瓶口的布塞，将鼻尖凑了上去。

“这是什么？！”小小的瓷瓶在无恤的掌心碎裂。

“这是——”我颤抖着开口，可他没听完我的回答就一把将沾血的瓷片和异香扑鼻的药丸砸到了地上：“我知道这是什么！你吃了多久？你告诉我，你吃了多久了？！”男人震怒的声音几欲掀翻屋顶。

“三月。”

“三月！阿拾，你知道你做了什么吗？你知道你对我们做了什么吗？”无恤风一般冲到我面前。

“我知道。”

“不，你不知道，你根本不知道你做了什么，毁了什么！瞧，我说的一点儿都没有错，你阿拾若要杀我，何需剑与白绫？！”无恤放开我，苦笑着从怀中掏出三尺白绫一把甩在地上。

“红云儿……”

“别叫我！”暴怒的人推开我跌跌撞撞地冲了出去。

◇第二十一章　椒结子兮（下）

暮春的庭院，桐花落尽，绿荫浓重。自脱了春衣换了夏衣，天气一日热过一日，素纹镜中的容颜也一日憔悴过一日。后悔吗？那三个月里，其实无时无刻不是后悔的。

“息子丸”，兑卦女乐们最熟悉的药，我吃了三个多月的“息子丸”，子嗣于我早已成空。可无恤的心里还藏着一个美梦，梦想着有朝一日尘埃落定，我还能为他生儿育女。

“我们可以生三个孩子，四个太伤身了，我怕你会吃不消，三个就刚刚好……”

没有三个，一个也不会有了。

暮春的庭院，桐花落尽，绿荫浓重。自脱了春衣换了夏衣，天气一日热过一日，素纹镜中的容颜也一日憔悴过一日。后悔吗？那三个月里，其实无时无刻不是后悔的。可药，我依旧是吃了。如今被他知道，不过是在日日蚀骨的后悔上再添上一份内疚、一份哀伤和一份无望。

我日渐憔悴消瘦，人人道是辛劳；他那里颓废枯萎，也只有我知道是心伤。

我在自己的肚子里挖了一个空空的洞，他的心就跟着碎了。

我与无恤本不该再见面，见了面，空了的地方、碎了的地方难免是要痛的。可赵鞅病着，我们又几乎日日都要见面。一间屋子里，眼神撞上了，以前是窃窃的欢喜，如今却只有剜心的痛。

“对不起”三个字，我在心里说了无数遍。可无恤心里的哭声太响，他再也听不见我心里的声音。

太史府的神子在赵府住了一个半月，身染重疾的赵鞅已经可以参加太子主持的南郊祭礼了——街头巷尾的传闻一天一变，但只有这一条被人足足传了半个多月。

今年春，晋侯大疾，祭祀东方青帝的祭礼并未举行。诸侯之祭，礿而不禘[①]。往年，晋侯只祭春，不祭夏。但今年国君、正卿皆患重疾，而夏日又主祭掌管医药的神农氏，所以此番祭夏之礼筹备得格外隆重。正当所有人都以为主祭之人是太子姬凿，姬凿身后必是亚卿智瑶时，久病的赵鞅却突然“康复”了。

一时间，新绛城里传言纷起，朝堂上的“墙头草们”纷纷立正，持观望之态。

①《礼记·王制》：“天子诸侯宗庙之祭，春曰礿，夏曰禘，秋曰尝，冬曰烝。”

近月来齐、宋、郑、卫局势微妙，智瑶为控制军队一直摩拳擦掌想要领军出征树立军威，顺便撤换军中赵氏将领。而赵鞅绝不容许这样的事情发生，所以他要借这次南郊祭礼，给智瑶一个讯号，给满朝大夫一个讯号。

可是传言毕竟是传言。赵鞅这一次是真的病入膏肓了，不管我如何替他施药调养，他的身体始终一日比一日虚弱。南郊禘礼就在今天。当所有知情人都为赵鞅的身体担忧时，他却屏退了侍从，密召女婢入室。

薄施粉，浅描眉，染唇色，女婢手巧，一番巧妆之后，这位久病的老人看上去竟真的恢复了往日奕奕的神采。一个掌控晋国朝政几十年的男人，一个驾长车、持利剑、叱咤风云了几十年的枭雄，在暮年来临时，为了震慑蠢蠢欲动的敌人，为了守护自己的家族，竟将黛粉、红膏也变成了手中的武器。

盛大的祭礼结束后，太子姬凿与赵鞅谈了许久的话。智瑶也领着一帮宗亲来找他商讨宋郑之事。我远远地看着神采飞扬的赵鞅，心中浮现的却是晦暗的天光下，他木然地看着铜镜，任女婢在他萎缩的灰白色双唇上点上花汁的一幕。

家族是什么？天下是什么？大家在拼命守住的又是什么？

“你和红云儿怎么了？一早上都没见你们说话。”伯鲁不知何时走到了我身边。

“祭礼之上吟着颂歌要怎么说话？”我微笑回道。

“你知道我是什么意思。”伯鲁挥退侍从和我并肩挤进了城门，“这一个半月你们在府中天天见面，可搭上的话总共也没个十句。那天夜里见你们在屋外头碰头说话，我还以为你们已经好了。”

“我们好不好，你就别操心了。多关心关心自己的身子，夜里搬回自己院里睡吧。”伯鲁这一个半月衣不解带地侍奉着赵鞅，人瘦了，脸黄了，面容比起他的父亲更显憔悴。

“我就是这么个老样子，过段时间吃好睡好，就都好了。”伯鲁说完，不争气地又闷咳了两声。

我担忧地看着他，他朝我连连摆手：“没事的……”

“无恤前些日子说要去代国，现在怎么又不去了？”我轻声问道。

“你既这么关心他，怎么不自己去问？”伯鲁放下捂嘴的帕子，转头往身后瞟了一眼。

我顺着他的视线望去，一眼就在人群中看到了一身黑色礼服的无恤。

伯鲁停下脚步，冲无恤招了招手。无恤几步走过来，冲伯鲁颔首一礼，抬头时墨玉般的眼睛瞬间就对上了我的眼睛。我心中一颤，仓皇低头。

“兄长何事相召？”无恤问。

“不是我找你，是子黯有话要问你。”伯鲁笑着将我往身前一扯。

“你要问我什么？”无恤低沉喑哑的声音一下撞进我心里。

“无事。”我低头看着自己的鞋尖。

“那告辞。”无恤冷冷一声别，墨色的衣袂在我眼前一晃，人已经往前去了。

“你们呀。”伯鲁沉沉一叹，担忧道，“阿拾，我和明夷下月就要走了。”

“去哪里？”我惊愕抬头。

“自然是去云梦泽，明夷连马车都雇好了。”

“这么快……禘礼刚过。”

“你说快，明夷可嫌我慢呢！你知道他向来不喜欢新绛。这回要走的事，我原本打算早点儿告诉你，可就怕你太伤心舍不得我们。”

“是舍不得呢……”我看着阳光下伯鲁永远温柔的眉眼，心里既替他高兴，又难免因离别而哀伤。

“哎呀，怎么还真伤心了？快给阿兄笑一笑。”伯鲁避开人群将我拉至街旁。

我忙扬起嘴角冲他笑道：“我没伤心。这回去了楚国，记得让明夷给你多做几顿炙肉，阿兄不变成胖子，可别回来。”

“哈哈哈，好，我一定告诉他。”

“云梦泽呀，什么都好，就是冬天多雨，住久了会闷。若兄长真闷了，我那间木屋东面的漆树林里有种黑羽红嘴的鸟，能作人声，教什么话，就说什么话。你和明夷养个十只，保准天天都跟逛市集一样热闹。”

“当年你劝我别养老虎，别养猪，如今居然来劝我养鸟？不过这个主意实在好，云梦冬日多雨，一下雨，明夷那小子就喊无趣。去岁，他养了只野兔解闷，就嫌它不会说话。这回我备上十只竹笼，让他自己到楚国逮鸟去！”伯鲁说完哈哈大笑。我想起他过去的院子，又想着他和明夷将来挂满鸟笼的院子，也忍不住笑出了声。

这一路，我们聊着云梦泽的云雾，聊着楚国秋日的芦花荡，很快就到了赵府门外。

伯鲁停下脚步，蹙眉道：“阿拾，我走了之后，卿父的病就要托付给你了。我本也不想走，可府里最近闲言碎语太多，我留在这里帮不上忙，还给红云儿添乱，实在有愧。”

“你是说宗亲里又有人要推你做世子的事？”伯鲁仁孝，赵鞅卧榻之时，他衣不解带日夜随侍在侧。如今赵鞅病体未愈，他却突然说要离开，我还以为是明夷强逼他去楚国养病，没想到竟是为了有人要重推他做世子的事。

“族里的那些人也不知是受了谁的挑唆，非说红云儿娶妻五年未得一子，是因为出身低微不堪世子重任，所以上天才叫他膝下无子，嫡妻无出。这简直就是胡言乱语！他们这种时候硬推着我坐那个位置，不知是何居心！”

“不外乎是因为荀姬有子吧。”我微微一笑，说出了我们都心知肚明的原因。赵鞅病重，伯鲁体弱，而身为智瑶之妹的荀姬膝下却有一子。智瑶处心积虑要在这时候将无恤赶下世子位，估计是盼着赵鞅一死，伯鲁再跟着去了，这有着智氏一半血脉的小嫡孙就能继了赵氏的宗位，叫他从此高枕无忧吧。

“唉，幸而红云儿不疑我，否则叫我如何自处？我只盼狄女这次真的能为红云儿生下一子，断了那些人的妄念。阿拾，他是赵世子，成婚五年了，总该有个孩子。你可不能怨他。”

“我不怨他，是他在怨我。”自我吞下那些药丸，所有嫉恨都随着腹中冰凉的触感消失了。我已不是个完整的女人，现在要换他来恨我了，恨我毁了他的梦，恨我这般决绝地斩断了自己与他的未来。如今，在无恤心里，我该是个多么狠心恶毒的女人。

伯鲁带着我迈进赵府的大门，没走几步就撞上了姬凿和于安。

见礼后，太子凿对我道：“巫士果真医术精妙，丝毫不逊令师。如今，正卿痊愈，巫士打算何时再入宫为君父诊治啊？”

伯鲁一听太子凿要召我入宫，立马就急了：“太子容禀，卿父——”

我怕伯鲁一时心急泄露了赵鞅的病情，忙笑着截过话道：“卿相腿疾痊愈是因为府里巫医善制药，小巫可不敢居功。虽说小巫治体伤也有小技，但君上之疾在心，疗心之术，小巫实不及师父九牛一毛。”

“巫士谦逊了。”太子凿微微一笑，也没再多说什么，只回头对于安道：“今日你且留下，陪卿相说说话，明日再入宫来见我。”

“敬诺。”于安拱手。

姬凿一走，伯鲁忙问于安道：“小舒，太子祭礼完了不回宫，来这里做什么？”

“自然是来看望卿相的。卿相能痊愈真是太好了，智瑶今日回府怕是要气疯了。阿拾，辛苦你了。”于安看着我笑道。

“我不辛苦，只是辛苦了四儿每日这样来回跑。”我心中纳闷，难道于安还不知道赵鞅的病情，四儿没告诉他？

“应该的。”于安含笑道。

因“卷耳子”之事，我信不过赵府中的仆役、婢子，但一个人又实在无法兼顾所有的事，于是便请四儿入府相助。可董石年幼，夜里不能离开母亲，所以四儿只能每日清晨来，黄昏归。这一个多月，着实累坏了她。

我请于安到后院接了四儿早些回府，自己跟着伯鲁去查看赵鞅的情况。

祭礼冗长，祭礼之后又被人拖着聊了许久，赵鞅此刻已虚脱卧床。

“我学医不精，卿相的病最好还是请医尘来看看。”赵鞅入睡后，我和伯鲁退了出来。

提到医尘，伯鲁一脸愁苦："君上要将医尘留在宫中，我们能有什么法子？"

"去求求太史吧，他兴许有办法。"

"你师父那里……"

"让无恤去吧，我走不开。"自那日竹林一别，我再也没有见过史墨，见了也不知该如何与他相处。

伯鲁虽然觉得我和史墨有些奇怪，但依旧点了头。

匆匆又是半月，新绛入了仲夏，一轮炽日天天顶头晒着，即使入了夜也依旧闷热得叫人睡不着觉。这一夜，我脱了寝袍只留了一件细麻小衣躺在床上，手心、脚心一阵阵地发烫，坐起来看窗外，烟灰色的残月已下了中天，夜风里却仍旧裹着暖暖的湿气，一吹，叫人从头到脚都黏糊糊的。

这么热的夜，睡不着就容易胡思乱想，胡思乱想了，就真的睡不着了。我起身到水瓮里打了一盆凉水擦了身子，刚重新躺下，就看到院子里亮起了一片火光。热浪带着烟尘一波波涌进原本就闷热不堪的房间，我刚刚擦净的后背，即刻又渗出了一层腻腻的汗珠。

深更半夜里烧柴堆，是嫌今夜还不够热吗？

我趿鞋推开房门，一股灼人的热气带着飞扬的火星扑面而来。

"为什么要烧庭燎？发生什么事了？"我逮住一个往火盆里添柴的小仆问道。

"禀巫士，世子妇今夜喜得贵子，老家主令全府上下举烛同贺呢！"小仆喜气洋洋地说完，背起地上一大捆的柴薪匆匆离去。

喜得贵子……她终于给了他一个孩子。

我望着夺目的火光、纷飞的火星，失神呆立。

赵府的院墙里，一团团疯狂燃烧的火焰将头顶墨色的天空映得绯红，我光着脚爬上屋顶，遥望着远处人声鼎沸的院落，想象着那里的热闹与欢欣，想象着他此刻将婴孩抱在怀里时嘴角的笑。多好啊，我的红云儿终于做阿爹了。

"秋兰兮青青，椒结子兮灼灼，罗生满堂兮君欣……吉日良辰兮……"我对着空中一轮残月，一字一句吟唱着贺子的祝歌。夫郎，我的夫郎，我愿你的庭院枝繁叶茂，我愿你的膝下儿女成群，我愿你此后年年岁岁喜如今朝……悲戚的歌声从耳边拂过，滚烫的泪水滑落面颊，抽噎着抹一把湿漉漉的脸，一首唱断了的祝歌又要从头开始唱。

"唱得这样难听，还要再唱一遍吗？"冷月下，烛海中，无恤一袭青衣走进小院。我透过闪着橘红色光斑的泪水痴望，只担心眼前的人影只是自己心中的一抹幻影。

“当初说了不唱，现在为何要唱？”他抬头望着屋檐上的我，摇晃树梢的夜风悄悄停了，时间仿佛在我们彼此交缠的视线中凝固。

“因为……不一样了。”我哽咽，将脸深深地埋进自己的膝盖。我已不可能成为一个母亲，如何还有资格指责他成为一个父亲？

“你当初为什么不看我给你写的信？我早就告诉过你，今夜出生的不是我的大子，你无须替他流泪吟祝。”

“不是你的儿子？婳雅待你一片赤诚……怎么会？”我愕然抬头，无恤已坐在我身旁。

“她是狄族族长之女，赵氏娶她，有赵氏的考量；她入赵氏为妇，亦有她狄族不可告人的目的。多年无子，我不急，她等不了了。她要送我一个现成的嫡子替我堵住叔伯们的口，我何乐而不为？”

“可那是你的嫡子，将来是要承你宗主之位的！”

“我知道，但现在这个不重要。”无恤伸手擦去我挂在腮旁的泪水，“今日我看到智瑶看你的眼神了。”

“智瑶？”我迷惑不解，他此时为何会提起智瑶？

“今日南郊祭礼，你站在高台之上，智瑶的眼神没有一刻离开过你。他那样的眼神，我从前见过一次，那是在晋侯的园囿里，他一箭射死了一只雌鹿，兴致起，当场脱衣卸袍，剥下鹿皮呈给君上。今日，你站在那里，他就那么赤裸裸、血淋淋地像个剥皮人一样看着你。然后我才明白……”

“明白什么？”我心中剧痛，眼中泪水再盈。

“明白你吃‘息子丸’的原因。”无恤蹙着眉，好似用尽了全身的力气才说出了那三个字，“你不是因为误会狄女怀了我的孩子才吃下‘息子丸’来惩罚我，你是怕自己会成为第二个你娘，怕我将来也保护不了你，保护不了我们的孩子……”无恤的视线落在我的小腹上，他知道那里已冰冷一片，再也无法孕育他心中那些温馨美好的梦。

我不语，因为他说的是对的。即便我当初看了他写给我的信，即便我知道婳雅的孩子不是他的，我依旧是赵稷的女儿、他们赵氏除之而后快的邯郸余孽。我不可能成为他赵无恤的妻子；若我对复仇无用，我的父亲也不会管我的死活。这世上只有爱剥皮的智瑶会一直惦记我，因为他还等着有朝一日将我剖腹取子，助他一朝永寿，独吞晋国。这样的情形下，我怎么能有自己的孩子？我若保护不了自己的孩子，就宁可不让他来到这世上。

“红云儿，我本就是个贪生怕死、自私卑劣的女人。我不值得你真心待我。”

“不，是我让你失望了，是我错了，很久很久之前就错了。”无恤起身跪在我面前，抬手捧住我的脸，“阿拾，我知道现在的一切都让你觉得很糟糕，可我求你信我，这不会是永远，一切痛苦都会过去。只要你我真心不变，我们的将来还会和当年想象的一样美好。有你，有我，有家。”

“红云儿，你有你的命运，我也有我的。落星湖一别，我们本就该分开，可我们却非要强扭着命运缠在一起。如今缠得紧了要想再分开，总要连皮带肉扯碎点儿什么——”

“所以你就把自己扯碎了？你以为这样就可以离开我？”

“夫郎，生儿育女吧，放了我吧！”我抹了泪，看着自己深爱却不能爱的男人。

“你做梦！南有樛木，葛藟萦之。这是成婚第二日你唱给我听的歌。藤缠树，树缠藤，此生此世，我赵无恤与你至死方休！”

至死方休……何苦呢……

这一夜，无恤的话很多，我的话很少，依稀记得在我闭上眼睛的那一刻，绯红色的天空已恢复了往日黎明的模样。

伯鲁的大子赵周在无恤“嫡子”出生后的第三天被无恤悄悄送走了。送去了哪里？没有人知道。府里好奇的人很多，可谁也猜不透自家世子的心思。如果要维护新生子的地位，那该被送走的，或者说该被处理掉的，也应该是长媳荀姬生的儿子。赵周，一个庶妾生的儿子，活着或是死了，又有什么区别？

好事之人装了一箩筐的闲言碎语去找伯鲁。伯鲁亦不知道自己的儿子被无恤送去了哪里，他只知道红云儿要做的事，就是他要全力支持的事。

赵府上下只有我知道，赵周被无恤派人秘密送去了鲁国，他将拜入孔门，奉端木赐、卜商为师，学习治国治家之道；而后，会被送往齐国，同高氏子弟一道研习剑术。

“阿拾，你这一生无子无女，我赵无恤此生便也无子无女。待我百年之后，我会把赵氏还给兄长。”

这是那一日黎明无恤在我耳边呢喃的话，一句话就将他毕生守护的东西拱手让出，这天下没有比这更甜蜜、更荒唐的谎言。权力、荣耀，世间父子相杀，兄弟相残，男人们拼死争的不就是那一点点血脉吗？他沾了一身的血，才得了这个位置，怎么舍得把一切让给别人的儿子？可无恤却说：“阿拾，除了你，这世上没什么是我舍不得的；除了赵氏的存亡，没什么是我放不下的。”

五年了，赵家的世子妇终于有了自己的孩子，也许有人觉得这宽额大鼻的孩子长得像一个人——一个随姮雅从北方嫁来的狄族奴隶，可谁也不敢说，因为那奴隶已经死了半年，他坟头的青草早已将他的存在抹去。

姮雅需要一个儿子，她知道无恤也急需一个儿子。所以，她费尽心机生下了一个

“尊贵”的嫡子。她是兴奋的，或许她觉得这样便能抓住无恤的心，便能将自己的族人与赵氏牢牢捆在一起。无论她心里藏了多少不可告人的秘密，我始终相信她是深爱无恤的，只是，她也许从来就没有真正看清过自己爱上的男人。

孩子出生后的第七日，姮雅派人找我给她的儿子唱祝歌。她会这么做，不奇怪；她会说那么多尖酸刻薄的话来打击刺激我，也不奇怪。她产子的那一晚，无恤和我在一起，至于我们是在屋顶上伤心难过了一夜，还是在床榻上恩爱缠绵了一宿，对她来说都是一样的。

姮雅恨我，她满腔的恨意，即便不开口，我也能感觉得到。可让我奇怪的却是她屋里的那一碗鱼汤。肥美鲜嫩的河鱼浸在奶白色的汤水里，切得细细的金黄色的姜丝挂在河鱼淡青色的脊背上。汤刚从陶釜里盛出来，咕嘟咕嘟还冒着白烟。端汤的小婢站在我身旁，絮絮地说着汤是赵鞅赏的，巫医桥又吩咐了些什么。姮雅爱听这些话，机灵的小婢也知道她爱听，所以说得特别仔细。我站在那里，鱼汤蒸涌的白气一波波地喷在我脸上。这是一种从未有过的恶心感觉，我腹中酸涩之物几乎来不及翻涌就直接冲上了喉头。

在姮雅疑惑的目光中，我捂着嘴冲出门去，在院中呕得满脸通红。

姮雅扶着门框看着我，亦满脸涨红。

我有孕了！医尘骗了我，他身为医者，居然给我配了假药！

我惊慌失措，无恤却高兴得像是发了疯。他紧闭着嘴巴在屋里又跑又跳，甚至将刚进屋的阿鱼打横抱起猛转了好几个圈。毫不知情的阿鱼大概从没想到自己这一生居然还会被人这样抱着转圈，所以被放下来时一脸发蒙。

我有孩子了。

我按着自己平坦的小腹，喜悦、恐惧、迷茫，一个人可以拥有的所有情绪似乎一下子全都涌进了心里。它们交织着，缠绕着，继而变成一片空白。

阿鱼什么时候走的我不知道，无恤轻轻抱住我时，我听到了自己发颤的呼吸声。

“你高兴吗？害怕吗？”无恤在我耳边低语。

我疯狂地点头。

“放心，有我。”从狂喜中平复下来的男人小心翼翼地捧着我的脸，他隐含泪光的眼神犹如冬日晴空里最温暖的阳光。

在无尽的深渊里，在绝望的饱浸泪水的土地里，有一颗小小的种子发芽了，它来得悄无声息，但注定将带来滚滚风云。

晋国，我已经不能再待下去了。

周王四十四年暮夏，无恤计划着让伯鲁、明夷带我一起离开新绛。

分别就在眼前，但失而复得的喜悦占据了我们所有的情绪。无恤每夜潜进我的寝幄都会像孩子守着蜜糖一般盯着我的肚子，时而抿唇傻笑，时而神情凝重，有时来了死活要缠着我说许多的话，有时来了却只握着我的头发在榻旁静静坐上一夜。我笑他孩子气，他却极认真地说："我不是孩子气，我是太欢喜。"

一个小小的生命出现在了最不恰当的时间，但它的出现却给了绝望中的我战胜一切磨难的勇气。在秦国寒冷的冬夜里，我的母亲总是瑟瑟发抖地抱着我，她被寒冷、饥饿摧残得面目全非，可她看我的眼神却始终温暖，因为只要这一刻我还在她怀里活着，只要我的明天还有一线生机，她便可以无视命运给予她的所有苦难，无惧死亡如影随形的威胁，这便是母亲，这便是一个母亲对孩子最深沉的爱。如今，我亦如是。

此时虽朝阳已升，但前堂东边墙上的一排窗户却依旧紧闭。没有人声，没有风声，这个被死亡染白的清晨太过寂静，寂静得让人觉得一切都那么不真实。

◇第二十二章 缟衣素巾

无恤秘密计划着我离晋赴楚的事，我小心翼翼地藏起自己的小秘密，依旧做着每日该做的那些事。这一日午后，我与四儿服侍完病中的赵鞅，终于有机会坐下来吃一顿“早食”。

“阿拾，我知道你现在心里难受，可你总不能天天作践自己的身体，多少再吃一点儿吧！”四儿蹙着眉头盛了一大勺的肉糜浇在我的黍泥上。

我看着冒着肥腻油花的黍团，喉间一阵痉挛，急忙将陶碗推到四儿手边：“我饱了，你吃吧。”自孕后，我每餐都吃得很少，鱼腥肥腻之物更是碰也不碰。无恤为此担忧，总是想方设法偷偷给我添食。可一个多月下来，我没有发胖，脸色还一天比一天难看。四儿以为我不思饭食是为情所伤，终日忧心忡忡。可智瑶的耳目无处不在，我即便知道四儿担忧，也只能对她隐瞒实情。

“一碗粟羹、半碟菜碎，董石都吃不饱，你怎么能吃饱？来，再吃一口，这是野麋腹下肉，肥是肥了点儿，可是加了黄姜很香的。”四儿不理会我的推拒，径自用木勺剜了一大勺的黍泥喂到我嘴边。

我被野麋腥膻的气味熏得发晕，可不想四儿难过，只得硬着头皮一口吞下黍泥。四儿见我肯吃了，连忙将碗里的肉糜混着黍泥搅了搅，又剜了一大勺送上来。我看着那一坨白白黄黄的黍泥头皮直发麻，急忙推开她的手嚷道：“我今日是真饱了，你自己多吃点儿。”

“阿拾！”

“真饱了——”我拿走四儿手里的陶碗，转而握着她的手道，“我这些天老忘了问你，于安最近是不是又住进太子府了？”

“你都知道了？”说起于安，四儿总算放下了手中的木勺，“太子半个多月前派人接他入府，说是有要事找他商议。去的时候什么也没带，后来那边派人来取走了一箱他的衣物，他就一直住在太子府没回来。”

“如今国君重病，太子又格外器重他，他志气高，忙也不是坏事，你不用太担心。要不，今晚你也别回去了，我叫人把小石子接来，我可好久没见到他了。”

“别！”四儿一听忙摆手道，“男孩子长大了最爱闹，如今赵周不在，董石来了也没个玩伴，闹起来若吵到了卿相，可是大罪过。”

“你不在家，于安也不在家，总叫小石子一个人待着也不好。不如这几日你先回去陪孩子，这里我一个人也行的。”我想到董石瘪嘴委屈的模样，心里就万分歉疚，说到底还是我劳烦了他们一家人。

“说什么胡话呢！要是我走了，别说每日要给卿相煎三顿药，就是入睡前煮那一大桶浸浴的药汤就能活活累死你。瞧你这张黄蜡蜡的脸，你还嫌我不够担心吗？”四儿恼道。

“这不还有伯鲁帮忙嘛。”

“赵家大子也瘦得厉害啊……”四儿面色一黯，捏住我的手道，“阿拾，我真不懂咱们为什么还要留在这里？赵无恤那样待你，你为什么还要为他们家做那么多？卿相是死是活与咱们一点儿关系都没有，他死了便死了，我陪你回秦国去就是。不管发生什么事，天塌下来也好，这世上总还有一个地方能留咱们——”

四儿越说越大声，我连忙起身捂住了她的嘴：“你轻点儿声。”这夹室的小窗可不偏不倚正对着赵鞅的寝居呀。

四儿紧紧地抓着我的手，她手心冰凉的汗水似乎都渗进了我的手背。我知道，在她的眼中，无恤负了我。我这厢日渐憔悴，妲雅那里却因为得子终日欢声不断。四儿每日待在赵府将这一切看在眼里，心中必是苦闷至极才会说出这样一番话来。我搜肠刮肚想要找出一番说辞安抚四儿，四儿却忽然拿开我捂在她嘴上的手，望着两丈开外赵鞅的窗户道：“阿拾，你说卿相他到底是好人，还是坏人？”

赵鞅是好人还是坏人？这个问题即便我想上一天也不会有答案，因为它实在太过复杂，复杂到我宁愿放弃思考。

“我不知道。”

“呵，好和坏，你小时候分得可清了，现在倒说不明白了。”四儿转头看着我。

我苦笑一声道：“是啊，可见我们人都是越活越糊涂的。”

“糊涂了，就糊涂着过吧！”四儿对我扯了扯嘴角，挺胸道，“走吧，你去配药，我去煎药。今日早些忙完，你同我一起回家去，董石可想你了。”

“好。”

这一夜，我宿在四儿家中。董石原想拉我同睡，可现在他那双睡着了也不消停的脚我已经不敢领教了。我借口浅眠，喝完了四儿煮的甜汤就回自己的屋子去了。初秋时节，夜凉如水，院中半枯的梧桐树叶被风吹得沙沙作响，几只叫声悲凉的秋虫趁着夜色从石缝间钻出来，聚在我门外的台阶上啵啵叫个不停。若在从前，我定然翻来覆去难以入眠，可现在我肚子里住了一只小瞌睡虫，我将脑袋贴到床榻上，不到片刻就睡着了。

夜半，腰间有些酸胀，拥着薄被翻了个身又觉得喉咙发干发痒，于是干脆坐起身，睁开眼打算找点儿水喝，却愕然发现屋里竟站着一个人。

“谁？”我高喝。

“我。”于安的声音自黑暗中响起。

“你怎么来了？什么时辰了？”我舒了一口气，将伏灵索塞进被窝。

“未到鸡鸣。四儿说你昨晚睡在这里，我就想来看看你。”于安从阴影里走了出来，窗外几缕青白色的月光透过窗棂照在他身上，衰冠、麻衣，他一身缟素。

“晋侯薨了？”我惊问。

“嗯，人定前闭眼了。”

“怎么走的？”晋侯的病虽说久无起色，但近来不曾听闻有恶变，怎么突然就死了？

“听侍奉的宫人说，是午后吃了几个糖团，夜里浓痰塞喉，一口气没上来就薨了。”于安捡起我放在床边的燧石，点亮了窗边的一豆烛火，“太子原还打算过两日召你和太史入宫为君上祈福祛病，现在祈福礼用不上了，你们要开始忙丧礼了。”

“你今晚是特意回来通知四儿布置府院的？”我披上外衣，趿鞋下榻。

“嗯。太史那里昨夜也已得了消息，天一亮，你也该入宫了。只是——卿相那里，你走得开吗？”于安借着火光凝视着我的眼睛。

我知道他话里的意思，索性挑明了道：“你是想问我卿相的病情？”

“嗯。上次南郊禘礼卿相看似痊愈，可这一个多月，你又日日召四儿入府，我多少还有些担虑。”

“四儿天天都待在卿相跟前，你怎么不问她？”

“你不让她同人谈论卿相的病情，她又怎么会告诉我？”于安替我倒了一杯水，我伸手接过饮了一口，冰凉的水润了干痒的喉咙，滑入腹中却凉得人一颤。

“阿拾，太子自今日起就要为先君守孝了。守孝之期不问国事，赵鞅和智瑶他总要选一人托国。卿相的病情，你就不要再瞒我了。”

“卿相的身体不管是好，是坏，他都还是晋国的正卿。新君要托国，自然不能越过正卿而择亚卿，这是礼法。新君若怕智瑶不悦，大可将葬礼前的诸般礼仪事务交于智瑶。智瑶这人向来喜出风头，接待各国来吊唁的公子王孙，他会喜欢的。”

“太子举棋不定，你倒是都安排妥当了。”

“那小巫敢问亚旅，这样的安排可合亚旅的心意？”我意味深长地望着于安。

于安眼神一闪，没有回应。我于是又道：“记得上次我见你在剑上缠孝布还是十二年前，你那时孤苦无依，落魄逃命，如今却要直登青云了。”

“你不替我高兴？”于安伸手抚上缠满麻布的剑柄。

“你不用做杀人的买卖，我自然替你高兴。可你和新君走得太近，将来万一行差走错，便是万劫不复。”

“怕我步了我父亲的后尘？”

“他的事确可为鉴。”

“放心吧，我不是他，至少我不会死得那么窝囊。”

“于安，你不懂我的意思。”我叹息着放下水杯。

“我懂。倒是你，叫我不懂了。”于安欺身靠近，捏起了我垂在身侧的花结，那枚曾被无恤退回来的花结。

我心里发虚，一把将花结抽了回来捏在掌心：“我不会一直留在赵府。”

“你亲眼见到那晚的事，居然还会从秦国回来。我以前从未料想你竟是个如此卑微的女人。你若留在秦国，至少在我们眼里，在他赵无恤眼里，还是个有骨气的女人。”

“我一走了之，难道就高贵了？”

“起码像你。”

“不，你不懂我。你也不懂无恤。”我抬手按住自己的小腹。自我从楚国回到晋国，我的生活里发生了太多的变故，每一次的变故都曾叫我痛不欲生。可如今，只要他的心在，他与我的孩子在，我便永远不会后悔当初的决定。

于安的视线落在我手上，他的眼睑微微发颤，僵硬的嘴唇张了好几次，才哑声道：“阿拾，我还是那句话，只愿将来的将来，你我都不要后悔如今的选择。”

“我不会后悔，希望你也不会。”

暗红色的火光照着两张沉默倔强的脸，胶着的寂静里，一声鸡鸣结束了我们并不愉快的谈话。

四儿一夜未睡，她用满府举目可见的素白麻布宣告了一代国君的离世和期待已久的新君的诞生。赵、智两家如火如荼的争斗下，于安的急切叫我不安，但这份不安很快就被另一个人的到来冲散了。

“巫士，鲁国来人了。”

太史府外，小童将我扶下马车。天方亮，史墨早已不在，整座太史府犹如一座空城。

“人呢？”我问小童。

“在前堂候着，说是从鲁都曲阜来的，来给巫士送东西。”小童小跑着跟上我的脚步。

“师父要我几时入宫？”

“按说现在就该入宫了，再晚也不能过了食时。”

“知道了，去给我备丧服，待会儿一起入宫。”

“唯。”小童得令匆匆离去。

晋侯昨夜暴毙，太史府里的人天未亮就都随史墨仓促入宫了。此时虽朝阳已升，但前堂东边墙上的一排窗户却依旧紧闭。没有人声，没有风声，这个被死亡染白的清晨太过寂静，寂静得让人觉得一切都那么不真实。

推开房门，入眼的是一个四十岁左右的男人，昏暗的天光下，他抱着一只青布小包跪坐在莞席上，闭着眼睛似是睡着了。

我走到男人面前轻咳了两声，男人双肩一抖，抬起头来。他一定太久太久没有好好睡觉了，他困倦的面庞上，勉强撑起来的两片眼皮好似随时都会合上。

“请问足下是端木先生的信使吗？”我问。

昏昏沉沉的男人听到“端木”二字，猛地抬手搓了一把自己的脸：“你——是巫士子黯？”

“正是。”

男人打量着我，他充满审视的目光让这个苍白的清晨一下子变得真实起来。端木赐给我回信了，我马上就能知道公输宁的下落，知道智府密室的位置，我就要见到阿藜了！

“信使辛劳，端木先生的信可否交给在下？”我盯着男人怀里的青布小包，声音不自觉地有些发抖。

男人抱紧怀里的包袱，戒备道：“信是给巫士的，但巫士需先回答在下几个问题。”

“先生但问无妨。”我连忙屈膝端坐。

“敢问巫士，端木先生随侍的小婢叫什么名？”男人一边观察着我的神色，一边问。

“五月阳。”

“五月阳的外祖家在哪里？”

“甘渊渔村。”

“端木先生与巫士第一次见面——”

“在颜夫子家中，五月阳请我给颜夫子看病。不不不，在秦都城外的树林里，我替端木先生算了一回账。”端木赐定是怕回信落在他人手里才没有让邮驿的行夫来送信，他怕信使认错人，又故意备下那么多只有我才知道答案的问题，他行事如此小心翼翼，越发让我急着想要看到回信，“足下若还有什么要问的，就赶紧问吧，小巫定如实回答。”

“没有了。”男人松了一口气，低头解开怀中小包，从里面掏出一卷竹简递给了我，“这是端木先生写给巫士的信，请巫士过目。”

“多谢！”我接过竹简迫不及待地打开了上面的木检泥封。

信是端木赐写的，他在信中写了许多孔夫子逝世后鲁国发生的事。他说，他想请我来年到曲阜与孔门诸子论学，又说期待有朝一日能看到史墨编著的晋史《乘》。我将信从头到尾读了数遍，有关鲁国公输一族的事，他却只字未提。

“端木先生只托信使送这一卷信吗？可还有别的信？”我疑惑道。

“没有了。”

“怎会没有呢？信使不远千里而来，难道就只为了送这一卷信？”

“端木先生另有一车重礼要送给巫士。此乃礼单，物品现下都在馆驿之中。”男人又从小包中取出一方木牍递给我。

珍珠、彩贝、珊瑚、夷香、齐锦、燕弓……长长的礼单里“公输”二字依旧没影儿。“没有别的什么了？”我不死心又问。

“没有了。”男人摇头。

这是为什么？难道说端木赐没能找到公输宁的下落？还是，他深知此事凶险，不想我与智氏为敌，所以故意不告诉我？抑或是……

我看着眼前神情疲倦的男人，心弦忽地一动，于是连忙放下木牍，抬手对男人礼道：“小巫敢问足下如何称呼？”

男人见我施礼，先是一愣，而后抬手回礼道：“在下——鲁国公输宁。”

“公输先生！”我看着眼前的人又惊又喜。端木赐没有告诉我公输宁的下落，他把公输宁送给我了！

公输宁是鲁国奇才公输班的族叔。昔年，公输班为智跞修造密室囚禁我娘，却被好友盗跖设计偷去了七窍玲珑锁的钥匙。阿娘从密室消失后，智瑶不再信任公输班，从而找到了野心勃勃、一心想要打压公输班的公输宁，以为晋侯造“七宝车”为由，另付重金请他新建密室。三年后，“七宝车”被智瑶之父作为寿礼献给晋侯，但公输宁却从此在鲁国消失了。有人说，公输宁因独得重金在回鲁途中被盗匪抢掠所杀；有人说，他锻造新锁时火盆起火，与作坊一起烧成了灰烬；也有人说，他与自己的学徒起了刀剑争执，双双伤重而死。所有的传言里，公输宁都死了，因为像他这样自负而有野心的人如果还活着，就绝不会销声匿迹，任由年纪轻轻的公输班成为公输氏的宗主。

隐世十数年的公输宁告诉我，智氏的确烧了他的作坊，抢了他的酬金，杀了他的学徒，还把他逼得跳了海。可智氏不知道的是，东夷族的一个少女在海边救了一个叫宁的落水的男人，她与他在甘渊成婚，生了一女，名唤五月阳。

公输宁是死过一回的人，他说如果不是因为欠了端木赐一个天大的人情，他绝不会出现在这里。如果我方才没有猜到他的身份，按端木赐的允诺，公输宁送完一车珍宝后，就可以回曲阜与妻女团聚了。

听完公输宁的一席话，我不由得感叹端木赐的用心，也对公输宁冒死入晋的举动感激不已："公输先生，只要你告诉小巫智府密室的位置，小巫今日就送先生出城回鲁。"

公输宁自表明身份后一直皱着眉头，面对我的询问更是一脸为难。

"先生有何难言之隐？"我尽量放缓声音，不让自己显得太过急切。

公输宁抬手道："巫士见谅，并非在下不愿相助，而是在下真的不知智氏密室究竟建在何处。"

"这怎么可能？"密室是智瑶托他所建，他怎么会不知道密室建在哪里？如果他不知道，智瑶当年又何必要杀他灭口？

一案之隔的公输宁仿佛听到了我心里的声音，他抬手一把撕开自己左手的衣袖，从衣袖两层麻布中央抽出一卷薄皮书放在案上，又低头从发髻里取出一枚乌黑发亮的虎形之物压在薄皮书的一角："这是智府密室的机关布局图，这是密室大门阴阳锁的钥匙。当年，密室内的防盗机关确为我所造，但营造屋室、安放机关的却另有智府巧匠。智氏当年曾屡次派人追杀于我，那些营造密室的工匠们恐怕也已是枯骨一堆，再不能言了。"

"这么说——密室所在已无人知晓了？"

"宁有负巫士所望。"

"无妨的……"我捏起案上陈旧的仿似人皮的书卷，又伸手摸了摸"黑虎"身上细如发丝的刻痕，说一点儿也不失望是假的，但起码有这二物，我离阿藜也算近了一步，"小巫多谢先生冒死将此二物送来，他日若能救出密室中人，小巫定永世不忘先生之恩。"我施礼拜谢，公输宁连忙后退两步，抬手道："巫士，折杀了！在下当年助纣为虐，还请巫士恕罪。"

"先生乃匠人，尽心完成主顾所托，何罪之有？"

"不察不问，便是罪。"公输宁望着我，俯身深深一礼。礼罢，起身又道："当年阴阳锁的钥匙已经被智氏取走，这只'黑虎'是在下受端木先生所托为巫士锻造的一只'新虎'。它虽是钥匙，却从未开过阴阳锁心。阴阳锁设计太过复杂，这虎身上的纹理若有分毫之差，非但开不了锁，还会立即触发密室机关，置人于死地。巫士，可明白在下的意思？"

"明白。"我将手中"黑虎"拿至眼前，指尖微转，"黑虎"身上细密的纹理便借着室中暗光如水波般在我面前荡漾起来，“先生隐世前就有‘鬼工’之称，虽然这钥匙是新制，但小巫信得过先生。”

我赞叹公输宁的技艺，公输宁却皱着眉头道：“阴阳锁乃在下年轻时所造，那时的公输宁自恃刻鱼能入水，造鸟可飞天，可巫士瞧瞧我现在这双手……”公输宁扯起自己两只宽大的袖袍，从里面露出一双枯柴般伤痕累累的手，“这双手早就已经废了，这双手造的‘黑虎’十有八九也是开不了锁的。在下不知密室之中关了什么人，也不知这人与巫士有何关系，只是过了这么多年，里面的人即便还有口活气，也多半是个活死人了。巫士与其冒险一试，不如任他去吧！若因我这只‘废虎’而令巫士遭难，在下实在有负端木先生所托。”

任他去……二十年了，我阿兄在黄泉地底遭人挖肉取血二十年了，我如何能任他去？他是个影子时，我尚且不能放手，如今我离他只差这最后一步，怎么可能放手？

“公输先生无须为小巫担心，先生只需如实告诉小巫，先生造这‘黑虎’之时，可尽了全力？若这密室所关之人是五月阳，先生可愿用这‘新虎’一试？”

“这……”

“先生可愿一试？”

公输宁低头凝视着自己枯树般干裂的双手，他十指握紧，然后松开，继而沉默，再沉默。

“先生？”

“若密室之中关着小女五月阳，宁必放手一试。”公输宁思忖许久，终于抬起头来。

“好，既然先生信得过自己，那小巫便也信得过先生。”我将钥匙收入掌中，颔首微笑。

公输宁面色动容，抬手深深一礼：“罪人——谢巫士！”

“巫士，时辰要到了。”小童气喘吁吁地叩响了木门。

我回应了一声，转头对公输宁道：“国君新丧，小巫今日就要入宫了，先生一路辛苦，可在馆驿多住几日，等小巫出宫再送先生出城。”我打开薄皮卷以眼神请求公输宁多留几日，为我讲解密室机关布局。

“巫士有心了。”公输宁抬手行礼，算是应允了。

我心中大石落地便欲起身，这时公输宁却突然伸手握住了我的手腕。

我不解，以眼神相询。

他看了一眼房门，起身指着薄皮卷上一处蓼蓝色的水纹样标记极小声道：“密道之中其余机关，只要有这图，巫士定能一一破解；只这一处，还请巫士千万留意。”

“这是？”

“此乃密室东南角的一处机关，若密室之门非钥匙开启，此机关就会引大水灌室，室外密道亦会落闸，叫室中、室外之人无处可逃，溺水而亡。”

“原来如此。”难怪公输宁担心“新虎”会害了我的性命，这机关果然凶险。

“巫士——”门外小童又紧催了一声。我怕小童推门入室，只得将机关图揣进怀中，对公输宁求道：“小巫恳请先生千万在新绛多留几日，待小巫出宫，与小巫细说‘礼单’之事。”

“敬诺。”公输宁退后颔首一礼。

我起身打开房门，门外小童抱着素白衣冠扑了进来：“巫士，快换衣！新君要怪罪了！”

晋侯薨，全城缟素。

我驾着轺车行在长街上，满目的白、满目的萧条让悲凉与不安如春日野草般不受控制地在我心底疯长。风云变幻的当口儿，晋侯突如其来的死亡犹如一片厚重的阴云笼罩在宫城上方。麻衣孝服的士族们从都城的各个角落奔向宫城，谁也不知道头顶的这片阴云会给自己的命运带来怎样的变化。

晋侯停尸的正寝外站满了身服斩衰①的国亲，他们个个饥肠辘辘，却仍守着礼数一遍遍地给来吊唁的人们回礼。新君姬凿穿着简陋的孝服站在殿门旁，他面色苍白，眼神呆滞，饥饿与困倦折磨着他，我想他也许已经开始担心那些纠缠他父亲一生的梦魇，最终也会将自己逼向死亡。

一场瓢泼大雨过后，脆弱屹立的晋宫终于等来了周王的使者。病中的周天子为已故晋侯赐谥“定”，是为晋定公。定公丧礼的第十日，我终于寻得机会离开宫城，而此时距我同公输宁约定的时间已整整晚了七日。

国丧期间的都城馆驿人满为患，管事的老头儿在哄闹喧哗的人群里扯着嗓子告诉我，鲁国的车队在国君薨逝后的第二日清晨就离开了。

我失约了，公输宁亦没有等足我三日。他离晋的理由，我懂。生死攸关之时，他在远方的妻女也一定不愿他强做君子，枉送了性命。只是他走了，这机关图上的秘密我该去问谁呢？

是夜，我将自己一头扎进了太史府的藏书库。若天枢门外的“迷魂帐”真是我外祖当年的手笔，那我现在只能希望自己真如史墨所言，能有外祖三分才智、七分聪敏。

---

①斩衰，旧时五种丧服中最重的一种，用粗麻布制成，左右和下边不缝。服制三年。子及未嫁女为父母，媳为公婆，承重孙为祖父母，妻妾为夫，均服斩衰。先秦诸侯为天子、臣为君亦服斩衰。

秉烛夜读，夜漫长而寂静，烛光、月光、星光织就了一张梦的大网将我轻轻裹住，我努力强撑着眼皮，但案上斑驳泛黄的竹简已变得比一个时辰前更加难以理解。薄皮卷上奇奇怪怪的图案像是活的精怪，一个个、一串串全都站了起来，它们放肆地在书案上奔跑，旋转，跳跃，直到我无力支撑，闭上眼睛沉沉睡去。

梦里有铺天盖地的木屑、刨花，巨大轰鸣的齿轮一个紧扣着一个在我头顶飞快地旋转。一只周身刻满印记的黑虎在梦境的深处静静地凝望着我，我努力想要移动沉重的双脚靠近它，可陡立如墙的巨浪却突然从我面前拔地而起，将一切淹没。没有木屑刨花，没有齿轮飞转，茫茫浊浪里只我一个人拼死挣扎。

“无恤——”我绝望地呼喊。

“我在这里！”无恤将我抱在怀里，轻轻地抚摸着我汗湿的后背，“怎么又做噩梦了？”

“你怎么在这里？”我惊问。

“宫里的人说你一早就离宫了，我寻思着你会来找我，还特意在府里等了半日，哪知你躲到这里来了。还嫌丧礼不够累吗？”无恤抽走我握在手里的薄皮卷，我心里咯噔一下，大呼不妙。

“腿睡麻了。”我忙拉住无恤道。

无恤瞟了一眼薄皮卷就随手丢在案上，俯身将我抱了起来：“妇人有孕不是应该会变胖吗？你这小妇人怎么轻成这样？”

我松了一口气，抓着他的衣襟责怪道：“我不怨你，你还敢来嫌我？臣子为君守丧需服斩衰，三日不食粒米。我肚子里装了一个，还要一连三日不吃不喝，跪诵巫辞。若不是于安谏言新君让尹皋出任丧礼司祝，又暗中为我偷送米粥，你此刻怕都见不到我了。”

“我既无能就该受你一顿骂。骂吧，为夫好好听着。”无恤抱着我往床榻走去。

“算了，你若能来，一定会来。你不来，总是身不由己。想来却不能来，也未见得这几日就比我好过。”

“不是不好过，是度日如年。”无恤将我放在榻上，冰凉的鼻尖蹭着我的额头直滑入我的颈项。我怕他放肆，急忙伸手推了他一把：“于安那里你可要好好谢一谢，他和四儿都以为你负了我，对你可是满肚子的怨气。”

“知道了，待得时机成熟，我一定好好谢他们。不过这次除了要谢小舒，你还得再谢一个人。”无恤贴着我的脸喘了一口气，抬头认真道。

“谁？”

“你师父。”

“我师父？”

“定公大丧，宫中诸人皆要禁食。董舒即便再得君宠，也不敢让司膳房为你生火做饭。那三日，整个宫里，国君就只许太史一人一日两碗清粥。可太史见你不适，就托董舒将粥全都留给了你，自己忍饥挨饿了。”

“什么？！”我大惊。

那日，我见过公输宁后匆匆入宫，等见到披麻戴孝的太子凿才想起来，丧礼前三日是要禁食的。可那时人已入宫，也只能安慰自己，三日不食，没什么大不了。但哪里知道有了身孕，一切都不同了。入宫第一日，正午未至，我便饿得肠子打结绞痛连连，送魂的巫辞没力气唱，犯起恶心时，连张嘴做样子都困难至极。史墨那日就跪在我对面，他合目吟诵，似是什么也没看见。可午后，我就从于安那里得了一碗清粥，史墨却在第二日清晨昏厥在了定公的灵床前。

“我师父是什么年纪的人？他做这种傻事,你怎么也不早点儿告诉我？我若知道，定不会喝他那两碗清粥。你既然当年进得了齐宫，怎么就进不了晋宫了？你进不来，你在宫里总有耳目，随手塞我一个黍团也好，你可害死我了！”我想起史墨双目紧闭的样子，心里一阵阵发痛，这种痛叫不出来，吼不出来，只能逮着无恤出气，可气没出完就叫我想到了一个更荒唐的可能，“赵无恤，你不进宫给我送吃的，不会一开始就是算计我师父的吧？”

无恤闻言一愣，继而握住我的手，笑道：“太史气傲，你又倔强，老牛顶上小牛，我总得拉拉。”

“赵无恤！”

“你和太史公闹了这么久的别扭，也该和好了。再过些日子，你就要去楚国了。三年两载的，谁能说得准你回来时太史就一定还在？我这回出的是下策，可我是不想你将来后悔。太史在灵堂上晕厥，国君当日就叫人另添了饭食。算起来，你饿了半日，他也饿了半日。若你怨我，我再回去饿上三日，赔你可好？”

我瞪着无恤不说话。无恤皱眉，求饶道：“可好？”

“好,当然好。最好饿你个十天半月,饿得你肚里空空再也出不了这样的馊主意！”

“十天半月？我的小芽儿，你阿娘有孕不长肚子，光长脾气，她这样心狠，你将来可不能学她啊！”无恤哀号着将脸贴到我肚子上。

我一把推开他的脑袋，愤愤道：“是千万别学你阿爹，人恶还嘴贫。”

“我怎么可能真的狠心让你和孩子受饿？定公一死，白日里几百双眼睛盯着我，我即便进了宫，也进不了正寝殿。夜里，我带了你爱吃的青梅团子翻了墙，可怎么都找不到你。你到底睡在哪里了？”

"我……"定公死后，姬凿夜不能寐，我虽是守灵的巫士，却要每夜跪在榻上陪活人入寝。怀孕的妻子陪国君入寝？这事要解释给无恤听时，怎么就变得那么奇怪。

"我在姬凿房中。他梦魇缠身，惊恐难眠。"

"你在国君房中守夜？"无恤脸色大变，一把扯过薄被将我牢牢盖住，"这么多天都没好好睡觉，你居然还躲在这里看什么人皮机关图，赶紧睡！"

"你怎么——"他才看了一眼怎么就知道是机关图？

"先睡觉。"无恤不理会我，只把我抬起来的脑袋又重新按回了榻上。

"你是不是偷拿了我的机关图？快还给我！"我扯着无恤的袖子猛坐起身，他冷哼一声避开我的手道："不好好吃饭，不好好睡觉，出宫了不来看我，倒去了馆驿，看来古怪都出在这机关图上。人皮图卷、密室暗道，难道这图上画的是智府密室里的机关？"无恤说着从袖中抽出那张微黄的薄皮卷。

"快还给我！这图与智氏无关，与你也无关。"我急忙伸手去抢。

"与我无关？这么险恶的机关，新绛城里除了我，还有谁能帮你？你既想救你兄长，还藏着掖着做什么？"

是啊，新绛城里除了他，没人能帮我。可万一公输宁给的钥匙开不了阴阳锁，无恤和阿藜就都活不了了。我想要救阿藜，却又不敢让无恤去冒险。

"怎么了，一副要哭的样子？若这真是智府密室里的机关图，你该高兴才是啊！"

"红云儿，定公薨逝的第二日，鲁国公输宁来太史府找过我了。"

"造七香车和七宝车的公输宁？"

"嗯，就是他。智瑶当年借造车为名请他另修了一间密室关押药人。你手上的人皮卷就是密室机关的布局图，这只'黑虎'就是密室大门的钥匙。"我从怀中掏出"黑虎"放在无恤手中。

无恤转惊为喜，大笑道："这么好的事，你瞒我做什么？我早先还担心你挂念药人不肯离晋，如今既然密室钥匙都已到手，我就能替你救出兄长，送他到楚国与你团聚了。"

"这事没那么简单。公输宁说，这钥匙是只'新虎'，若它背上的虎纹有一处与当年的不同，密道中的石门就会落下。到那时，水淹密室，里面的人、外面的人都活不了。阴阳锁，隔阴阳。红云儿，我不是信不过公输宁，也不是不想救阿藜，我就是——"

"你就是不敢让我去冒险，哪怕只有万分之一的可能。"无恤轻叹一声，将我揽到胸前。

我依在他胸前，低喃道："一分的危险，撞上了就是万劫不复。"

"你要救他，却不想让我去。难不成，你深更半夜躲在这里研究机关秘术是打算带我们的孩子一起进密道去救人？届时，叫智瑶得了你和孩子，再发个善心放了你阿兄？”

“当然不是。”

“那你除了我，可还有别的人选？”

“……没有。”我脑中闪过赵稷阴沉的脸，但随即摇头将他赶了出去。

“那就好了，这机关图你且容我带回去多研究几日。我向你保证，阿藜若还活着，他就一定有机会听你喊他一声阿兄，听我对他说声谢谢。”

“可这钥匙……”

“我的小妇人，你孕后这般痴傻，我到底是该喜，还是该忧啊？世上既有‘新虎’必有‘旧虎’，待我找到那只‘旧虎’换了来，不就行了？你只管告诉我：密室入口在何处，原来的钥匙又存在谁身上？”

“我不知道密室建在何处。公输宁说密室里的一应机关由他铸造，密室建在何处他却不知。”

“他不知？那‘石门落闸，大水灌室’的话可是他告诉你的？”

“嗯。怎么，这话另有玄机？”

“只是个猜测。”无恤微眯着眼睛，将人皮卷收入袖中。

“什么猜测？”

“既是猜测就未必是对的，如果不对，何必让你空欢喜一场？你先睡吧，我在这里陪你。”

“你不说，我怎么睡得着？密室到底在哪儿？你把机关图拿来我再看看！”

“睡吧！小芽儿累了，芽儿娘快睡。”无恤将我重新按在榻上，强迫我闭上眼睛，“一盏灯的时间，你闭上眼睛休息一会儿，什么都别想，等这盏灯盘里的灯油燃尽了，我就什么都告诉你。”

“说话算数？”我睁眼偷偷瞄了一眼床头灯盘里所剩无几的灯油。

“算数。”无恤一笑，轻轻合上了我的眼睛。

石门……大水……大水……我抓着被角，心里想的全是公输宁说过的话，可不知怎么的，想着想着脑袋越来越浑，不一会儿竟真的睡着了。

沉沉一觉，醒来已是第二日清晨，人不在藏书库，无恤不见了，机关图也不见了。我努力想要回想起机关图上画的一切，可曾经引以为傲的好记性似乎抛弃了我，有那么一刻钟，我脑子里白茫茫的，只有一个声音在高喊：“饿——饿——饿——”

天啊，怀孕真是一件可怕的事。它不仅在以一种全然陌生的方式改变着我的身体，还在一点点企图控制我的思想。小芽儿，小芽儿，你可要害死阿娘了！除了吃，除了睡，咱们还有很多要紧的事要记住的呀！

周王四十四年秋，定公哀而不伤的丧礼如一层结在冬日冰湖上的白霜遮住了稀薄的冰层，也遮住了冰层下从未消失的危险。

◇第二十三章 鸾鸣哀哀（下）

周王四十四年秋，定公哀而不伤的丧礼如一层结在冬日冰湖上的白霜遮住了稀薄的冰层，也遮住了冰层下从未消失的危险。新绛城陷入了一种虚假的宁静，所有人都屏息而行，生怕一声高呼就会震落冰面上这座脆弱的城池。

半月前，无恤暗通史墨以晋楚两国共祭三川为由，请新君姬凿派我前往楚国。晋楚边境，自今年夏末起就一直深受干旱所苦，入秋后多地更是滴雨未降，河道干涸。楚人将干旱归结于贤人子西的亡故，而晋人则纷纷传言大旱是定公薨逝、公族衰弱的噩兆。

姬凿同意派我使楚，智瑶却严词反对，但楚王的信函上明明白白写着我的名字，智瑶再不愿，最终也只能做出让步。

定公的棺椁停入宗庙后，我离开宫城回到了太史府。此时的我与之前见肉就呕的模样完全不同，一坐到食案前就恨不得能一口吞下一头炙猪。

“再添一份。”我将手中陶碗交给身后的巫童，巫童接过又给我盛了满满的稷羹。

史墨抬头看了一眼，将自己身前的黑陶高脚豆推到了我面前。

我看着黑陶底上夹着翠绿色苗菜的鸡肉丸子暗咽了口口水，嘴上却道：“为主君守丧，年不过七旬，不可食肉。”

史墨像是没有听见我的话，径自夹了一颗鸡肉丸子丢在我碗里。

我盯着那丸子看了半天，最后还是忍不住把它一口吃进了嘴里，吃得太快，是咸是淡都没尝出来。

“后日何时出发？”史墨问。

“日出，从南门出。”我又举箸夹了一颗鸡肉丸子。

“好。到了楚国要替我问候楚国国巫，共祭三川的事，你也要尽心尽力。”

“嗯，徒儿明白。”

“都吃了吧。”史墨见我狼吞虎咽，伸手将另一豆青梅羹也推到了我面前。

我应了一声，低头默默地吃着，寂静占据了整间屋子。出宫后，我每日都会与史墨一起吃上两顿饭，说上几句话，这是我们之间奇怪的“和解”。没有掏心挖肺的解释，没有涕泪横流的道歉，我在太史府住下，他亦没有再搬去竹屋。我们就这样心照不宣地在一个屋檐下生活着。

“吃好了。”我将一案饭食一扫而空，又用手指将黑陶豆里的最后一点儿青梅羹也抹进了嘴里，抬起头，蓦然发现史墨正望着我出神，苍老混浊的眼睛里隐约似有一片水光。

“师父，你哭了？”

“人老了，眼酸。”史墨转头，再看我时已一脸常色。

巫童撤了食具，离开时替我们带上了房门。史墨洗了手，起身将水匜捧到了窗边的木架上。

师父，徒儿要走了，一去不回了。我对着眼前步履迟缓的背影张了几次嘴，道别的话却一个字也吐不出来。

“你此番离晋，机会实属难得。楚国山水灵秀，既然去了，就别急着回来。”

“小徒明白。”

“生死有时，聚散有时，他日你若得以归绛，而为师已不在人世，切记得你与为师的承诺。动土移棺，我不会怪你，还要谢你。”

“师父……”史墨背对着我，一番话说得平平淡淡，却听得我喉头发硬。

“好了，退下吧。”史墨挥手命我离开。

我怔怔地起身，走了两步，却忍不住停了下来。静室之中，史墨站在窗前，雪白的长发映了阳光，晴雪一般。十四岁的我，第一次看见他就哭了；二十岁的我想要记住阳光下这张静默的面庞，然后微笑着离开，可泪，怎么忍得住？史墨年迈，这一转身是生离，抑或是永别。

“师父，不管你以前做过什么，徒儿都会原谅你。徒儿原谅你，所以也请你不要再那么自责。徒儿不孝，求你等我回来，等我陪你终老，为师父你洗发换衣，戴孝送行。”我抬手跪地端端正正行了大礼。

史墨没有回头，他的侧颜融化在阳光最温暖的光华里模糊不清。半晌，他道：“不用原谅我，无妨的，这样已很好了……”

秋天大约是最适合离别的季节，阳光那样淡，天空那样远。雁湖畔，我与无恤相拥了一整日，看南飞的群鸟从头顶飞过，鸣叫着，变成遥远天幕上的道道孤影。无恤出奇地安静，他知道我不喜道别，道别的话就真的一句也没有说。我躺在他怀里，静静地听着他的呼吸和心跳，难过了在他衣襟上蹭一蹭泪，想他了便钩下他的脖子叫他细细地吻我。

“红云儿，我要走了。我们再没有朝朝暮暮了。”

“不，我们活百岁，我们还有数不清的朝朝暮暮。”

强忍悲伤的男人展开他漆黑宽大的袍袖将我团团抱住。我抱紧他，想要留住这最后的温暖，可时间乘着枝头落叶从我们身旁翻飞而去，抓不住，留不住，终还是飘入了暮色下金红色的湖泊。薄云散，寒雾聚，不道离别，离别却依旧会来。

“今夜在这里等我。”无恤在我耳边呢喃。

“你要去哪里？”我抬头。

“去带一个人来见你。”

“你已经……”

“对，等着我，我会把他带来见你。”

又惊又喜，又慌又惧，我捂着一颗狂跳的心站在草屋前，看无恤逐着一轮金日纵马而去，看一片湖水轻波荡漾，从金转暗，又从暗中浮出一层月的银白。

今夜，就在今夜。阿娘，我就要见到你的阿藜、我的阿兄了！

公输宁其实早就告诉了我智府密室的位置。“大水灌室，石门落闸”，智府之中可以启动密室机关的“大水”唯有一处。

六年了，那漆黑的湖面上细长狭窄的虹桥、虹桥尽头高墙围筑的奇怪小院一直留在我的记忆里，可我却不知道自己千辛万苦想要找的人就在里面。智瑶封水榭囚禁智宵是假，囚禁药人才是真。残忍的真相就摆在我面前，可我居然视若无睹。那一夜，我几乎已经到了他的牢笼前，可我却走了，再没有回去。阿兄，如果那天夜里你听见了我的声音，请你不要对我失望，也不要对自己绝望。你等我，这一次我不会再抛下你，这一次让我来护着你。我带你走，我们去比邯郸城还要美的地方，我们找一片山坡为阿娘种一片木槿花，然后我们再不分开，再不。

从清晨到夜半，这是我离开晋国前的最后一日。面对与无恤的离别，我哀伤却仍怀着对未来的希望；面对与阿藜的相聚，我担忧却夹杂着幸福的狂喜。这一日，于我而言如此重要；这一日，于我而言本该如此美好。是啊，本该……

当赵氏的黑甲军冲进草屋时，我见到了赵鞅病中苍老的脸。他按着长剑站在如龙的火光中，面色萎黄，形容枯槁，可盯着我的一双眼睛却闪着慑人的光芒。那光芒里有惊愕，有怀疑，更多的却是愤恨。没有早一步，没有晚一步，在我离晋前的最后一晚，他终于知道了我的秘密。

无恤不在，面对黑甲军的剑阵，我无力挣扎，也无处可逃。我被人捆了手脚丢上轺车，有军士在我头上罩了一只粗麻布袋。布袋之下，我什么也看不见，却清楚地知道月光下美丽的雁湖已离我越来越远。我等不到无恤，也等不到阿兄了。

再睁眼时，人已身在赵府之中，没有阴寒刺骨的地牢，也没有钩肠破肚的可怕刑具，在我眼前的是一扇淡黄色的梨木蒙纱小门，门上透着温暖灯火的薄纱，还是我去年夏天亲手挑来送他的。

伯鲁。赵鞅为什么要带我来见伯鲁？

我疑惑回头，赵鞅盯着我，愤然道："当年是老夫灭你族亲，毁你邯郸，可我大儿不曾，我大儿待你诚如赤子，你何故歹毒至斯？！"

歹毒至斯？

在赵鞅悲愤的目光下，我愣愣地推开了眼前的房门。

昏黄的房间里，伯鲁仰面躺在床榻上。秋夜微凉，屋里却已一列摆了三只青铜高炉，炉里烧着木炭，半炉赤红，半炉已成灰烬。炙人的火气闷热难抵，可床榻上的人却还紧紧地裹着一条厚重的灰褐色毛毡，犹如一颗巨大的沉睡的茧。

我发慌，深吸了一口气，趴在床榻旁的明夷转过脸来。

苍白、憔悴，明夷往日绝美的面庞上此刻没有一丝活气，只一双红肿的眼睛直直地看着我，化了水般不住地往下淌泪。

"你怎么了？他怎么了？"明夷的模样更叫我慌了神，我冲到伯鲁榻旁，摸着他的额头道，"他怎么了？医尘呢？"手下的温度烫得炙人，我伸手想要掀开伯鲁身上的毛毡，可两只手却虚虚的一点儿劲儿都使不上来，扯了半天，灰褐色的蚕茧纹丝不动，蚕茧里的人也纹丝不动，"这是怎么了？前几日不还好好的吗？明天，我们就要出发去楚国了呀，你们的行囊不都装上车了吗？伯鲁，你怎么了？你到底怎么了？"我拍着伯鲁的脸，可怕的猜测已经让我浑身发抖。

"走……快……"床上的人终于醒了，他想要睁眼，但发肿的眼皮只掀开一道细缝，又紧紧地合上了，"明夷，明夷……"伯鲁颤抖着梗起脖子想要说些什么，可他的喉咙像是被什么东西堵住了，除了"明夷"二字依稀可辨外，其余的都只是咕咕的闷响。可伯鲁不停，他张着嘴，不停地呻吟着那些旁人听不清也听不懂的话。

"不要对不起，我不要你的对不起……闭嘴，不要说了，我不要听了！"榻旁痛哭的明夷忽然起身扑上去一把捂住了伯鲁的嘴。

伯鲁眉头一皱，就真的停了。

明夷怔然收了手，许久，他颤抖着捧住伯鲁的脸，低头哀求道："你说话啊，阿鲁，你不要不说话，你……你说话啊！"明夷垂着头，他的泪一颗颗、一串串全都落在伯鲁的脸上，可伯鲁不动了，他淡青色的眼窝里蓄了一汪他怜惜之人的泪，可他却只能任它们冰冷，满溢，然后滑落。

凄厉的悲鸣声自明夷喉间溢出，他扑上去死死地抓着伯鲁的肩膀。门口呼啦啦冲进来一群人，有人去拉明夷，有人去掐伯鲁，我像麻布袋子一般被人拖着丢到了门外。疯了一般的明夷被一群人拽着衣襟，扯着袖子，拎着大腿，又摔又扭地抬出了房门。

眼前发生的一切让我不知所措。我在喊，却不知道自己喊的是明夷，还是伯鲁，又或者从始至终我只是随着明夷一同哭号。

“妖人，你不要演了。医尘都已经找到你放在药里的毒物了！”有女人踩着我的手，将一只湿漉漉的青铜盆丢在我面前，“卿父，这就是妖人下毒的证据。巫医桥，告诉卿父这盆里装的是什么！”妲雅在我头顶高喊着。

巫医桥颤巍巍捧起地上的铜盆道：“回禀家主，是卷耳子。巫士……妖人掩埋的药渣里，每一层都有这毒物。”

不，药渣里不可能有卷耳子！

“不是我。”我是赵稷之女，可我从没有下毒害人！

“你居然还敢狡辩！为了下毒害人，你故意召了自己的婢女入府煎药，这几个月卿父喝的药除了你们就没有旁人碰过！不是你们，还会有谁？！”

“四儿……你们把四儿怎么了？”妲雅的话一下惊醒了我。

“你那婢女帮你下毒害人，今日一早就畏罪逃走了！”

“不可能，你休要血口喷人！”

“谁血口喷人了？！有药渣为证，你抵赖也没用！要不是大伯试药，体虚毒发；要不是国君薨逝，医尘得以出宫，我们一府的人就都叫你们给骗了！亏得大伯、夫君诚心待你，你这妖人好恶毒的心肠！”妲雅瞪着我，蜜色的面庞狰狞可怕。

“禀卿相，亚旅不在府中，只抓到那女婢的儿子。”黑衣侍卫奔到赵鞅身边。

董石！我混沌的神志里霎时劈下一道电光：“你们抓一个小儿做什么？这事与他们府上无干！与四儿无干！”我一把推开妲雅踩在我手上的脚，猛地起身，赵鞅周围的侍卫即刻又来按我。

“阿娘，小阿娘，小阿娘——”漆黑的院外传来董石稚嫩的哭声，我因悲伤而消失了的恐惧在那一声声凄厉的尖叫声中直冲心头。“你们要干什么？！”我厉声大喝。

妲雅提手在我脸上猛甩了一记耳光，冷哼道：“你的女婢下毒害人，若大伯有个三长两短，自然是要她的儿子替她抵命！”

“你……他只是个孩子。”我知道妲雅恨我，可我不知道为什么今夜她会出现在这里，为什么她一个北方的外族人却好像知晓这场纷乱背后所有的秘密。

“他是一个孩子，可当年你娘逃走时，你仍在母腹，一个女婴尚且能惹下今日的祸事，更何况一个五岁的男童？！卿父，大伯仁孝，以身试药才遭此大难，你可切莫心慈手软啊，这妖人和那女婢的孩子——”

"好了！"赵鞅抬手制止了姮雅的话，他转头对院门口的侍卫们喝道："抓到罪婢格杀勿论！把罪婢的孩子带进来！"

侍卫们握剑飞奔而去，一句"格杀勿论"让我的理智荡然无存，我挺身冲赵鞅大喊道："是我，都是我一人所为！四儿不知我身世，亦不通药理。赵鞅，你不能不查不问就定人死罪！他董安于为你而死，这门外是他唯一的孙子！"

"你果真是赵稷的女儿？你要杀我父子为你祖父报仇？"赵鞅怒瞪着我往前迈了一步。

我僵立着，董石尖锐的哭声如一根根长针刺入我的耳朵，扎进我的心口："是——是我，四儿无辜，她什么也不知道，这事与她无关，与董氏无关。董氏一门忠心奉主，求卿相放过董舒，放过四儿，也放过孩子吧！"

"毒妇、妖人，可恶，可恨！"赵鞅瞪着我，对院中众人高声喝道："今夜之事止于此门，如若有谁密告世子，杀无赦！"

"唯！"众人齐应。

卫士反扭住我的双手往院外走去。廊柱旁，同样被人拧住手脚的明夷突然抬起头来。我忍着泪拼命地冲他摇头，他的视线从我脸上移过，落在远处梨木蒙纱的小门上，一滞，复又撕心裂肺地大哭起来。

明夷，我没有下毒，下毒的不是我。可除了我和四儿没有人碰过赵鞅的药，我该如何解释一件连自己都解释不了的冤事？

赵府的地牢里没有一丝天光，不管外间日月几番轮转，这里永远都只有黑夜。我抱着肚子蜷缩在阴湿的角落里，身后不时有腥臭刺鼻的黏液顺着墙壁滑下。这是一间刑室，落在我背上的也许是死人的血，也许是他们死前被刑具钩出身体的肠液，我作呕，却不敢动，因为耳朵告诉我，此时与我同在的，除了无数的虫蚁外，还有满室饥肠辘辘的老鼠。我怕一不小心踩到它们，就会被啃成一堆白骨，有冤却再不能诉。

这数月里，是谁在我备的药里下了毒？那一日，又是谁将我的身世告诉了赵鞅？四儿去了哪里？于安又去了哪里？无恤有没有救出阿兄？无恤知道我在这里吗？我的小芽儿，你还好吗？

我不知道此前在赵府里发生了什么，也不知道自己被关进地牢后，外面又发生了什么，无边的恐惧下，我脑中层出不穷的猜想已让自己濒临崩溃。

赵鞅来的时候，啃咬争夺我足衣的群鼠一哄而散。

没有随从，没有施刑人，他一个人举着火把，拄着拐杖走进了地牢。

赵鞅是真的老了，病入膏肓了，他强撑着精神站在我的牢房前，我看着火光中的他，却仿佛看到一截被岁月和虫蚁摧残的朽木正在烈阳的炙烤下一寸寸地崩离塌落。不管这数月里是谁在赵鞅药中下了毒，我的父亲都已经得到了他想要的。赵鞅快死了，晋国要变天了。

“赵稷在哪里？”赵鞅打开牢房，举着火把站在我面前。

“我不知道。”我收回自己的视线，低头抱紧自己的肚子。

“你是聪明人，聪明人不要说蠢话。”

“我真的不知道。”

“你不肯说，是想一试我府中刑具的滋味，还是想求得一死好护你父周全？”赵鞅将火把伸到我面前。

我合目摇头，赵鞅想知道的，我一概不知。如果这是我父亲的一盘局，我便是局中最无知的棋子。

“好，很好，老夫知道你不怕死，可不管你的嘴有多硬，等你尝过我赵府刑师的手段，自会同我说实话！来人啊！”赵鞅转头高喝，但他的声音虚浮嘶哑，刚一出口，便散了。

“卿相，我方才同你说的本就是实话，赵稷身在何处，我真的不知道，也不想胡乱编一处叫黑甲军空跑一趟，再徒增你的怒气。阿拾生在秦国，长在秦国，数日之前才偶知自己还有一个叫赵稷的父亲。我没有替赵稷做事，我曾得医尘数卷毒经，若毒真是我下的，我怎么会让卿相你活到今日，又怎么会让你们抓到我？”赵鞅皱着眉头盯着我，我扶着墙壁勉强站了起来，“我这会儿说的都是实话，可卿相你一定不肯信，我那天夜里明明是被逼着说了假话，卿相却一下子就信了。可见，真真假假，信或不信，都只由卿相一人，与阿拾说什么根本无关。卿相今日来，若还想好了要听阿拾说些什么，就直说吧，不必劳烦刑师，阿拾定一字不差地把卿相想听的‘实话’都说给卿相听。”

“我药中之毒若不是你下的，也定是你那女婢！”赵鞅怒瞪着我道。

“不，不是她。数月前，卿相在院中晕厥，我入府为医。第二日，有人神鬼不知地在我备的药材里偷放了一包卷耳子。我识得此物有毒，生怕有人要在药汤中下毒加害卿相，才特意召四儿入府相助。此后，一应汤药，洗、切、熬、煮，从不假第三人之手。卿相，我是恨你，可我心里除了恨，除了邯郸，还有伯鲁，还有无恤，还有天下。我想要你活着，哪怕只再活三年、五年，活到北方安定，活到无恤羽翼丰满不再受智瑶欺凌。我想要你活着，要你死的人，不是我啊！”

“那是谁？”

“……”

"是你的父亲赵稷，是他要我死，要赵氏亡。"赵鞅拄着拐杖往前走了两步，他透过火光打量着我的脸，这些年，他从没有这么认真地看过我，这一刻，他似乎要在我身上找到赵稷的影子，"二十年了。二十年前，你邯郸一城叛乱，使得晋国众卿齐齐伐我。我乃文子[1]之孙，若赵氏在我手中灭族，我有何颜面去见昔年死去的族人？你父与我有不共戴天之仇，他心中之恨，不死不休，我赵志父亦然！你且在这里耐心等着，不管你父现下躲在何处，我定要将他捉来，叫你父女团圆，共赴黄泉。"赵鞅说完，深深看了我一眼，弯腰屈背而去。

"卿相——"我慌忙想要唤住他。

赵鞅手中拐杖一顿，半晌，侧首道："你说得对，是非曲直，真真假假，信与不信都在老夫一念之间。所以，你有没有下毒，我信不信你，都不重要。只要你承认你是赵稷的女儿，那你现在无论再说什么，求什么，照样都得死。"

"阿拾明白。"我自然知道，不管自己有没有下毒，仅因这一身血脉，他就不会叫我苟活，所以我根本没打算向他求饶。我整理了衣袖，跪地端端正正地朝面前的人行了大礼，礼罢只抬手道了一句："稚子无辜，望卿相念及旧人。"

赵鞅没有出声，良久才哑声道："阏于[2]于我赵氏有恩，董舒前夜负荆入府，他的小儿已叫他带回去了，你不用担心。"

"谢卿相恩德。"我俯身稽首，赵鞅却看着我怆然道："你幼时曾在黄池助我，前岁又替我出征伐卫，老夫本该也谢一谢你，可你不该是赵稷的女儿，更不该害我连失二子。将来黄泉地底，莫要怨怪老夫寡恩无情。"

二子？连失二子……

赵鞅走后，我又悲又惧，浑浑噩噩哭了几场，便昏睡不醒。睡梦中好似看见了无恤，他手里牵着阿藜跑得极快，在他们身后跟着一只斑纹扭曲的黑虎和一片血色的惊涛骇浪。

无恤出事了，阿藜出事了！

我惊恐不已，大叫着从噩梦中惊醒。待我睁开眼，见到面前天人似的明夷，便恍惚觉得之前发生的一切都只是自己的一场梦。可等我低头看清明夷怀里的人时，便只能抓着地牢里发霉的木栏号啕大哭了。

伯鲁的脸被洗得很干净，他半躺在明夷怀里，头上戴着他最喜欢的那只墨冠，眼睛轻轻地闭着，像是睡熟了一般。可他的脸白得没有一点血色，他僵硬的鼻翼下两片

①文子，即智文子赵武，"文"是他的谥号。
②阏于，董安于的字。

干裂的唇翻翘着，露出一列青白的牙。我伸手握住他的手，冰冷的触感让我顿时泣不成声。

明夷没有哭，他只是像平常一样抱着伯鲁的脑袋跪坐在我面前，他递给我一只青玉小瓶，对我说："阿拾，我们要走了。楚国路远，他现在身子重，我带不走，你把他的魂魄交给我，好吗？"

我捏着手中的玉瓶凄然地看着明夷，我不是神子，不会取魂，可我要怎么告诉他，他的伯鲁已经死了，再不能陪他去云梦泽，为他捉鸟解闷，与他弹琴鼓瑟，相守一世了？

"明夷……"

"不要说你不会。"我一开口，明夷眼中已滚下两行泪来。

"不——我会。"

"那就好。"明夷霎时含泪而笑，他低头抚着伯鲁的面颊，柔声道："阿鲁，你且随她到玉瓶里歇一歇，等我到了云梦泽，我就带你去你说的那片漆树林，我等你化魂为鸟，叫我的名字。你不用怕，也不用着急。你可以变一只笨鸟，我能等，我这一生已无余事，等得起。阿拾，你快一些，天要亮了，他们要来找他了。"明夷伸手握住我的手腕，玉葱似的手指冰冷如霜。

我胡乱抹了一把泪，忍住哽咽道："取魂非易事，我现下秽物沾身引不了魂。你赶紧去找师父，取魂摄魄是他教我的。"

"你可是想骗我叫师父来救你？"明夷垂目道。

"不，你不用告诉师父我在这里。"当年智府"取魂"后，我将剩余的骨粉都送给了史墨，如今只求史墨能替我骗一骗明夷。

明夷看着我，久久应了一个"好"字，他伸手取走我手里的玉瓶，低头自言道："很多年前，在我还不是明夷的时候，师父曾对我说过一句话，他说：'这世间种种，不论何人何事，终必成空。能不在乎的就不要在乎，在乎的少了自然就得了解脱。'我听了他的话，便连自身也不在乎了，这样果真就得了解脱。后来，我只在乎一样东西，仅此一样，可现在也叫你们夺去了。我知道下毒的不是你，你就算要杀赵鞅，也不会眼见着伯鲁日日试药饮毒。可我不能原谅你，永远不能……我不会告诉师父你在这里，也不会告诉无恤你在这里，我们从此——后会无期吧！"明夷俯身艰难地抱起伯鲁的尸体，伯鲁宽大的衣袖被明夷腰间的麻绳卷带着高高扯起，露出一条惨白的手臂在空中不断地晃动。我憋着一口气，憋着憋着，最后还是忍不住放声大哭。

伯鲁死了，明夷走了，原本预备着要同行一路的人，还没启程，竟就这样永别了。

当墙上的火把熄灭，当无边的黑暗再度降临，我闭上了酸痛潮湿的双眼。

在我身体的深处，有一个小小的生命正紧紧地依附着我，他知道我的悲伤与恐惧，他知道我的无奈与痛苦，可他无法言语，只能挪动身体让我感觉到他微弱的存在。

“你放心，你阿爹会来救我们的。他和我阿爹不一样，他会来的，一定会。”我抱着肚子，哀恸过后随之而来的疲乏和困倦让我有些发昏，可我清楚地记得明夷的话，无恤没有死，他只是我不知道我在这里。

有一个噩梦，我做了很多年，梦里总有一间伸手不见五指的密室，密室的角落里总蜷缩着一个瑟瑟发抖的我。这些年，我无时无刻不想逃离这个噩梦，逃离我既定的、与阿娘一样的命运。可如今，这个噩梦还是成真了。只是我千算万算也算不到，噩梦尽头的那张脸，不是智瑶，而是赵鞅。我忽然有了一个极可怕的念头。赵鞅将死，倘若他当年讨伐北方鲜虞时，也曾听过方士们的胡言乱语，那他会不会也像智瑶一样为求长生，为昌赵氏，将我剖腹取子？即便我腹中所怀的是他赵家的骨血？

孤独和黑暗里，漫长的等待滋养了我心底的恐惧，牢房外一丝丝的动静都会让我浑身汗毛直立。耳聋眼瞎的狱卒有时会来送饭，有时错过了这扇门便不来了。对他而言，我与之前死在这里的囚徒没什么两样。他看不见，听不见，好几次，我都试图抓住他的手，让他起码知道我是个女子。可他从不靠近我的牢笼，每一次都像泼水一般将馊烂的吃食泼在木栏前。我够不够得到，能吃到多少，都只凭他当时的手劲。

这样过了半个月，又或许是一个月，我可怜的小芽儿竟也在我的肚子里长大了，他顶起了我恶臭无比的衣服，我抚着他，他也能动一动身子告诉我，他还活着，还在和我一起煎熬，一起等待。曾经的阿娘，如今的我，我这一生所能拥有的关于阿娘的回忆，都在漆黑的等待里一一地浮现，有时候我甚至不敢呼吸，怕松了一口气，她就会从我眼前消失，她赠予我的勇气也会就此消失。此刻的我比以往任何一个时候都更加爱我坚强无比的母亲，也比以往任何一个时候都更加痛恨我的父亲。

可有的时候，你再爱一个人，她也不可能出现，而你恨之入骨的那个人却会在你最脆弱的时候站在你面前，轻轻巧巧地说：“我的女儿，你可想我了？”

昏昏沉沉之中，有人一直坐在我床前，他身上清凉潋辛的江离香让我梦见了初夏时节大河之畔那座天下最美丽的城池。梦里有河风淙淙，有花海荡漾，有将我放在肩头带我飞奔嬉闹、大声欢笑的父亲，那个我从未见过的、让阿娘思念一生的父亲。

◇第二十四章 三子同归（下）

又聋又瞎的狱卒倒在了我牢房外的走道里，他没有瞳仁的雪白的眼睛瞪得极大。在离他不远的地方，黑甲军的尸体横七竖八堵塞了整条地牢的通道。

赵稷站在我面前，在他的身后还站着红发冲天的盗跖。当我趴在盗跖的背上，像鸟儿一般飞出赵府的高墙时，我忽然觉得这个世界远比我想象的要更加复杂、疯狂。赵稷、盗跖，这两个毫不相干的人为什么会在一起?

盗跖放下我时，顺手脱下自己的毛褐将我紧紧裹住，而后一脸嫌弃地扯起我的头发，鄙弃道："你怎么和她一模一样？丑死人了。"

我听了他的话约莫是笑了，浑浑噩噩地竟扯了他的手放在自己隆起的小腹上："爱吃小孩儿心肝的恶鬼，当年我躲在阿娘肚子里没瞧清楚，你救人时的模样很是英武，不似恶盗，似君子。"

"狗屁君子！"盗跖冷哼了一声，收回了手。

我想再调笑他两句，可双眼一黑，人已经晕了过去。

昏昏沉沉之中，有人一直坐在我床前，他身上清凉微辛的江离香让我梦见了初夏时节大河之畔那座天下最美丽的城池。梦里有河风徐徐，有花海荡漾，有将我放在肩头带我飞奔嬉闹、大声欢笑的父亲，那个我从未见过的、让阿娘思念一生的父亲。

"阿拾，你醒了吗？"梦醒，香散，一身碧色衣裙的阿素坐在我床头关切地摸着我的额头。

"是你来了……"我睁开眼睛，又再闭上。

烧水洗浴，换水再浴，当我洗尽全身污秽，从阿素手里接过那面幽王璇珠镜时，我看到了镜中一张形同骷髅的脸。

阿素替我穿衣，一层又一层："对不起，是阿姐来迟了，叫你受苦了。"

我靠坐在床榻上，已无力分辨她是真情还是假意。"这是哪里？"我问。

"还在路上。"

"我们要去哪里？"

"我们要往东南去，阿姐带你去郑国。"阿素坐在我身旁，轻轻地握着我的手。

郑国？齐人的盟国。

“四儿呢？这一次，你又把她捉去哪里了？”

“我这回可没捉她，是你阿爹派人把她从赵府救出来了。”

“是嘛。”他赵稷有时间从赵府救走四儿，却任我后知后觉地留在无恤身边，他这是借了我的药罐下毒害人，又要借赵鞅的手让我死了对赵氏和对无恤的一份心啊！阿爹呀，阿爹，过了那么多年，你还在算计我，你到底有没有一日，哪怕只有一刻，真的把我当作自己的女儿？我心中郁愤，双眼发酸，只得转过脸，闷声道：“四儿现在在哪里？我要见她。”

“四儿姑娘比你早走半个多月，这会儿兴许已经到郑国了。等我们也到了郑国，你自然就能见着她了。小妹，你肚子里的孩子是赵无恤的吧？”阿素伸手来摸我的肚子，我头皮一麻，整个人已不自觉地往后挪。

阿素倒不见恼，只笑看着我的肚子道：“你这肚子里的孩子可真是个命硬的，这么连番折腾，你都没了人形，他居然还有力气扒着你。可见啊，他是有多喜欢你这个阿娘。不像我以前肚子里那个，颇没良心，我才跑了一跑，哭了两回，他撒手就不要我了，和他阿爹一个模样。”

阿素的话说得云淡风轻，我却听得心惊肉跳。她之前怀过一个孩子？谁的？张孟谈的？难道张孟谈当年真的没有死？！

我欲详问，阿素却低头捧着我的肚子道：“小娃娃，再等两日我们就不坐车了，姨母带你阿娘坐船去，好不好？到时候也叫你这暖心的娃娃舒服舒服。”

“阿素……”

“哦，对了！那案上的镜子是盘让我转送给你的，他说你娘不在了，送给你也算是物归原主了。”阿素打断了我的话，抬手指着案上的幽王璇珠镜道。

“你那孩子是张先生的吗？那年在齐国，驾车落在湖里淹死的人不是张先生，对不对？是你救了他吗？”

“当年是我鬼迷心窍救了他，硬叫他同我过了这几年糟心的日子。好在，他前月里又死了，他的孩子也没了，省得我一个没出嫁的姑娘拖着个没爹的娃娃浪费大好年华。”阿素莞尔一笑，款款起身，“行了，阿姐走了，你先好好休息吧，晚些时候，你阿爹还要带你去见一个人呢！”

“我不困，我们出去走走吧！”我拖住阿素的手，阿素大笑，拍着我的手道：“小妹，你该不是可怜我，想出门说些什么好听的话开解我吧？放心，我不过是没了个孩子，一块黏答答的血肉罢了，痛过了就忘了，没什么好安慰的。”

“不。”我紧紧握住阿素的手，“我如今这副鬼样子，哪有资格去安慰你。不过是许久不见阳光，想出去走走罢了。”

“那就好。我这人最听不惯那些安慰人的好话。若你说了，我一准是要翻脸的。若我翻脸，你可又要怕我了。”

“走吧，我没力气安慰你。”我将身子靠向阿素，阿素笑着将我扶了起来。

寒山苍翠，秋水潺湲，柴门之外是秋日山林最美的景色。只可惜，我在赵府的地牢里待得太久，秋日午后慵懒和煦的阳光落在眼里竟也觉得刺目。阿素见我频频落泪，便扶着我走到溪旁的一棵苌楚树下。仲秋时节，苌楚果熟，金色的阳光下，一颗颗褐中带绿的果子挤在一起，坠在枝头，看着倒叫人舒心。

“别看了，我都不知道你这样流泪，是心酸，还是眼酸了。”阿素抬头摘了一个果子，捏了捏，掰开，递了一半给我。

我擦了眼泪，低头咬了一口苌楚绿色的果肉，眯了眼道：“这回不是心酸，也不是眼酸，是嘴巴酸了。”

“酸吗？我倒觉得挺好。”阿素啃了自己那一半又来拿我的，我顺势抓了她的衣袖道：“今日无人相扰，你就同我说说邯郸氏和范氏以前的事吧！”

“不省心，我就知道你要问！”阿素睨了我一眼，抬手又从树上摘了两颗果子。

“总要有人说给我听的，与其待会儿听那个人说，倒不如听你说。”

“阿拾，那个人可是你阿爹。”

我扯了扯嘴角，没有说话。

阿素轻叹一声道：“你果真要听？过去的那些事可多少都带了些血光，我怕你现在听了，对孩子不好。不如等我们到了郑国，你养好身子，平平安安把孩子生下来了，我再说给你听？”

我摇头，抚着肚子轻笑道：“血光都见了那么多，难道还怕听吗？再说，我这孩子若真要走，怕是十个，我也留不住了。”

“唉，赵无恤那小子死不撒手的臭脾性落在他孩子身上倒不是坏事。既然你要听，我就索性今日都告诉你吧！”阿素挪了身子坐到我对面，开口徐徐道，“你的祖父叫赵午，原是邯郸大夫。你娘是我爹的表妹，嫁了赵午之子赵稷为妻，我范氏与你们邯郸氏就算结了姻亲。我父亲与你娘一起长大，又存了对她的恋慕之心，所以你爹娘成婚后，范氏与邯郸氏就走得格外近了。赵鞅那会儿属意要往北扩地，所以才叫董安于在北方修建了晋阳城。可赵鞅又放心不下赵氏南面的故地邯郸，怕时间久了，邯郸城会被我们范氏一族夺去。所以，他就想了个主意，找借口杀了你祖父，以此警告你父亲，叫你父亲休弃了你娘，与我范氏一族划清界限。你阿爹那会儿虽瑶琴不离身，却也是血性男儿，怎能在赵氏杀了自己的父亲，羞辱了自己的妻儿后，还巴巴地为了一个邯郸大夫的官衔跪在仇人面前低头认错？”

“所以他自立为邯郸君，起兵讨伐赵氏。你说的这些事，我以前也听说过，可我不明白为什么智氏的人会抓走我娘，为什么他赵稷弃守邯郸后，从来没有找过我们。”

“有些事我也不明白，但当初你娘和你阿兄被智跞抓走，却不能责怪你阿爹，那根本就是蔡墨为救赵氏施的诡计。”

“我师父的诡计？”

“就是他！蔡墨乃你外祖生前挚友，他本该照拂你阿娘，可他却利用你娘对邯郸城施下了一招毒计。”

“什么毒计？”

“你可曾听说过《竹书谣》？”

“在智瑶府里听过一次，可我不通北方蛮语，未曾听懂。”

“那今日阿姐便唱给你听。”阿素放开我的手，在地上寻了一块宽大平薄的青石，又从头上拔下一根紫金笄，一边击石一边合拍唱道，“弈弈恒山，八鸾锵锵，狐氏生孙，在彼呕夷，其阳重瞳，兴国兴邦。弈弈恒山，鸾鸣哀哀，狐氏生孙，在彼牛首，其阴青目，失国失邦。”

“其阴青目，失国失邦……”

晋文公重耳的母亲与我母亲一样都是北方鲜虞狐氏族人，重耳母亲居于呕夷水畔，歌谣中提及的牛首水则恰好流经邯郸城，所以歌中所唱的那个青眼亡晋的女子非我莫属。可我为何会亡晋？我一个小小巫士如何能亡晋？！

“这《竹书谣》与我师父有何关系？”

“赵鞅当年擅自处死你祖父本是犯了‘始祸者死’的大罪，众卿齐而伐之，若不是后来智氏临阵倒戈，我阿爹和你阿爹如何会败？而智氏倒戈，全因你师父借祛病之由送了一名鲜虞方士给那重病的智跞。可巧，那方士非但懂得长生之术，还唱得一手好歌谣。非说你阿娘肚子里怀的是亡晋女，还说吃了你就能得长生。”

“荒谬至极！”

“蔡墨借方士之口告诉智跞，说只要吃了你娘肚子里的你，就能定血气，祛百病，得长生。所以，智跞要以你入药，以换得他对邯郸，对范氏、中行氏的支持。”

“所以赵稷同意了，他把我娘送进了智府？”我看着阿素，一下握紧了拳头。

“你那时不过是个新结的珠胎，你族中叔伯都叫你阿爹赶紧应下与智氏的约定。可你阿爹没有点头，他怕族人羞辱、伤害你娘，秘密派人将她和你阿兄送到了我家。可你娘刚到，智跞当夜就引了三千亲兵攻进我家府门。我范氏一族立府百年，一夜之间，全府之人竟叫人屠鸡戮犬一般残杀殆尽……我阿爹那会儿恰巧领兵出城，家宰拼死相护，我和幼弟才能留下性命。可那天夜里，我阿娘死了，我待出嫁的阿姐不甘受辱也惨死府中。你娘和你阿兄，我们原以为他们也死了。智跞那夜在雪中引火烧尸，火光三日不灭……你师父蔡墨玩得好谋术、好心术，他一个巫人，编一首胡说八道的歌谣就将我范氏百年基业毁于一旦。阿拾，我在临淄城见到你这双碧眸时，你不知道我有多开心。他蔡墨编了那后半首《竹书谣》来害人，上天便真叫你娘生下一个青眼女婴来。好，既是这样，那么我们何不就随了神意，好好送他们一个'失国失邦'？！"阿素一番控诉过后，眼眶里已盈满了泪水，可她这人骨子里有一股拧劲儿，越想哭，越不肯叫自己落泪，她抬袖抹了一把眼睛，扯出一个笑容对我道，"你还有什么想问的，先记下，今日我不想说了，明日路上再说与你听。"阿素说完匆匆起身，飞奔而去，只留我一个人独坐在苌楚树下，出神地看着一地半腐的果实、破碎的谎言。

原来，他不是守护我的神明，他是双手沾满我母亲鲜血的恶鬼，是他一笔笔绘出了使我惊恐一生的噩梦，一锤锤为我铸造了一方烹骨的食鼎！

从来没有什么鲜虞来的方士，没有狐氏可怕的传说，从始至终就只有他蔡墨的一张嘴，骗了我、骗了全天下的一张嘴。

为什么会是你？你是我的师父，我的亲人呀！

大火烧尸，三日不灭……因为我，因为一个未成人形的我，到底有多少人命赴黄泉？又有多少人痛失了自己的至亲至爱？

时至今日，我才终于明白，为什么幸福时的我心底总有一份挥之不去的哀伤与悲凉，那是因为在我生命的最初，我就已经亏欠了太多太多的人，我的灵魂沾满了他们无辜的鲜血，那心底的悲凉是对我的惩罚，是早已嵌入我骨血的罪。

月色笼山，清溪流银，有人提了一盏红色的纱灯，迎着哗哗作响的山风来到我面前。

明月的清辉里，他被岁月精心雕琢的面庞上有着未来得及褪去的哀伤与疲倦，他站在苌楚树下凝视着我的眼睛，我那幽蓝的，给他的妻子、他的族人带来灭顶之灾的眼睛。我想，我永远也不会再追问他为什么不来找我，为什么一次又一次地利用、陷害我，因为在很久很久以前，他曾为我奋不顾身地反抗过，努力过，可我却让他失去了所有。

歉疚与痛恨是两种截然相反的感情，此刻却因为同一个人在我心底交错撕扯。

"走吧，我带你去见一个人。"赵稷开口打破了树下的沉寂。

"什么人？"我问。

"你想见的人。"赵稷脱下外袍丢在我怀里，转身提着纱灯默默地走出树影，远远地站在溪旁的小路上等我。没有刻意的亲昵，没有咄咄逼人的阴沉，月光下，他高大疲倦的背影透着冷漠与疏离，可我却觉得，这才是褪去层层伪装后，我最真实的父亲。

“赵鞅药里的毒是你派人下的？把卷耳子放进我药筐里的也是你的人？”我跟在赵稷身后，深一脚、浅一脚地踩在染霜的枯草上。

赵稷好似没有听见我的话，只提着灯慢慢地走在我身前。

我不死心继续追问，前面的人却始终不发一言。我们就这样默默走了一路，待走到溪谷深处的一间草屋外，赵稷才突然蹙着眉头转过身来，对我道：“他怕火光，你别吓着他，也别让他吓着你。”

他……谁？！

我惊愕地看着赵稷，赵稷低头一口吹熄了纱灯里的火苗。

黑暗降临，惊讶、慌乱、激动瞬间从我心底喷涌而出，继而幻化出一种极恍惚的感觉。当如霜的月色再次盈满整个溪谷，我转头望向萧草丛中被月光和树影包裹着的草屋时，那已不是草屋，那是我曾经的梦境、遥远的过去。打开野径尽头的那扇小门，我是不是就可以回到曾经离开他的那个夜晚？

我踩着发软的步子走进半人高的草丛，有山风拂过草尖，风里有阿娘若有似无的哀唱：“山有藜兮，藜无母……”

阿娘，是他吗？会是他吗？

当我的手触到冰冷的柴门，我恍惚的心忽然又害怕了，我怕屋里的人不是他，又怕屋里的人是他。

“嘎吱——”身旁的赵稷替我推开了房门。

门外的月光尚来不及驱散屋内的黑暗，黑暗的深处已冲出了一声凄厉的、近乎疯狂的叫声。

赵稷丢了纱灯冲了进去，刺耳的尖叫却一声高过一声，仿佛永远不会结束。

沉睡的溪谷被尖厉的叫声惊醒了，林中有小兽哀鸣，有群鸟扑翼，可我听不见了，眼泪从眼眶中翻滚而下。我走进草屋，垂着手站在床榻前看着赵稷怀里那个不断哀叫挣扎的人影。

“阿兄，阿藜……”我听见了自己颤抖的声音。

床榻上拼死挣扎的人停住了，他转过一张被巨大的血色蛛网吞噬的脸怔怔地看着我。

我抬手一把捂住了自己的嘴，决堤而下的眼泪湍急无声地流过我的指缝，我透过泪幕看着月光下他疤痕纵横的脸，看着他糜烂结痂的头皮上仅余的几缕干枯的发丝，我看着他颤抖着朝我伸出的仅余二指的手，终于忍不住蹲在地上失声悲号。

“对不起，对不起——阿兄，对不起……”

两根扭曲的冰冷的手指轻轻地落在我脸上，我大哭着抬头，阿藜温柔地看着我道：

“阿娘，你怎么又回来了？我们不是说好了嘛，不用来看我了。每次来，你都要哭，我没事的，我等阿爹来，我等妹妹来，妹妹就快来了……”

“我来了，阿兄，我来了呀——”我哭喊着张开双臂紧紧地抱住眼前的人。我的阿兄，我的阿藜，我是妹妹呀，我来了，我终于回来找你了！我抱着怀里的人，不顾一切地哭喊着。这一刻，我忽然觉得，我这二十年走过的长长一路，我跌跌撞撞所做的种种努力，都只为了能活着来到这里，替阿娘再抱一抱这个曾被我们遗弃的、我们最亲最爱的人。

已无人形的阿藜一动不动地被我抱在怀里，温顺而安静，我忍了泪久久地抱着他，一如那些漆黑的夜晚阿娘温柔地抱着我。我想要给予怀里的人我所有的温暖，可就当我以为他已在我肩头熟睡时，阿藜却突然直起身子看着我的眼睛，哽咽道：“你不是阿娘，你是妹妹，我阿娘是不是已经死了？”

“阿兄……”

阿藜紧闭着双唇看着我，有一滴泪从他眼眶中落下，那是一滴很大的眼泪，当那滴眼泪滑过他眼下两条交错的刀疤流向他的鼻翼时，他突然张开双臂将我死死地抱在怀里。他低声呜咽着，压抑的哭声叫我心碎。

“阿藜——”我哽咽地唤他的名字，他猛地把头深深地埋进我的长发：“阿娘，阿娘啊——”

阿藜痛苦地哀鸣着，声音一声比一声轻，却一声比一声绝望。我紧紧地回抱着他，我不知道这生不如死的二十年里，他是如何用这残破的身体扛住了智瑶一次又一次残忍的伤害，我只知道，这二十年来他从没有绝望的心，在这一刻，绝望了。

赵稷跪在我身旁，哭着抱住了阿藜的脑袋、我的肩。

阿藜在他父亲的怀里大力地呼吸，继而发出了一声摇山震岳的哭声。他的眼泪从压抑的心底不停地往外倾倒，打湿了我的发，也打湿了风中阿娘的低吟。

这一夜，我睡在阿藜身旁，我捏着他仅存的两根弯曲的手指，瞪着眼睛直直地看着草屋顶上垂落的一束干草。

从天黑到天明，我心里想的只有智瑶，我想要剖出他的心，我想要碾碎他身上的每一根骨头，我要让他为自己做的一切后悔，我要让他残忍肮脏的家族从晋国消失，我要让他那些短命的先祖在黄泉地底哀戚痛哭、无能为力！

智瑶——智瑶——

复仇的火焰在我的身体里熊熊燃烧，当我愤怒到不能自已时，掌心里传来了微弱的触动。

我慌忙转头，身旁的人依旧熟睡。

我的阿兄有着一张形如鬼怪的脸，却有着世间最温柔的睡颜。也许，我现在不该只想着复仇，我该好好想想如何才能让阿兄好起来，如何才能带他离开这里，离开赵稷，离开所有的危险。

我正想着，柴门轻启，赵稷拎着一个竹篮出现在门外：“他还没有醒？”

“让他再多睡一会儿吧！”我松开阿藜的手，下了床榻。

赵稷将竹篮放在窗边的柴堆上，伸手按住身上叮当作响的白玉组佩轻轻地走到榻旁坐下，他低头看着熟睡的阿藜，轻声问：“他昨夜睡得还好吗？”

“夜里哭喊过几声，但还算安稳。”

“那你呢？”

“我也还好。”

“你的性子随我，怕是恨了一夜，气了一夜，没闭过眼吧？”赵稷瞥了我一眼，我抿唇不语，他复又转头看着阿藜道，“恨不是什么可耻的事，败才可耻。当年，我已经失败了一次；如今，不想再失败第二次。二十年前，我已经失去过你们一次；如今，也不想再失去第二次。阿藜会好起来的，伤过他的人一个都跑不掉。”

“仇要报，但阿兄现在最需要的——”

“是你，是我。”赵稷一句话堵了我的嘴。我沉默，他伸手轻抚着阿藜耳畔几根萎黄细幼的发，柔了声音道：“你和你阿兄的头发都随了你娘。阿藜出生时就有满头的乌发。别家的小娃三岁还只薄生了一层黄毛，他那会儿就已经能梳一个极漂亮的总角了。你阿娘爱打扮他，总亲手给他绣包巾。你祖父日日盼着他长大，早早地就托人到楚国玉山采买了一块半尺宽的碧玉，只等着他长到二十岁时，给他制冠戴。可你看看他现在……”赵稷拂开一只停在阿藜头皮溃烂处的蝇虫，回头看着我道，“我知道你心里在想什么，但我们现在不能停。早食过后，我们就出发去郑国。”

“不行，阿兄体虚，行不了路的！”

“我们去渡口坐船，再晚些日子河水结冰了，你和他就都走不了了。”赵稷看了一眼我的肚子，我摇头道：“不，我们不去郑国。我们逃出晋国就好，为什么非要急赶着去郑国？新绛到新郑，旱路难行，水路又多风浪。若半路遇上风雨，有谁敢在大河里行舟？”

“谁说我们在逃？此事不必多说了，明年开春之前，务必要赶到新郑。”赵稷起身而立。

“为什么？”我跟着站起身来。赵稷此刻赴郑一定有所图谋，所谋之事也一定与晋国有关。

“你真的不知道我们为什么要去郑国？”

“既是你要我跟着你走，这理由总该由你来告诉我。”

“‘你’‘你’‘你’……你什么时候才能唤我一声阿爹？”赵稷蹙着眉头看着我，我转过脸，他轻叹一声道，“晋侯死了，赵鞅不出一个月也要死了。到时候，智瑶和赵无恤斗上一斗，晋国的天就塌了。晋国的天一塌，郑人积了多年的仇，就到了该报的时候了。”

“你想让郑伯出兵伐晋？不可能，郑是小国，郑伯他不敢。”

“所以，我才要到新郑再借他几个胆啊！若不出意外，明年春天，齐侯就能召集五国诸侯于廪丘会盟，与诸国一同举兵替郑伐晋。”

“你要聚五国之兵伐晋？！”我大惊失色。我知道赵稷心中有复仇之念，也知道他一定会对赵氏不利，可伐晋？他竟要引兵伐晋！

“是啊，多好的事，对不对？”赵稷扬眉微笑。

“你果真疯了，你是晋人，阿娘是晋人，我们都是晋人。晋国是我们的故国，有我们的故土啊，你怎么能引外敌攻晋？”

“是我疯了吗？可我辛辛苦苦做的这一切，为的是什么？不就是为了带我的儿子、我的女儿，回我的故国，回我的故土吗？”赵稷眼里有难以遏制的怒火和悲凉，我望着他，想起他流亡齐国这许多年，不觉竟酸了鼻头。

“你阿娘死了，你阿兄变成这个样子，真正疯了的人到底是谁？有朝一日，若我能让智瑶跪在你面前，你会做什么？你会因为他与你同是晋人，就饶了他的罪吗？就放他离去，再去挖别人的肉，喝别人的血，吃别人肚子里的孩子求长生吗？”

“不！我绝不会饶过智瑶，我要亲眼见他人头落地，我要叫智氏一族从晋国消失。”我望着榻上的阿藜恨道。

“好，这才是我的好女儿！”赵稷展了双眉，一把按住我的肩膀道，“你相信阿爹，这一天很快就要到了，阿爹要堂堂正正带着你们回晋国，回邯郸，回我们的家。很快，这一天，很快就要到了。”

“呃……”榻上的阿藜发出了一丝呻吟，赵稷急忙冲到床边，我上前小心翼翼地握住了阿藜的手：“阿兄，你醒了？”

阿藜迷茫的视线在我们身上转了一圈后，停在了他木枕旁的半尺阳光上。他侧过身子伸出自己的手，在阳光里僵硬地摊开掌心。与阳光分别了二十年的他，像个初生的婴孩般默默地凝视着落在自己掌心里的阳光。

可我看不到阳光，我只看到他扭曲的掌心里一个硕大的坑洞，坑洞上后生的紫红色皮肉收紧了他昔日的伤口，却也让他的手掌再也无法平展。

“阿兄，饿了吗？我喂你吃饭吧。”我哽咽着移开自己的视线。

赵稷连忙起身从门外搬进一方松木小案，又从柴堆上的竹篮里取出四只对扣的黑陶大碗：“阿藜，这里有黄粱米蒸的栗子饭，有新炸的多子鱼，都是你爱吃的。桑子酒，阿爹先替你喝。等你病好了，你陪阿爹喝。”赵稷手忙脚乱地摆好一桌饭食，然后垂着手，紧张地看着床榻上神情木然的阿藜。赵稷在害怕，他怕阿藜已经忘了他们的“子归”，忘了他，他怕自己真的来晚了。

阿藜怔怔地看着黑陶碗里炸得金黄酥脆的多子鱼，面如木刻，可他的眼睛里却闪动着微光。伤痕纵横的脸让他失去了常人应有的那些传达心意的微妙表情，但他的眼神告诉我，他记得我们，记得所有的一切。

赵稷将阿藜从床上抱了下来。阿藜没有说话，却示意赵稷自己要独坐，不用像孩子一样被抱坐着。赵稷应承了，从床榻上扯了木枕、薄被替阿藜做了背靠，这才在他身旁坐下。

“阿兄，趁热多吃一些。”我在阿藜身旁坐下，将饭食分装了些，放在他碗里。

阿藜看看我，看看赵稷，突然低头用残破的右手解开自己的衣襟，从脖子上解下一根长长的发辫。他将那发辫恭恭敬敬地放在阳光下，放在案几最后的一个空位上，然后微笑着用右手仅余的两根手指夹起一条金黄色的多子鱼放进嘴里。

他笑了，我望着空位上的那根发辫却泪如雨下。

我把她烧了，我用一把束薪把阿娘的尸体烧成了灰烬。我从没有想过，我这一生还能再见到阿娘身上的任何一样东西；我从没有想过，有朝一日我竟还能亲手再摸一摸我阿娘的头发……可现在，她的发辫就静静地躺在阳光里，温柔地与我对望。

子归，子归，三子同归。阿娘，你看见了吗？看见我们了吗？

这一餐，流泪的人不止我一个。赵稷哭了，他哭得比我隐忍，却哭得比我更加悲伤。那是他挚爱的女人的发，是曾经蜿蜒在他膝上，他抚摸过无数次的发。那一年，那一日，他明明想要送她去一个更安全的地方，却再也没有见到她。当年，他们没有从容地告别，今日阳光下别样的重逢一下便击碎了这个男人荒芜多年的心。

“阿娘，我们一起吃饭吧！”阿藜咽下嘴里的炸鱼，对着洒满阳光的发辫温柔笑道。

第二十五章 廪丘会盟

大河之畔，呼啸的秋风从荒凉的北岸吹来蔽日的黄色尘雾。昏暗的天空下，大河奔流咆哮，狂悖的风助长了它的愤怒和力量，千尺浊浪排空而起，击岸之声轰鸣有若雷响。

霜薄风清的秋晨，我们离开了宁静安详的溪谷，远方等待我们的是飒飒秋风里波涛汹涌的大河和一场足以撼动整个中原大地的战争。

我想要抗拒，妄图逃离，但我怀揣着复仇火种的父亲却迫不及待地带着我们一路奔向那未知的，让他心情激荡、热血沸腾的战场。

大河之畔，呼啸的秋风从荒凉的北岸吹来蔽日的黄色尘雾。昏暗的天空下，大河奔流咆哮，狂悖的风助长了它的愤怒和力量，千尺浊浪排空而起，击岸之声轰鸣有若雷响。我带着阿藜躲在渡口的草棚里，我的父亲独自一人迎风立在河岸旁落尽了枯叶的古树下。他不佩剑，他腰间拖着长长丝线的白玉组佩在狂风中丁零作响。

齐欲伐晋，会鲁、卫、郑、鲜虞四国国君于廪丘。晋抗联军，必要拖宋国同入战局。当年，他赵稷摔裂瑶琴，拔出利剑，引得晋国六卿大乱；如今，他不抚琴，不佩剑，一个人一张嘴，竟又要燃一场七国大战。此刻，他在想什么？是杀声震天、血流成河的战场，还是昔日大河之滨迎风婆娑的木槿花海？

“冷了吧？披件冬衣吧！”阿素走进草棚递给我一件夹丝的长袍，我接过，她又给在我怀里熟睡的阿藜披上了一件厚重的狼裘，“今日风大，浪也大一些，但你别害怕，齐国临海，齐人的造船术不比吴人、楚人差，待会儿来接我们的船是义父手里最好的船，驶船的船夫们也都出过海，驭得了风浪。只要河水不结冰，我们月末就能赶到新郑。到时候，你和阿藜就可以在郑伯的宫城里好好休养了。”

“你们是齐使，我和阿藜算什么，郑伯怎会留我们住在宫内？”我抱紧怀里眉头深锁、牙关紧咬的阿藜。

“你这就太小瞧你阿爹了。在郑伯面前，他说的话就是我义父要说的话，我义父要说的话就是齐侯要说的话。郑伯如今急着想把女儿嫁进齐宫，他此番非但要收留你和阿藜，还要好好款待你们。”

“我不想要郑伯的款待，更不想沾一身的血水。”

“你还是想走？”阿素撩衣在我身旁坐下。

我看着一身男服的她，恳言道：“我想带阿兄走。如果我答应你，绝不会向任何一个人泄露廪丘会盟的事，你能不能放我们走？我阿兄吃的苦已经够多了，他这些日子的情形你也都看到了，他现在最需要的是安稳，是治疗，不是阴谋和战争。”

“阿拾，我知道你们两个现在都经不起奔波，可为什么事到如今，你还以为自己可以全身而退？你我早已是棋盘上的棋子，除非死，否则摆在我们面前的选择就只有输与赢。而我不想输，更不想死。”

“阿素，我们有选择。除了输赢，除了死，我们永远还有第四种选择！”

“我们有吗？”阿素看着激动的我，淡褐色的瞳仁里掠过一抹浅浅的哀色。

“有！”我斩钉截铁。

“不，我们没有。我曾经也以为自己还能拉住一个人的手与命运搏一搏，可后来我知道自己错了，我的错误让我失去了义父的信任，失去了四个月大的孩子。我知道你现在不想去郑国，也知道你心里还放不下赵无恤，但阿姐不能放你走，更不能让你带着阿藜走。”

“为什么？你是怕我不守承诺，将廪丘会盟之事告诉无恤？”

“告不告诉赵无恤是其次，单是将会盟一事告诉你，你阿爹就已经冒了极大的风险。你生性善良，心中又有大爱，当年冒险从齐宫带走齐君吕壬多半是为了阻止齐、晋两国因卫国一事开战。如今，你眼见着五国伐晋，天下大乱，又怎么可能袖手旁观？不瞒你，不骗你，是因为你阿爹对你的歉疚，是他做父亲的对女儿的善意，而不是信任。你这人太聪明，也太会惹祸。那年在齐国，我拼了全力想在宫中护你周全，你却给我惹了一箩筐的祸事。你阿爹让陈盘赶去密林给你一条退路，你却伙同赵无恤把阿盘绑上了山。此番会盟事关重大，我无论如何都要看好你，不能让你毁了我们的计划，也不能让你横生枝节，稀里糊涂丢了性命。”

“你们都想着我，护着我，我当年在齐国九死一生，倒都是自己的错了？”

“你要是乖乖听我的话，哪里会有什么九死一生？”阿素握住我的手，语重心长道，“小妹，你阿爹从没想过要伤害你，你被困齐山时，若不是他急智在临淄城找了游侠儿偷袭了山下的陈辽，你和赵无恤早就死了。所以——”

“所以我不能怪他，还要谢他？”

“他真的不是个坏人。”

“我知道。可秦在西，齐在东，东西相隔何止千里？阿娘死时，我才四岁，我能活着走到他面前不容易，可他非但不认我，还费尽心机利用了我。那日在清乐坊，他就应该告诉我他是谁。”

“你阿爹他……只是还不知道该怎样面对你。”

是啊，我又何尝不是呢？我多想像阿藜一样唤他一声阿爹，可时至今日，我依旧不知道该如何做他邯郸君的女儿。

我沉默无言，阿素亦再无声音。低垂的天幕下，我们转头默默地注视着大河岸旁那个孑孑独立的背影。

“船到了，我们走吧！”赵稷在我们的注视中转过身来，狂风吹卷起他的衣袍，在他的身后，一艘巨大的木船正缓缓向我们驶来。

大河河水四季分明，春季平和，夏季涨水，秋季多浪，冬季干涸结冰。一场秋雨过后，一连数日，每日我都能在打着旋涡的河水里看到被巨浪击碎的船板、被河水溺毙的牲畜和浮肿的死尸。

阿素晕浪，从不在船板上走动。阿藜体虚，本就睡得多，醒得少。所以每每清晨日出，都只有我和赵稷两个人站在船板上看朱红色的朝阳跃出河面，染红半江浊浪，又看红日升空，将两岸山、树、林、屋，镶上耀眼的金边。我们两个从不说话，不说话，也许也是一种默契。

这一日午后，船近新郑。阿藜见两岸车马、行人多了，便狂躁不安，难以入睡。我只能坐在他休息的木榻上，让他对着我肚子里的小芽儿说话。五个月大的小芽儿颇喜欢阿藜，阿藜说话时，小芽儿便会挠痒痒似的在我腹中动上几下。

“阿兄，明日下船时，人会有些多，你若害怕就牵牢我的手，好吗？”

阿藜点头，将手从身上的狼裘里伸了出来，用两个指头用力扣住我的手背。我温柔微笑，将他的手紧紧地握在掌心。

阿藜比我年长，阿娘和赵稷又都是身量高挑之人，所以身为男子的阿藜，原也应该比常人长得高一些，可他二十年不见天光，身材瘦弱仿若十三四岁的少年。每每与他相处，我总会不由得生出一种错觉，觉得自己变成了阿娘，身旁依偎着的人不是阿兄，而是自己亏欠了二十年的孩子。

“想睡就睡一会儿吧，我在这里陪你。”我轻轻地拍着阿藜的背。

阿藜往我身旁缩了缩，极小声道：“阿爹给我备了几顶纱笠，待会儿帮我找一顶出来吧！我的模样把柳下先生都吓哭了，明日渡口若有玩水的小娃，怕会被我吓出病来。”

“阿兄……”

“没事，我不难过，就是怕吓着别人。”阿藜仰头看了我一眼，又急忙避开我的眼神。

我握着他的手指，心疼道：“盗跖是什么人，怎么可能会被你吓哭？他哭定有其他缘由，阿兄切莫胡思乱想。”

阿藜点头，良久，又担心道：“纱笠……你会帮我找出来的吧？”

“我待会儿就去找，找两顶来，明天我陪你一起戴。”

“好。”阿藜这回总算舒了心，可我的心却揪成了一团。幼时我只因生了一双异于常人的眼睛就担了多年山鬼之名，如今阿藜这张脸、这副身子不知又要遭世人多少异样的眼光、多少无情的猜测。盗跖是个活得极明白、极洒脱的人，他会为阿藜落泪，多半是觉得自己亏欠了阿藜。可他没有亏欠我们，他救了阿娘，救了我，又救了阿藜，他一个误入棋局的“恶人”，却是我们最要感谢的人。

“阿兄，把你从智府救出来的人是盗跖吗？”我问阿藜。

“是盗跖和你阿爹——”阿素惨白着一张脸走到榻旁瘫坐在我脚边，“还有杜若根吗？快再给我一片！你们邯郸城的人都天生不晕浪吗？”

“难怪他手臂上有伤……”

“你都看见了居然还能熬到今天才问？果真是亲父女！”阿素低头在我佩囊里翻出一片晒干的杜若根匆匆含进嘴里，半晌过后，长舒了一口气。

“我被赵鞅关起来那天，无恤应该去了智府，为什么到最后是你们救了阿兄？无恤去了哪里？公输宁的机关图是不是叫盗跖偷走了？”

“公输宁的机关图在我这里，至于为什么在我这里，赵无恤又为什么没能救出阿藜，我不能告诉你，这件事也不该由我告诉你。”

“你想让我去问我‘阿爹’？对啊，他既打算以后不再骗我、瞒我，总该告诉我实情。”我冷笑起身，阿素拖住我的手道：“这事你早晚都会知道，可不该听我们说，这对那人也不公平。”

“那人是谁？”

“这是公输宁的机关图，你有空儿可以再看看，若能看出点儿什么，猜到点儿什么，过几日那人来了，你也好有个心理准备。”阿素扯开衣襟从胸口取出一方淡黄色的人皮卷递给我。

我看着她手里的人皮卷，心里越发疑惑：“无恤到底怎么了？你说的人究竟是谁？”

“你自己看吧！”阿素把人皮卷塞到我手里。我正欲再问，脚下的船板突然猛晃了两下，阿素急忙扶住我，蹙眉道：“怎么好像船靠岸了？我出去看看。”她松开我的手摇摇晃晃奔了出去，我转头再看阿藜，阿藜不知何时已闭上眼睛睡着了。

不一会儿，阿素没回来，赵稷来了。他告诉我，我们不去新郑了，所有人都要在这里下船。赵稷俯身背走了熟睡的阿藜，我抱着肚子满心疑惑地走出了临时搭在船板上的木棚。

大船靠岸，手脚麻利的船夫们已经架起了下船的艞板。此时虽已是深秋，大河岸边的芦苇荡里却仍开着大片大片雪白的芦花，芦花背后是一片平坦的灰黄色原野，原野上几树高大的红枫红得正炽。我举目再望，远处临近山脚的地方，影影绰绰似有几处低矮的宫室。这是哪里？郑伯的别宫？

众人方下船，就有寺人驾着几辆马车朝我们驶来。

“郑伯不在都城，在这里？”我问赵稷。

“这是郑伯的温汤别宫，宫中有四处汤池，对阿藜养病有益。”赵稷将阿藜放上马车，又从寺人手中接过缰绳，“你与阿素同车，待会儿下了车，勿要多言。”

“我扶你上车。”阿素走到我身边。

赵稷深深看了我们一眼，一拉马缰，驾车而去。

“转道别宫，你也刚知道？”我问阿素。

“许是郑伯觉得此处风景好，临时改了主意吧。”阿素扶我上车，之后再没说话。她自然知道我们住在这里是赵稷早就安排好的，至于赵稷为什么没有如实告诉她，缘由她肯定也猜到了。

郑是小国，郑国的宫室若论华丽大气自然不比齐、晋，但这别宫依山而建，轩窗掩映，幽房曲室，倒也称得上精巧。从宫门到内院，一路指引众人的宫婢皆着竹青色细麻短衣，系蕊黄色轻薄襦裙，行动时，风拂裙摆，个个飘逸若仙。可美虽美，寒风一吹，宫婢们的脸都冻得雪白，涂了桃红色口脂的双唇一开口说话，也止不住地发颤。

“冬着夏衣，没想到郑女爱美竟到如此地步。”众宫婢合门离去，我不由得唏嘘感叹。

阿素给自己倒了一杯热水，笑道：“不是郑女爱美，是郑伯爱美，宁姬善妒。”

“宁姬，郑伯当年从卫国娶来的如夫人？”

“正是她。郑伯六月曾带这宁姬来这别宫中小住，可后来不知怎的，郑伯看上了这里一个淋了雨的小宫婢，回都城时一并带回去了。宁姬迁怒，怨恨宫婢们轻衣薄裙勾引了郑伯，所以故意叫宫中司衣扣下了这群宫婢的冬衣。也幸亏郑伯要在这里招待我们，否则这群宫婢怕是全要活活冻死了。”

“郑伯的家事你倒是清楚得很啊！宁姬放肆，想来也是因为得宠，莫非这次要嫁到齐国的就是这宁姬的女儿？”我一边说一边掀开竹帘走进了里屋。

阿素笑着跟上来道：“有君夫人生的嫡女在，宁姬的女儿顶多是个右媵[1]。”

“郑国君夫人只生了一个女儿，且是出了名的病秧子。这宁姬之女只要做了右媵，恐怕不出两年就是齐夫人了。”

---

①右媵，媵妾的一种，地位低于嫡夫人，高于左媵。

“是不是齐夫人，与我们也无干。在船上颠了那么久，你也累了吧，陪阿姐睡一会儿？”阿素爬上内室的床榻，拍着里侧的床褥对我道。

我见她眼下发青，心有不忍，便解了发髻，脱了外袍，上了床榻：“我不睡，你恐怕也不敢睡。你这么不放心，要不要我拿绳子将咱们的手捆一捆？”

阿素闻言笑着牵了我的手，闭上眼睛道：“四儿在新郑，方才我已经使人去接她，你耐心再等几日就能见到她了。”

“多谢了。”

“别谢我，只要你乖乖待在这里养胎，我便感激不尽了。过了这么些年，咱们两个还是老样子，和你待在一处，我这些日子别提有多累……”阿素的声音越来越低，最后只剩下沉沉的呼吸声。

我将视线从她脸上移开，低头从怀中掏出温热的人皮图卷。曲、折、勾、直，密密麻麻设计精妙的各式机关瞬间在我面前显现。

小芽儿，先别睡，咱们先找一找你阿爹到底去了哪里。

红日西沉，窗外寒鸦高噪，我陷在机关陷阱之中难以脱身，忽听到屋外有宫婢轻轻叩门，说是奉了司宫之命来请齐使入宴席。阿素闭着眼睛含含混混应了，我急忙将人皮图卷收入袖中，闭目假寐。

郑伯与诸夫人后日才到，因而今晚的宴席只是小宴，司宫请的也只有赵稷和阿素。宫婢请阿素移步兰汤赴宴，阿素婉拒了，只让人将饭食送到这里来。

“郑伯不在，你还这么不放心我？”我起身掀帘而出。

阿素整了衣冠在案几旁坐下：“郑伯不在，但他待嫁的三位女公子就住在后山别院之中同姆师学习妇礼。你方才入院时，同引路的小婢说了几句话，想必那婢子都已经告诉你了吧！”

“郑伯的女公子们有没有住在这里与我有什么关系？我方才就是问问小婢子什么时候能有吃的呢，可饿死我了。”我从青铜匜里倒水洗了手，微笑着坐到阿素对面。

阿素看了一眼我隆起的肚子，没有说话。不消片刻就有捧着高脚豆、端着黑陶盆的宫婢鱼贯而入，为我们摆好一桌饭菜。

阿素将食箸放到我手中，叮嘱道：“你见不到郑伯，最好也别打那三个女公子的鬼主意。你能想到的，你阿爹也一定能想到，该暗中布置的，他一样也不会落下。通往后山别院的路只有一条，你若冒冒失失另找野径攀上去，伤了自己还好，万一伤了孩子，必要后悔莫及。”

“阿素，你大我几岁？”我听完阿素的话，笑着提腕给她倒了一杯奶白色的甘醴。

阿素奇怪道："你问这个做什么？"

"他们都说女人老了就爱唠叨，我就想知道我再过几年会变得和你一样。"

阿素刚饮了半口甘醴在口中，听我这么一说一阵猛咳险些呛死自己。

"你就放宽心吧！我现在日等夜等就等着智瑶人头落地呢，会盟之事我不会捣乱的。"我塞了帕子在阿素手中，又夹了一片炙肉放进嘴里，一口咬下，满嘴肉香，"唉，这郑伯也忒有福气，宫中美人如云，就连这宰夫也是一等一的手艺。"

"郑伯好吃，天下闻名。"阿素缓过气来，哑着嗓子道。

两日过后，好吃的郑伯带着他的夫人和两位如夫人住进了别宫。身为使臣的阿素便再没有时间看管我，只好派了两名宫婢寸步不离地"照顾"我。为了叫她和赵稷省心，我每日除了睡觉、吃饭，其余时间都陪着阿藜在院中聊天、散步、晒太阳。

郑伯想要将三个女儿嫁入齐宫，赵稷想要劝服郑伯与齐会盟一同出兵伐晋，别宫里夜夜笙歌，宴席一场接着一场。

齐国伐晋，必须师出有名，而这个"名"除了两次被晋国攻打的郑国，谁也给不了。所以，晋国的命运掌握在郑伯手里，数万士兵的生死也都在郑伯一念之间。我的父亲天天与郑伯喝酒，周旋，而我连郑伯长什么样子都没见过，更遑论说服郑伯拒绝齐国的"好意"。我想要智瑶死，可我不想叫五国攻晋，一个家族的仇恨不该让数万无辜黎庶为之陪葬。

时间在我的焦虑与无奈中匆匆流逝。转眼，我们已在温汤别宫中住了大半个月。

四儿来的那一天出奇地冷，清晨有微微的阳光，过午便开始飘雪，我出门要去看阿藜，她穿了一件水红色的短袄站在院外的初雪里，面庞苍白，一如她发梢上的白雪。

"阿拾……"四儿见到我，只唤了一声我的名字，眼泪便一颗颗簌簌地往下掉。

我一把拉了她的手，将她拖进屋。两个随侍的宫婢互看了一眼，识趣地退了出去。

"对不起——对不起——"人一走，门一合，四儿抱住我大哭不止。

我伸手抱住她，有的事我虽不愿相信，不敢相信，可我不得不问，因为我还欠明夷一个解释，欠伯鲁一条命。"赵鞅药里的卷耳子是你放的？"我问。

四儿抱着我只哭不语，我长叹一声，捧起她的泪脸道："你怎么这么傻？他叫你做什么，你就做什么，你为什么不问问我，为什么要瞒着我呢？"

四儿看着我的眼睛，啜泣道："夫君说，那长刺的果子煎的药是叫卿相喝了生病的，卿相生了病就没办法抓到你阿爹，你阿爹才有机会把你从晋国救出去。阿拾，你是邯郸君的女儿，被赵氏的人知道了，他们会杀了你的。我怕你会死，你死了……"四儿的眼睛里积了一层透明的水帘，眼睑一颤，便滚下两串长长的泪珠。

果然是他，果然是于安。我又痛又气，可对着四儿的眼泪却只能无奈道："你在新绛城时见过我阿爹？”

四儿点头，抓着我的手道：“我知道我不该瞒着你在药里放刺果儿，可你阿爹说得对，赵无恤和赵鞅都是无情无义的人，你越聪明，越能干，对他们的威胁就越大。你对赵无恤执迷不放，我又怎么能眼睁睁地见你为了一个负心的男人去送死？”

“伯鲁呢？你下药的时候想过他吗？”

“伯鲁怎么了？”

我抽走自己的手，四儿一把拉住我的衣袖急问道：“赵家大子也病了吗？不会啊，夫君说了，刺果儿没有毒，就是会让生病的人好不起来，没生病的人吃了是没事的。我不放心，自己也偷偷吃过好几颗。赵家大子每日只喝几口药汤，他怎么会生病呢？”

“你……”她也吃了卷耳子，若赵稷当初给她的是新鲜的果子，那我岂非连她都要失去了？“四儿，你怎么这么傻？！”

“赵家大子也病得很重吗？”四儿被我看得慌了神，脸色一阵白一阵红。

“他没事，只是小病。”我心里纷乱似麻，只得转头朝里屋去。

四儿见我要走，突然“扑通”一声跪在地上，拉住我的衣摆，大哭道：“阿拾，我知道错了，我叫赵家大子吃了苦，叫你吃了苦，你想怎么骂我都行。可我求你老实告诉我，我夫君和董石是不是也叫卿相关起来了？他们还活着吗？”

“你现在知道怕了！那你当初为什么还要拿孩子的性命和自己的性命冒险？！赵稷和于安他们说什么，你就信什么吗？”我不想哭，却还是落了泪。我知道她是为了我，她做的一切都是为了我，她没想要杀赵鞅，更没想过要杀伯鲁，可如果她是无辜的，那伯鲁呢？

四儿痛哭不止，我蹲在她面前，无力道：“你放心吧，于安和孩子都没事，赵鞅没有怪罪他们。”

“真的？”四儿仰起脸来。

“嗯。”我点头，她松了一口气，瘫坐在地上。

“你那会儿离开新绛，可是于安劝你把孩子留下的？”

“嗯，夫君说董石不能走，走了的话，我们一家子就都活不了了。”

“我的好四儿，你可真是嫁了个聪明的夫君啊！董舒，好个有胆有谋的董舒。”我仰头苦笑，我想起伯鲁死的那一夜，想起那天夜里董石一声又一声的尖叫，既然于安能狠得下心利用自己的孩子逼我就范，又有本事用一根荆条让赵鞅相信自己的无辜，那我被他骗了这么多年，骗得将整个天枢拱手让出，也着实不冤。可笑当年，我还以为扳倒了一个五音，自己就赢了，岂料，竟是输得一败涂地。

“四儿，于安和我阿爹早就认识了，对吗？于安是在哪里引你与我阿爹见面的？”

"在——在我们自己家里。"

"赵鞅派他去查封'嘉鱼坊'，他竟把赵稷藏在自己家里？他好大的胆子！"

"夫君早年修缮范氏旧宅时，悄悄在府里建了密室。你阿爹藏在密室里，没人能瞧见的。"四儿被我的模样吓住了，怯生生道。

修缮旧宅……我记得的，那个时候，于安刚从天枢回到新绛，赵鞅为于安在国君面前请了功，除了守卫都城的官职外，还让国君另赐了于安一处范氏的旧宅。赵鞅原意是叫圬人将宅子修缮好了，再叫他们一家人搬进去住。可那么热的天，于安却坚持自己动手修整了所有的房间。我那时还以为，于安是因为初到新绛不愿劳师动众引人注意，没想到他竟早计划好了要在自己的府里辟出一间密室来。他想防的是谁？谋的又是什么？

四儿见我晃神，便有些急了："阿拾，你是在生我的气吗？这事不是我故意不告诉你，我也是那晚见到你阿爹才知道自己家里有间那么奇怪的屋子。夫君瞒着赵氏偷建密室是不对，可他们董氏一族以前遭过大难，他这么做也是怕自己将来万一有什么不测，起码董石还能有个地方先躲一躲。天不塌，最好；若天塌了，我总不能叫它砸了我的孩子。"

"董氏的事、我阿爹的事，我们晚些时候再说。我现在只再问你一件事，你一定要如实告诉我。"我撇开心中对于安的种种猜测，紧紧地握住四儿的手。

四儿一愣，点头道："你想问什么？只要我知道，一定都告诉你。"

"你离开新绛前，无恤可去你们府上找过于安？"

"嗯，好像来过两次。"

"去做什么？"我的心一下跳到了嗓子眼儿。

"不清楚，他们两个只是关在屋子里说话，夫君没让我侍奉，我就连水都没送。怎么了？"

"没什么。"无恤真的去找过于安，聪敏如无恤一定早就发现了公输宁机关图上的另一个秘密。所以，那晚无恤不是一个人去的智府，他带了于安同去。为了救阿藜，无恤竟将自己的生死托付给了于安……

"阿拾，你脸色好难看，要躺下来休息会儿吗？"四儿担忧地看着我。

"我没事。"我解了身上厚重的外袍，勉强扯出一个笑容对四儿道，"里屋有炭火，我们坐下来好好聊聊。我把我的身世都告诉你，你把于安的事也同我好好说说。"

"你，你有孕了！"四儿瞪着我原本藏在外袍里的肚子，呆若木鸡。

董氏与赵氏的恩怨、邯郸与赵氏的恩怨，能说的我都说了。可同样的事情，四儿听于安说过，听赵樱说过，单纯的她在我们截然不同的说辞里完全迷失了方向。

◇第二十六章 北风其凉

天下

围着一炉红炭，望着一窗飞雪，我把自己与无恤的事原原本本告诉了四儿。四儿听说娴雅所生之子乃赵府马奴之子后，就再也没提“负心”二字。昔年无恤留宿太史府，四儿最怕我有孕，千叮咛万嘱咐，警告的话虽难听，却也说了一大堆。如今我真的有了孩子，她却一句苛责的话都没有了，只开始埋怨我不懂为母之道，不懂养胎之法，更怪我不知道羸弱的身子是没办法熬过生产之痛的。

赵稷默许四儿留在我身边，四儿便开始每日忙进忙出，细心照顾着我，又一日两顿亲自到庖厨给阿藜做清淡可口的饭菜。她不想让自己停下，因为只要她一停下来，哪怕只有片刻，我立马就能在她眼中看到她对于安、对董石蚀骨的思念。我回不去的晋国，她也回不去了。

董氏与赵氏的恩怨、邯郸与赵氏的恩怨，能说的我都说了。可同样的事情，四儿听于安说过，听赵稷说过，单纯的她在我们截然不同的说辞里完全迷失了方向。我心疼她误闯了我们可怕的世界，她却心疼我一直活在这个可怕的世界里。

日子一天天过去，转眼岁末将临，冬日寒冷的北风冻结了大河的波涛，一场连下三日的大雪过后，我们终于见到了久违的阳光。松软、洁白的雪厚厚地铺了一地，晨光斜照，平整的雪面上闪着金色的碎光，被宫婢们踩出深深脚印的雪坑里又透着迷人的、幽幽的蓝。阿藜裹着狼裘，抱着手炉在门口看雪，我便同四儿一起到了庖厨，打算做几个清甜的夏花团子给阿藜做小点。天冷，阿藜周身发痛，昨日一口饭菜都没吃。

四儿自入别宫，每日总有半日待在庖厨里，掌管庖厨的宰夫对她极和善，一听说她要做团子，一应炊具都帮着一起抬了出来。四儿在青铜甑[1]里铺上干荷叶，又在荷叶上铺了一层越国来的稻米，我洗净了别宫里夏日晒干留存的槐花，正要去问宰夫求一罐蜜糖，就听到门外有寺人来传郑伯的旨意，说是宫中巫臣卜了日子，两日后郑伯就要出发回都城去了，让宰夫提前准备好路上的吃食。

宰夫领了旨意，我嘱咐了四儿几句就急匆匆往住处走，路上果然遇见了一脸喜气

---

①甑，蒸食炊具。新石器时代晚期已有陶甑，殷周时有用青铜铸成的。

的阿素。

“可找到你了，你去哪里了？”阿素迎上来道。

“禀外使，姑娘今日一早先去探望了小先生，之后去了庖厨。”我还未开口，随侍的宫婢已恭恭敬敬地将我的行踪告诉了阿素。

阿素朝宫婢一点头，笑着对我道：“我们的事终于成了，郑伯已经答应明年春天到廪丘与诸侯会盟了。”

我虽早已猜到郑伯回都的原因，但亲耳听到时，心里依旧凉了半截儿，脸上却不敢有丝毫显露：“拖了这么久，总算有个结果了。”

“是啊，会盟之事算是定了，郑伯再过两日也要回新郑了。”

“哦，那我们现在是要回临淄，还是跟郑伯一起回新郑？”

“不是我们，是我与你阿爹要先随郑伯回新郑，稍后再到临淄同我义父禀告这个好消息。你和阿藜就尽管安心留在这里。这里的温汤能通气血，阿藜怕寒，待在这里过冬最好不过了。晋国那边你也不用担心，你阿爹已经留了最得力的暗卫在这里，没人能伤到你和孩子。待明年暮春你生产时，阿姐一定赶来陪你……”阿素正说着，我一抬眼就看到了站在不远处的赵稷。阿素回头见是赵稷来了，便推说自己要整备行囊，带着宫婢匆匆走了。

“恭喜邯郸君，终于得偿所愿。”我对赵稷轻施一礼。

赵稷低头看着我，张口呼出一团白气，却没有说话。半晌，当我以为他对我无话可说时，他却突然开了口：“之后几月，阿藜要劳烦你照顾了。你自己身子重了，也要记得多休养，别总是半夜不睡，坐在院子里吹风。”

“劳邯郸君挂心，坏习性不好改。”我知道自己这些日子都活在他眼皮底下，却不知道夜里他的眼线睡了，他的眼睛却还能看到一切。

“你阿娘生你兄长时极不容易，我怕你随她，所以已经送信让陈盘将他府里善接生的产婆送到这里来。你自己通医理，该准备的也早些准备好。外面的事有我，你就不要太操心了。”赵稷说完也不待我回应，起脚就走。

“攻晋之事郑伯几个月都没松口，你最后到底同他说了什么扭转了他的心意？”

“你以为我这几个月都在劝说郑伯攻晋？”赵稷转身看着我。

我不置可否。

他浅浅一笑道：“女儿，记住，对强者而言，这世间有很多东西可以强求，但唯有人的心意是不能强扭的。谋心之事，需顺时、顺势、顺情，才能于无形之境得常胜。我这几月，与郑伯谈了两国婚嫁之事，谈了齐、郑此后三年的盐铁买卖，唯攻晋一事，只字未提。你可知是为什么？”

“为什么？”我看着赵稷，心中又惊又惧。

“因为我在等一个人死。他死了，郑伯自然就会听我的话。”

“谁死了？”我盯着赵稷的眼睛，低声问道。

赵稷冲我微微一笑，带着一肩玉屑转身离去。

有阳光移过树梢，有不知方向的风从积满白雪的屋顶吹落大片大片晶莹的雪末儿，赵稷的背影消失在一片飞雪之中，我眼前的世界突然变得很亮很亮。

赵鞅死了，那个驰骋晋国朝堂数十年、铜铁铸成的男人死了，压在郑伯心上的最后一根稻秆落了，七国大战的夔鼓之声已经敲响了。乱世，史墨说的真正的乱世，已经来了吗？

我呆立，良久，轻轻吐出一片白色的叹息。

我不是亡晋女，纵然上天真的让我带着这个血腥的使命来到这世上，我也绝不会束手就缚，叫成千上万无辜的生灵死在我面前。郑伯回新郑前的最后一夜，睡在外屋的两个宫婢辗转反侧了许久才终于睡深。我嘱咐四儿躺在我的床榻上，自己披了她的外袍偷偷溜出了住所。

冬夜侵骨的朔风一阵紧跟着一阵，白日里未化的残雪此时已冻结成冰，我走一步，滑一步，好不容易走到鱼塘前的垂柳下，寒风里衣着单薄、缩头跺脚的人已经冻得双唇发白。

“四儿——怎么是你？！”那人见是我来，大惊之下拔腿就走。

“宰夫留步，我是来送报酬的。”

“报酬？”夜色里矮矮的人拉紧自己身上单薄的冬衣，打着哆嗦转过身来，“四儿姑娘教我做菜，你还要给我报酬？”

“主意是她出的，可菜是你做的，报酬自然要给。”我从怀中掏出一袋沉甸甸的钱币放在宰夫手上，“郑伯好吃天下闻名，几年前我在宋国扶苏馆里听过一个传闻，说是郑宫之中若有人能做出得郑伯欢心的菜，郑伯便会不顾贵贱之分，召烹煮之人细询烹饪之法，赐以美物嘉奖，可有其事？”

“确、确有其事……”宰夫低头看着手心里的钱袋，许是这钱袋的重量叫他太过紧张，他的眼睛竟似进了沙尘般眨个不停，他察觉了，猛揉了两把，抬起头对我道，“君上吃得高兴了是会召人来赏些粱米、肉脯之类的美物，可再贵重些的也没有了。贵女给我这么多钱，怕是回不了本的。”

“宰夫宽心，我不贪你们君上的赏，这菜就算是你一个人做的。我只托你回宫后将这道‘鹰鸽’做给郑伯品尝。届时，若郑伯召你，问你何故要将去骨的鸽子裹在鹰腹之中入菜，你只要将四儿说给你听的故事再原原本本说给郑伯听，我还会托人另赠百金与你。”

“把老鹰叼了鸽子的故事说给君上听，还能再得百金？！”

“不，你要说得再全一些。是大雪过后，五只野鸽为了争食你撒的残羹赶走了觅食的老鹰，野鸽们吃饱四散而去，饿肚子的老鹰扑下来吃了那只飞不走的鸽子。你有感而发，才做了这道菜。”

“只要这样说，就可以了？”宰夫死死地盯着我，百金不是小数，他可以拿这钱做很多他想做的事，但他似乎又隐约猜到这故事也许不仅仅是一个故事，所以他犹豫了，他手里的钱袋似乎也变成了一块烧红的烙铁。

“宰夫莫怕，只是一个故事、一道菜。”我将宰夫僵硬的手推到他胸前，可就在此时，高远天幕上的最后一片薄云也被呼啸的夜风扯碎了，一轮硕大的淡青色圆月忽现于天穹之上，宰夫眼中的犹豫瞬间被惊恐取代。

“我是个宰夫，只会生火煮食，不会讲故事，你的钱，我不要了！”宰夫将钱袋猛推到我手边，我没有接，他抬头看着我的眼睛，竟似要哭出来一般，“贵女，这宫里的人是不许与你说话的，我今晚被你骗到这里来已是大罪，若再替你做事，就没命活了！”

“宰夫，你可有儿子？”我接过宰夫手里的钱袋，却擒住了他的手腕。冷夜寂寂，可怜的宰夫眼见着我的瞳仁由黑转碧，惊恐之下只知瑟瑟发抖，全然忘了挣扎。

我冲他微微一笑道：“你不说，我就当你有儿子了。你既有妻有子，就更该把这个故事好好讲给郑伯听。因为故事里瘦弱的鹰是晋国，被喘过气来的老鹰吃掉的那只鸽子就是你们郑国。五只鸽子可以赶走老鹰，却不可能一口气吞下一只老鹰。等晋国缓过气来，第一个遭殃的还是郑国。来日，若晋军攻进新郑，你的妻儿就要随你弃家逃命了。到那时，你一定会后悔，后悔自己堂堂男儿为什么连讲个故事的勇气都没有。齐国不是真心要帮郑国复仇，它是要把夹在齐、晋中央的郑国当作自己的盾，可两人对战，伤得最厉害的不就是盾吗？”

“贵女，我什么都不懂，我是个宰夫啊……”

“可你一定不想你的儿子也做一辈子的宰夫吧？把我今夜说的话都告诉郑伯，你和你的儿子就不用再待在庖厨闻一辈子的柴火味了。绤衣换锦衣，这才是我真正要给你的报酬。”

我见不到郑伯，所以只好把自己所有的筹码都押在一个宰夫身上。我不知道宰夫会不会替我讲好这个故事，也不知道郑伯听了他的故事，会不会权衡利弊放弃攻晋。我什么也不确定，但却清楚地知道，这是我最后的机会，我只能孤注一掷。

宰夫揣着烧心的钱袋走了。

夜深沉，清寒的月光在雪地上投下一地斑驳的影子，四周静得出奇，我偶尔踩碎一片薄冰，心便要在胸膛里狠狠跳上许久。当我见到一身月光的于安从我的寝幄里走出来时，胸膛里那颗不安的心一下就停止了狂跳，无限的恐惧如突降的寒潮瞬间将它冻住了。

一切都完了。于安发现屋里的人不是我了，四儿一定已经把我的计划全都告诉了他。

于安一步步走到我面前，我抬头看向他，却惊愕地发现此刻惶恐的人不止我一个。

"你……"我有太多的话要同他说，多得几乎快要将我的胸膛撑破，可现在他就站在我面前，我却一个字也说不出来。

"阿拾，你先进来。"四儿在屋里轻唤了我一声。

于安听到四儿的声音，眼中一痛，竟越过我匆匆离去。

我走进屋，原本睡在外屋的两个宫婢已经不见了，四儿低头垂肩坐在床榻上，她披散的长发盖住了她大半的面庞，我看不见她脸上的神色，却知道她伤心了，极伤心。

"他骂你了？"我坐上床榻，一把将她搂进怀里，"别难过，今晚的事是我做的，我现在就去找他说清楚。和他作对的人是我，他对我有什么恨，有什么怨，让他一口气都撒完！他撒完了，我也有一摞的账要同他算！"

"你别去……"四儿握着我的肩膀强挺起身来，"阿拾，他今夜是想来与你说话的，可他藏了那么多年的话全叫我听了。你赶紧去找他，叫他再说一遍给你听。你别生他的气，你好好听他说话，只当为了我，好不好？"

"他把你当成了我？那他还不知道我刚刚去鱼塘见了谁？"

四儿摇头，用力推着我道："你快去，他还没走远。"

"我去，我这就去。你别担心，我不去同他吵架，但他骗了我这么多年，有些话我还真想听他亲口说给我听。"我替四儿披好被子，推门大步而去。

门外冷风刺骨，满地残雪，在我与于安有关的记忆里似乎永远都有化不尽的冰冷的雪。遇见他时，我只有七岁，昏暗的苇席底下他问我："你是谁？"十三载，身如流水，走散了那么多人，唯有他一直都在。可现在面对全然陌生的他，我倒真想问一声："你是谁？"

寒空寂寂，风动莲池，我要追赶的人就站在莲花池畔，独自出神地望着浮满碎冰的莲池中央一轮时隐时现的月影，他的身子有大半隐在漆黑的树影里，偏只有一张消瘦孤傲的脸露在水银色的月光下叫我一眼便看见了。我拾起地上的一块卵石朝他狠狠掷了过去，他不躲不避，任石头蹭着鼻尖落进池中，击出破冰之声。

“无恤呢？”我问。

于安沉默，他凝望着碎冰之中荡漾起伏的月影，扯出一丝自嘲的苦笑。我朝他迈了一步，他旋即收了笑容，转头冷冷道：“你的赵世子自然是在赵府，不在这里。”

“你知道我问的是什么！”我死死地盯着于安的脸，无恤信他才会以性命相托，求他同入密道共救阿藜。可他对无恤做了什么？为什么公输宁的机关图会落在我父亲手里？为什么自那日之后，我再也没有无恤的半点儿消息？“赵鞅说我害他连失二子。伯鲁死了，那……无恤呢？”

“如果我说他也死了，你当如何？”于安借着月光凝视着我脸上的焦急。

“我不信。”我瞪着他，切齿道。

“不信？我连赵鞅都杀了，难道还会傻到留着赵无恤的命？还是……在你心里，他赵无恤无所不能，我想杀也杀不了？”于安踏着一地被寒风冻僵的宿雪走到我面前。

我看着眼前陌生的人，胸中怒火难遏，可他明知我已气极，却还故意弯下腰来将脸凑到我面前，嗤笑道：“你心慕的赵无恤不是神，他也会有犯错的时候。他错信了我，所以我把他留在智瑶的密道里了。”

“你做了什么？！”

“我把他一个人留在万箭齐发、地火烧身的机关阵里了。我想让他死，死在智瑶手里。他死了，赵鞅死了，赵氏就完了，我就能安心了。”

“你无耻！”我气到浑身战栗，抬手一把挥在于安脸上。

呜咽的风中“啪”的一声脆响，我手心一阵剧麻，继而是火烧般的灼痛。于安一动未动，仍弯着腰与我眼对眼、鼻对鼻地看着。我握拳收手，他突然一把抓住我的手腕，痛声道：“不打了吗？错过这一夜，就再也没有下一次了。你可以打得再重一些，最好把你、把我都打醒！”

“我早该醒了！无情、无信、无义，我当初怎么会救下你这种人！”我甩开于安冰冷的手。他是条蛇，一条真正冷血的毒蛇，他盘踞在我身边那么多年，我竟一点儿都没有察觉。他的关切、他的痛苦通通都是骗人的！

“你当初为什么要救下我这种人？我这种人就该死得悄无声息，就该暴尸陋巷，尸骨无存，你怎么就不遂了他们的意？！”于安被我眼中的鄙夷刺痛了，他直起身来，面色阴沉骇人。我想起当年大雪里无助的少年，只觉得命运与我们所有人都开了一个极大的玩笑。

“于安，为什么你会变成这样？”

“不，我没有变，只是你从未认真看过我。就算是现在，就算是这一刻，你也没有认真地看着我。你心里想着赵无恤，你想知道他到底有没有活着走出智府。我告诉你，他活着出来了，两个人才能破的机关，他一个人硬是闯了出来。可惜他伤得太重，重得连一句揭发我的话都说不出口。这么多年了，我终于走到了这一步。愚蠢的赵幼常很快就会把赵氏的基业毁个干净。你是邯郸城的人，邯郸与赵氏有不共戴天之仇，你我现在该举杯同贺才是！郑伯有瑶琴，你不是一直想听我弹琴吗？今夜我弹给你听，我把我——”于安往前迈了一步，我猛退了两步，冷声道：“不用了。你说得对，琴音表心，你董舒的琴音，我没胆量听。四儿说你有话要对我说，我现在洗耳恭听。”

“我不会再说了。有些话本就一遍都不该说。”于安侧身，漆黑的眼眸里一丝亮光也没有了。

我转身离去，他开口问道：“你刚刚去了哪里？”

“我去了哪里，明日自会有人禀告你。不过你放心，我谁也没见着。同是局中棋、笼中鸟，见了又有什么用？”

“阿拾……别把孩子生下来。”

“为什么？若他的父亲还活着，我为什么不能把孩子生下来？若他的父亲真叫你们害死了，我更应该把他生下来！”

忐忑地来，悲伤地去，已经不记得这是第几次与他这样不欢而散。一切原来早有征兆，是我真的没有认真看过他的心。

四儿坐在黑漆漆的屋子里等着我，可我实在没有力气再与她转述那些叫人筋疲力尽的话。我栽倒在床上，闷头就睡。寒冷的夜风在我窗外刮了一整宿，呜呜地，似呻吟又似哭声。

第二日醒来已是午后，郑伯的车队已经离开了温汤别宫。四儿告诉我，宰夫没有死，他赶着装满釜、甑、豆、瓮的牛车随国君的车队一道回都城去了。

昨夜见完宰夫后，我闯了一回后山的别院。埋伏在雪洞里的两个可怜的暗卫会告诉他们的主人，我失败了，我没能在三位女公子离开前托她们替我向郑伯传话。

我的小伎俩保住了宰夫的性命，也暂时保住了自己的计划。赵稷和阿素随郑伯走了，于安见过他们后也要回晋国去了。我撞见四儿在别宫那棵巨大的槐树底下与于安说话，她站在他面前，仰着头，手不自觉地攥着自己的衣袖。过了那么多年，她已是他的妻，他孩子的母亲，可我远远望见的却恍惚还是那个穿着红袄、梳着总角的少女和她眼里青松般的少年。她爱他，爱得可以接受他一切的好与坏。她亦爱我，爱得可以违背心里的喜与悲。怎么办？我要生生将我的四儿撕成两半了。

于安要带四儿回晋，他既能开口说这样的话，就一定有办法让赵氏不再找她的麻烦。

四儿没有答应，她说她要留下来陪我。可我知道她离开新绛后，无时无刻不在思念自己的孩子。她已经太久没有见到董石了，以至于不小心撞倒郑宫里一个年幼的小仆都会莫名地流泪。

“去吧，替我同孩子道个歉，是小阿娘闯祸，叫他受苦了。”

“不，明明是——”

“你只是替我煎了药。回去后该怎么说话，你夫君自会好好教你。我只叮嘱你一句，万万不可为了维护我，说任何让自己有危险的话。记住了吗？”

“阿拾，我要留在这里陪你。”四儿眼圈一红，俯身紧紧地抱住我的肚子。

我低头叹息道：“傻四儿，别为了我违背自己的心意。他和董石是你的家人，你想回到他们身边并不意味着你对不起我。当初你问我赵鞅到底是好人还是坏人，我说我不知道。如今你再问，我还是不知道。这世间的好与坏、对与错，有时候很难分清楚。所以，我不能告诉你，我一定是对的，也不能骗你说于安一定就是错的。你以后要学着自己分辨，实在辨不清了就问问自己的心，你的心会告诉你答案，而你不能为了任何人违背自己的心，永远不能。”

曾经，我狂妄而自私地想要在四儿身上留住自己失落的纯真，想要她永远如三月杏花般洁白而美好，我想要让她幸福，想要给予她我所渴望却永远无法得到的安定与幸福，但现实狠狠地嘲讽了我的自以为是。

◇第二十七章 乱生不夷

天下

四儿走了，她换上胡裤坐在于安身前一骑绝尘而去。我站在大河旁灰白色的冻原上，望着二人一马披着黎明深紫色的霞光消失在天与地的尽头。

于安要带四儿去的远方有阴谋，有战火，可四儿没有回头，她一往无前地奔向了自己的命运。我想要拦下她，却又不能拦下她，因为那是她的选择。

曾经，我狂妄而自私地想要在四儿身上留住自己失落的纯真，想要她永远如三月杏花般洁白而美好，我想要让她幸福，想要给予她我所渴望却永远无法得到的安定与幸福，但现实狠狠地嘲讽了我的自以为是。这世上根本没有一个人可以安排另一个人的命运。相识十六年，我以为自己给她的是一片皎洁的月光白，可她得到的却恰恰是黑沉沉的鸦背青，是无尽的危险与阴谋。我错了，没有一处是对的。所以这一次，我说服自己放手，放开她的命运让她自己选择要走的路、要陪伴的人。从今别后，人生长路，我与她不再携手，不再并肩，但她会知道，我一直都在，永远不会离开。

没有了主人的温汤别宫安静而萧索，宫婢们每日早起做完一天的活儿后，就裹着厚厚的冬衣一群群地围在炉火旁，或打盹儿或闲聊，她们的话题总绕不开都城高墙里那些可以改变她们命运的形形色色的男人。我不爱听她们聊天，所以每日午后都会带阿藜到大河边坐一坐。

郑伯的兰汤对阿藜的腿疾极有疗效，从不能走路到能脱了拐杖独自穿过冻原，他只用了两个月的时间。我的阿兄比我想象的要更加勇敢、坚强，可他脆弱的腿骨根本经不起一次意外的跌倒。所以，每当阿藜艰难地把脚踏进结满厚霜的草地时，我总会不由自主地抓住他的手。我以为我在守护他，直到有一天，我面对着宽广的冰河失声痛哭，有人在我身后默默地扶住我的手，我才蓦然发觉，原来在我最痛苦无助的时候是阿兄守护了我，他才是那个支撑着我，不让我倒下的人。

岁末过后，一场大雨洗去了山林层叠的雪衣，大河厚厚的冰层开始消融，有时人离得近些还能听到冰层下湍急流动的水声。

我借暗卫的剑在靠近河岸的冰面上凿了一个洞，此后每日必来冰洞瞧上一眼。我的父亲离开前，一定好好叮嘱过这些“保护”我的人，告诉他们我是个多么狡诈难缠的女人，因此每次我一转身，身后两个紧随的人也总要凑到冰洞前仔细瞧一瞧，生怕我在洞里养出什么阴谋诡计。

异国他乡，一个怀孕的妇人带着一个只剩半副身子的药人还能使什么诡计呢？我们就算逃出了别宫，也不可能活着逃出郑国。我挖这冰洞不过是想看着大河的冰面一天天变薄罢了。这半年多来，我经历了太多的猝不及防、太多的背叛与绝望，而唯一让我庆幸的是这一切都发生在冬天，因为冬天即便再漫长，背后总还有一个春天。我守一个冰洞，洞里是我渺小的希望，希望远方的他如这被厚厚冰盖压迫的大河，待到春来，便会苏醒。

红云儿，我这里河冰已消，你那里呢？你还好吗？

阿藜在冰雪消融后的原野里找到了一片绛红色的枫叶，他当作宝贝似的寻来两片木牍将枫叶夹起来送给了我。他说，从前阿娘每年夏尽时都会寻一朵最美的木槿花用木牍夹起来，然后用刀笔在木牍上刻下自己这一年里最欢喜的事。阿藜不知道我心里日夜思念的人叫什么，也不知道那人眉梢上有一片色浓如枫的红云，可他偏偏将一枚熬过严寒酷雪的红叶送给了我。自那日后，我再也没有哭过，我把红叶放在了离心最近的地方，想象着远方的他一如我面前奔流不息的大河，正迫不及待地甩开冰雪的禁锢。

“你不会死，绝不会。”

南风起，深埋在地下一整个冬季的草籽终于发芽了，嫩绿的草尖从枯黄的杂草堆里一根根钻出来，为一望无际的原野染上了一层淡淡的新绿。这一日，我照例陪阿藜到河边散步，二人正说话，远远地就听到有人扯着嗓子大喊：“姑娘，姑娘快回宫，邯郸君回来了——”

赵稷回来了。廪丘会盟结束了？

我带着阿藜匆匆赶回别宫，宫门外不见郑伯的车马仪仗，一路行来宫中也一如往常。

“邯郸君是一个人回来的？郑伯现下在何处？廪丘会盟结束了？”我拉着赵稷的人一通询问。

“姑娘这边走。”侍卫只是低头引路，半句不答。

入了院子进了屋，赵稷背手站在阿藜的床榻前，我抬手行礼，礼未毕，一只红陶水碗已直奔我面门而来。我挥手挡开，水碗落在莞席上摔得四分五裂。

“阿爹？！”阿藜惊呼。

一脸风尘的赵稷压着满腔怒火瞪着我道：“你到底做了什么？！”

“我什么也没做。”我垂目看着地上碎裂的红色陶片。

“撒谎！郑伯明明已到廪丘，为什么会突然当着诸侯的面出尔反尔？是你，一定是你，你是我的女儿，为什么非要处处同我作对？！”赵稷像一只被逼到绝路的困兽，他沉着脸踱着步，我低头不语，他突然抬手推翻了屋里的一座连枝树形灯。

阿藜一慌，连忙伸手将我护在身后。

灯座压翻了窗旁的木架，竹简、漆盒散落一地。灯油泼上了窗棂，黑黑黄黄一道道沿着窗框、墙壁往下淌，赵稷苍白着一张脸，垂首看着满屋狼藉。

我毁了他筹备多年的计划，他现在一定恨死了我。

“阿爹，到底发生什么事了？”阿藜走上前，伸手握住赵稷的手臂。赵稷见阿藜能脱杖独自行走，扯着嘴角想笑，却笑得苦涩悲怆：“我的好孩子，阿爹没有时间了，阿爹等了二十年，若再错过这一次就真的没有机会了。我不能这样去见你祖父，更不能这样去见你阿娘，你明白吗？”

“阿爹……”阿藜不明白赵稷的意思，只将手握得更紧，赵稷拍着他的手臂，勉强挤出一个安抚的笑容：“不怕，一条路走不通，咱们就换一条，总是有办法的。阿藜，阿爹明日要再去一趟晋国，你在这里看好你妹妹，等七月木槿花开了，阿爹就带你回邯郸，回我们自己的家去。”

“你要去晋国？你一个人去晋国做什么，送死吗？”我不想他攻晋，可我也不想他死啊。

“死？”赵稷看着我，嗤笑道，“死是奢望，四卿不灭，我有何颜面去死？”

“灭四卿？！你疯了！你以为自己真的是邯郸君吗？没有范氏、中行氏的兵马，你什么都不是。你只是陈恒的一颗棋子，你只是一个人，你拿什么灭四卿？你现在去新绛就是去送死！”赵稷疯狂的念头叫我又惊又怒。

“或许吧。”赵稷拉着阿藜的手往门外走，我一下拦在了他面前：“世间事，阴阳相依，祸福相伴，郑伯临阵推托兴许不是坏事，而是好事。退一步吧，放手吧，忘了邯郸城外的木槿花，我们再寻一处地方为阿娘重新种一片花海吧！她不会怪你的，她从来没怪过你……”

“放手？你以为我已经输定了？我的福祸不劳你担心，让开！”赵稷直直地瞪着我的眼睛。

我僵立，阿藜却突然“扑通”一声跪倒在地。

“阿兄！”

“阿爹，你带我一起去新绛吧！”阿藜强忍着痛楚跪在地上昂首看着赵稷。

“说什么傻话？”赵稷伸手去扶阿藜，却怎么也扶不起来，“阿藜——”

“求阿爹成全——”阿藜猛地磕头在地。

“胡闹！”赵稷蹲下身子一把将阿藜的脑袋抱了起来，“好孩子，不是阿爹不想带着你，你妹妹有一句话说得没错，新绛城里太危险了，你不能跟着我去送死。”

“阿爹，孩儿不惧死，你带我走吧，别把我留在这里。”阿藜扬起头，眼眶竟红了一大圈。

“别说这些孩子气的话。你好好带着妹妹在这里等我，阿爹这次一定不会再输。七月一到，我就来接你们，决不食言！”

“不，别再让我等你了。阿爹，孩儿等过一次了，不想再等第二次。二十年了，孩儿等得太久了，我不怕死，我怕等，我，我……”阿藜抓着赵稷的手，眼泪泉水般漫出眼眶，赵稷呆愣，阿藜突然垂头放声大哭起来。

“是阿爹错了，我带着你，这一次，阿爹到哪里都带着你。”赵稷捧起阿藜泪水纵横的脸，一把将他紧紧抱住。

我看着眼前的这一幕，胸口一阵阵地发痛。阻齐攻晋，我做对了吗？做错了吗？我捂住胸口，隔着衣襟，隔着两片木牍紧紧地抓住了悬在心口的红叶。

咿咿呀呀的轺车带着我们离开了郑伯的别宫，我坐在车里紧紧地抱着自己高隆的小腹，生怕一个颠簸，腹中不明世事的小芽儿就会因为好奇提前来到这个世上。

郑伯拒绝攻晋，廪丘会盟不欢而散，齐人无名便不能出兵伐晋，赵稷此时一个人回晋国能做什么呢？就算新绛城里还有一个于安，他们两个人又能对偌大一个晋国做什么呢？我不是疯子，所以我无法想象两个因仇恨而发疯的男人会做出怎样惊人的决定。

这一路，赵稷一句话也没同我说。所以，当在晋郊的山谷里见到一头红发的盗跖和一眼望不到头的营帐时，我彻底惊呆了。

这里曾是无邪口中的“迷谷”，陡立的崖壁、细长如银练的瀑布，无邪与四儿在这里同盗跖嬉闹习剑的情形，至今在我脑中清晰仿若昨日。可现在，如茵的绿草不见了，取而代之的是鳞次栉比的灰白色营帐和随处可见的衣衫褴褛却手握长剑的男人。

“你要拉我去哪里？”赵稷一转身，我拽着盗跖就走。盗跖的草鞋断了一根系带，踢踢踏踏地跟在我身后。

人多耳杂，我本想寻个无人的地方与盗跖说话，可走了许久身旁依旧人来人往，望着一眼望不到头的营帐，我只觉得这事荒唐到了极点。

“喂，你这肚子又不是我弄大的，你拉扯我干什么啊？有话快说，别瞎走路！”盗跖反手一拽强迫我停了下来。

我气他一脚已在悬崖外，却还是一副无所谓的模样，不由得怒道：“我问你，这些都是什么人？你拿他们和赵稷做了什么交易？当年你说你要做一件大事，难道你要做的大事就是带一帮子人陪你去新绛城送死吗？”

我这一通吼，原本热热闹闹的营地突然安静了下来。临近过道上的人停下了脚步，十几颗乌溜溜的脑袋齐齐从两旁的营帐里钻了出来，人人都一脸好奇地看着我和盗跖。

盗跖冲我一摊手，我蹙眉转身便走。

“兄弟们，告诉这大肚子的娘儿们，你们是要跟我柳下跖去新绛城送死的吗？”盗跖突然扯开嗓子对身旁围观的人群高声喊道。

“不是——”众人笑着齐应。

“听到了吧，他们不是和我去送死的。”盗跖拍了拍我的背，扛着剑晃晃悠悠地朝瀑布走去。

“你别走！他们到底是什么人？盗匪吗？”我赶忙追上前去。

“我是盗匪，他们可不是。”盗跖笑着摸了摸道旁一个少年的头。

“他们不是盗匪，你干吗要藏着他们？我阿爹要杀四卿报仇，齐人不能出兵，他才找了你。他许了你什么？不管他许了你什么，你都不能相信他，他是在利用你。”

“我有我要的，他有他要的，谈不上谁利用谁。”

“他要杀人报仇，你要什么？”

“我要自由。”

“你盗跖还不够自由？！你想来就来，想走就走，看上哪个女人抢了就跑，玩腻了深更半夜就丢在路边，你还想要什么自由？”我果真有孕不长身子，光长脾气，盗跖几句话又把我气得胸口发胀。

“不是我的，是他们的自由。”盗跖停下脚步看向身旁来来往往的人群。

他们？

“这些人都是奴隶？”我惊问。

“九原、霍太山、夏阳、曲梁、卑耳山……晋国四千出逃的奴隶都住在这谷里。”

“逃奴！天啊，你怎么能做出这种事？！没有主人的允许，没有司民的旌节[①]，他们逃出来容易，被抓住了通通都是死罪！”

“狗屁的主人！天地生万物，以何分贵贱？血脉吗？拿剑割一道，国君的血、奴隶的血，谁流的血不是红的？生在贵卿之家，一坨狗屎也能衣食无忧。奴隶们日夜辛劳，种了粮自己吃不上，天灾来了还要被人拿草绳捆了烧成灰，送给那个什么也不管

①旌节，居民迁徙需持有的凭证。《周礼》：“若徙于他，则为之旌节而行之。若无授无节，则唯圜土内之。”

的天神。这不公平，从来没有人想过这不公平吗？”

“你说的是九原城尹？”当年九原一地因秧苗枯死曾用大量奴隶做活牲，三天一祭，一次祭祀就要烧死几十个奴隶。后来，奴隶们集体暴乱出逃，赵鞅还因此事降罪了九原城尹。晋国司民曾派人在国中搜捕这群奴隶，却始终没有发现他们的踪迹。原来，竟是盗跖救了他们。“九原暴乱是在定公三十一年，霍太山奴隶出逃是在定公三十四年，还有夏阳、曲梁，你用了七年时间建了这支奴隶军，你到底想做什么？”

“我说了，我要给他们自由。”盗跖一脸冷然。

“他们的自由只有国君能给！”

“那我就逼他给！”盗跖一脚踢开挡在路中央的一只山蜥蜴，拂袖大步离去。

我抱着肚子追了几步，可盗跖根本不愿理睬我，人来人往的营地里很快就不见了他的踪影。

豢养、训练一支四千人的奴隶军需要极大的财力，盗跖一个人根本不可能做到。郑伯反悔后，赵稷直奔此地，说明赵稷早就做好了廪丘会盟失败的准备。郑伯是他的上策，这支奴隶军是他的下策。而他和他背后的齐国人必定从一开始就参与了这支军队的组建。九原、霍太山、夏阳、曲梁……我默念着盗跖所说的地名，脑中突然闪过一道亮光。

坎卦的密函！明夷给我的密函！

密函上奇怪的地名和数字记录的正是各地出逃奴隶的数量和豢养军队所用的钱币数目。坎卦主事是想用密函告诉我们，齐国人在晋国偷偷训养军队！

明夷怀疑天枢里出了叛徒，所以提醒我不要将密函之事告诉天枢里的任何人。赵鞅后来也因此处死了五音。可我现在知道了，杀死坎主的另有其人，就连五音也是替他而死的。

“阿拾，我只愿你将来不要后悔。”

我后悔了，我后悔自己未识破他的狼子野心，竟将整个天枢交到了他手上。

天枢是赵氏的眼睛、无恤的眼睛，可我却让人弄瞎了无恤的眼睛，让他如俎上鱼肉任人宰割。我怎么会想不到呢？晋阳地动，那些想要烧毁谷廪的黑衣人为什么会对城内布局了如指掌？猴头山上的匪盗来去无踪，分明就是训练有素的军队。赵稷和于安早就在暗中编织了一张巨大的网，陷在网里的我却丝毫没有察觉。

这一夜，山谷里的夜枭叫了整整一宿，帐外纷杂沉重的脚步每一步都踏在我心上。

无恤、于安、盗跖、奴隶、赵稷、陈氏、四卿、晋侯……我屏除杂念闭上眼睛，努力在心底亮起一盏盏明灯，它们有的疏离，有的紧靠，有的隔着黑暗用光线彼此缠绕。谁的光线最弱，谁的纠葛最多，熄灭谁可以推倒棋局重新再来？在光与影的世界里，我陷入了深深的思考。

时间不知过了多久，一个遥远的声音忽然传进我的耳朵："阿拾，你在想我吗？你现在一定在想我，因为你恨我，对吗？我……也恨你。那日曲阜郊外，你该和我一起走的，你救了我那么多次，为什么我求你再救我最后一次，你却不肯了？"黑暗中一双冰冷的手轻轻地抚上了我的面颊，我战栗不敢睁眼，那手的主人牵过我的手将脸放在了我的掌心，"邂逅，适我愿兮。我的心早已刻在你的剑上，可你从来看不见。我知道，与我同路，非你所愿，那就这样吧，我们彼此憎恨，彼此较量，看看最后我们谁会活下来，谁会记着谁……"

掌心的重量消失了，冰冷的气息消散了，许久，我揣着一颗狂跳的心睁开了眼睛。

天亮了，是梦吗？

营帐的缝隙里透进几缕淡金色的微光，山雀子扑腾着翅膀在帐外啾啾叫个不停，我合目深吸了两口气，起身披衣走出了营帐。

人去山空，空荡荡的山谷里只留我身后孤零零一个营帐。一夜之间，山谷里连绵的灰白色军帐和往来不息的人群全都消失了。山青，草茂，花盛，昨日见到的那些人好像从来没有在这里出现过，只有我像个从天而降的异客，愣怔地望着荒凉矗立的绝壁，分不清梦境与现实。

"阿兄——阿兄——"赵稷走了，他把阿藜也带走了？！

我回过神来疯狂地呼唤，耳边却只有山谷一声又一声急促的回应。

"阿兄——盗跖——"

"呃——"绝壁旁茂密的灌木丛里传出一丝微弱的声响。

我急忙停下脚步，惊道："谁在那里？"

"我！哎哟，我走的什么好路啊！"蕨草缠绕的枝叶中连滚带爬钻出来一个佩玉带冠、身着明紫色丝绢长袍的男子，他猫着腰跪在地上，腰间的组佩钩在野藤上怎么解都解不开，却仍不忘抬头冲我扯了一个笑脸。

"你怎么会在这里？"我此时此地见到陈盘，如同见了鬼魅一般。他陈世子不待在临淄城，跑来这荒郊野岭做什么？！

"还不是有人不放心你，非要追来找你，可累死我了。"陈盘解了玉佩，拍了拍沾满落叶枯枝的袖子一屁股坐在了地上，"我的好姑娘，你不乖乖待在郑国，跟来这里做什么？这下好了，被你爹扔了吧！没事，等我先喘口气，我带你找一处干净的地方落脚，等生完孩子咱们再一起回临淄。"

"谁说我要去临淄？我要去新绛！"我在陈盘身后见到记忆中的小路，拔腿就走。

"你等等等——"陈盘坐着往前一扑，一下抱住了我的腿。"你放开！"我用力挣扎，他回头冲身后的密林大喊道："陈爷——阿素——你们倒是快来啊！"

"小妹！"树影轻摇，一身褐衣的陈逆应声落在我身边。

"'小妹''小妹'，人家自己有兄长，你瞎急着往上贴什么？"陈盘冲陈逆翻了个白眼，一骨碌爬了起来。

陈逆没有理睬陈盘，只皱眉对我道："你没事吧？邯郸君怎么把你一个人留在这里了？"

"他和盗跖要夜袭新绛城，怕我误事就将我留下了。大哥，你带我去新绛吧！我今日无论如何都要回去！"我拉着陈逆的袖子如同拉住最后一根救命稻草。

"新绛城要起兵祸了，你确定你要回去？"

"嗯。"

"不行！她挺这么大个肚子去新绛城凑什么热闹？赵无恤在智府受了重伤早就半死不活了，谁去了也救不了他。阿藜有邯郸君看顾，更不劳她费心。她这肚子保不准什么时候就要生了，赶紧跟我们走才对。阿素，你也快来劝劝她，咱们大老远来救她，她不领情，还要去晋都送死。"陈盘扯过一旁的阿素道。

我不等阿素开口，已先握住了她的手："阿姐，我不能跟你们去临淄，我要回新绛救人！"

"你还好吗？孩子还好吗？"阿素上上下下仔仔细细地打量了我一番，我点头，她舒了一口气道："你放心，我们不去临淄，去新绛，这就去。"

"阿素？！"陈盘闻言大惊失色，我亦惊得说不出话来。阿素要去新绛，她去做什么？

"小妹，失礼了。"陈逆弯腰将我抱了起来。

"走吧。"阿素道。

"喂，你们两个是商量好了来耍我的吗？"陈盘瞪圆了眼睛瞅着陈逆，陈逆转身，陈盘哀号一声道，"你们早说啊，我在山下等你们就可以了呀！刚爬上来又要爬下去……阿素，你等等我，去就去，找死谁不会啊！"

区区一载，赵卿卒，晋侯薨，周王崩，苍穹之上星月相蚀，紫微垣动，天下不安。乱了，早乱了。满城缟素的晋都黎庶不得入，齐国陈氏世子却带着我们大摇大摆地进了城。

◇第二十八章 绛都之难

人这一生总有一些特殊的时刻，它来的时候，你一眼就能认出它，是欢喜，还是悲哀，亦心如明镜。我站在浍水之畔遥望着晨光里的新绛城，它连绵的城墙依旧巍峨，它高耸的庙堂依旧壮丽，可阳光穿过浓云照在它身上却映出一种凄凉的金红色。这是一座我本不该踏足的城池，可我来了，我在这里遇见了自己的爱情。而后，我一次次离开它，又一次次不远千里地回到它身边。它是我注定绕不开的一方天地，是我生命的起点，或许也将成为我生命的终点。

日升中天，新绛城依旧城门紧闭。新君有令：闭城七日以哀敬王之崩。

区区一载，赵卿卒，晋侯薨，周王崩，苍穹之上星月相蚀，紫微垣动，天下不安。乱了，早乱了。满城缟素的晋都黎庶不得入，齐国陈氏世子却带着我们大摇大摆地进了城。

此刻的新绛城悄然无声，仿若一座死城，所有的杀戮都已在黎明前结束。四千奴隶军若要强攻新绛城无异于送死，可如果有人夜开城门迎他们入城，那么杀几百个睡梦中的府兵，控制几座府院对他们来说易如反掌。

我无心去想城里的人们都去了哪里，也无心细看长街上那些拖曳尸体留下的血痕，我只想去一个地方，只想自己臃肿的身体能走得快一些，再快一些。可这条路为什么这么长，我的心为什么跳得这么厉害……

“你不能跑！”陈逆挺身拦在我身前，“小妹，你这样着急只会伤了自己和孩子，我去赵府替你找人，你在这里等我。”

“对，我和陈逆一起去。”阿素跑到陈逆身旁。

陈盘看着我们三人，一脸无奈：“你们都瞎着急什么？！邯郸君昨夜入的城，赵无恤要死早死了，他要是没死，一个活死人还能飞出城去？还有你想找的那个张孟谈，真是装死装出瘾头来了。这回要是他真没死，我非叫人割了他的脑袋不可。我就不信，他断了头还能再长出个新的来！”

张先生没死？！我惊愕地看向阿素。

阿素被陈盘说穿了心事，低头恨道：“不劳世子动手，若那人真没死，我只问他一句话，问完我就亲手杀了他。”

“你这话是说来骗我，还是骗自己的？”陈盘凝视着阿素毅然决绝的面庞，幽幽叹道。

“素祁说到做到。”

“阿素，我真不喜欢看你这样折磨你自己。你不开心，我也不开心。若张孟谈真在新绛城，你就把他捆了带走吧！我回了临淄会告诉相父，他最器重的素祁死了，死在新绛，埋在新绛了。从今往后，你与我陈氏再无瓜葛，与我陈盘再无情分。天涯路遥，你和他自生自灭去吧！”

“世子……”阿素怔怔地看着陈盘。

陈盘冲她一笑道：“你别这样看我，再看我就要哭了。”油嘴滑舌的人嘴上说得戏谑，声音却微微有些发哽，他说完不再看阿素，只转头对陈逆道：“走吧，我们去赵府找人。”

自那夜被盗跖救出赵府后，我好几次在梦里回到过这里，可即便在梦里，它也不会狼狈破落如斯。临街的一面院墙倒了，碎石瓦砾铺了一地，昔日庄严肃穆的两扇府门被重物撞裂了一扇，一边虚掩着，另一边已被人卸下来斜放在台阶上。陈盘踩着门板往上走，走到一半突然急退了下来，一边叫骂一边死命地在地上蹭着自己的鞋底。

“怎么了？”陈逆问。

“晦气，想踩一踩他赵鞅的门板子，踩了一脚的死人肉。”陈盘在地上狠狠跺了几脚。我低头看了一眼地上血迹斑驳的府门，一颗沉着的心又往下坠了坠。

“进去吧！”阿素扶着我迈进了赵府的大门。

伯鲁死了，赵鞅死了，整座赵府孝布未除，白惨惨的犹如一座巨大的灵堂。我一路直奔无恤住所而去，路旁是熟悉的一草一木，迎面走来的却是一张张陌生的面孔，有人同陈盘行礼，有人同阿素问好，一切荒诞无稽得仿如幻境。

“人呢？我让你们看着的人呢？！”还未见到无恤的房门，院墙里已传出于安如雷的怒吼。

陈盘眉头一皱，越过我与阿素蹿进了院门。“谁不见了？”他急问。

“陈世子来得太早了吧？”于安听到陈盘的声音，收了怒气冷冷转过身来。

陈盘也不与他见礼，几步就迈上了台阶：“相父不放心，差我先来看一看。谁不见了？不会是赵无恤吧？”

“赵世子出逃，我已传令全城搜捕。”于安的视线越过陈盘落在我身上，我握紧了拳头，他亦蹙起了双眉。

“真不见了，这怎么可能？你不是说他已经卧床数月手足皆废了吗？一个废人怎么能从你们眼皮底下逃走？什么时候逃走的？不会已经逃出城去了吧？”陈盘在屋里转了一圈，脸上竟难得地露出慌张之色。

于安没有慌，他整个人冷得仿如冬日黎明幽蓝色的雪。我一步步走到台阶下，他盯着我的眼睛，森然道："世子放心，赵无恤逃不走。"

"最好逃不走。"陈盘瞟了我一眼，亦阴沉下脸色。

"陈世子，赵氏之事在下与邯郸君自会料理，世子留在此处多有不便，还是速速离去的好。君上另有急召，在下先告辞了！"于安抬手冲陈盘一礼，转身带着众护卫匆匆步下台阶。

我眼睛一眨不眨地盯着他的脸，可他漠然地从我身旁走过，再没有多看我一眼。

"这到底是怎么回事？"于安走后，陈盘突然对跪在屋子角落里的一名仆役高声怒喝。

那仆役的相貌我隐约有些印象，应是昔日伺候赵鞅的人，他往前跪了几步，恭声对陈盘道："禀世子，昨夜人还是在的，亚旅来了要杀他，剑都到喉上了，可赵世子愣是一动未动。天快亮时，外头杀得有些乱，守卫们没耐住就出去瞧了一眼，结果一回头床上的人就没了。"

"都是废物！赵无恤是真瘫还是假瘫，他们瞎了，你也瞎了吗？"

"奴死罪——"仆役两股战战一下扑倒在地。

陈盘捏着拳头在屋里来回走了两步，厉声又道："我再问你，韩氏、魏氏两家宗主、宗子都已经叫奴隶军杀了吗？"

"回世子，人已经抓了，但还没杀。邯郸君和亚旅说要等得了君令再杀人。"

"都走到这一步了，他们两个居然还想要尊君守礼，名正言顺地立功封卿。呵，君君，臣臣，守的到底是礼，还是虚名？！"陈盘嘲讽一笑，转头对陈逆道："陈爷，这里情形有变，咱们赶紧出城吧！"

"等一下！"阿素见陈盘要走，几步蹿到仆役面前，急问道："你在赵无恤身边这些日子里，可曾见过一个叫张孟谈的人来找过他？"

仆役哆哆嗦嗦地抬起头来："回素姑娘，赵鞅一死，赵世子就被软禁在此，来见他的人没几个，并没有一个叫张孟谈的人。"

"不可能，他若没死一定会来找赵无恤。你再好好想一想！赵鞅死之前呢？你可在府里见过一个个子瘦高、面貌斯文、右手背上有一大片烫伤的人？"

"这个……"

"快说！"阿素一手扣住仆役的肩膀。

仆役吃痛，急忙道："回、回素姑娘，在赵鞅的丧礼上，太史墨身边是有个手有烫伤的巫人，那巫人在府里住了几日，后来就不知道去哪里了。"

“一定是他。他没死，他还活着。”阿素怔怔地松开了仆役的肩膀，她眼睑微颤像是想笑，又像是想哭，嘴角刚溢出一丝淡淡的笑容，即刻又被无边的哀色取代，“他果然偷看了我的密信，他是个骗子，骗了我那么久……”

“别为那负心人难过了。”陈盘走到阿素身边轻轻揽过她的肩膀，阿素眼睑一动滚下两行泪来，陈盘握着她肩膀的手紧了紧，柔声又道：“好了，不难过，把人找到再问一问，若他真无情，就把他交给我，犯不着脏了你的手。既然张孟谈已经见过赵无恤，那赵无恤一定早就知道了邯郸君的计划。他二人一旦脱逃，必会拼死出城。你与其冒险在城里找人，不如随我一同出城吧！”

“对，孟谈看了我的信一定会带赵无恤出城。小妹，我们出城去等他们！”阿素转身来拉我，我往后退了一步，她困惑道：“怎么了，你高兴傻了吗？赵无恤不在这里，他没死，逃走了。咱们赶紧出城去找他们吧！”

“我一直不明白四千奴隶为什么可以控制整座新绛城，为什么城中千户，户户闭门，现在我总算明白了，晋侯不是被胁迫的，他也参与了此事，是他要借于安和我阿爹的手诛杀四卿，对吗？”我没有回应阿素，只盯着她身旁的陈盘。赵稷没了郑伯却仍不死心，原来是手里还捏着一个晋侯。

陈盘看了一眼阿素，点头道：“你猜得不错。几年前，晋太子凿曾密书齐侯与相父，求他们出兵相助诛灭四卿，所以你阿爹不是叛臣，是功臣。事成之后，他入朝封卿，你便是正卿嫡女，贵不可言。”

“四卿无罪，无故诛杀，功从何来？”

“还政晋侯，功名自有国君来给。”

“哈哈哈……”陈盘语罢，我不由得大笑，“陈世子，这话从你嘴里说出来也委实太可笑了。你当我还是三岁小儿吗？若于安和我阿爹真有功，他们的功劳也不是诛杀四卿，而是借你们陈氏之兵剿灭入城‘烧杀抢掠，残害卿族’的四千奴隶吧？以下犯上，以贱伐贵，是为大不敬。晋侯根本不会违礼赐这些奴隶自由身。盗跖和他的奴隶军是你们杀人的剑，替你们杀完了四卿，就又该变成你们的踏脚石了。四千人的尸骨叠将起来，是够你们登天，够我贵不可言了。”

“相父说得没错，女人太聪明了，果然不是好事。”陈盘听了我的话，顿时冷下脸来。

阿素见状连忙上前一步对我道：“小妹，你就随我们出城吧！欲成大事必有牺牲，这样的道理你该懂的。”

“不，阿姐，我不懂，奴隶也是人，他们拼死入城要的是自由，不是牺牲。”

“他们死也是为了还政国君。”

“堂堂君主言而无信，区区盗匪一诺千金，孰贵孰贱，我今日总算看清了。”我想起盗跖当日在山谷里的一番话不由得嗤笑出声。

“小妹，现在是说这些胡话的时候吗？你若想留下来救那些奴隶，迟早也会没命。你死是你的决定，别连累了你腹中的孩子。孟谈没死，赵无恤现在一定已经出城搬救兵去了，你难道想留在城里和他隔着一道城墙，隔着连天战火不得相见吗？”

“阿姐，你的话我都明白，可我不能眼睁睁看着盗跖和他的兄弟们死。小芽儿会懂我，无恤也会懂我。我不会死，也不会让新绛城里尸骨成山。”阿素把她的善良与温情都藏在骨子里，轻易不叫人看见，所以我以前怕她，防她，害她，现在却因为她的一片真心感动不已。

“蠢人，那些奴隶入城时就已经是死人了，你救不了他们。”陈盘在旁冷冷出声。

“我不试一试，怎么知道不行？”

“呵，阿拾姑娘，我陈盘生平真的很少佩服什么人，你算是一个。只可惜，你虽心有七窍却看不透天命。逆天而行，终难有善终。”

“‘凤凰于飞，和鸣锵锵，有妫之后，将育于姜。五世其昌，并于正卿。八世之后，莫之于京。’陈氏有天命，可世间路有千条，你确定你们现在走的这条路是对的吗？走岔了路，可就永远到不了那个终点了。”

“你……”陈盘语塞。

我冷笑着又道：“韩氏、魏氏两家宗主、宗子有没有死，陈世子关心得很。可你为何独独不问智氏？身为正卿的智瑶是生是死，不是更重要吗？还是说智瑶的处境，你陈世子早就已经知道了？”我一眨不眨地盯着陈盘，我希望他能辩解，也希望自己心里可怕的猜测不是真的。

陈盘看着我久久没有出声，半晌，转头对陈逆道：“陈爷，让她留下，我们走。”

“阿拾！”阿素拽着我的手越发急了。

我在心里长叹了一声，伸手抱住阿素，阿素双手一揽紧紧地搂住了我：“小妹——”

“阿姐，什么都别问，出城后，别待在陈盘身边，走得远一些，张先生会找到你的。”我在阿素耳边极小声道。

阿素抬头惊诧地看着我，我重重地捏了捏她的手，微笑道：“阿姐，谢谢你。快走吧，张先生在等你呢！”

“走吧！”陈盘拉着阿素往院外走去，走了几步又回头催促陈逆。无恤不见了，陈盘比我们任何人都更着急。

陈逆一动不动地立在原地，他听见陈盘叫他，却大步流星地朝我走来：“我留下，陪你去找盗跖。”

“大哥……”陈逆的眼睛里有深重难掩的哀痛，我知道他此时此刻在想什么，因而心里既感动又心疼。君子、盗匪，两个原本天差地别的人在生死情义面前却像得出奇。

“陈逆，走不由你，留不由你，你别忘了你的誓言！”陈盘望着陈逆的背影怒喝道。

陈逆的脸在陈盘的怒吼声中瞬间失了血色。有的人，他们的誓言不是一句话，而是捆在心上的一条锁链，锁链扯紧了，就痛到身不由己了。

“大哥，没事的。”我冲陈逆一笑，伸手解下自己脖子上的碧玉佩放在他手里，“艾陵之战，我尚年幼，坏不了你家相爷的大业。如今我有良策，定不会叫盗跖眼睁睁看着自己的兄弟死在面前。这些年，小妹劳大哥照拂，这玉佩是我多年随身之物，且放在大哥这里，他日云梦泽再见，大哥拿它与我换酒喝。”

“小妹……”陈逆低头捏住祥云里飞奔的小狐，将玉佩紧紧握入掌心，“陈逆愧对一个‘义’字，请小妹替我向柳下兄赔罪。”

“好。”

“还有……我生平从不收人厚礼，这碧玉佩你记得要来拿回去。”

“诺。”我微笑点头。

四儿找到我时，我正独坐在赵府的木兰园中。春阳融融，和风徐徐，洁白如玉的木兰花在我面前开了一树又一树，已盛的、合苞的，一朵朵亭亭地立在墨色的枝条上。赵鞅喜木兰，园中遍栽花树。当年我初到赵府时，无恤便说要带我来这里看木兰。这些年，我与他来过数次，可从没有一次像今日这样看得两眼发酸。

我骗了陈逆，我是人，不是神，面对今日这样的乱局，我根本没有良策。

这是一场蓄谋已久的厮杀，所有人都怀着必得的信念和必死的决心站在自己的战场上。对他们而言，得失只在一线，生死只在一线，每个人都绷紧了自己的心弦，一点点偏离计划的变动都会让他们惊慌失措，继而本能地想要抗拒。于安不愿承认无恤已经脱逃，盗跖不愿相信晋侯欺骗了自己，我的父亲也许更不能相信，他全心信赖的陈氏一族会在最后关头与智氏合作，背叛他，利用他，牺牲他。残忍的真相明明就摆在每个人的面前，却没有人愿意去相信。我还能做什么？我只能坐在这里看着最美的春景，等着悲剧一出出上演。

“阿拾，我在门口遇见红头发大叔了，他那么着急去哪里呀？”四儿问。

“他要入宫去见国君。”

“他见国君做什么？”四儿好奇地在我身边坐下。

“不知道。”我望着庭中白得耀眼的木兰花，心里一片茫然。该说的话我都已经说给盗跖听了，他听进了多少，听懂了多少，我一无所知。晋侯姬凿曾许盗跖一个美梦，梦里姬凿将为所有入城的奴隶论功行赏，烧毁丹图，派发旌节，编造户籍，让他们从逃奴变成无罪的自由人。如今，奴隶军已经入城，若姬凿不能兑现自己当初的承诺，盗跖是会带人撤离新绛城，还是怒而杀君，争个鱼死网破，我不得而知。于安和赵稷知道陈氏与智氏的阴谋后会做何反应，我也无法预料。我只希望他们所有人都能暂且放下心中的欲望和仇恨，在智瑶和陈氏的军队包围新绛城之前，离开这座被死亡笼罩的城池。

“阿拾，赵无恤已经不在这里了，你为什么还要留下来？”四儿见我出神发呆，捧着我的脸强迫我转过头来。

我盯着她的眼睛反问道：“那你为什么还不出城？于安引奴隶军入城前一定嘱咐过你要带董石出城避祸，你为什么不听他的话？这里有多危险，难道他没告诉你？”四儿今日穿了一件玉色的丝绢单衣，单衣绣黄鸟，配红缘，缘边上暗线绣制的藤蔓缠缠绕绕，不分不舍。这样的危局里，这样华丽的衣裙、美丽的她，叫我心生不安。

四儿松开了手，凄然笑道：“‘事成封卿，兵败身死。’除了这句话他什么也没同我说。阿拾，我是不是很笨？他一定觉得我很笨，所以什么都不肯告诉我。就算是阿羊也比我好，总还能帮上他的忙，听懂他说的话。”

“于安不是不肯告诉你，而是他知道自己要做的事，你一定不会想要帮他。”

“我什么也帮不了他，还给他闯了大祸……”四儿话没说完一双杏目里已蓄满了晶莹的泪水。

“怎么了？”

“是我偷了夫君的腰牌放走了赵无恤和张先生，我不想叫你伤心难过，也不想叫小芽儿一出生就没了阿爹。可我是不是闯祸了？夫君和大叔都那么着急入宫找君上，是不是因为我闯下大祸了？”

“你救了红云儿？他真的逃出城去了？！谢谢你，谢谢你！”我喜出望外一把抱住四儿，四儿却靠在我的肩膀上大哭起来。我连忙松开她，一边替她擦泪，一边道：“你别哭，你没闯祸，外头是出了些事情，可与你无关，与无恤也无关。你能助无恤出城，也许对于安来说，不是坏事，是好事。”

“真的？”

“真的。”

“夫君不会死，对吗？”四儿泪光点点地看着我。

“四儿，于安的命一直都握在他自己手上。他要生，他随时都能带你和孩子走；可若他要死，我求你千万别随他去。”我紧紧地握住四儿的手，我太了解她，正因为了解，所以她此刻明明就坐在我身边，我却怕得要命。

“不，他不会死，他会平安回来的。”四儿没有应承我，只是低头看向自己腰间一枚小小的青玉环。“环”同“还”，她在等他还家。可如今的于安还会知难而还吗？

“四儿，你听我说……”

“阿拾，你救救我夫君好吗？”四儿突然反过手来紧紧地抓住了我的手，她抓得很紧，新生的指甲狠狠地掐进我的手心却全然不知，“我知道夫君现在做的事不对，他不该杀那么多人，也不该抱着过去的仇恨不放。可他心里太苦了，这些年他没有一日真正开心。你是知道他的，他不是个坏人，等今日的事过了，你让我陪着他，总有一天他会放下的。”

“四儿，不是我要让于安死，也不是无恤和张先生要他死。今日这事我一时半会儿说不明白，但我同你保证，于安不会死，我们都不会死。我再想想办法，你等等我，好吗？”

“好，我陪你一起想，你一定会有办法的。”四儿松开我的手，身子一斜把头轻轻地枕在我肩上，“我陪着你，我们一起想办法。”

“嗯。”繁花树下，四儿轻轻一枕，几许流年霎时如水般在我眼前流过。秦国小院里，梳着总角的她也常这样陪着我一起想办法，没有言语，只是长长久久地安静地陪伴。彼时此刻，我最需要的其实也就是她这满心信赖的轻轻一枕。

鹰食黄鸟，黄鸟食鱼，鱼食蜉蝣。府院被攻陷的卿族是蜉蝣，盗跖的奴隶军是误入深渊的小鱼，于安和赵稷是自以为胜利的黄鸟，而真正可怕的敌人正张开他们的利爪朝这里扑来。一夜血战，战争却没有结束。新绛城里没有胜利者，我们所有人都是秃鹰眼中的猎物，包括晋侯在内。

抗击外敌，上下同欲者胜。可这一城的人，各有各的鬼胎，我想救他们，却根本没人愿意听我的话。我要怎么做才能让他们相信智瑶与陈氏另有阴谋，我要怎么做才能逼他们听我的话呢？

盗跖，还是盗跖！

“四儿，你赶紧入宫替我去找于安和盗跖，千万别让他们在宫里打起来。要是盗跖发了狂想做傻事，你就同他说，他要的东西国君给不了，我来给。”

“大叔要什么？”

“天下最贵重的东西。你别问了，赶紧去，灾祸不等人，于安和盗跖的剑也不等人。”我拉着四儿站起身来。

“好，我去。那你呢？”

“我去一趟太史府，待会儿就去找你们。”

“那这个你拿去。”四儿拎起一直放在身边的包袱递给我。

“是什么？”

“夫君替你从赵家找回来的东西。伏灵索、剑、你的玉雁佩，还有……哦，我还给你做了一双新鞋。你现在肚子大了，脚一定肿得厉害，之前穿的鞋肯定太挤了。”四儿一边说一边解开包袱从里面掏出一双崭新的绣鞋放在我脚边，“你先赶紧穿一穿，看合不合脚。我的绣工这么多年也没个长进，你别嫌丑。”

“合脚。”

“都还没穿呢！”

“一看就合脚。”我脱了鞋将自己又红又肿的脚套进四儿做的新鞋里，忍着鼻酸，微笑道，“好穿，刚好穿。”

“那就好。我走了，你从后门出去吧，离太史府近一些，路上自己小心。”

“你先等等。”我从包袱里把于安给我的细剑拿了出来。这一次，映着耀眼的阳光终于叫我在剑身细密的格纹里瞧见了两个小小的暗纹阴刻的字——邂逅。邂逅，适我愿兮。可那年大雪里看见你的人是她，不是我；这么多年陪在你身边倾心爱你的人也是她，不是我。你是她的青衣小哥、她的良人，你的心不是我不愿看见，是我不能看见。

我合上剑鞘把剑递给四儿：“拿去，这不是我的剑，是你的。”

“怎么是我的？”四儿握着剑，愕然道。

“外头危险，你拿着防身，快去吧！”我推了一把四儿，自己转身大步离去。

史墨的府门外站了两排手持长剑的奴隶军，见我远远走来，他们齐刷刷把自己的剑拔了出来。

“停下！哪儿来的大胆婆娘？！”一个二十岁上下乱发披肩的男人提剑挡在了我面前，“国君让你们都待在屋里不要出门，你男人没告诉你吗？出门要砍头的，你不怕死啊？！快走快走！”

“这位大哥，太史在府里吗？”我越过他往府门里看了一眼。

“别瞎问，走走走！”男子伸手来推我，我侧身闪过直直往府门去，他转身一把扯住我的衣服，大喝道，“喂，你真不能进去！”

“我必须进去，我不进去你们就都没命了。”

“讲什么鬼话？！”男人恶狠狠地瞪了我一眼，转头冲台阶上看热闹的人喊道：“谁给我根绳子，先给她捆起来啊！”

“阿翁，我好像见过她，她肚子里的娃娃……”府门口一个十三四岁的少年踮脚在身旁的老人耳边嘀咕了几个字。老翁听了瞪着眼睛打量了我一番，就嚷嚷着让所有人收了剑。大家一脸狐疑地看着他，他跑下台阶一把拉开挡在我身前的男人，笑着对我道：“原来是大嫂来了，太史公在屋里，路不熟吧？老头子领你进去。”

“大嫂？大哥什么时候娶婆娘了？”众人由疑转惊，议论纷纷。

“娃都要生了，还不是大嫂啊？”

“嘘——大嫂要臊了。”

“大嫂好。”

“大嫂好。”

……

我走上台阶，十二三岁、四五十岁的男人们不论年纪都笑哈哈地围着我叫大嫂，我看着他们的样子，明明心急如焚，却还是弯了嘴角。放心，我不会让你们冤死，更不会让任何人踩着你们的尸骨往上爬。

走进府门，太史府里平静一如往昔。没有碎瓦乱石，没有随处可见的奴隶军，日上中天，庭中花树簇簇，清溪汩汩，道旁的白沙在艳阳下静静地闪着夺目的光芒。带路的老翁不大识路，几次都险些走错，我在他身后不动声色地提点，他才将我带到史墨院外。

史墨喜洁，屋前石阶亦铺莞席。奴隶军围府已有一夜，但这会儿莞席上却连一个泥脚印都没有。盗跖不信神明，但奴隶军对通达神明的史墨显然有所避忌。

老翁将我送到屋外就走了。我推门而入，屋里静悄悄的，一贯燃着香的青铜炉冷冰冰地靠在案脚旁，案上的水匜里没有水，空荡荡地露出铸在匜底的青铜小鱼。食时刚过，屋外阳光正烈，可亮眼的光线穿过紧闭的窗户再透进屋里已所剩无几，朦胧、昏黄、冷寂，我眼前这间屋子仿佛还停留在冬日的某个黄昏。

史墨不在前堂，也不在寝幄，我找了一圈，只好转道去了西厢，那是史墨平日著史藏书的地方。

西厢无门，竹帘垂地，帘后影影绰绰端坐着一个人。

我伸手掀起垂帘，素白的足衣、素白的巫袍、素白的长发，史墨一身缟色坐在书案之后。他抬头与我对视，手里赫然握着一柄青金色的长匕。

“师父在等人？”我进屋，弯腰拾起落在案旁的匕鞘。木兰树心镂雕为鞘，这匕首正是前年史墨生辰时赵鞅送给他的贺礼。

史墨紧盯着我的脸，严肃的表情不似惶恐紧张，倒似在责怪我为何要来这里。“是你父亲让你来替他动手的？”他问。

“不是。”我径自取过史墨手中的匕首套上匕鞘，又将它推到了史墨手边，“我阿爹对师父之恨犹在对赵鞅之上，他怎么会把这个等了二十年的机会让给我？不用着急，没让你太史公亲眼看着他杀光四卿，夺回邯郸，他舍不得让你死。”

“好，既是这样，那为师就再等等他。”史墨拿起匕首重新揣进怀里。

“师父今日要算卦？”我打开案上一只髹红漆点画星图的长匣，从里面抓出一把泛黄的蓍草。

“许久没算了，正打算为你父亲卜上一卦。你既然来了，要不要再陪为师算上一算，看你父亲最后到底是输是赢？”

“不用算了，他不会赢。”

“他执迷癫狂，你倒看得透彻。”史墨面露欣慰之喜。赵稷若是赢了一定会杀他，若是输了也一定会先杀了他，他是将死之人，却全然无惧。

“师父可知，此番奴隶军夜袭新绛城不是盗跖的主意，也不是受我阿爹和董舒的唆使，是国君要借奴隶叛乱之名诛杀四卿，夺回君权？”

“新君孤傲性急，不懂屈伸之道，这一步走得太险了。”

“智瑶行事一贯跋扈无礼，姬凿许是怕智瑶将来学齐相弑君篡权，所以想先下狠手。可惜智氏与齐国陈氏早有私谋，董舒昨夜只抓到韩虎、魏驹，却叫智瑶跑了。”

“你说智瑶与陈恒有勾结？！此话从何说起？”史墨惊问。

“师父可听过一则传闻，齐国陈氏先祖公子完在入齐前，周太史曾为他卜过一卦‘观之否’？”

“继续说。”

……

阿素和陈逆是来晋国找我的，但陈盘不是。陈盘与智瑶早有往来，当年智瑶立世子，陈盘就曾亲送大礼到智府恭贺。方才无恤脱逃，刚刚入城的陈盘却只关心韩魏两家宗主的生死，独不问智瑶，我便生了疑心，其后询问盗跖，智瑶果真不在城中，就连世子智颜也不知去向。

盗跖要为天下先，变奴隶为自由人。野心勃勃的智瑶和陈恒怕是也想做一件天下从没有人做过的事。武王立周，分封诸侯，五百多年间，诸侯爵位世代传袭，从无例外。可近百年间，礼乐崩塌，公族势弱，卿族掌权，得了一卦“观之否”的陈氏耐不住了。

“你是说，齐国陈氏想要取公族而代之，却怕会因此遭天下诸侯群起而攻，所以想在智瑶身上先试一试？”

“晋与齐同为大国，奴隶军杀了三卿，智瑶便可独揽大权。智氏一族渴求长生为的就是有朝一日能取代公族，独吞晋国。如今新绛罹难，若智瑶以平叛之名领兵冲进城来，四千奴隶必死无疑，我阿爹、董舒必死无疑，就连晋侯也未必能幸免。事后，杀了人的智瑶只需将一切罪责推给暴乱的奴隶，再下令屠杀一批与董氏、邯郸氏勾结的‘叛臣’，这场动乱就没人敢再提了。智瑶今年不过三十，他若独霸晋国二十年……”

“不用二十年，十年之内，智瑶定会逼周王改封智氏为君。”史墨长眉紧蹙，面色比方才初见时更加凝重。

"若周王真的屈于智氏淫威改封智瑶为君，那齐国必将落入陈氏之手。晋、齐乃大国，大国卿族可以驱赶公族，小国必追随效仿。到那时，天下就真的永无宁日了。我知道自己这话听来荒谬，也希望这只是我一个荒谬的猜测。可除此之外，我实在想不出陈氏为何要弃我阿爹而助智氏独揽晋国大权。"

"新旧更迭，强者食弱，乃天下大势。然智氏无德，不足以为君。"

"徒儿求师父相助。"我俯首欲礼，史墨连忙起身扶住了我。

"师父……"我企盼地看着身前的老人，他是我如今唯一的希望。

史墨望着我的眼睛，哑声道："为师知你心中有恨，却也知你心中常存大爱。时至今日你还愿意唤我一声师父，为师很高兴，你告诉我，我这俎上鱼肉，还能如何助你？"

我恨史墨，恨他毁了我的家，毁了我的母亲、我的父亲，可正如他这些年教我的，一个人的爱恨，在数千、数万生灵面前，微不足道。

"无恤昨夜已逃出城去，韩虎、魏驹两位亚卿也还活着。智瑶的军队应该不会那么早到，若奴隶军现在肯离城，没了代罪之人，智瑶就算来了也不敢对三家动手。这乱，兴许还能平。"

"你来之前没劝过盗跖？"

"劝过，可盗跖非要国君先赦免逃奴之罪，赐他们自由身，方肯离城。"

"你随我来。"史墨听罢起身，我也慌忙站起身来。

史墨拄着拐杖出了厢房，下了石阶，带着我一路行到后院一处库房前，他取出钥匙开了门，从门旁的木架上取下一只极普通的褐色木箱递给了我："你要的东西都在这箱子里了。"

"只有这一只箱子吗？新绛城里有四千逃奴，光他们出入关卡所需的旌节就不止这一箱子了。"

"逃奴要变自由人，最重要的是要有城可居，有地可耕，有户可查。可据我所知，这几年，司民并未另外造册替这些奴隶编造户籍。盗跖就算逼迫君上，最多也只能拿到一句随时可能作废的赦令，其余的什么也拿不到。"

"那该怎么办？"

"地可以后给，户籍可以再造，盗跖可以带人先往北方赵地避祸。"

"师父的意思是——让尹铎接收他们？"提及北方赵地，我第一个想到的便是晋阳。如果是尹铎，他一定会想方设法为这些逃奴谋出一条生路。

史墨点头道："正是晋阳。假造户册，尹铎恐怕比司民更有经验。至于如何安顿奴隶，他几年前就已经做得很好了。"

是啊，当年晋郊祭天前，尹铎就曾以修造晋阳城为名让赵鞅从定公手里要了一百多个年过四十的奴隶，这些奴隶有的来自霍太山，有的来自九原，有的来自曲梁，他们中兴许还有奴隶军们的亲人。

“师父，这箱子里装的是通关用的旌节？”

史墨看着我怀中平凡无奇的木箱道：“这原是赵氏来往新绛、太谷运送粮草所用的旌节，一次可过百人，至于要如何掩人耳目将四千人送入晋阳，如何让智瑶看不见他们，就要看你们自己的了。此事没有万全之法，只有权宜之策，你就拿这箱子去找盗跖吧！”

“嗯，谢师父！”

我紧紧地抱着怀中的箱子，如同抱着黑暗里最后一颗微弱的火种，可就在这时，耳朵里忽然传进了一声鼓声。鼓声闷闷的，传到耳边时已经失了力量，我听得并不真切。但当第二声、第三声、第四声鼓声如滚雷般朝我涌来时，我在史墨脸上看到了无奈与悲悯。

这是战鼓，城楼上的战鼓。鼓声不停，一声高过一声。我与史墨走出太史府时，门外的奴隶军已乱作一团，他们全都跑下台阶站在长街上，惊恐地望着远方城楼上那面不断发出巨响的大鼓。

“你上城楼去看一看，来的或许不是智瑶，是无恤。”

无恤……我转头望向长街尽处人头攒动的城楼，史墨伸手抱走了我怀里的木箱。

“师父？！”我愕然看着史墨。

“你去城楼，为师替你去见盗跖。”

“不行！盗跖在宫里，我阿爹也在宫里，如果让他见到你……不行！”我伸手去夺箱子，史墨却瞪着我，肃然道：“阿拾，为师让你去见的不是你的夫君红云儿，而是赵氏宗主赵无恤。见到他之后，你和他要做什么来救这一城的奴隶，你最好现在就想清楚。”

“可来的如果不是无恤，是智瑶？”

“那就告诉城楼上的士兵他们该做什么。”史墨凝眸注视着长街上一群慌乱不知所措的奴隶。

“可师父……”

“世间万物皆有生死，遇上了，也不过是顺了天命罢了，你我都无须执着。”

白衣白发的史墨登上了车夫驾来的轺车直奔宫城而去。我知道，他会见到盗跖，也一定会见到我的父亲。他们上一次见面是在什么时候？是在阿娘的婚礼上，还是火与死亡的战场？二十二年解不开的恩怨，要等到今日用血来祭吗？

屋里火势已起，有女人用火烧断了脚上的麻绳，半裸着身子，踩着自己烧焦的血肉冲出火场，可于安手起剑落，一剑便砍下了她的头颅。于安拾起地上的两支火把丢进屋里，然后充耳不闻屋里的尖叫一把合上了房门。

◇ 第二十九章 及尔同死

五月的天空满载浮云，我站在城楼上看着连绵的远山在巨大的云影下一刻墨绿、一刻青灰不停地转换着颜色。在远山脚下有一道长长的黑影，隔着翠色的平野、奔流的浍水，它似是静止不动的，可笼在它身旁的一层褚黄色薄雾却在我眼前越变越浓，越升越高。城楼上的人都明白，那不是薄雾，是大军行进时，士兵们脚下扬起的尘土。

城墙之上，弓箭手们已然就位。城门之内，闻声而至的宫城守卫与奴隶军正集结整队。

来的会是无恤吗？站在战车上远眺新绛城的人是他，还是智瑶？

我紧按着晋都古老的城墙，心怦怦地跳着，脸滚烫得如同火烧一般。雍城郊外，堆尸成山、焚骨如炬的场景不停地在我眼前闪现。神啊，可不可以不要再有死亡，不要再有哀鸣不去的魂灵，不要将新绛变成我们所有人的坟墓。

“智氏族旗为赤，赵氏族旗为黑，来的是智瑶，不是赵无恤。我没有赢，你也没有赢，赢的人是智瑶。”于安的声音在我身后淡淡响起。我握紧双拳转过身来，他盯着我的眼睛道：“你把我送你的剑给了四儿？”

“那本就该是她的剑。”

“是吗？我怎么就给错了呢！”于安微眯着眼睛端详着我的脸，我抿唇不语，他仔仔细细将我的冷漠看了个透彻，便笑着移开了眼。我以为他会选择沉默，因为此时此刻无论说什么都只会让我们更难堪、尴尬，可他却望着远方那道死亡的黑影轻语道：“阿拾，我用剑杀人，却不会铸剑，送你的剑是我采铜石自己生炉铸的第五柄剑，前四柄都断了。断了第一柄时，我劝自己放手，可我又生炉铸了第二柄。第二柄剑断了的时候，我又告诉自己，我在做一件极蠢的事，我的坚持、我的心，最后只会被你嘲讽、唾弃，得不到任何回应。可我……还是铸了第三柄、第四柄，我把心放进火炉，插进冰池，一锤一锤把它锻造成剑放在你手里。你看不见它身上的字，没关系，我甚至为此庆幸过，因为只有这样你才会把它时刻挂在身上。它挂在你身上，我就能偷偷地像少年般暗自欢喜一阵。这世上能让我欢喜的事情已经很少很少了……”

“于安，走吧，带上四儿和孩子走得远远的。赵鞅已经死了，放过你自己吧！”

“我走不了了，很久以前我就告诉过你了。”于安微颤着眼睫冲我凄怆一笑，而后转身离去。

我望着他黯然离去的背影有片刻的出神，但随之而来的不祥之感让我再无心追忆脑海里那些模糊的画面。我抓起衣摆追下城楼，于安已按剑上了轺车。

“你要去哪里？”我奔到车前想要抓住于安的马缰，于安长鞭一挥冲我厉声喝道：“你让开！”

“我不让！你别再做傻事了，我不想你死在这里！”

“时至今日，你还要救我吗？你还救得了我吗？你，让是不让？”

“不让！”

“好——你既不让，那就跟我来吧！”于安冷着脸跳下轺车，扯着我的手臂一把将我拖上了马车，我踉跄跌倒，他甩开我的手，驾起轺车飞驰而去。

“亚旅——”赵府门外，守卫模样的人见于安来了急忙跑上前来。

“让你们做的事都做好了？”于安扯着我跳下马车。

“做好了。”

“很好，你去把人都带过来！”

“唯。”

“你要做什么？”我问于安。

于安不语只推着我往府里去。

短短半日，赵府之中已不见奴隶军的身影，偶尔碰上两三个佩剑的卫兵皆是于安的手下。“于安，你不该来这里，趁智瑶的军队还未到，你这会儿从北门出城还来得及。你不出城，等盗跖的奴隶军撤出新绛，智瑶一入城就会把所有的罪责都推到你身上。到时候，你别指望国君能救你，姬凿想要活命一定会辩称是你挟持强迫了他。祸乱国都、谋逆犯上都是死罪。你已经杀了伯鲁，杀了赵鞅，真的已经够了。你听我一句，我们走吧！我们带上四儿和孩子随盗跖一起出城吧……”我跟在于安身后一刻不停地说着，于安阴沉着一张脸，没有半句回应。

“你不怕担上谋逆的罪名，可你有没有想过董石？你总不能让他变成第二个你。”我挺身拦在于安面前。这一回，他终于停下了脚步：“董石不会变成我，我不会让他受我受过的苦。”于安垂手站在赵鞅旧日的居所前，抬头望着两扇紧闭的房门。

“你想干什么？不——不！他才五岁，你是他的父亲！”我扑上去一把抓住于安的手臂，于安眉头一拧，抓起我的手腕，冷喝道：“够了！我不想再听你多说一个字，你现在再多说一个字，我待会儿就多杀一个人。”

“你……”我吞下自己口中的话，于安扯下缠在剑柄上的麻布一下将我反捆了起来。

“亚旅，人都带来了。”守卫在院外轻喊。于安还未回应，一个暴怒的声音就伴着锁链叮当之声冲进了院门：“恶贼，枉董兄一世忠义，怎生了尔等苟且鼠辈！尔若有能，与我赵季父执剑一战！”

“闭嘴！”守卫冲上去抽打那叫嚣的大汉，大汉脚上的锁链又一连扯出七八个套着锁链的男人。站在最前面的大汉是赵鞅的胞弟赵季父，其余男子皆是无恤同父异母的兄弟，赵鞅嫡出的六子赵幼常亦在其中。

于安上前，赵季父猛咳了一口痰吐在了他脸上：“狗彘鼠虫之徒！先主在时，你奴颜婢膝得我赵氏多年荫庇，而今先主尸骨未寒，你便偷行这龌龊阴毒之事。无情，无义，无礼，不死何为？”

“骂完了？”于安抹去面颊上的唾沫，转身迈上台阶一把推开了赵鞅的房门：“都带进去！”

“呸！”赵季父被推到于安身边又是一口唾沫。

六子赵幼常被人推搡着，一边挣扎一边嚷道：“董舒，先父待你董氏不薄，你父亲一个异姓罪臣却在我赵氏宗庙里享赵氏子孙多年祭奉，你不知感恩，怎么反与邯郸逆贼勾结？他日你死了，有何颜面去见你父亲！”

赵幼常被人一路推到赵鞅房门外，他本直着脖子想与于安理论，可转头看见屋里所藏之物，顿时吓得两腿打战直接摔进门去。

束薪。赵鞅屋内沿着墙壁堆叠了一圈一人高的干柴。干柴之中又有青铜立柱，几个守卫拿着鞭子，提着剑，将赵幼常一行人全都推进了柴堆，又将他们身上的锁链扣在铜柱之上。这时，院外又有一群女人连哭带喊地被押了进来，她们披头散发，哭声凄厉，有的人手里还牵着四五岁大的孩子。我惊愕地望向于安，于安站在台阶上，脸上没有丝毫情绪，我心中一颤，顿觉浑身寒意冷彻骨髓。

“都带进去！”于安挥手下令。

女眷们惊恐凄厉的哭声中突然冒出一个熟悉的声音：“邯郸君，我要见邯郸君！”姮雅抱着一个襁褓里的孩子从人群中冲了出来。她脚上系着麻绳，这一冲，连着带倒了三个女人。“亚旅，你不能杀我，我与邯郸君有盟约在先，你们不能不讲信用！”

“你与邯郸君有盟在先，可你在这里见到邯郸君了吗？”

“你，你别忘了，我也帮过你！”姮雅抱着孩子怒瞪着于安。

“错了，你没帮过我，你只帮过你自己。”于安几步走到姮雅面前，低头拨开她怀里的襁褓，“这就是赵无恤的儿子？”

姮雅看了一眼于安又看了一眼我，哆嗦着嘴唇想说些什么，却半天说不出一个字来。于安合上襁褓冲守卫一挥手，姮雅突然哀号一声搂着孩子蹲在地上大哭起来。

“董兄，你在天有灵看一看哪！你为保赵氏欣然赴死，你儿子今日却要灭先主一脉啊！生此贼儿逆子，你死不瞑目啊！”赵季父被捆在铜柱上仰头顿足大声哭喊，他一边哭一边骂，骂得于安的脸上终于有了表情。

于安提剑大步走进赵鞅的房间，拔剑指着赵季父恨道：“抛妻弃子、自绝而亡的人有什么资格责骂我？！见了他，我倒要问问：他一人得了忠义之名，享了赵氏施舍的祭奉，可我阿娘呢，我兄长、我幼弟、我阿姊呢？他们没有神位，他们连一卷裹尸的草席都没有。是谁杀了他们？！我阿娘有情，有义，有礼，夫君死，八年不除孝服，我一家人为父戴孝，到底碍了谁的眼，要他如坐针毡，非要斩草除根？！今日我就是要让他赵鞅看看，什么是斩草除根！”

“恶贼！你阴毒狠辣，还要诬蔑我兄长，你不得好死！你断子绝孙，你——”

“住口！”于安右手提剑往前一送，赵季父张着嘴，顿时怒目而亡。

“把人都带进来！火呢？！拿火来！”于安收剑入鞘，转头怒喝。

“你会后悔的，你会后悔的！”我站在台阶上看着一屋子赵府家眷在守卫们的长鞭下惊恐尖叫，绝望恸哭，我就知道自己无须禁言了，因为于安早已决定要杀死这里所有的人。

“后悔？你告诉我，我有什么好后悔的？我等这一天已经等了十三年。阿拾，你现在还想救我吗？还是，想救这一屋子的人？我告诉你，你救不了，今天你谁都救不了！”于安拎着我的衣领将我推下了台阶，“走，你现在就走，出城去找你的赵无恤去！”

“你跟我一起走。现在还来得及，你还有选择，放过赵家的人吧！天下那么大，只要你还活着，总有路可以走……”我对着于安苦苦哀求，他看着我的眼泪却笑了，笑得悲哀而温柔：“走吧，和以前一样跑到他身边去。替我……带四儿走，带小石子走。你走——别等我后悔！”

“亚旅。”守卫们取来了火把，橘红色的火舌在暮色中蹿跃着，烧得格外炽烈。于安想要接过火把，屋子两侧的院墙上却突然大喊着跳进来一群人，领头的正是一身劲服的黑子。

“黑子！”

“救人！”黑子一剑砍断一名守卫手中的火把，转身与另外二人缠斗起来。与黑子同来的是赵府的几名黑甲军，他们身上都带着伤，却不顾守卫们的拦阻，个个拼死往屋里冲。于安冷着脸抽出剑来，快步走到一名与守卫缠斗的黑甲军身边，一剑卸了他身上的软甲，反身再一剑，软甲的主人就瞪着眼睛“扑通”一声跪倒在地。年轻的守卫看着地上死去的对手一时愣怔，于安夺过他手里的火把径自上了台阶。

“巽主！”黑子踢开守卫，几步拦在了于安面前。

“让开，我看在祁勇的面上才饶了你一命，你若再纠缠，休怪我无情！”

“巽主，天枢是赵家的天枢，天枢为你遮风挡雨这么多年，你怎么能恩将仇报？！”黑子拦在门口，大声质问。

“你什么都不知道，给我滚！”于安抬剑挥向黑子，黑子连忙举剑相抗。他二人在门口相斗，屋里的守卫也全都冲了出来与黑甲军厮杀起来。

“阿拾？夫君！”四儿带着四个奴隶军走进小院，她看到我时欣喜不已，可一看到于安与黑子陷在剑影之中便慌了神。“几位大哥，快去帮帮我夫君啊！”四儿对随行的奴隶军道。

我大喊：“不，先救屋里的人！”守卫落地的一支火把已点燃了门边的一堆木柴，火苗跃起，柴堆里黑烟已起。

四个奴隶军士听到屋里有哭喊之声连忙拔剑冲上了台阶，于安见他们要救人，竟抽身来挡。这几个奴隶哪里是于安的对手，虽有黑子相助，但转眼便成了四具死尸。黑子肩上中了于安一剑，腹部也中了一剑，黄麻色的短衣被鲜血尽染。我眼见他被于安一脚踹下台阶，连忙扑了上去：“黑子！四儿，四儿替我松绑！”

四儿看着奴隶军的尸体呆愣了，我叫她，她却毫无反应。

屋里火势已起，有女人用火烧断了脚上的麻绳，半裸着身子，踩着自己烧焦的血肉冲出火场，可于安手起剑落，一剑便砍下了她的头颅。于安拾起地上的两支火把丢进屋里，然后充耳不闻屋里的尖叫一把合上了房门。

守卫皆死，黑甲军亦全部战死。我俯下身用肩膀和手臂压着黑子腹上的伤口，可他的脸灰白一片，豆大的汗珠混着血水一道道不停地往下流。“黑子不要死，不要闭眼睛，你再坚持一下，四儿，四儿替我松绑啊——”我绝望地俯身大喊。

焦黑的房门在我的嘶吼声中轰然落地，浓烟伴着火光滚滚而出，呛人的空气中霎时弥漫起一股奇怪的、令人作呕的气味。黑子晕了过去，我想要用他的剑割开自己手上的麻布，却割得自己双手鲜血淋淋。

“救我——”房门落地，火场中惨叫着奔出一个火人，她一头茂密的长发已被大火烧焦，贴在血肉模糊的半边脸上，四儿目瞪口呆地看着她朝自己奔来，脚下移不动半步。“救我——”姮雅想要抓住四儿的手，但于安的剑已先她一步刺进了她的胸膛。

鲜红的血带着炙热的温度洒上四儿白绢制的单衣，四儿盯着姮雅胸前的剑尖往后退了一步，浑身颤抖如抖筛一般。她开始哭泣，哭得抽声断气。

“怕就别看。”于安拔出剑，用满是鲜血的手捂住了四儿的眼睛。

四儿一怔，继而闭目放声大哭。

此刻屋中虽有火，但火势最猛处便在房门，男人们被链条锁住无法出逃，女人们手上、脚上的麻绳被火烧断后便纷纷想要逃生。她们堵在门口，想逃，却又惧怕烈焰浓烟。

我努力了几次终于割断了手上的麻布，也顾不得一手的伤口，抽出伏灵索便冲上了台阶。无水救火，我只能用伏灵索卷住燃烧的木柴将它们从火场中抽出，可我只抽了两下，伏灵索便被于安的长剑死死缠住了。

“若你还不走，我今日便连你一块儿杀了！”

“于安，你今日若烧死了这屋子里的人，你就真的成了别人嘴里的阴狠小人，真的成了无颜见你父亲的罪人了！”

“我不会去见他，就算到了黄泉地底我也不想再见到他。”

我与于安四目相对，有人以尸体为盾从我们身后的火墙里冲了出来。冲出来的人虽被大火熏黑了脸，却仍能看出正是赵鞅六子赵幼常。赵幼常丢下着火的尸体跌跌撞撞地往院外冲，于安想要抽剑追赶，却被我的伏灵索紧紧拉住。

“你放手！”于安咬牙右手一翻，我吃痛，伏灵索脱手而去。大火之中不停地有火人冲将出来，他们有的在地上打滚儿，有的直接在庭中将自己烧成了火炬。于安提剑挥向火海里探出头的人，我冲下台阶拾起黑子的剑用尽全身的力气朝于安的右手砍去。于安避开我的剑锋，转身一剑猛地刺进了我肩膀。

长剑应声落地，疼痛在一瞬间夺走了我的呼吸。

我低头看着于安刺在我肩膀上的剑，张着嘴却吸不进一口气来。于安用力一抽剑，我猛地跪倒在地，痛入骨髓，却终于喘过气来。

“罢了，既然你不肯走，我就再贪心一回，叫你永远陪着我吧！”于安挥剑指着我的咽喉，我抬头看着他，他脸上一痛，猛地举剑朝我砍将下来。

血色的暮光中，我合上了眼。

“哐当”一声响，长剑落地了。

我捂着伤口又痛又喜地睁开眼，可于安的胸口赫然扎着一柄细剑——他一锤一锤亲手铸成的剑，我转交给四儿的剑。

四儿握着剑柄站在于安身后，她的脸苍白一片，被鲜血浸染的双眼中落下一道道血泪。

于安嘴角一弯向下滑去，四儿松开剑柄大叫着一把抱住了他：“夫君，夫君——”她跪在地上手足无措地看着穿过于安胸口的细剑。有鲜血沿着剑尖滴落，四儿连忙用手去擦，肉掌抚剑，鲜血淋漓，她却浑然不觉。

“没事的，没事的。”于安抬手抓住了四儿的手。

四儿捧着于安的手号啕大哭："对不起，夫君，对不起……"

"没事的……"于安仰头望着直冲云霄的滚滚浓烟淡淡地笑了，"不是你的错。是他要我停下来，他终于忍不住了……四儿，我自由了，你也自由了。"

"不，夫郎，不要死，不要，不要，不要！"四儿大哭大喊着，眼泪如雨般落在于安脸上。

于安挣扎着抬手抹过四儿的面颊："我从来没有喜欢过你，所以你不要追着我来，我会不高兴的……照顾好董石，下一次，擦亮眼睛找一个和你一样好的人……让他……好好待你……"

"不——"四儿紧紧地抓着于安的手。

"阿拾……"于安转头看向我，他的身体已不由自主地痉挛，所有的话都藏在他失了光彩的眼睛里，我哭着对他点头，他轻轻一笑，合目道："不还了，还不了你了，记着我……欠了你……"

四儿大呼着于安的名字，可他再也听不见了。

我挣扎着想要起身，四儿忽然抬起泪眼深深地望了我一眼。

"不——不——"我大叫着朝四儿扑过去，四儿俯身一把抱住了满身是血的于安。

剑尖穿过四儿的身体冷冷地立在我眼前，温热的鲜血从她的心口汩汩而出，浸透了白色的绢衣，我的四儿，我的四儿……"不——"

我真的太累了，我全无意识地陷入了黑暗，感觉不到时间的流逝，也感觉不到任何痛苦，一切都在永恒的黑暗里静止了。我死了吗？或许吧，因为如果没有再一次睁开眼睛，我也无法回答这个问题。

◇第三十章　故梁残月

“痛，痛——”剧烈的疼痛从身体里的一个点扩展蔓延到了我的全身，我听到自己凄厉的叫声，那叫声太尖厉，尖厉得让人害怕。我想要蜷起身子，却被人死死地压住了双腿。我的身体像是被人拆开了，扯裂了，没有一处属于自己，却感受着每一处撕裂带来的痛苦。汗水从额头流进眼眶，我睁不开眼，也不知道自己为什么会躺在这里，为什么耳朵里满是铃声、鼓声和巫觋哭泣般的嘶吼。我的四儿呢？我的四儿死了。

“四儿，四儿……”我痛哭悲号，眼泪冲尽了流进眼眶的汗水。

“上面也在流血，下面也在流血，这孩子今天是生不下来了，这人八成也要死了。”

“产婆子来了吗？人要死，也不能死在咱们手里啊，死在咱们手里，咱们谁都活不了。”

“哎哟，这可怎么办啊！姑娘，你倒是使使劲啊！”

有人捧着我的头，有人跪在我身旁用力推按着我的肚子。难以承受的疼痛直冲头顶，我奋力推开压在我身上的人，尖叫着在床上打起滚来。

“四儿，四儿，我痛——无恤——无恤——”有东西要冲出我的身体，它在我腹中痛苦地打转，我嘶喊着，只觉得五脏六腑被搅得全都移了位置。

“姑娘，你不能这样，都一整夜了，你忍一忍，孩子快出来了。”

孩子？

我用力睁开眼睛，却什么也看不清，所有的东西都带着血色，浓的淡的，血色的光影在我眼前不停地打着旋。我摸到自己的肚子，混乱的神志终于变得清醒——孩子，是我的孩子要来了！

强烈的疼痛再次袭来，我抓住身下潮湿的床褥，用力弓起了身子。小芽儿，你快出来吧，我们去找阿爹，我们一起去找阿爹……

“不好，她肩膀上的伤口崩了！”

“别管上面了，孩子的头要出来了。姑娘，你再用力！”

“先别用力了。孩子不足月，生了也不一定能活。大人死了，外头的人可要割我们的脑袋。”

“那你赶紧给止血啊！”

“拿什么止啊？”

“哎哟，流就流吧，别管了！姑娘，你再使点儿劲，孩子就要出来了，你再使点儿劲！”女人催促着，我咬破了自己的嘴唇，却已感觉不到一丝痛楚，血液正通过肩上的伤口飞快地离开我的身体，手和脚冷得发麻，腹中难以忍受的疼痛也仿佛随着屋外悲凉的巫歌一起飘远了。不行，回来，我要那裂骨的疼痛回来……

我半坐起身子，在每一次喘息之后大叫着用尽自己全身的力气。我已经有了幻觉，我觉得他就坐在我身边，捏着我的手，一次一次地陪着我呐喊，哭泣。

“出来了，出来了！”女人惊喜地大叫，“活着，是个女孩！”

身下有暖流涌出，继而我听到了一声细弱的类似猫叫的声音。没有洪亮的哭声，我的女儿裹着一身丑陋的血脂来到了这世上。泪水沿着面颊流入我汗湿的头发，明明是欢喜的，我却闭上眼睛号啕大哭。

“姑娘你不能哭，姑娘你醒醒——”

黑暗来得太快，快得叫我来不及搂一搂我猫儿似的女儿。

我真的太累了，我全无意识地陷入了黑暗，感觉不到时间的流逝，也感觉不到任何痛苦，一切都在永恒的黑暗里静止了。我死了吗？或许吧，因为如果没有再一次睁开眼睛，我也无法回答这个问题。

是太阳要下山了吗？窗外黄绿相间的是结了榆子的春榆树吧。是谁那么好心替我留了一道窗缝，让我还能躺在这里看见树梢上夕阳金红色的余晖？我还活着，我还能看见，可你却看不见了，再也看不见了……

“怎么一醒就哭了？”盗跖一个打滚儿从榻旁的地席上爬了起来，“饿不饿？让人给你送点儿吃的？”

我闭上眼睛，又睁开，在确定眼前的不是自己的幻觉后，伸手摸了摸床内：“孩子呢？”

“你失血太多昏了三天，宫婢把孩子抱到奶婆子那里去了，喂完会抱回来的。女娃娃生得那么丑，你还是别看的好。”

“智瑶攻城了？”

“你说呢？”盗跖笑着扯起自己一缕烧焦的红发。

“国君是要战，还是降？”我轻咳，消失了的疼痛全都回到了身上，人微微一动，肩头便一阵阵剜心地痛。

“什么狗屁国君，实是无信黄口小儿。没出乱子的时候，拿自己当老虎，想一口咬死所有挡道的人；出了乱子，连只老鼠都不如，整天躲在屋子里，战不敢战，降不敢降，孬种得很。”

“姬凿也怕死了。于安……死了，姬凿把都城守卫军交给谁了？我父亲？”

“哼，姬凿可信不过你那个聪明的爹，守卫军现在都交给司民来指挥了。”盗跖往我嘴里灌了一口水，盘腿在地上坐了下来。

我一口凉水落肚，腹中却火烧火燎起来：“司民只知查户建册，他如何懂用兵守城？”

“是啊，他不懂啊，可谁让你们晋国司马是韩氏的人呢。司民虽笨，好歹是个公族，董舒一死，姬凿就只信他了。”

“韩虎和魏驹还活着吧？”

“活着。你阿爹倒是想都杀了，可我不能让他杀了人把屎盆子全扣在我头上。韩府、魏府我都派了人，总不会闹出赵家那种事来。”

“赵府……”我想到四儿，喉头一哽。

盗跖叹了口气道：“那屋子里的人死了大半，但也逃出来一些。我当初不听你的话，这回被困在这里，死也是早晚的事。你说我死之前，要不要把这城里所有讨人厌的贵人都杀了？”

“柳下跖！你现在说这话有意思吗？有人刚做了傻事，你还要同他学吗？你和你的人是生是死……”我说了许久的话，眼前已冒起了金光，盗跖没察觉到我的不适，凑了上来追问道：“你有什么主意还能救我？”

“你留在这里陪我，不就是想问这个吗？”

“欸——你生孩子生得要死要活，我才来的。我是恶鬼，我在这里，哪个小鬼敢来拽你？不过你这女人倒是义气，我当初让你救我一次，你还真的留下不走了。”

“你过来。”我闭上眼睛喘匀了气，示意盗跖附耳过来。

盗跖弯腰将耳朵凑到我嘴边，听我断断续续地说完，咧着大嘴笑道：“亏你当年还在孔夫子那里受过教，这主意可太大逆不道了！哈哈哈，我喜欢。”

“你别太高兴。这主意不是万全之法，你和你的兄弟们也许还会死。”

“无妨，抱着希望死，永远比抱着绝望死强。”

“咚咚咚——”晚风里传来一阵急促的鼓声，顶着一头焦发的盗跖站起身来，拿剑柄指着自己脸上的笑容道：“瞧，我现在多乐，有希望总比没有好。走了，叫智瑶那小子滚回去睡觉了。”

盗跖提剑踹门而去。我挣扎着想要下床，正巧有宫婢端着食盘进屋，她见我要起身，吓得急忙放下食盘跑了过来：“姑娘不能下床，产婆和太史都说了，这要是再出血就真没命了。”

"孩子呢？"我见她两手空空，心头猛地一坠。

宫婢笑道："姑娘放心，是邯郸君抱去了，待会儿就回来了。"

"他把孩子抱走了？抱去哪里了？！"我听到"邯郸君"三字，推开婢子就要下床，婢子忙按住我道："没去哪里，就在奶婆子那里。孩子小，吃得少，一个时辰就得喂一次。邯郸君很喜欢小贵女，每天都会亲自来抱上两趟，现在应该也快回来了。姑娘要不先吃点儿东西？你可好多天没吃东西了。"

"奶婆子在哪里？"我急问。

"就在隔壁的夹室里。姑娘莫急，先吃点儿东西，我这就去把孩子抱来。"

"你快去！"我忍着痛，抬手抓住宫婢的手。

"姑娘——"

"现在！"我怒喝。

"唯。"宫婢疑惑地看了我一眼，转身匆匆走了。

我失了力气倒在床榻上，两眼盯着房梁上一道血色的余晖，心跳如鼓。

宫婢很快就回来了，她一脸为难地走到我榻旁，小声道："回姑娘，孩子不在奶婆子那里，邯郸君不知道给抱到哪里去了。奴已经让人去找了，姑娘千万别着急。"

赵稷抱走了我的女儿！他想干什么？！

远处的城楼上再次响起了雨点般的鼓声，我心头一颤，猛地起身抓住了宫婢的手："我昏睡这几日，城外的人可在日入后攻过城？"

"这……今日好像是头一回。"

"奴隶们守的是哪个城门？"

"南门。"

"司民的守卫军呢？"

"好像是北门。"宫婢拿帕子擦了擦我额际的冷汗，担忧道，"姑娘，你刚生了孩子不能久坐，还是先躺下吧！"

"备车，我要去北门。"

"姑娘要坐车出宫？可使不得！"

"你快替我去找一辆马车，再找人把盗跖追回来，就说南面城楼不需要他，国君这里需要他。定公丧礼上你见过我，你认得我是谁，对吗？这两件事只要你办好了，我回头一定送你一斛海珠做酬劳。"

"巫士——"宫婢退后一步，跪地道，"不是奴不愿听巫士的话，奴只是个婢子，从来只能听人使唤，哪里能使唤人呢？"

"无妨，你去找有羊氏，把我说的话都告诉她，她会帮你的。"

“君上的如夫人，有羊氏？”

“对，快去！”

“唯。”宫婢慌忙一礼，起身跑了出去。

阿羊在太子府时就替姬凿生了一子，如今除了君夫人，她便是晋国后宫里最尊贵的女人。宫婢将我的话传给了她，她立马就将自己的马车和御人送给了我，还另外给了我一套华贵的衣裙。

御人驾车驰出宫门。晚风吹起车幔，车外月光如银泻地。明明是暮春，风里也带着暖意，可我望着山巅的一轮皓月却冷得牙齿咯咯作响。

我是个多么糟糕的母亲，我的小芽儿在我腹中没过过一天安生的日子。她随我受苦，随我流离，随我悲伤，却没有弃我而去，甚至没有让我为她费丝毫的心神。如今，她好不容易来到这世上，我却把她弄丢了。这世上怎么会有我这样的母亲？

“巫士，快到城门了。”御人的声音从车外传来。

“什么人？”北门守将拦下了我的马车。

“放肆！不认识这马车吗？”御人拿马鞭指了指挂在车幔一角的玉璜。

“鄙臣见过有羊夫人。”守将抬手施礼。

我伸手撩开车幔，露出自己满绣云纹的大袖：“方才驾车出城的可是邯郸君？他手里可抱着一个婴孩？”

“回如夫人，出城的是邯郸君，但没抱什么孩子，就带了一个蒙面的侍卫，拎了一只食盒。”

食盒！

我头皮骤麻，怒道：“君上早就下令闭城，你们怎敢私自放人出城？”

“回如夫人，邯郸君是奉旨出城与智氏议和的，鄙臣怎敢不放？”

“南门击鼓，北门议和吗？荒唐！”

“这……”守将一愣，当下语塞。

“开门，我要出城！”

“有羊夫人，这不妥吧？”

“大胆！”御人怒道，“我家夫人替君上办事，哪次办的不是大事？今夜夫人出城是为了救你们的小命，城外之事出了差错，你们通通都是死罪！”

“这……”

守将迟疑，我冷笑道：“算了，别与他多费口舌了。他这是逼我回宫再请一道君令呢！行，我这就回宫让君上给你亲写一道旨意。敢问守将，何氏何名啊？”

“鄙臣不敢，开门——开门——”

大门开启，御人驾车直冲而出。车子刚出城楼，身后城门急闭。驶出半里地，便看到赵稷的马车直入智氏营帐。

“巫士，还追吗？”御人问。

“追！”追上去便是羊入虎穴，可我新生的羔羊在恶虎嘴里，就算没有利爪与恶虎一战，就算是死，我也一定要找到我的孩子。

智氏军营前，数十柄森寒尖锐的长矛逼停了马车。

“什么人？！”有军士高喝。

“智卿何在？君上密令！”我走出马车，对着一圈如狼似虎的士兵高声喊道。

众人之中有智府家将认得我，他出列对我施礼道：“家主在故梁桥赏月，巫士请吧！”

御人将我扶下马车，我两腿战战，整个人不停地发抖。御人以为我害怕，凑到我耳边道：“夫人有命，鄙臣誓死保巫士周全。”

“不必为我拼命，扶我到故梁桥你就回去。”

“巫士？”

“替我谢谢有羊夫人。劝她……节哀。”

“……唯。”御人颔首。

故梁，汾水之上最美的桥，晋国平公时所建，如虹出水，贯通两岸。昔年，平公常与琴师旷于此桥上抚琴赏月，饮酒观浪。今夜，碧天深邃似海，明月高悬天心，清冽的月光将故梁桥下奔流的汾水染成了一条银白色的光带。有人月下黑衣夜行，提着我的女儿直奔故梁而去。

“站住——”我看见赵稷的身影，提裙飞奔。

“巫士，你在流血！”御人见地上有血，失声惊呼。

“赵稷，你把孩子还给我——”血沿着我发麻的双腿不住地往下流，可我不能停，我不能失去了四儿，再失去我的小芽儿。

汾水的涛声淹没了我撕心裂肺的呼唤，我眼看着赵稷离故梁桥越来越近，两条腿却沉得如同灌了铜水一般：“你们站住！阿兄——阿兄等等我——”

前面的人终于停下了脚步，阿藜转头看见了我，便放开赵稷的手一瘸一拐地朝我奔来：“妹妹，怎么是你？阿爹说你已经走了，你怎么落到我们后面去了？快来，我们要回家了。”

“阿兄——”我放开御人的手，猛扑到阿藜身上。

阿藜身形一晃，勉强扶住了我：“怎么了，怎么这个样子？阿爹——阿爹快来——”

阿藜抹了一把我脸上的汗水，转头看向身后。赵稷没有动，他抱着一只食盒远远地看着我。

我依着阿藜一步步艰难地走到赵稷面前，我想要指责，想要痛骂，可我没有力气了，我一张口，两片嘴皮便不停地发抖：“邯郸君，请你把孩子还给我。”

“你不该来这里。”赵稷冷冷地看着我。

“是你不该相信智瑶，就算你把我的孩子给了他，他也不会放你走。她是我的女儿、你的外孙女，她刚刚出生，你要让智瑶把她丢进食釜吃掉吗？”我看着赵稷怀里镂空盖顶的食盒，想着我初生的女儿就躺在里面，眼泪便止不住地往下落：“小芽儿，阿娘在这里，阿娘在这里……”我颤抖着想要抱过食盒，赵稷往后猛退了一步：“不，她身上流着赵无恤的血，她是赵鞅的孙女，不是我的！你走吧，二十年前，我已经错了一次，如今不能再错第二次。”

“二十年前你何错之有？你救了我啊！”

“可我失去了邯郸城，失去了你娘！”赵稷怒瞪着我的眼睛，有银亮的水光在他眼中闪现，可他却不愿叫它们落下。

“阿爹，收手吧！这不是你，邯郸君赵稷永远不会拿一个孩子的性命去换自己的活路，当年不会，现在也不会。你把孩子还给我，她帮不了你，让我来帮你。”我拖着滴血的腿往前迈了一步。

赵稷含泪看着我，讪笑道：“你终于肯叫我阿爹了，很好，很好……只可惜，我赵稷担不起了。二十年了，妻离子散，家破人亡，我早就不是当年那个人了。我什么都没有了，怎么还能输呢？我还没有输，我要做的事还没有完……”赵稷抱着食盒连退几步，转身朝故梁桥飞奔而去。

“阿爹——”我不管不顾地追上去，可绵软无力的双腿已支撑不了我的脚步，我拖着阿藜一起滚下了河堤，重重地摔进了水畔的野草丛中。“停下来，把孩子还给我！赵稷——赵稷——”我抓着身下滴血的野草绝望地呼喊着，可赵稷没有回头，他一脚踏上了故梁长桥。

桥上有红衣恶鬼，扬着笑，踏着月华与波光迎上前来：“都在啊！太好了。阿藜，别来无恙啊！”智瑶站在桥上，探出头对桥下草丛里的阿藜露齿一笑。

阿藜僵住了，他盯着智瑶双眼发直。

智瑶冲阿藜招了招手，阿藜突然甩开我的手朝桥墩下狂奔而去。桥下有石桩，两块石桩之间只有半尺的缝隙，阿藜的身体根本钻不进去，可他却疯了一般想要将自己塞进那道石缝。他哭泣着，哀求着，怪叫着，失了神志狂喊大叫，智瑶却在桥上看得哈哈大笑。

“阿兄，没事了，他看不见你了，找不到你了。”我哭着脱下身上的外袍将阿藜一把罩住，阿藜战栗着缩成了一团，像只受伤的小兽哀鸣着躲在我的衣袍下一动不动。

“阿兄，你在这里等我，我去帮你赶走他。”我穿着浸血的单衣走出桥下的阴影，赵稷紧蹙着双眉看了我一眼，转头对智瑶道：“孩子在这里，望智卿信守诺言放我一家人离去。”

“走？不急。”智瑶转头，故梁桥的另一头有两个身影正朝这边匆匆走来。“赵无恤死了吗？”智瑶笑着回头问赵稷。

“死了，董舒杀了他。”

“韩虎、魏驹呢？”

“也死了，奴隶军连他们家中嫡庶长子一并都杀了。”

“哈哈哈，善，大善！邯郸君办事果然周到！死了，都死了，哈哈哈……”智瑶仰头大笑，他笑得太得意，太放肆，笑得抹了一把喜泪才停下来，“好，来，快把孩子给我瞧瞧！”他朝赵稷伸出手。

赵稷俯身将小芽儿从食盒里抱了出来：“智卿可要信守承诺。”

“自然，我既已答应了陈相，又怎会食言？待陈世子一到，你们就随他归齐吧！来，快把孩子给我！”

“不要——”我拖着双腿两步并作一步才勉强拽住赵稷的衣袍，赵稷双手一送将我的孩子送进了智瑶的怀里。

智瑶看了我一眼，低头噙着笑将小芽儿的手臂从襁褓里抽了出来：“就是你吗？你可真小啊，这小胳膊一口就没了。”智瑶说着张嘴在小芽儿的手臂上咬了一口，小芽儿吃痛在他怀里扭动起来，他大笑道：“来，快睁开眼让我瞧瞧。”

“初生婴孩，尚未睁过眼。”赵稷蹙眉看着小芽儿臂上深深的牙印。

“睁开，让我看看你的眼睛。青眼亡晋，你真的能助我长生，助我智氏一族亡晋立国吗？”智瑶想要用手指撑开小芽儿的眼睛，小芽儿扭着脖子大哭不止。她是未足月的孩子，纵使哭得满脸涨红，双手发抖，声音却依旧细弱，但她每一声无力的哭声落在我心里都如同针扎一般。我冲上去想将孩子从智瑶手中夺回来，赵稷却死死地抓着我：“智卿既已得了这婴孩，可否让小女随外臣一道归齐？”

“她？”智瑶抬眸看向我。

长桥另一侧来的人正是陈盘与陈逆。陈盘见智瑶已抱着孩子，便开口道：“恭喜智卿如愿以偿。相父前日再传书信催邯郸君回齐，盘实在不敢延怠，今夜就此拜别了！”

“有劳陈世子与邯郸君了。来日，瑶必重谢陈相此番相助之恩。邯郸君，请吧！巫士，你也请吧！”智瑶嘴角一勾，松开了按在小芽儿脸上的手。

“多谢智卿。”赵稷颔首一礼，转头对我低声道：“你在这儿等我，我去把你阿兄带来。耐心些等着，我会对得起你那声‘阿爹’。”赵稷冲我微扯嘴角，迈步朝桥下走去。

我心中纷乱，一时不解他话中之意。

“邯郸君，且等一等，瑶还有话相告。”智瑶几步走到赵稷身后，扶着他的肩膀要与他耳语。

赵稷转头，却猛地一蹙眉。

“赵稷，二十年前灭你邯郸城，我智氏也有份。你有如此好的手段，我怎会放你归齐呢？你杀了赵鞅、赵无恤，灭了韩氏、魏氏，下一个不就该轮到我了嘛。你拿这孩子来是想叫我信你是贪生怕死之徒吗？你以为瑶还是当年的小儿？你以为我真的每日只知剥皮取乐，求药长生？你安排在我营帐里的人已经死了，你藏在桥下的人也都已经死了。现在，你也可以陪他们去了！”智瑶松开了按在赵稷肩膀上的手。

陈盘看着月光下扎在赵稷腹部的一柄匕首，惊愕失措：“智瑶，你怎能出尔反尔？！”

智瑶拍了拍自己的手，凑到陈盘面前道：“陈世子，你我筹谋的都是大事，别为了一个小小的谋士伤了和气。我是答应了陈相要放他回齐，可他在故梁桥下藏了十二个刺客，只等着自己一家人走了就送我入黄泉呢！赵稷的命我不能留，待明日入城，我会派小儿智颜亲送大礼到临淄向陈相赔罪。你相父是大度之人，想来不会与瑶计较这么件小事，你说对吗？”

“世子……”赵稷站不住了，他甩开我的手，踉跄了几步撞到了身后的桥栏上，他呻吟着捂住自己身上涌血的伤口，把痛苦的目光投向陈盘。

陈盘惨白着一张脸，眼睛一眨不眨地看着赵稷，他握紧了双拳，却说不出一句话来。

智瑶瞥了他们一眼，瞪着我道：“你师父这老匹夫，骗了我这么多年，这世上根本就没有第二个青眼女婴。让我等等等等，这女婴的一双眼睛像极了赵无恤，我看着就生厌！”智瑶低头盯着小芽儿通红的脸，突然两手一伸将她一把丢进了奔涌的河水。

“不——”世界在我眼前炸裂了，我脚下一虚，仿佛落入了无底的深渊。

“妹妹——”桥下有人大叫，紧跟着便是重物落水之声。

“阿兄？阿藜！”我尖叫着扑到桥栏上，可桥下只有湍急的河水，陈盘拉住我，陈逆解剑一个纵身跃入了水中。

“陈逆——”陈盘松开我，大叫着朝桥尾狂奔而去：“下水，你们通通给我下水！”

霜月冷照，陈盘凄厉的叫声让整座故梁桥在夜色中战栗。智瑶走到我身后，将自己滚烫的身体贴上了我的后背：“好了，现在，只剩下我和你了。你师父骗了我，青眼女婴从来就只有你一个，只有你才能助我长生，只有你……”他低头用鼻尖在我耳畔轻嗅，我身上浓重的血腥之气让他兴奋，他喘着粗气咬上了我的肩膀，“你看见那里的火光了吗？我亲自生的火，盛水的大鼎是昔年平公追赐给我智氏先祖智武子的，武子之鼎可配得起你这双眼睛、这身玉骨？”

“配……配得很。”我转身猛地抱住智瑶的脖子，一口咬住了他的耳朵。

我咬得那么用力，恨不得一口将自己的牙齿咬碎。智瑶疯狂地用手捶打着我的脑袋、我的脸，剧烈的疼痛让我在他的拳头下一阵阵眩晕，浓稠的血沿着眉角淌进眼睛，可我不松口，我死死地抓着他的头发直到一口咬下了他半只耳朵。智瑶挥拳一拳打在我脸上，我扑倒在地，张口吐出一口咬烂的碎肉和一颗带血的大齿。

“你——”智瑶拔出剑来指着我的脸，我的眼眶已积了瘀血高高肿起，我看不清他的脸，只听到他气急败坏的怒吼，“我不杀你，我要活煮了你！我要剥皮抽筋活煮了你！来人，来人啊——”智瑶大叫着从我身旁呼啸而去。

我的脸火辣辣地痛，额头不停地有血往下流，我抹了一把眼睛里的血，摸索着爬到赵稷身边。我摸到了他的鼻子，没有呼吸了，他已然断了气。我摸到他的眼睛，他的眼里满是泪水。

“阿爹……你等一等，我去找阿兄，我去找我的孩子，找到了，我带你去见阿娘。”

故梁桥下传来一阵脚步声，我用力拔出了赵稷腹部的匕首，转头，有人举着火把朝我气势汹汹地走来。

我将沾满我父亲鲜血的匕首咬在嘴里，翻身爬上了故梁桥的桥栏。

风来了，大地震动了。

智瑶在我面前惊愕地停下了脚步。他回头，在他身后，新绛城城门大开，一条火龙呼啸着直冲军营而来。

火烧连营，红光冲天，厮杀声、惨叫声伴着涛声此起彼伏。

“卿相，奴隶军杀出城了！”有将士驾车狂奔至桥下。

“鸣鼓！调东西两门守军合围剿杀，一个都不许留！”智瑶暴怒。

“卿相……”

“什么？！”

“恶盗挟持国君，士兵们不敢近身。”

“假的，君上在宫中有护卫守护，怎会落在恶盗手中？杀了，一并都给我杀了！”

“唯！”将士得令，飞驰而去。

我冷笑道：“智瑶，你要弑君？”

“那又如何？今夜没人能救得了你。你跳吧，寻到你的尸首我照样煮了你。”

“这世上没有人可以长生，你就算活吞了我，也吞不下晋国。天生烝民，有物有则，民之秉彝，好是懿德。你无视人道，残虐无信，竟还妄想能得天命？苍苍昊天，有神裁之，你智瑶此生必不得善死，死后，智氏一族必断祭绝祀，永无再兴之日！”

“你——你莫要虚传神谕！”智瑶抬头看着我，我这一身血衣原让他兴奋，现在却叫他战栗，“三卿已死，主君将亡，晋国有谁能奈何我？”

“三卿皆在，无人受戮。智瑶，你的梦该醒了。”

“不，他们都死了，你骗我！”

“智卿，智卿——”汾水之畔一辆亮着火炬的驷马高车引着火龙直奔至故梁桥下，高车之上晋侯姬凿着一袭玄色爵弁服冲智瑶扬手高喊，“智卿莫战，是寡人——”

智瑶手下将士随即赶到，他们手执戈矛不敢上前，只将一条火龙围成了一个巨大的火球。

盗跖一声高喝冲开人群，驾着晋侯的驷马高车直接上了桥面：“智瑶，国君在此，还不见礼？”

智瑶看着盗跖和姬凿，咬牙道：“恶盗，你挟持我晋国国君，其罪当诛，还不速速下车就死？！”

“我平叛有功，你国君上已下令免我全军死罪，还另在汾水之北赐我良田千亩，让我等安居乐业。智氏小儿莫再挡道，我们要走了。”盗跖策动四骑朝智瑶逼来。

智瑶气极，举剑高喊：“众将士听令，围杀恶盗，夺回国君，杀敌过十人者，论功行赏！”智瑶喊完，提剑直奔盗跖而去。桥下士兵见状亦潮水般涌了上来将盗跖和姬凿的马车团团围住。奴隶军见状亦不示弱，高喊着加入了战局。

混战之中，姬凿头上的冕冠被人一剑削成了两半，他跳下马车，连滚带爬地从人群中钻了出来，逃命似的朝前奔去。

智瑶趁乱砍死一个奴隶，取下他背上的长弓，于混乱之中搭弓引箭瞄准了姬凿。

姬凿跑丢了鞋，赤足冲向桥尾。智瑶一箭紧随而至，眼见那箭镞就要射进姬凿的后背，黑暗中突然冲出一匹快马，马上之人当空一剑将智瑶的白羽箭砍成了两段。

“赵氏无恤护驾来迟！”那人勒马，遥望着智瑶高声喝道。

“赵卿——”姬凿一声哀鸣想要拉住无恤。

无恤拍马朝我直冲而来，他不减马速一路狂奔，至我面前时，骤然弃缰跳马，任马儿嘶鸣着冲进了厮杀的人群。

“我来晚了……”无恤张开双手站在我身前。

我站在桥栏上滴着血，流着泪看着他的脸，看着看着，支持不住的魂灵突然间仿如烟尘一般迸散了，消失了，身体落向何处亦不知晓了。

我想要睁开眼，可瘀肿的左眼已经睁不开了，右眼的眼皮有伤口，凝结的血污糊住了整片睫毛，叫我只能透过阴影间窄小的缝隙模模糊糊看见火光里一张悲伤的脸。

◇终章

天下

无恤回来了，可我沉在血海怒涛里要怎样才能醒过来？这个残忍的世界夺走了我的一切，我还要醒过来再一次面对它吗？痛，无处不痛，痛得我想要做个懦夫，乞求死亡将我带走。可我死了，他会恨我，恨我弄丢了我们的孩子，还抛下他懦弱地死去。我是这世上最无用的母亲，我怎么能弄丢自己初生的孩子；我是这世上最无用的女儿，我怎么能眼睁睁叫我的父亲死在我面前；我是这世界上最无用的妹妹、最无用的朋友，可为什么你们都死了，无用的我却还活着……

我在梦与现实的边缘痛哭，有人颤抖着捧住了我的脸。

“小儿，不要再哭了……”他抹去我脸上的泪，自己的声音却哽咽了。

我想要睁开眼，可瘀肿的左眼已经睁不开了，右眼的眼皮有伤口，凝结的血污糊住了整片睫毛，叫我只能透过阴影间窄小的缝隙模模糊糊看见火光里一张悲伤的脸。

“将军……”我以为自己听错了，伍封在秦国，怎么会在这里？可他就在这里，在我面前，他的眼里满是泪水，我曾以为自己这一生再也不会看见他的泪水。

“醒了就好。”伍封用袖摆一点点抹去我眼下的血污。

“无恤呢？”我转动僵硬的脖子在旷野中寻找着梦里的人，他分明回来了，为什么我见不到他？

“他和韩虎、魏驹一起护卫晋侯回宫了。你既然醒了就先吃点儿东西吧，吃完东西再把太史送来的药喝了。我知道你现在有很多话要说，有很多事要问，我待会儿都会告诉你，但你先要把粥喝了。”伍封皱着眉头将我抱坐起来，我看到自己单衣下摆上大片大片的血迹，心便痛得犹如针挑刀剜一般。

“你不吃东西，什么时候才有力气把你兄长和孩子都接回来？”伍封舀了一勺稀薄的米粥放在我嘴边，我惊愕地看着他，他点头道，“孩子没事，你兄长也还活着。义君子陈逆已经将他们安置好了，等你伤好一些，就能见到他们了。”

“他们还活着？”

“活着。”

“还活着……”我一把拽住伍封的衣襟，伍封轻叹着放下米粥抱住了我。压抑的哭声在温暖的怀抱里变成了痛苦的悲号，我越哭越大声，伍封只同我幼时一样用手轻轻地拍着我的背，低喃着：“好了，都好了，不哭了。”

我大哭不止，直到将心里的恐惧与绝望都哭尽了，才抹了脸，抽噎道：“他们……现在在哪里？”

“在盗跖与你都住过的地方。陈世子让你不用担心，孩子和你兄长需要的一切他都会准备好。”

“盗跖他……”

“走了。你晕倒后，晋侯当着众人之面赦免了他和他的奴隶军。三卿都在场，智瑶不能抗旨也就只能放他们走了。”

“三卿？”我转头望向身后不远处的故梁桥，黎明暗紫色的天空下，故梁桥上已空无一人。

“赵无恤昨夜带兵在故梁桥上救了晋侯和盗跖，他手下谋士张孟谈入城接了韩虎与魏驹出城。赵、韩、魏三卿皆在，智瑶的军队才不至于在汾水之畔与赵氏之军刀兵相见。”

“原来是这样，这么热闹的场面我居然都错过了。智瑶是不是气疯了？现在就算将我剥皮抽筋，焖煮成羹，也不能叫他消恨了。哈哈哈，可怜他的武子鼎红红火火烧了一夜，只烧了一鼎的椒姜……”我又咳又笑，伍封皱眉对我道：“你还能笑？你为何从没有跟我提过你与智氏之间的纠葛？我若知道你是赵稷之女，又有人日日算计着你的性命，当初就算你恨我，怨我，我也绝不会放你走。”

“当初……”当初如果我没有离开秦国，当初如果他愿意让我留在将军府守他一世，当初如果我如他所愿嫁给了公子利，那四儿会不会还活着？她一定还活着，她一定还好好地活着。她会嫁人，会生儿育女，也许她会在此后漫长的岁月里怀念她的青衣小哥，会在与我闲聊时偶尔提起那个大雪里的少年，但她一定不会死，不会一句话也不对我说，就死了。

“我要进城，我要去找四儿的孩子！”我端起地上的稀粥一口喝净，挣扎着就要起身。

伍封急忙按住我，痛声道：“四儿的孩子赵无恤已经让张孟谈去找了，公士希也已经入城去了。你刚生了孩子，昨天夜里受的伤已经够你吃一辈子的苦头了。你看看你自己，现在还有人样吗？到底是谁教的你这样不要命，是我吗？”

“不，将军，我已经对不起四儿，我不能让她的孩子再有任何闪失。”

“我知道，赵无恤也知道。所以，交给我们，交给张孟谈和公士希吧，他们都知道。”

“可……”

“不是只有你担心，公士希也是看着四儿长大的。”

我心中又悲又痛，抬手狠狠一拳捶在自己发麻无力的腿上。

“先喝药吧！”伍封递给我一只方耳小壶。

“我师父他？”这数日之内变化过多，我已经无暇顾及所有人的生死。

“太史受了点儿伤，但无大碍。”

“那就好。”我抬头将一壶苦得发酸的药倒进了口中，药汁浸到嘴角的伤口痛得我浑身一阵发抖。伍封寻不到帕子，索性将自己半副月白色的袖子撕下来递给了我。

“将军，你为什么会在这里？”我按住嘴角，颤声问道。

“数月前，无邪来秦国找过你。他是鲜虞国主之子，早前听闻齐侯要在廪丘集结诸侯攻打晋国，就想来秦国告诉你，可你那时已经不在秦宫了。他又来将军府找我，我担心你出事，就上禀国君请他派我以吊唁赵鞅之名到晋国接你。可我和无邪到了晋国却没有见到你，反倒在丧礼上见到了重伤的赵无恤。赵无恤的谋士张孟谈私下找到了我，告诉了我齐人的阴谋，请我替赵氏到皋狼、蔡地调兵。”

“请将军调兵？！将军可是秦将啊。”

“所以才更见赵氏之危甚矣。君上继位前曾与晋国赵氏有盟，昔年雍城大战，赵氏也曾施以援手，君上与我自然不能见死不救。我持赵氏信物赶往皋狼，张孟谈离绛去了蔡地，无邪因与晋阳城尹相识便去了晋阳。”

“无邪也来了？！”

“皋狼、蔡地之兵昨夜皆至，唯独不见晋阳之兵。”

“怎么会这样？”我如淋冷水。

“鲜虞的人一直在找无邪，许是他去晋阳的路上又遇见他们，有所耽误了。你不用担心，鲜虞国主只想将他带回去，他不会有事。晋阳的人马再过两日或许也就到了。”

如果张孟谈没有看见阿素的密信，如果无邪没有去秦国找我，如果伍封没有赶来新绛，如果……“若无你们相助，赵氏此番亡矣。”我想到背后发生的一切，不由得后怕连连。

“不，你错了，赵氏有赵无恤，亡不了。”伍封转头望向东南方那座巨大的黑色城池。

“护送晋侯回宫”，多么简单的一句话，可我知道，此刻宫城之中，无恤一定拼死搏杀在另一场危险的战争里。

篝火渐熄，东方黑紫色的天幕上透出了一丝蓝幽幽的晨光，积聚了一夜的露水在旷野上蒸腾起了一片苍茫的雾霭。

远方，一辆奔驰摇摆的马车在雾气中时隐时现。我抓着伍封的手强站起身。有人扬鞭喝马朝我们飞驰而来。骏马冲破浓雾，高大如山的公士希猛拉缰绳将轺车停在了三丈开外。

“孩子呢？”我在车上没看见董石，急声问道。

公士希没有回答，反身从马车上抱下了一卷草席。

“你先在这里等我。”伍封松开我的手大步朝公士希走去。可我哪里还等得了，我盯着公士希手上的草席，拖着几乎没有知觉的腿一步一步艰难地往前挪去。

公士希与伍封正说话，见我上前，一脸为难。

“你别急，孩子张孟谈还在找。”伍封回身扶住我。

“那草席里的是谁？”我死死地盯着公士希怀里发黄半旧的苇席。

“是……四儿。”公士希喑哑道。

“……让我看看她。”

“还是不要看了，记得她以前的样子就好。”伍封一把截住我僵硬的手。

我抬头望着伍封的眼睛，伍封将我的手握得更紧：“听我的，别去看。四儿也一定不想你看见她现在的样子。”

“将军？”公士希将卷着四儿尸体的苇席放在了一处干净的青草地上，反身从马车上拿下了一把铜铲。

伍封深深地看了我一眼，侧首对公士希道：“去吧，葬得高一些，汾水七月易涝，不要淹着她了。”

“唯。”公士希微红了眼眶，转身往岸边的土坡上走去。

“公士，四儿在这里，她的夫君呢？”我望着公士希的背影哽咽出声。

公士希脚步一滞，回身望了一眼我与伍封，为难道：“我去晚了，晋卿智瑶昨夜入城就将他的尸体剁成肉糜盛给晋侯了。”

“阿拾……”伍封闻言担心地看着我，我用力将手从他手心抽出，转身往河边走去。

“小儿——”

“别跟来！”我挪着虚软的步子往前走，其实我根本不知道自己为什么要往前走。空旷的原野上雾气弥漫，彻夜不息的河风将遍野的茅草吹成了阵阵起伏的波浪。一浪涌，一浪落，我凝视着野草翻涌的原野，恍惚间却有飞雪从天而降，铺天盖地，纷纷扬扬。那是雍城的雪，雪里是手持长剑一路飞奔的温润少年。

肉糜，一釜的肉糜。

他若有知，四儿若有知……

“阿拾，这个要一起入葬吗？”公士希走到我身边，递给我一只红漆木盒，“是在四丫头床里头找到的，她打小儿有点儿什么好东西都爱往床里藏。”

我双手接过木盒，轻轻打开盒盖，抽掉盒中覆在面上的一方红绢，红绢之下除了一些零碎小物，整整齐齐地叠着一套未成的嫁衣和一套褪色的青衣。我年少时便曾答应她要送她一套天下最美的嫁衣，结果嫁衣未成，她便已经嫁了。而我竟这样懒惰无信，半成的嫁衣也舰着脸拿出来送她。她总不会嫌弃我，她从未嫌弃过我……我有什么好，值得她这样跟着我，护着我，为我杀了自己的心……

“小儿，你别这样憋着，说句话吧。”伍封不安地看着我。

“走吧。”我抱着木盒往土坡上走去，公士希抱起四儿的尸体也跟了上来。

坡上的墓坑挖得并不深，河岸边的土，深了怕见水。

公士希将裹着四儿的草席放进了土坑，弯腰捡起一旁的铜铲。

伍封朝他点头，一铲黄土便落在了四儿身上。

令人窒息的痛苦从我身体的各个角落直冲心头，泪水决堤而下，伍封揽过我的肩，我身子一侧抱着木箱跳进了土坑。

“阿拾——”

“四儿……”我侧着身子在四儿身边躺下，连着草席将她紧紧抱住，“你现在很害怕对不对？这样会不会好一些？……我知道他在这里，你一定不愿意回秦国，别担心，智瑶就是拿他吓吓晋侯，我会托阿羊把他连骨带肉都偷出来，你耐心在这里等一等……四儿，我们好像一起看过很多次月亮，可从没有一起看过日出，今天的太阳快出来了，你看哪……”我躺在冰冷潮湿的黄土里抬头仰望，深红色的朝霞遍染天穹，从朝霞的缝隙里又渐渐透出一道道金色的光芒，爱美的云雀冲上天空，扑展着自己霞光下胭脂色的羽翼，那淡淡的红、淡淡的粉曾是我们年少时梦的颜色啊……

“阿拾！”有人纵身跳进墓坑，一把将我抱了起来，他双眉紧蹙，眉梢红云赤如火焰：“伍将军，她疯了，你就由着她疯吗？！”

“你放开我！”我挣扎嘶喊，他全然不理，抱着我跳出墓穴大踏步走下土坡。

“四儿——赵无恤！”

“四儿死了，她已经不在这里了！”

公士希拿起铜铲一铲一铲地往墓坑里填土，我尖叫着从无恤身上跳了下来，无恤一手抱住我的腰，一手钳住我的下巴，逼迫我转过脸来：“看着我，你看着我！四儿死了，董舒死了，你父亲也死了，可你还活着！”

“我宁可我死了！”

无恤赤红着一双眼睛瞪着我，我落泪如雨，他低头一下吻住了我。我愤然挣扎，他张开双臂将我搂得更紧，他不容拒绝，他似乎要用自己的气息将我心里破碎的地方全都填满。我放弃了挣扎，他抬起头，哽咽着将我的脸按进了肩窝：“谢谢你，还活着……”

我凄厉悲吟，他将我涕泪横流的脸埋进了自己的胸膛。

我的四儿死了，她的坟是一个小小的土包。于安是叛臣，因而坟前的木牌上只写了她自己的名。智瑶下令全城搜捕董石，但至无恤出城，谁也没有找到他。董府有密室，知道密室所在的人都已经死了。如果董石真的在密室里，我只期盼他能多撑几日，撑到无恤找到他，带他平安出城。

“你去换身衣服吧！”无恤在四儿坟上撒了一抔土，转身牵住我的手。

“小芽儿……”

“陈盘当年欠了我一条命，他会想办法照顾好我们的孩子。你先随我来。”无恤向伍封一颔首，牵着我往河岸边走去。他来时驾了一辆重帷马车，鱼鳞似的车盖，精绣晋国周天星斗的车幔，这车分明是史墨一直停在后院的七香车。

“你怎么借了师父的车？”

“这是——你的车。”无恤伸手抚过七香车上早已暗淡褪色的丝幔，转头看着我道，“二十一年前，你就是在这辆车上出生的。我是这世上第一个见到你的人，甚至早过你阿娘。”

“红云儿，你在说什么，我不懂。”

“智瑶当年将你阿娘和兄长囚困在密室里，盗跖意外救了你阿娘，你阿娘又误打误撞上了太史的马车。那一夜，替太史驾车的人是我。太史用马车送你阿娘出城，她在途中生下了你。你藏在床褥底下的那件鼠皮小袄是我七岁那年亲手缝的，所以我才知道你就是那夜出生的女婴。阿拾，我很喜欢这样的初遇，这让我们后来的每一次相遇都变成了命中注定的重逢。你生死不明，我重伤在床时，我时常回忆我们过去相遇时的情形。我告诉自己，这远不是结束，我不会死，你也不会死，只要我们还活着，我们就总会重逢……”

“你早就知道了，为什么现在才告诉我？”无恤的话叫我又惊又疑，又喜又悲。

“我不说，是想以后寻一个合适的机会，在你最开心或最恼我的时候说与你听。可现在……我要你信我，我要你相信我们总还会重逢。”

“你……你要送我走？！”我愕然，抬手一把掀开了身旁的车幔。七香车里高叠着三只黑漆檀木大箱，他连我的行囊都收拾好了！

“我昨夜已经和伍将军说好了，他今日就会带你回秦国。不日，陈盘也会把小芽儿和你兄长送到秦国与你相见。秦伯这次派伍将军来，本就是要接你回秦的，他既有这样的打算，自然有理由应对智瑶。智瑶新任正卿，还不敢得罪秦国。”

“你要送我去秦国？那你是打算让我住在将军府，还是秦公宫？”我红着眼睛一眨不眨地盯着无恤。

无恤紧拧着眉心默默地看着我，他的沉默是他心里最深沉的痛。他是赵无恤，如果还有选择，他绝不会放开我的手。

算了，我放弃了，放弃了折磨他，也放弃了折磨自己。

“红云儿，我们没有时间了，对吗？”

“不，我说过，我们还有数不清的朝朝暮暮。”

“骗子。”绛都罹难，赵氏一族折损最重。除了黑甲军和死在赵鞅寝幄里的赵季父一干人之外，住在都城之中有官职或军职在身的赵氏族人也大都没能逃过我父亲与于安的迫害。智瑶上位，无恤身为亚卿本就如履薄冰，我的存在只会让智瑶更加迫不及待地想要除掉他。如果赵氏灭族，如果他不能活下来，他又如何能守住我和孩子。道理，我都懂，可我……

“这一次，你要我等多久？等到我忘了你，不再爱你，对吗？”我含泪瞪着无恤的眼睛。

无恤长叹一声，抱住了我：“没关系，我会让你爱上我，无论你忘记我多少回，我都会让你重新爱上我。”

“狂徒……”十年、二十年、三十年，我也许再也见不到他了。我伏在无恤胸前，咬着牙紧紧地闭上了眼睛。

“阿拾，去了秦国以后我随你待在哪里，只求你答应我一件事。”无恤在我头顶轻呓。

“什么事？”

“别心疼我。不管你将来听到什么与我有关的事，都不要心疼我。你要记着，只要你和小芽儿好好的，就没有人能真的伤到我。”

满眶的眼泪被我压抑得太久，这一下终于忍不住夺眶而出。我还能逃，他却连逃都不能逃。

“红云儿，别让我等太久。等我老了，丑了，就再不见你。”

“你老了，还会比现在更丑吗？”无恤微笑着抚上我的面庞。经历了一日一夜的生产，又遭了一顿毒打，我的脸想必已不堪入目，可他却看得仔细，犹如那夜在落星湖畔，一寸一寸，舍不得落下分毫。

“夫郎，同生难，共死易，我们为什么总要选择最难的路？”

“因为我舍不得你，你舍不得我啊。”

……

相聚只有片刻，此后便是遥望无期的别离，要怎么说再见，怎么道珍重？

滚滚车轮载着我一路往西，无恤骑着马紧紧相随。我们行了一里又一里，我不哭，他不哭，我无言，他亦无声。我们都咬着牙装出很快便会再见的模样。可哀伤的目光、不忍离去的马蹄却泄露了我们的秘密——我们都怕，怕一转身或许就是一生。

“停车。”公士希停下马车，无恤勒缰驻马。

我看着马背上的人，轻声道：“回去吧，佛肸叛乱，你明日还要领军平叛。”

赵鞅死，中牟邑宰佛肸趁机叛乱。无恤初掌赵氏，此番赵氏遭难，族中之人一定都眼巴巴盯着中牟城。疑他的人、信他的人、摇摆不决的人都在等着看他如何收复中牟。他此时一言一行都攸关大局，错不得分毫，失不得半寸。我有满腹叮咛，却不知从何说起。

“无妨，中牟之事我心里有数。你刚生了孩子，腿上又有旧疾，秦地不比新绛，冬冷春寒，自己对自己多上点儿心。”无恤打马上前，俯身扯过毛毡盖在我腿上。

“中牟是赵家的采邑，邑宰叛乱，你要夺城却万不能攻城。家臣之心要稳，黎庶之心更不能失。”

“嗯。”无恤点头，起身在马上坐定。车里车外，四目相交，却突然都红了眼眶。

无恤紧抿着双唇转过头去，我将到了嘴边的话都咽回了腹中。

临别在即，我们却有太多太多的叮咛、太多太多的放不下。说了一句，又生出一句，一句、两句、三句……说再多也不可能将心里所有的话都说完，说再多也总还有无尽的牵挂。不如不说了，不如都不说了。

“夫郎，别送了。待一切都好了，记得来接我就是。十年为期，我等你十年，你一日都不许晚。”

“好，十年为期，一日不迟。”无恤凝视着我的眼睛，郑重点头。

我对他灿烂一笑，抬手放下了帷幔。

一帷之隔，就此隔出一个天涯、两个世界、无尽年华。

别了，我的红云儿。

无恤哑声喝马。我紧紧地抱住自己的手臂，不去看他离去的背影，不去听他离去的马蹄声。我忍着泪，假装十年只是须臾一瞬。

离了新绛地界，伍封掀开车幔，我依旧抱膝坐在车里一动不动。

“前面有驿站，要不要歇一歇？歇好了，再撑两日，就有人马来接了。”

“将军……你说我这一生是不是过得很荒唐？”我抬头，脸上的泪痕干了一层又一层，“来来去去，谋谋算算，我什么都想守住，却什么也没守住。到最后，走的走，散的散，死的死……可我已经尽力了，真的尽力了，为什么还会是这样的结局？我错了吗？到底错在哪里？”

“小儿，飞蛾扑火、用仇恨将自己一生都困住的人才叫荒唐，如我，如董舒，如你父亲。你没有错，就算有错，你哪有一次谋算是为了自己？你想要这天下太平无争，你便拼尽全力去做了。乱世之中，还有几人有你这份勇气、这份不回头的执着？”

“可我止不了战，秦国、卫国、齐国、郑国，我都努力了，可……”

“这天下病了，我们谁都知道，可有人随波逐流，有人借机谋夺。天下各国勇者、智者比比皆是，存医世之心者却寥寥无几。你的孔夫子算是一个，你也会是一个。他失败了，你也许也会失败，可黑暗里总要有人时时刻刻想着光明，即使他这一辈子都不可能看见光明。别说这是结局，你没有过完一生，你的一生也许现在才刚刚开始。”

“我……”

“我知道，你早已不是我的小儿，你有你的天地，比将军府更广阔的天地。我只希望能护你平安，不叫别人折了你的翼。你以前总问我，秦国往西是西戎，再往西还有什么？西戎往西还有塞人之地、月氏之国，那里有千年不化的雪山，有万马奔腾的草原，有会唱歌的胡琴，有伸手就能摸到的月亮，若你想静心想一想自己将来的路，我可以陪你一起去看看。”

伍封拉住我的手，他的话叫我动容，因为他没有劝我不要难过，只是给了我一个更广阔的天地、更遥远的终点。

医人，医世……好遥远的终点。

我握着伍封的手，抬头凝视着他鬓角一缕灰白的发。他是我爱的将军、我至亲至信的人，我很想去他说的那个天地，我很想陪他安安静静走完这一世，可就算没有无恤，我也不能。我是颗火种，落在哪里便会将哪里烧成灰烬。“将军，我很想去看看你说的地方，真的很想。可我不能去，赵无恤是个很小气的人，如果我真的随你去了，他会很难过，他难过却什么也不能做，就更难过了。”

“小儿……”

“将军，到驿站后替我换一辆车，让公士希送我回去吧！”

“你要回新绛？不行！”

“不，我要去接我的小儿、我的阿兄。”

“你不愿跟我回秦国？你……要去哪里？”伍封想要抓住我的手，却最终将五指紧握成拳。

“不知道……我想去找一找自己的路。”

一日之间两次离别，且都是与我至亲至爱的人。我站在馆驿的蒙纱小窗后，看着伍封驾着七香车策马扬鞭朝西而去。

将军，我们今生还会再见吗？谢谢你……没有留我，没有怨我。

官道已不能走。头戴竹笠的公士希驾着瘦马陋车带着乔装的我行在回绛的野道上。

车架颠簸，车轮摇摆，我平躺在马车上，整个人瘫软着，像是被人抽去了全身的筋骨。野道旁半人高的茅草被卷进身旁的车轮，茅花白色的茸穗乘着阳光和微风在我头顶飞扬。一时间，无数的回忆漫上心头。

十七年，草屋里的那场大火已经过去了十七年。那个四岁的女孩是谁？我已经不记得她的模样……

公士希的喝马声变得越来越轻，越来越远，我闭上眼睛在梦与回忆的边界留恋徘徊。

是火光，还是阳光？

"姑娘，快跑！"公士希撕心裂肺的吼叫将我从梦中唤醒。

我睁开眼，一柄短戟正朝我挥来。

我转身避过，公士希扑上来拽住那人的后领将他从马车上拉了下去："姑娘，走——"

公士希跳上马车，他的脸上已溅了血，我来不及瞧清他身后还有多少刺客，爬起来拉住缰绳就喝马加鞭。

智瑶发现我了吗？来的是智府刺客？

山路崎岖，身后的人紧追不舍，公士希突然大喊一声跳下了马车。

"公士——"

"快走——"

沾血的白茅花迷乱了我的眼睛，我大喝着一路策马加鞭朝前狂奔。山路在面前摇晃，金色的光芒伴着黑暗一阵阵朝我袭来。

飞翔，原来是这么痛苦的体验。

我看着喷吐着白沫的瘦马挣扎着落入山崖，我看着天地在眼前颠倒旋转，没有时间惊叫，没有时间思考发生了什么，令人窒息的剧痛已从后背袭来。绿色的松针簇拥着我，耳边传来一声刺耳的裂帛声。

这一次，我尖叫了。帛衣撕裂，身体直坠而下，我胡乱抓住一截粗枝，双脚却瞬间悬空。头顶是百尺悬崖，脚下是千丈深渊，凛冽的山风从我身边刮过，叫我不由自主地摇晃、颤抖。

"公士——"我大声呼喊，但山风瞬间将我的声音吹散。我想翻身爬上树干，可双手却使不出一点儿力气，身体剧烈摇晃着，手掌、手肘、肩胛、双手的骨节似乎随时都会被扯断。

我仰头痛苦地呻吟，崖顶突然有火球坠落。

我看见了公士希被大火烧焦的脸。

他死了，燃烧着坠落悬崖，可我连他落地的回声都没有听见。

“不——”我要活着，我要见我的女儿！

绝望的嘶吼冲出我的喉咙，有冰冷的眼泪顺着眼角滑落。我活不了了，我就要死了……我侧头，一轮赤红的夕阳悬在天边冷漠地看着我，我闭上眼睛，僵麻的手指一根根地离开了松枝。

“不——”

“不用谢我。”

我瞪大眼睛，有人拉着我的手，笑得得意：“瞧，无论你在哪里，我总能找到你。”

世间没有忘忧草，也没有一壶可忘平生的酒。

年少时忘不了的、不想忘的，绵长的岁月都会一点点替你抹去。

我已经很多年没有梦见他们了，可昨夜在梦里我又见到了死去的公士希，他的身体着了火，以一种极度扭曲的姿态从我面前坠落，我挂在悬崖上，远处依旧是那轮冷漠的如血的夕阳。

在那日之前，我曾以为自己经历过绝望，但直到手指一根根离开松枝的一刻，我才明白什么才是真正的绝望——没有回路，没有去路，只有死亡等待着我。

如果没有那棵古松，没有无邪，我已然和死去的公士希一起坠入悬崖，变成崖底深渊里的一堆碎骨。如果没有王都郊外那场突如其来的大雨，没有采药经过的扁鹊，重病缠身的我亦已躺在那截无芯的树干里长眠地下。

我前半生的诺言都随着我的“死亡”消散了。唯独许了两个人的，成了真。我病了两年，将自己病成了一只药罐。两年后，舍国离家的无邪陪我去云梦泽见了故人。当所有的人都以为我已死去时，陈逆带着我的阿兄和我的小芽儿在云梦泽畔等了我两年又三月。

在明夷挂满鸟笼的院子里，我见到了我的女儿。阳光下，粉团儿似的她正一把把将湖泥堆在明夷的赤足上。明夷迈出她“播种”的土坑，她扯着他的衣摆，在他身后奶声唤着：“明夷，明夷……”

她不认识我，她的声音却是我的天籁，我再也离不开她半步。

春去秋来，当我的小芽儿终于开口唤我阿娘时，我们离开了那片云梦生长的大泽。楚南、燕北、越东、蜀西……我拖家带口行遍了天下。

天下大美，有许多地方美过我眼前的这座山谷，可我想要离那人近一些，再近一些。

当年分离时答应他的话，我没有做到。为夺代地，他杀了代王，伯嬴磨笄 自刺而死。我病中曾冒死偷偷去看了他，他一个人坐在伯鲁的房间里落泪如雨。他没有亲人了，一个都没有了。自那一刻起，我就知道，无论此后我去了多远多美的地方，我总会回到这里，回到晋国。

这些年，智氏一族如日中天，智瑶独霸朝政，逾礼称伯。伐中山，灭仇由，攻齐，侵郑，中原大地战火不熄。无恤尽力了，他忍了常人所不能忍，也受了常人所不能受，他保全了赵氏，我们的重逢之日却依旧遥遥无期。早知如此，我当年就不该偷走那些旧物，留下那枚新编的花结。叫他以为我死了，也好，痛不过一时。忍着十数年的压迫，背着十数年的期盼，是我叫他更累更痛了。

“你怎么在这里吹风？”无邪出现在我身后。

我松开指尖，叫凛冽的山风卷走指尖的一根白发。

“那个叫王诩的孩子又来了，又被困在你种的‘迷魂帐’里了。天快黑了，要不要再去救他？”

“他难道不知道鬼谷之中住了恶鬼吗？还非要进来送死。”我转身而立，留下云海之中一轮下沉的夕阳。

“他说他只知道鬼谷里住了他要拜师的贤人，没见过什么恶鬼、山鬼。他不怕阿藜，阿藜也挺喜欢他的，上回就约了他木槿花开的时候入谷赏花。”

“算了，让小芽儿带他进来吧！”

“这……小家伙昨夜药晕了我和阿藜，一个人留书出谷了。”

“又去云梦泽找明夷了？”

“不是，说是……去晋阳。”无邪侧首打量着我的脸色。

“晋阳。”我呢喃着停下了脚步。无恤被困晋阳已有一年多，我能忍，我们的女儿忍不住了。智瑶为削弱三卿，借晋侯之名逼三卿各献出一座万户大城，更指明要赵氏割让蔡地与皋狼。此二城乃赵氏重地，户数远超万户，智瑶此举是想一气斩断无恤的手足。韩、魏二氏迫于智氏淫威献了城池，无恤却一改隐忍之态断然拒绝了。审时度势，洞察秋毫，他永远知道什么时候该忍，什么时候绝不能忍。智瑶大怒，发兵攻赵，无恤领军退守晋阳。晋阳是我们一担土、一担石亲自修筑的城池。晋阳有尹铎，尹铎有民心。我原是放心的，无恤既然能拒绝智瑶，总是想好了应对之法。可盗跖前月入谷时却告诉我，智瑶已在汾水上游修筑水坝……

“无邪，你说，我去了他会生气吗？”上次我借卫国南氏之手两次阻智瑶攻卫，无恤就故意派人在列国之中遍寻‘帝休木’。帝休，黄华黑实，服之不怒。他那时，气了我许久。

“管他气不气，如果晋阳城破，他就死了，死人一定不会生气。”无邪拿莠草编了一个毛茸茸的草环戴在我头上，“阿拾，咱们晚上吃什么啊？”

“走吧！”我一声轻叹。

“去做饭？”

“去晋阳把小芽儿带回来。”

“啊？那迷魂帐里的孩子怎么办？”

“把他也带上吧。”

“也好，那我们就一起去晋阳笑话赵无恤吧！”无邪仰面大笑。

我叫王诩，世人都唤我鬼谷子。他们说我精通百家之学，深谙纵横捭阖之术；他们说我收了很多厉害的徒弟，说这天下只是我鬼谷的一方棋盘。可那时，我还只是个孩子，我的女师父才是鬼谷的主人。

◇番外 天下

我叫王诩[①]，世人都唤我鬼谷子。他们说我精通百家之学，深谙纵横捭阖之术；他们说我收了很多厉害的徒弟，说这天下只是我鬼谷的一方棋盘。可那时，我还只是个孩子，我的女师父才是鬼谷的主人。

入谷第一日，我的师父就带我去了晋阳。

晋阳城是晋国赵氏的采邑，据说晋阳城里的人日子过得都很好，所以生来就只会笑，不会哭。但如今，晋阳城已被智伯瑶围了一年多，晋阳城里的人一定都已经学会了怎么哭。

我问师父，我们为什么要去晋阳，我师父说，她是去杀人，或者被杀，惨一点儿有可能还会被吃掉。她说她最近瘦得有些厉害，煮肉的鼎里如果加了太多的水，吃她的人也许会把我这胖墩儿也放进去同煮。油多，汤总是会香一些。我听愣了，却没有半夜偷偷逃走。因为我知道，她一定是故意吓唬我的，她一直就不太想收我这个送上门的弟子。

从我们出发到途经太谷，天上的雨就没有停过。虽说雨季是要多下几场雨，但像这样一个月不见晴天的日子实在让人有些懊丧。狼叔说，这是天要亡赵无恤。女师父看着连绵不断的阴雨，面色亦如乌云密布的天空。

晋阳城被水淹了。

智伯瑶在汾水之上筑坝蓄水，又挖水道直通晋阳城西。连日大雨，汾水暴涨，智伯瑶命人开坝，滔天大水沿河道直冲入晋阳城中。河水漫城三尺有余。这一城的人就算没被洪水冲走，也要从此抱儿拖女住到树上去了。

水淹晋阳后，城破只在朝夕，智伯瑶开心极了。

我站在山坡上都能看见十里军营里他一袭红袍手舞足蹈的样子。男人这么大年纪还爱穿红衣，他是有多喜欢这血一样的颜色？

三日后的夜里，我见到了赵氏的家相张孟谈。他见到我的师父时，眼眶都红了。

---

①传说鬼谷子原名王诩，又名王禅。鬼谷子，纵横家之祖。

师父看到他斑白的头发，也红了眼睛。

“张先生，你可叫我阿姐好等啊！”

“主母，不是孟谈无情，智瑶在，范氏子孙入不了晋。”

“而你，也舍不下无恤。”

“此时离开，不是舍，是背叛。当年家主重伤，阿鱼、阿首被杀时，孟谈就曾对天发过誓言，今生除非家主无忧，否则绝不再离赵氏半步。”

“所以，若要你与阿姐、我与无恤都得自由……”

“智瑶非死不可。”

那一夜，我在山洞外看着迷蒙的夜雨，听师父给张孟谈讲了一个故事。那是晋人的老故事了，就连我也听说过。晋献公伐虢国，需借道虞国。虞国宫中有谏士，说虢国与虞国互相依存，虢国被灭，下一个就是虞国。虞国国君不信，放晋军入境直取虢国。虢国灭，借道的晋军回头就灭了虞国。师父说，这叫唇亡齿寒，辅车相依。魏驹、韩虎已经知道晋阳城外有汾水可以灭赵，就该有人提醒他们，他们所居的平阳、安邑城外也有可以淹城的大川。智瑶吞赵，回头就会吞了韩氏与魏氏，继而独吞晋国。他两家守得了一时平安，守不了一世。

张孟谈听完师父的一席话，冒着瓢泼大雨走了。他走后，我从不施脂粉的师父竟开始对镜描妆。

“小儿，你觉得我老了吗？丑不丑？”她捧着璇珠镜在幽暗的烛火里问我。

“不老，也不丑。”

她是我见过的这世上最美的女人，虽然彼时我只有六岁，见过的女人十个手指加十个脚趾就能数完，但她无疑是最美的，比“迷魂帐”里她美丽的冷冰冰凶巴巴的女儿更美。

“桃之夭夭，灼灼其华。之子于归，宜其室家。五音若在，定要嘲笑我竟想与十五岁的自己比美。”她纤手绾发，将一头青丝旋盘成髻，两面铜镜前前后后仔细照了，才伸手打开身旁的包袱，从里面捧出一团耀眼的红锦，“凤鸟、飞龙、珠结百子，你替我制的嫁衣，我如样又缝了一件。老妇再嫁，真荒唐。可若这是我们最后一次重逢，荒唐便荒唐吧！”

黎明破晓时分，雨停了。暗青色的浓雾中，狼叔划了一叶小舟载走了我一身红锦嫁衣的师父。她要去见她的夫郎了，她说若晋阳城能守住，她会请我喝一杯水酒，再许我给她叩头，入鬼谷为徒。

我觉得她虽然是个很聪明很聪明的女人，却也是个什么都爱往坏处想的人。她不会死，晋阳城也不会破。我虽生得样貌丑陋，口齿不清，可我天生善识人心，我能看见世间每个人心底的欲望与恐惧。韩虎与魏驹不是真心顺从智瑶，他们的心一动必摇。

师父入城数日，一日夜半，大雨倾盆而至，我睡在山洞之中亦被雨声惊醒。轰隆一声巨响，似九天雷声又似巨石坠谷。我披蓑出洞，但见闪电之中，汾水改道，涌起百尺水头，水波泛涨，携雷霆之声、惊天之怒直冲智氏军营。

晋阳城外十里营帐，顿时化为洪水之中如雪的泡沫。

大雨之中，城楼之上，有人青丝如瀑，红衣灼灼。我看不见她的脸，不知她此刻是哭，是笑。又有一人，墨衣墨发，手按长剑立于她身后，如松挺拔，如山崔巍。

智伯瑶败了，又一次败在胜利之前。

大水退去，我终于见到了传说中的智伯。可这时的他已半癫半狂，他的世子颜死了，几个随军出征的儿子也都死了，有的死在洪水里，有的死在韩、魏两家盟友的矛尖上。

智瑶跪在地上冲着赵无恤叫骂不止，我看到柔弱的师父举起手中的剑，一剑砍下了他的头颅。我离得太近，热乎乎的血溅了我满脸。生于乱世，这不是我第一次见到死人，却是我第一次看见有人人头落地。

赵无恤恨智瑶，恨得将他的头颅剥皮去肉，髹漆做成了酒器。

几年后，我在鬼谷之中、师父的寝幄里看见了不该看见的事，就被脸红的师父没收了算筹、蓍草，到庖厨里陪同样受罚的狼叔洗了一月的杯盘。智瑶的头颅就混在那一桶脏盘油碗里，被狼叔拎起来胡乱抹了一把，又随手丢进了另一桶同样油腻的脏水。

再后来，师父有孕了，在外面惹了一堆祸事的芽儿姐真的要当阿姐了。

堂堂一宗之主的赵无恤硬是搬进了鬼谷，又带来了一个叫董石的小哥。那小哥据说是赵无恤的贴身侍卫，使得一手无影好剑。素日严厉的师父见到那俊俏的小哥竟哭哭停停、停停哭哭了一整日。阿娘说得对，怀孕的女人果然爱哭。

晋阳一役，智氏灭，三卿尽分其地，晋国名存实亡。

一曲《竹书谣》，真真假假，世间已无人能辨，无人能懂，无人能唱。

周威烈王二十三年，赵、魏、韩三国分立，史称三家分晋。

（全书完）

图书在版编目（CIP）数据

竹书谣.肆, 天下卷 / 文简子著. — 北京 : 北京联合出版公司, 2018.4

ISBN 978-7-5596-0973-1

Ⅰ. ①竹… Ⅱ. ①文… Ⅲ. ①长篇小说–中国–当代Ⅳ. ①I247.5

中国版本图书馆CIP数据核字(2017)第236116号

竹书谣肆：天下卷

作　　者：文简子
责任编辑：喻　静
产品经理：周乔蒙
特约编辑：杨　凡

北京联合出版公司出版
（北京市西城区德外大街83号楼9层　100088）
北京联合天畅发行公司发行
天津旭丰源印刷有限公司印刷　新华书店经销
字数 428千字　710mm × 1000mm　1/16　印张 23
2018年4月第1版　2018年4月第1次印刷
ISBN 978-7-5596-0973-1
定价：45.00元